0,50€
08/18

A PROPOS DE L'AUTEUR

Après avoir enseigné en Angleterre, Joanna Fulford s'est consacrée à sa passion : l'écriture de romans historiques. Et elle avoue facilement sa préférence pour l'époque tumultueuse des invasions vikings, qui lui permet de mettre en scène des héroïnes telles qu'elle les aime : spontanées et courageuses.

W0249319

La fiancée de Castlemora

JOANNA FULFORD

La fiancée de Castlemora

Les Historiques

HARLEQUIN

Collection : LES HISTORIQUES

Titre original : HIS LADY OF CASTLEMORA

Traduction française de HELENE ARNAUD

HARLEQUIN®
est une marque déposée par le Groupe Harlequin

LES HISTORIQUES®
est une marque déposée par Harlequin.

Si vous achetez ce livre privé de tout ou partie de sa couverture, nous vous signalons qu'il est en vente irrégulière. Il est considéré comme « invendu » et l'éditeur comme l'auteur n'ont reçu aucun paiement pour ce livre « détérioré ».

Toute représentation ou reproduction, par quelque procédé que ce soit, constituerait une contrefaçon sanctionnée par les articles 425 et suivants du Code pénal.

© 2013, Joanna Fulford.

© 2015, Harlequin.

Tous droits réservés, y compris le droit de reproduction de tout ou partie de l'ouvrage, sous quelque forme que ce soit.

Ce livre est publié avec l'autorisation de HARLEQUIN BOOKS S.A.

Cette œuvre est une œuvre de fiction. Les noms propres, les personnages, les lieux, les intrigues, sont soit le fruit de l'imagination de l'auteur, soit utilisés dans le cadre d'une œuvre de fiction. Toute ressemblance avec des personnes réelles, vivantes ou décédées, des entreprises, des événements ou des lieux, serait une pure coïncidence.

HARLEQUIN, ainsi que H et le logo en forme de losange, appartiennent à Harlequin Enterprises Limited ou à ses filiales, et sont utilisés par d'autres sous licence.

Le visuel de couverture est reproduit avec l'autorisation de :

HARLEQUIN BOOKS S.A.

Sceau : © ROYALTY FREE/FOTOLIA

Réalisation graphique couverture : E. COURTECUISSE (Harlequin)

Tous droits réservés.

HARLEQUIN

83-85, boulevard Vincent Auriol, 75646 PARIS CEDEX 13.

Service Lectrices — Tél. : 01 45 82 47 47

www.harlequin.fr

ISBN 978-2-2803-3088-6 — ISSN 1159-5981

Prologue

Isabelle longea le mur du verger, au milieu des arbres. De là, on avait une vue magnifique sur le bois et les collines qui surplombaient Castlemora, mais, aujourd'hui, elle n'en profita pas. Elle ne parvenait pas à oublier sa dernière entrevue avec sa belle-mère…

— Si tu avais rempli tes devoirs conjugaux et offert un héritier à notre famille, tu aurais gardé ta place parmi nous. Dans la situation actuelle, tu n'es plus tenue de rester ici étant donné le décès de mon fils.

Isabelle l'avait dévisagée, abasourdie et incrédule. La mort d'Alistair Neil dans cet accident de chasse avait été bien assez bouleversante, mais cette menace allait au-delà de tout ce qu'elle avait pu craindre…

— Comment cela ? avait-elle demandé. C'est ma maison, ici !

Si elle avait espéré un instant pouvoir en appeler à la compassion de lady Gruoch, ce fut peine perdue : les yeux bleus fixés sur elle étaient restés froids, entièrement dépourvus de pitié.

— Non, ce n'est plus chez toi, avait répliqué brutalement cette dernière. Une femme stérile n'a qu'une chose à faire : prendre le voile et disparaître de la vue des hommes.

La gorge d'Isabelle s'était soudain nouée. Il ne fallait pas qu'elle pleure, qu'elle se montre faible…

— Ce n'est pas ma faute si je n'ai pas eu d'enfants ! Feu mon époux a également sa part de responsabilité dans cette affaire !

Lady Gruoch avait froncé les sourcils d'un air offusqué.

— Comment oses-tu tenter de couvrir tes échecs en bafouant le nom des morts ? s'était-elle écriée. Mon fils attendait un héritier avec impatience et je sais de source sûre qu'il n'a jamais négligé ses devoirs conjugaux.

Isabelle avait serré les poings, folle de rage. Ainsi, ils avaient parlé d'elle dans son dos ? Il était facile d'imaginer quel genre de mensonges méprisants Alistair avait dû raconter à sa mère sur son compte pour dissimuler ses propres fautes !

— Puisqu'il visitait assidûment ta chambre, avait poursuivi la vieille femme d'un air imperturbable, il n'est que raisonnable de songer que tu n'as pas fait ton devoir.

Isabelle avait voulu répliquer, dévoiler la vérité, mais s'était retenue. Son époux était mort… A quoi servait-il de ressasser la gaucherie gênée qui avait tenu lieu de nuit de noces, avant de se transformer en frustration brutale et en violence lorsque Alistair avait tourné sa rage contre elle ?

Face à l'hésitation d'Isabelle, sa belle-mère avait repris :

— Je remarque que tu ne tentes pas de nier. Honte à toi, et doublement ! Tu es restée mariée à mon fils durant un an. Dans ta situation, toute épouse respectable aurait aujourd'hui un bébé dans ses bras et en porterait même un second.

— C'est ce que je souhaitais, autant que mon époux ! avait finalement protesté Isabelle. Comment pouvez-vous en douter ?

— Peut-être le souhaitais-tu, mais cela ne minimise en aucun cas ton échec en tant que femme et épouse. Tu n'as plus qu'à retourner auprès de ton père. Ce sera à lui de décider que faire de toi. S'il a le moindre bon sens, il te placera dans un couvent dès que possible.

Isabelle avait frémi. Que dirait son père en la voyant revenir ? Sans compter l'insulte que cela serait pour lui, elle représenterait sans doute un fardeau qui ne serait pas le bienvenu… Quoi qu'il en soit, si tel était son destin, elle devrait y faire face du mieux possible. Puisqu'il était inutile d'argumenter plus longtemps avec lady Gruoch, elle avait fièrement répondu :

— Dans ce cas, j'exige que l'on me rende ma dot.

— Tu n'es absolument pas en position d'exiger quoi que ce soit. C'est ma famille qui a été trompée, et non toi : nous avons passé un marché en toute bonne foi et nous avons été trahis.

— Ce n'est pas juste ! s'était écriée Isabelle, désespérée.

— Ne me parle pas de justice, avait répliqué la vieille femme d'une voix implacable.

Soudain, une vague de panique avait envahi Isabelle. Elle devait à tout prix se sortir de ce mauvais pas !

— Dans ce cas, gardez-en une partie, mais rendez-moi le reste.

— Nous garderons ce qui nous appartient.

Isabelle avait refoulé ses larmes. Si elle était contrainte de retourner auprès de son père sans dot et avec la réputation entachée d'une femme stérile, aucun homme ne voudrait l'épouser… Malade de honte et de colère contenue, elle avait désespérément tenté de sauver son avenir une dernière fois :

— Ma dot ne vous revient pas dans une telle circonstance. Les Neil sont suffisamment riches, ils n'ont pas besoin de plus d'argent.

— Tu n'as pas à dire aux Neil ce qu'ils doivent faire, avait coupé lady Gruoch, plus glaciale que jamais. Tu devrais déjà t'estimer heureuse de quitter cette maison en vie, ma fille. J'en connais, à Dunkeld, qui aurait préféré mettre fin de manière plus définitive à l'embarras que tu nous causes…

Tétanisée, Isabelle avait dévisagé la vieille femme, incrédule. Lorsqu'elle était arrivée dans la demeure de son époux, sa belle-famille l'avait traitée avec courtoisie — même s'ils ne l'avaient jamais accueillie chaleureusement. Cependant, au fil du temps, comme elle ne parvenait pas à concevoir d'enfant, leur attitude avait lentement changé. Durant les derniers mois, ils ne cherchaient même plus à lui cacher leur mépris. En dépit de cela, Isabelle n'avait jamais imaginé qu'ils puissent se montrer aujourd'hui aussi cruels.

— Les Neil risqueraient donc de s'attirer la colère de Castlemora ? avait-elle demandé d'une voix aussi ferme que possible. Sachez que mon père ne laisserait pas un tel crime impuni.

Lady Gruoch avait eu un petit sourire méprisant.

— Nous ne craignons pas Castlemora.

— Vous feriez mieux !

Malgré son ton de défi, Isabelle savait très bien que ses mots n'auraient aucun poids : elle ne pesait pas lourd dans la balance...

— Nous te laissons une chance de partir avec le peu d'honneur qui te reste, lui avait répliqué lady Gruoch d'un air mauvais. Si tu as un minimum de sagesse, tu auras quitté cette maison demain à l'aube.

Et Isabelle avait dû obtempérer, sous le regard dédaigneux de sa belle-famille. Amère, elle avait pris la route de Castlemora. Tous ses espoirs, nés aux premiers jours de son mariage, n'étaient plus que cendres, et sa fierté avait été piétinée comme tout ce à quoi elle aurait pu se raccrocher... Malgré tout, elle ne regrettait pas réellement de devoir quitter ce lieu, qui n'avait jamais eu de vraie place dans son cœur, et où elle n'avait jamais réellement souhaité vivre. A quoi allait donc bien pouvoir ressembler son avenir, à présent ? Tout ce qu'elle pouvait encore faire était de ne pas laisser les Neil voir ses larmes : cette part de son honneur, elle comptait bien la conserver intacte !

Lorsqu'elle s'était retrouvée devant son père, elle avait gardé la tête haute. Archibald Graham avait cinquante ans. Il avait autrefois été un homme fort et actif, mais depuis quelques années sa santé avait commencé à décliner et la moindre émotion forte l'épuisait. Chaque effort réveillait une douleur violente dans sa poitrine. Malgré cela, à l'écoute des explications de sa fille, ses yeux avaient brillé de rage. Son esprit demeurait plus vif que jamais. Il n'avait même pas tenté de dissimuler sa colère et sa déception. Lorsqu'il avait appris que les Neil avaient refusé de rendre la dot, il avait explosé.

— Ces hypocrites, ces pestiférés de Neil ne sont rien d'autre que des voleurs !

Le frère d'Isabelle avait grommelé en signe d'acquiescement. A seize ans, Hugh était déjà un homme accompli et, seul fils survivant, héritier de leur père. Conscient de son devoir, il avait développé un profond sens de la propriété et de ce qui était dû à sa famille.

— C'est une insulte à notre maison tout entière, s'était-il écrié, et nous devons demander réparation ! Père, laissez-moi marcher sur Dunkeld et brûler ce nid de vipères !

— Non, mon fils, avait répondu ce dernier plus posément. Les vipères sont trop nombreuses et trop puissantes. Nous aurons notre vengeance quand le temps sera venu.

— Voulez-vous dire que vous allez accepter un tel outrage, père ?

— Certainement pas, et je ne l'oublierai pas, je te le promets, mon fils. Mais la vengeance est un plat qui se mange froid… Si tu dois devenir seigneur après moi, tu ferais mieux de t'en souvenir.

Hugh avait acquiescé gravement.

— Je ne l'oublierai pas, père, avait-il répondu avant de se tourner vers Isabelle. En tout cas, ce n'est pas plus mal pour toi d'être enfin libérée de cette brute d'Alistair, Belle.

Il avait bien raison, mais cela ne changeait pas le fait qu'elle était devenue une veuve dénuée de dot… Cette cruelle vérité pesait sur eux trois, en silence, tout comme le problème de sa prétendue stérilité. Hugh l'avait toujours beaucoup aimée. Elle savait bien qu'il ne lui jetterait jamais une telle accusation au visage, mais le poids du non-dit était peut-être pire que la confrontation brutale…

Perdue dans ses pensées, Isabelle ne s'aperçut pas immédiatement de la présence à ses côtés. Soudain, une voix d'homme qu'elle connaissait bien la fit sursauter :

— Quel plaisir de vous voir, dame Isabelle.

Elle fit volte-face.

— Murdo !

Le maître d'armes de son père se tenait à quelques pas d'elle. Réprimant un frisson, elle le dévisagea, mal à l'aise. Il était chauve. Une haute silhouette inquiétante vêtue de noir… Une longue cicatrice le défigurait, de la pommette au menton, à demi cachée par une barbe aussi noire que la nuit et méticuleusement entretenue. Il l'examinait d'un regard sombre — un regard de prédateur. En cet instant précis, il avait tout d'un loup en chasse : furtif, puissant et dangereux. Son corps dégageait un parfum âcre de transpiration qui ne faisait qu'accentuer son aspect inquiétant.

Il lui sourit alors de toutes ses dents.

— Je pensais bien vous trouver ici…

Soudain, Isabelle se rendit compte qu'elle était bien loin de la maison, trop isolée au fond du verger pour y être en sécurité. La peur la saisit à la gorge, mais elle devait rester calme et soutenir le regard de Murdo. Si elle montrait la moindre faiblesse, c'en serait sans doute fait d'elle !

— Que voulez-vous ? demanda-t-elle avec un calme feint.

— Je souhaitais vous parler, milady.

— Très bien. De quoi précisément ?

— De l'avenir…

A ces mots, l'estomac d'Isabelle se noua.

— Vraiment ?

— Oui, vraiment, répondit posément Murdo. Votre père est malade, il ne vivra sans doute plus très longtemps. Vous ne devez pas oublier cela.

— Je ne l'oublie pas. Avez-vous fait tout ce chemin pour me dire cela ?

— Isabelle, vous aurez besoin d'un protecteur puissant à sa mort, vous le savez…

Elle comprit tout de suite où Murdo voulait en venir et chercha désespérément un moyen d'éluder la question.

— Mon frère me protégera, dit-elle avec fermeté.

— Peut-être, mais un second époux remplirait mieux ce rôle, répondit-il, le regard brillant. Et je serai cet homme-là.

Un frisson glacé parcourut Isabelle, mais mieux valait ne pas exciter la colère du maître d'armes…

— Ce que vous demandez est impossible, Murdo.

— Pourquoi cela ? insista-t-il en la fixant d'un regard acéré. Qui, mieux que moi, serait fondé à vous épouser ? Je suis peut-être le cadet de ma fratrie, mais je viens d'une bonne famille. Je me suis hissé à mon rang actuel à la force de mon bras et j'ai toujours fidèlement servi votre père. Grâce à mes efforts, Castlemora est à présent puissant et craint.

Il s'interrompit un instant avant de reprendre sur le ton de la confidence :

— De plus, vous ne pouvez ignorer mes sentiments pour vous…

— Je suis navrée, mais je ne peux vous dire que je les partage.

— Pas encore, mais cela pourrait venir avec le temps, dit-il d'un ton serein.

— Je ne ressentirai jamais d'affection particulière pour vous, protesta-t-elle.

— Vous dites cela aujourd'hui, mais ne vous en faites pas : je suis un homme patient.

— Le temps ne changera rien à cela ! répliqua-t-elle, perdant toute patience. Ne nourrissez pas trop d'espoirs à mon sujet.

— Mais si je ne vous épouse pas, qui le fera, Isabelle ? Vous n'êtes plus aussi précieuse qu'auparavant aux yeux des hommes : vous n'êtes qu'une veuve disgraciée qui a été rendue à son père couverte de honte…

A ces mots, Isabelle releva fièrement la tête.

— Si je suis déshonorée à ce point, pourquoi voulez-vous vous lier à moi ?

— Voilà bien longtemps que je désire vous posséder, répondit simplement Murdo. Les circonstances actuelles jouent en ma faveur, et elles ne changent rien à mes sentiments. A l'heure actuelle, aucun autre prétendant ne se présentera à vous.

— N'essayez pas de me faire croire que vous avez pitié de moi, répliqua Isabelle.

Murdo sourit à cet éclat d'orgueil.

— Loin de moi cette idée. Voyez-vous, je connais toute la vérité.

Méfiante, Isabelle le dévisagea un instant.

— De quoi voulez-vous parler ?

— Je sais qu'Alistair n'était pas vraiment un homme...

— Vous n'avez aucun droit de bafouer sa mémoire !

— Allons, Isabelle... Vous n'avez pas à le protéger face à moi. Toutes les filles de joie de la région le savent : votre défunt mari n'était pas très bien doté par la nature et était incapable de la moindre excitation physique. Si vous n'avez pas eu d'enfant, ce n'est en aucun cas votre faute.

Si ce soutien lui était venu de qui que ce soit d'autre, Isabelle en aurait été profondément reconnaissante. Mais, de la part de Murdo, il ne fit que l'embarrasser. Elle se sentit rougir jusqu'aux oreilles...

Soudain, il s'approcha de quelques pas.

— Moi, en revanche, reprit-il, je suis parfaitement capable de vous donner des enfants...

Isabelle se raidit à ces mots. La simple idée de partager un instant d'intimité avec cet homme était repoussante !

— C'est impossible ! répliqua-t-elle.

— Voyons, ne me faites pas croire que vous ne désirez pas être prise par un vrai mâle, pour changer.

Il dut surprendre le regard outragé d'Isabelle car il eut un petit rire.

— Passez une nuit dans mon lit, et vous oublierez Alistair Neil, je vous l'assure !

— Je ne partagerai jamais votre couche.

Si la réponse d'Isabelle avait troublé Murdo, il n'en montra rien. Le seul changement visible en lui fut un regard plus intense encore posé sur elle.

— Quand je me donne un but, répondit-il finalement, je l'atteins toujours.

Malgré la chaleur de l'après-midi, ces paroles donnèrent la chair de poule à Isabelle. Il fallait à tout prix qu'elle trouve un moyen de s'échapper de cette situation avant de se retrouver en réel danger…

— Je regrette, dit-elle, mais cette fois vous allez être très déçu.

— Vous avez tort, Isabelle. Cette fois vous serez bel et bien ma femme.

— Je n'accepterai jamais !

Ayant prononcé ces mots, elle fit volte-face et s'apprêta à partir, quand Murdo la retint par le bras.

— Je n'accepte pas les refus, vous devriez pourtant le savoir, depuis le temps…

Elle tenta de se libérer, mais il la tenait fermement.

— Lâchez-moi, Murdo !

— Vous m'avez déjà échappé une fois, cela ne se reproduira pas.

Sa voix avait beau être légère, Isabelle ne pouvait ignorer les sous-entendus de Murdo. Son cœur se mit à cogner dans sa poitrine, mais elle se força à soutenir le regard du maître d'armes.

— Vous vous oubliez, lui répliqua-t-elle sèchement. Vous occupez peut-être une position de confiance dans cette maison, mais cela ne vous donne aucun droit de présumer de l'avenir.

— Peut-être pas encore, mais comprenez bien ceci : j'ai l'intention d'avoir sur vous tous les droits d'un époux avant peu.

Cette affirmation si tranquille sapa les derniers semblants de calme qu'Isabelle parvenait à maintenir.

— Jamais ! s'écria-t-elle en se libérant de la main d'acier qui la retenait.

Sans perdre un instant, elle partit en courant entre les arbres. Murdo la suivit des yeux sans même tenter de la rattraper : ce n'était pas nécessaire.

— Tu peux bien fuir, Isabelle, murmura-t-il. Mais tu ne m'échapperas pas…

Chapitre 1

Trois mois plus tard

Isabelle poussa son cheval au galop, soudain pressée de mettre autant d'espace que possible entre elle et Castlemora. Bien sûr, elle n'était pas censée chevaucher seule, mais son frère et Murdo étaient partis tôt à la chasse, donc personne à la maison n'avait pu l'empêcher de sortir. Elle préférait profiter de sa liberté tant qu'elle le pouvait. Car, si son père avait décidé de prendre son temps pour régler le problème des Neil, il s'était en revanche empressé de se mettre en quête d'un nouvel époux pour elle… Quelques jours après son retour à Castlemora, il l'avait fait appeler auprès de lui.

— Glengarron est un vieil allié, avait-il dit. Un mariage pourrait nous aider à renforcer nos liens.

A ces mots, l'estomac d'Isabelle s'était noué. Malgré tout, elle était parvenue à rester calme.

— Pardonnez-moi, père, mais je croyais l'héritier de Glengarron déjà marié…

— En effet. Je parlais de son beau-frère, lord Ban.

— Je vois.

— Il est saxon, mais je pense que nous pouvons passer outre…

— Saxon ?

— J'admets que ce n'est pas ce que j'avais espéré pour toi.

Par contre, c'est un guerrier respecté et sa famille a beaucoup de soutiens. Comme il n'a hérité d'aucune terre, il ne peut pas se permettre de se montrer pointilleux dans le choix de son épouse.

Isabelle avait senti la colère monter en elle.

— Et moi, ne puis-je me montrer pointilleuse dans le choix d'un époux ? avait-elle répliqué aussi posément qu'elle l'avait pu.

— Tu ne peux plus faire la difficile. Plus maintenant…

— Mais peut-être le seigneur saxon le sera, lui. Etes-vous certain qu'il veuille de moi ?

Son père l'avait dévisagée avec attention.

— Pourquoi ne te voudrait-il pas ? Tu es une belle femme, et tu as hérité du sang des Graham : cela devrait suffire. De plus, je pense pouvoir l'encourager par une modeste offre d'argent.

Dans un effort surhumain pour maîtriser sa rage, Isabelle avait demandé :

— Et si cela ne suffit pas ?

— Eh bien, il y a toujours le couvent.

— Je n'ai aucune intention de prendre le voile !

Son père l'avait scrutée un instant, comme s'il estimait la valeur d'un bien.

— Murdo semble très attentionné à ton égard. Dans ta situation, tu pourrais trouver pire époux…

— Cela m'étonnerait ! Il est hors de question que j'épouse Murdo !

— Dans ce cas, je te conseille de mettre ta plus belle robe et de te rendre accueillante pour la venue de lord Ban.

Un frisson glacé l'avait alors parcourue.

— Il va venir ? Quand ?

— Très bientôt. Veille à ce que tout soit prêt pour l'accueillir.

Le souvenir de cette conversation emplit de nouveau Isabelle d'un flot de colère. Malgré tout, elle n'avait pas osé désobéir à son père, et Castlemora était prêt à recevoir son hôte. En attendant l'arrivée de son prétendant, elle avait besoin de rester seule pour se préparer à faire face à son destin. C'est pour cela qu'elle avait quitté les alentours du château à la recherche d'un peu de calme.

Ramenant sa monture au pas, elle suivit le ruisseau jusqu'à la petite clairière où il s'écoulait dans un étang. Ce lieu, juste au-delà des limites de Castlemora, était particulièrement isolé, et elle n'avait jamais encore osé y venir seule. Si Murdo découvrait cette escapade, il la lui ferait payer… Au fil des ans, le maître d'armes avait su développer un système de surveillance très efficace sur le domaine, et peu de choses s'y passaient sans qu'il le sache. Heureusement, son excursion à la chasse avait offert à Isabelle une diversion bienvenue.

Elle mit pied à terre dans la clairière et attacha son cheval à un arbre. Le soleil était déjà haut et la journée promettait d'être chaude. Sa robe était toute poisseuse de transpiration. Soudain, l'eau fraîche et miroitante lui parut si accueillante… Elle jeta un rapide coup d'œil autour d'elle : le sous-bois était silencieux et aucune présence humaine n'était visible aux alentours. La tentation de se baigner était trop forte ! De toute manière, personne ne viendrait ici…

Ban, heureux de descendre de cheval quelques instants, poussa un soupir de contentement et s'assit à l'ombre d'un arbre. Il n'avait pas mis pied à terre depuis son départ, tôt le matin, et avait mené ses compagnons à un rythme tranquille pour ménager leurs montures. Les chevaux se reposèrent dans un rayon de soleil, tandis que les hommes, après avoir partagé le pain, le fromage et les tranches de viande séchée qu'ils avaient emportés, s'étendirent dans l'herbe pour manger à leur aise. A quelques pas de leur campement improvisé, Davy montait la garde. L'expérience avait appris à Ban que, même lorsqu'un endroit paraissait paisible, il valait mieux rester vigilant… Pendant cinq ans, il avait chevauché aux côtés de Iain le Noir de Glengarron. Il avait observé, appris, s'était entraîné, jusqu'à ce que son corps acquière force et souplesse. Il était devenu un bon guerrier, toujours attentif au moindre signe de danger. Oui, cela faisait longtemps qu'il n'était plus cet adolescent sauvé de justesse après la destruction de Heslingfield : il était devenu un homme, un guerrier respecté. Le fait qu'il soit le beau-frère d'Iain ne lui avait attiré aucun traitement de faveur et il avait dû prouver sa valeur comme n'importe quel autre homme. Cela lui permettait, chaque jour, de s'appliquer à remplir ses devoirs, ce qu'il faisait de bon cœur car sa nouvelle vie, si active, lui permettait peu à peu d'oublier l'ancienne. Lorsque l'on sert un grand seigneur, le passé n'a aucune importance ; on n'est jugé que par ses actes au jour le jour. Cela, Ban ne l'oubliait pas. Même parmi ses compagnons les plus proches, il sentait les regards posés sur lui, ce jugement permanent de l'homme d'armes… Dès le début, Ban avait mis un point d'honneur à gagner leur confiance, à se montrer digne de se battre à leurs côtés.

Soudain tiré de ses pensées, Ban observa ses compagnons : Ewan, Jock et Davy. Ils étaient tous de bons guerriers, des hommes qui le défendraient de leur vie et pour qui il ferait la même chose sans hésiter. Depuis leur rencontre, ils avaient traversé suffisamment d'aventures ensemble pour ne plus en douter. Cependant, Ban ne pouvait s'empêcher d'espérer ne plus avoir à se battre, à l'avenir… Leur mission actuelle — apporter des chevaux à un vieil ami — ne risquait pas de présenter un grand péril et Ban n'avait accepté un tel voyage que pour rendre service à Iain. Bien sûr, leur trajet répondait à un autre but, plus personnel, et dont il n'avait encore rien dit à ses hommes… A quoi servait d'en parler trop tôt, puisqu'il n'avait pas encore pris de décision ? Il avait besoin d'en savoir plus, et quelques jours passés à Castlemora lui apporteraient sans doute les réponses qu'il cherchait.

Bercé par la chaleur, il se souvint de la conversation qu'il avait eue avec Iain, une semaine auparavant.

*
* *

Ban était en train de jouer dans la cour avec ses jeunes neveux lorsque son beau-frère était apparu. Iain avait observé le jeu de loin un moment, un sourire indulgent aux lèvres. Finalement, Ban et les garçons s'étaient arrêtés, essoufflés, et leur père avait renvoyé ses fils : il avait à parler à leur oncle en privé.

— Quelque chose ne va pas ? avait lancé Ban, inquiet, lorsque les enfants se furent éloignés.

— Non. Je voulais simplement te demander une faveur.

— Quel genre de faveur ?

— J'ai besoin de quelqu'un de confiance pour apporter des chevaux à Castlemora. Archibald Graham m'a demandé de bonnes bêtes, il y a quelque temps, et j'ai accepté d'en chercher pour lui.

— Tu comptes lui offrir les juments de Jarrow ?

— Exactement.

Ban avait acquiescé d'un air appréciateur : c'étaient en effet de bonnes bêtes. Malgré cela, il n'avait pu s'empêcher d'être un peu surpris. Ce genre de mission n'était pas dangereuse et n'importe quel homme de Iain aurait pu s'en acquitter. Pourquoi donc lui était-elle échue ? Comme souvent, il avait senti que l'entrée en matière de Iain cachait quelque chose…

— Cela ne te dérangerait pas, de conduire ces chevaux à Castlemora ? avait demandé Iain d'un ton détaché.

Ban n'avait pu retenir un sourire : il y avait bel et bien anguille sous roche… Qu'est-ce que son beau-frère avait donc derrière la tête ?

— Cela ne me dérange pas du tout, avait-il répondu avec sincérité.

Castlemora ne se trouvait pas à plus de deux jours de voyage et le temps était agréable : le trajet serait paisible. De plus, il devait un certain nombre de services à son beau-frère et appréciait de pouvoir lui rendre la pareille, de temps à autre.

— Très bien, avait conclu Iain.

Ban avait attendu quelques instants : la vraie raison de ce voyage n'avait rien à voir avec les chevaux, il en était certain !

Et il avait eu raison, bien qu'il n'eût jamais pu deviner le réel projet de Iain…

— Ce voyage servira deux buts, avait repris celui-ci. Archibald Graham est un vieil ami et allié ; malheureusement, sa santé décline.

— Je suis navré de l'apprendre.

— Il a cependant une fille. Je ne l'ai pas vue depuis son enfance, mais elle doit avoir près de dix-huit ans à présent. Elle est veuve et son père lui cherche un nouvel époux…

Ban avait alors tenté de dissimuler sa surprise : un mariage ! Vraiment ? Quoi qu'il en fût, à bien y réfléchir, ce genre de comportement était typique de Iain ; il dévoilait toujours ce genre d'informations essentielles d'un air détaché, sans doute pour faire passer la nouvelle plus facilement.

— Et tu penses me la faire épouser ? avait demandé Ban.

— Pas du tout, avait répondu Iain d'un air imperturbable. Je pensais juste que tu pourrais y aller et la rencontrer…

— Elle est veuve, voyons ! Elle doit avoir des enfants…

— Apparemment, non.

Stupéfait, Ban avait dévisagé Iain un instant.

— Non ?

— Elle n'a été mariée qu'un an, avait expliqué Iain, et tu sais bien que le taux de mortalité des bébés est très élevé.

— En effet…

Malgré les justifications de Iain, une question taraudait encore Ban, mais son beau-frère ne lui avait pas laissé le temps d'en dire plus.

— On dit qu'elle est jolie, avait-il repris, et en tant que fille de Graham, je suppose qu'elle bénéficiera d'une dot confortable.

— De mieux en mieux… C'est vrai que j'ai déjà vingt-cinq ans et qu'il serait temps que je me marie. Dis-moi, est-ce ma sœur qui t'a convaincu de me parler de cela ?

— Non, mais je pense qu'elle serait heureuse de te voir installé en ménage.

— Elle te l'a dit ?

— Disons qu'elle l'a peut-être mentionné.

— Mentionné ? Ne la défends pas : elle tente de me trouver une épouse depuis cinq ans !

— Et cela t'étonne ? avait demandé Iain avec un sourire. Après tout, tu es son seul frère.

— Bien sûr, et dernier descendant mâle de notre famille. Je suis certain qu'elle a hâte de me voir avec un héritier.

— Ban, as-tu la moindre objection à l'idée de te marier ?

Ban avait réfléchi un instant.

— Non, dans le principe…

C'était vrai : l'idée de se marier ne lui déplaisait pas. Après tout, c'était une étape nécessaire dans la vie d'un homme ; une responsabilité à laquelle personne ne pouvait se dérober et qui assurait la survie d'une lignée. Chaque fois qu'il avait imaginé l'épouse qui lui conviendrait, il avait songé qu'elle allait devoir être accommodante et belle pour lui plaire — même s'il savait bien que la beauté n'assurait en aucun cas une nature généreuse et chaleureuse.

Visiblement satisfait de sa réponse, son beau-frère avait acquiescé.

— Très bien, dans ce cas, tu la rencontreras.

A bien y réfléchir, Ban savait que ce projet était parfaitement sensé. Il n'avait pu s'empêcher de ressentir une pointe de jalousie devant le bonheur que Iain et Ashlynn avaient découvert en se mariant. Ils s'aimaient passionnément, et pas un jour ne se passait sans que des rires retentissent dans leur maison… Iain était un époux dévoué et un excellent père. D'ailleurs, lorsqu'il se remémorait les doutes qu'il avait nourris sur son compte, Ban ne pouvait s'empêcher d'avoir honte de ses soupçons : Ashlynn n'aurait jamais pu trouver meilleur mari. Hélas, au vu des autres couples que Ban connaissait, sa sœur et son beau-frère semblaient l'exception qui confirmait la règle… A sa connaissance, Iain n'avait même pas ressenti le besoin de déserter le lit conjugal pour entretenir une maîtresse. Il n'avait d'yeux que pour Ashlynn, et c'était une bonne chose : lorsque l'on prononçait des vœux, il était indigne de les briser.

Iain avait sans doute senti les hésitations de Ban car il s'était empressé d'ajouter :

— Bien sûr, cela ne t'engage à rien ! Cette femme ne te conviendra peut-être pas…

Ban avait alors tenté de paraître indifférent. Il craignait surtout que la fille de Graham refuse d'épouser un petit seigneur sans terres…

— En effet, avait-il répondu.

— Si c'est le cas, ton voyage sera justifié par le transport de chevaux. Quoi qu'il en soit, il est toujours possible que…

— Que je tombe amoureux ?

— Qui sait ? Il arrive parfois des choses étranges.

Ban avait soupiré. D'après son expérience, l'amour n'était qu'une chimère, le fantôme d'un rêve de petit garçon, et cela ne faisait que rendre les hommes plus vulnérables. Si jamais il décidait de se marier un jour, cela serait surtout un accord entre deux familles. L'affection pourrait toujours naître plus tard, et ce serait très bien, mais il n'espérait pas mieux. Il n'aurait pas été sage de le faire, de toute façon…

— Oui, il arrive parfois des choses étranges, avait-il concédé sans trop y croire.

Le visage de Iain s'était soudain illuminé d'un nouveau sourire complice.

— Comme je te l'ai dit : elle est réputée pour sa beauté.

— Bon sang, Iain…

Un peu agacé, Ban l'avait observé un instant, sans pour autant parvenir à lui en vouloir.

— Alors, c'est décidé ? Tu iras ?

— J'irai et je la rencontrerai, puisque tu insistes. Mais je te préviens : je suis un homme difficile.

— Je l'étais aussi.

Soudain, une petite tape sur l'épaule tira Ban de ses souvenirs et il s'aperçut que Jock lui tendait une outre d'eau. Il s'en saisit, murmura un remerciement d'un air absent et se rendit compte avec un soupçon de culpabilité qu'il n'avait pas prononcé un mot depuis qu'ils avaient mis pied à terre.

— Attendons-nous à un accueil chaleureux, lança Ewan. Archibald Graham est réputé pour son hospitalité.

Ban et Jock échangèrent un sourire entendu. Ewan se préoccupait de son estomac avant tout, en toutes circonstances… Malgré cela, et quoi qu'il puisse manger, sa petite silhouette fine ne changeait jamais : il n'emmagasinait aucune graisse et était taillé tout en muscles. Agé de dix-huit ans, cela faisait déjà trois ans qu'il chevauchait aux côtés de Ban et ne reculait devant aucune aventure.

— C'est une bonne nouvelle, répondit Ban. Un bon repas et un lit confortable ne seront pas de trop, ce soir.

— D'après ce que j'ai entendu, le vieil homme décline, confia Jock.

Ewan avala à son tour une gorgée d'eau.

— Oui, j'ai entendu dire la même chose. Heureusement pour lui, son fils est en âge de diriger le domaine. Il paraît aussi qu'il a une fille particulièrement belle… et veuve !

— Si elle est si belle, elle ne doit pas manquer de prétendants : Graham est un homme riche.

— Prétendants ou pas, elle cherche sans doute à se remarier.

— Pensez-vous qu'elle me remarquera ? demanda Jock avec un grand sourire qui dévoila la dent de devant qui lui manquait.

— Non, répliqua Ewan. Elle doit avoir un grand choix d'hommes, pourquoi s'embarrasserait-elle d'une brute hideuse comme toi ?

— Tu peux parler ! Si la laideur était un crime, tu ne serais pas en prison, tu serais six pieds sous terre !

Ewan eut un sourire imperturbable.

— Je pense qu'elle n'épousera aucun de nous deux. Mais elle pourrait jeter son dévolu sur Davy, non ? Il est plutôt beau garçon…

— Oui, mais il est engagé auprès de la fille de Lachlan. Et puis, c'est un roturier, comme nous !

— Dans ce cas, pourquoi ne vous épouserait-elle pas, messire ? demanda soudain Ewan.

Tiré de ses pensées, Ban sursauta : Ewan avait-il lu dans son esprit ? Non, songea-t-il en lui rendant son sourire, ce n'était qu'un hasard.

— Je n'ai rien contre le mariage, répondit-il, mais je sais d'expérience que les héritières sont presque toujours laides !

— Je n'en ai jamais rencontré, donc je vais vous croire sur parole, concéda Jock.

Ban, pensif, se mit à arracher quelques brins d'herbe à ses pieds sans même y prêter attention. Laide ou non, aucune héritière ne risquerait de se laisser tenter par l'union avec un seigneur sans terres… Il avait peut-être réussi à se construire une bonne situation durant les six années précédentes et il possédait suffisamment d'or, mais ses terres étaient définitivement perdues — sans doute aux mains d'un seigneur normand. Il n'y avait rien qu'il pût faire contre cela, tout comme il ne pouvait pas ramener son père et son frère, tués en même temps que sa belle-sœur et leur bébé. Les hommes du roi Guillaume avaient transformé une bonne partie du nord de l'Angleterre en désert carbonisé : rien n'y repoussait et les os des morts blanchissaient sous les ruines des villages. Il ne restait même plus assez de vivants là-bas pour enterrer ceux qui étaient tombés… Tout cela n'était arrivé que pour venger la mort d'un seul homme, un fou ! La brutalité de Robert de Comines était pourtant la seule cause de son décès ; mais il avait été l'un des favoris de Guillaume le Conquérant et le roi avait décidé de se venger dans le sang. Les terres et ceux qui y vivaient se relèveraient-ils jamais de ce désastre ?

— Peut-être que Graham souhaitera la marier à un seigneur normand, suggéra soudain Ewan, faisant une nouvelle fois sursauter Ban.

— Un Normand ?

— Oui, reprit Jock en crachant dans l'herbe avec mépris. Le traité d'Abernethy a nommé Malcolm vassal du roi Guillaume, après tout. Aujourd'hui, il n'y a pas meilleur moyen de créer des alliances politiques qu'en mariant des héritiers scots et normands !

Les trois hommes demeurèrent un instant silencieux. Il fallait admettre la douloureuse vérité… Les raids de Malcolm au nord de l'Angleterre, en 1070, avaient été couronnés de succès, à tel point que Guillaume avait décidé d'y répondre par la brutalité. Il avait levé une armée et avait marché vers le nord pour faire face aux Scots. Malgré leur bravoure et leur volonté de défendre leurs terres, ceux-ci avaient été rapidement mis en déroute par les Normands. Au final, Malcolm avait été obligé de se rendre, de se soumettre à Guillaume et de signer le fameux traité à Abernethy, deux ans plus tard…

Mais, à la simple idée de voir la fille de Graham mariée à un Normand, Ewan fut scandalisé et ne s'en cacha pas :

— La pauvre fille mérite mieux que cela, vous ne croyez pas ?

— Bien sûr, gamin ! Sous leur pompe et leurs grands titres, les Normands ne sont que des traîtres !

— Et menés par le plus grand traître qu'on ait vu !

A ces mots, tous trois éclatèrent de rire : Guillaume le Conquérant était de basse extraction, et tout le monde le savait, dans le royaume ! On savait aussi qu'il ne supportait pas qu'on le lui rappelle…

— Ne le dis pas trop fort… Il te couperait la langue, plaisanta Jock.

— Peut-être, répliqua Ewan, mais il n'est pas là, n'est-ce pas ?

— Non, mais il a laissé sa marque sur ces terres, comme partout.

— Oui : la Northumbrie n'est plus que ruines !

Soudain, les deux hommes se turent. Ils connaissaient le passé de leur seigneur et ne voulaient sans doute pas aborder un sujet qu'ils savaient douloureux pour lui. Conscient de leur embarras, Ban décida donc d'aborder un sujet plus léger :

— Dis-moi, Ewan, aucune fille n'a donc séduit ton cœur ?

— Pas encore.

— De toute manière, il faudrait qu'une fille n'ait plus toute sa raison pour te choisir ! s'esclaffa Jock.

— Pourquoi n'y parviendrais-je pas ? Tu y es bien arrivé, toi !

— Oui, elle est le prix de mes péchés...

Ban et Ewan échangèrent un sourire. Maggie, la femme de Jock, était réputée pour son tempérament difficile. Les deux époux se disputaient souvent, et on les entendait de loin, mais tout le monde les savait dévoués l'un à l'autre... Ils avaient eu huit enfants, et cinq avaient survécu à leurs premières années. Trois d'entre eux étaient de bons garçons, forts, et qui tenaient déjà de leur père en ce qui concernait le maniement des armes. Jock était très fier d'eux — et à raison, songea Ban.

Malgré les rires de ses compagnons, Ban ne se sentait pas très à l'aise. Le sujet du mariage éveillait trop ses préoccupations personnelles... Il finit par s'excuser et s'éloigner sous prétexte de devoir se dégourdir les jambes. Il suivit le cours du ruisseau, perdu dans ses pensées. Au fil de la discussion, il s'était senti de plus en plus troublé et avait besoin de mettre de l'ordre dans ses pensées. Seul.

Durant les deux années qui avaient suivi son arrivée à Glengarron, il n'avait rien possédé que ses vêtements et son épée. Il n'avait alors rien à offrir à une épouse. Peu à peu, cependant, il avait acquis une certaine réputation et avait amassé son or à la force de son bras et grâce à son intelligence. Mais un nom, même appuyé par une petite fortune, ne suffisait pas... Rien ne comptait autant que la terre. La terre donnait à un seigneur son pouvoir et son rang. Sans le moindre domaine, il n'était rien d'autre qu'une lame mercenaire. Les femmes de nobles familles pouvaient se permettre des aventures avec lui, mais elles se rabaisseraient en l'épousant et il ne le savait que trop bien... Il avait appris cette leçon avec brutalité, il y avait déjà longtemps.

Bien sûr, il avait eu des compagnes depuis six ans, des femmes d'une certaine classe qui n'avaient fait que remplir son besoin de contacts. Elles passaient dans sa vie et étaient vite oubliées... Et puis, il y avait eu Béatrice, dont l'image s'imprimait encore avec force dans son esprit, même s'il savait depuis longtemps quel genre de femme elle était...

Perdu dans ses pensées, il s'aperçut soudain qu'il avait passé le coude de la petite rivière et s'était aventuré sous les arbres au hasard sans prêter trop d'attention au paysage. Il avait laissé ses hommes loin derrière, heureux de trouver un peu de solitude. Il s'immobilisa alors, dans l'ombre d'un sorbier, et jeta un rapide regard alentour. L'endroit était charmant : un décor de collines boisées traversé par la rivière. L'été, particulièrement chaud et sec, avait réduit le cours d'eau dans son lit, mais il courait sur les galets avec un petit chant paisible, scintillant sous le soleil. L'eau claire avait de légers reflets beiges. Devant lui, elle bondissait au-dessus d'un rocher et s'écoulait dans un large étang à quelques pas de là. L'eau avait l'air fraîche : une invitation à la baignade. Décidé à profiter de ce calme, Ban s'assit et entreprit de retirer ses bottes, mais un mouvement soudain attira son attention. Il n'était donc pas le premier à avoir trouvé cette clairière : quelqu'un nageait à l'autre bout de l'étang !

Instinctivement, il se cacha derrière un rocher et observa. Un cheval était attaché un peu plus loin, près d'une pile de vêtements. Soudain, il retint sa respiration et sourit : c'était une femme… Malgré les reflets de l'eau, il crut discerner une taille fine et de longues jambes fuselées. De longs cheveux bruns suivaient chacun de ses mouvements comme une algue exotique. Qui était-elle ? D'où venait-elle ? Il n'avait vu aucune maison sur sa route, et un seul regard sur le cheval lui avait assuré qu'elle n'était pas roturière. De toute évidence, elle n'avait rien non plus d'une jeune vierge rougissante ! Les filles à marier étaient surveillées de près et ne recevaient jamais la permission de chevaucher seules, encore moins pour se baigner nues dans un étang isolé au beau milieu des bois. Une seule catégorie de femmes n'hésiteraient pas à exposer leurs charmes aussi facilement… Nouveau sourire. Elle ne s'attendait certainement pas à rencontrer un client dans un lieu si reculé, mais l'opportunité était trop belle, et aucun homme au sang chaud ne saurait y résister ! Si elle se montrait douce, ils pourraient passer une demi-heure agréable sur la berge et Ban savait récompenser ce genre d'attentions avec générosité…

Décidé, il dénoua son pantalon et se glissa dans l'eau sans un bruit. Celle-ci était froide et le surprit, mais il s'immergea entièrement. La cascade camouflait le son de ses mouvements. Il plongea sous l'eau et nagea en direction de l'inconnue sans reprendre sa respiration. Lorsqu'il refit surface, la jeune femme était remontée sur la berge et se séchait avec une grande serviette de lin. Elle était plus jeune qu'il ne l'avait cru : peut-être dix-huit ans, à peine plus. Malgré son âge, son corps révélait les courbes généreuses d'une femme faite… Après s'être essuyée du mieux qu'elle put, elle s'enveloppa de sa serviette et s'assit sur un rocher pour laisser le soleil finir le travail. La chaleur commençait déjà à faire sécher ses cheveux, les faisant passer de brun sombre à une riche teinte auburn qui illuminait son charmant visage. Ban sentit son corps s'échauffer : il aurait été vraiment stupide de laisser passer une telle chance…

Chapitre 2

Tandis qu'Isabelle se laissait sécher par le soleil, son cheval leva brusquement la tête et poussa un hennissement. Elle n'était pas seule ! Elle suivit la direction du regard de la bête et sursauta. Un homme sortait de l'eau. Sans chercher à identifier l'intrus, elle bondit sur ses pieds et recula, prête à fuir. L'homme n'était visiblement pas armé, mais faisait sans doute près d'un mètre quatre-vingts et ses larges épaules, ses bras musclés trahissaient ses talents de guerrier. Son torse était sculpté, sans le moindre bourrelet, et ses longues jambes puissantes se dessinaient sous l'étoffe détrempée de son pantalon. Il s'immobilisa à quelques pas d'elle. L'observant avec plus d'attention, elle vit que sa chevelure mouillée avait un éclat fauve au soleil et aperçut de profonds yeux bleus au cœur de son visage rasé de près à la large mâchoire. Soudain, il sourit, révélant un rang de dents très blanches.

— Bon après-midi, lança-t-il cordialement.

Le cœur d'Isabelle se mit à battre follement : que signifiait une telle courtoisie, chez un homme qui apparaissait si brutalement devant elle, à demi nu ? Elle jeta un rapide coup d'œil autour d'elle. L'isolement du lieu se fit plus pesant face au danger : personne ne l'entendrait crier, d'ici… Finalement, elle parvint à retrouver une apparence de calme. Il ne fallait surtout pas lui montrer sa peur. De toute évidence, il se trompait sur son compte. Si elle parvenait à s'expliquer posément, elle avait peut-être encore une chance de se tirer de ce piège !

*
* *

Ban vit l'inconnue relever la tête d'un air décidé. A la place de la peur ou de l'embarras auxquels il s'attendait, elle posait sur lui un regard assuré, presque effronté. Il ne s'était donc pas trompé sur son compte. Cependant, il fut surpris de ne voir chez elle aucun signe de la froideur si habituelle chez les filles de joie. Peut-être que ce manque de passion qu'il avait si souvent remarqué ne venait qu'avec le temps… Au moins, la jeunesse de cette fille avait laissé à son corps une apparence presque virginale, ce qui ne fit qu'éveiller en lui un désir plus puissant. Depuis combien de temps n'avait-il pas ressenti d'émotion si violente face à une femme ? Il y avait de quoi être surpris… Il l'examina en détail, imaginant ses courbes sous les plis de la serviette. Elle dut s'en apercevoir car ses joues s'empourprèrent.

— Depuis combien de temps me regardiez-vous ? demanda-t-elle soudain.

— Assez longtemps…

Les joues déjà rosées devinrent plus rouges encore et les yeux noisette posés sur lui s'illuminèrent d'un éclat de rage.

— Comment osez-vous m'espionner ainsi ?

— C'est impardonnable, je le sais bien, admit-il, mais je ne pouvais détourner le regard. Un corps comme le vôtre est chose rare…

Elle retint sa respiration, visiblement choquée par une telle effronterie. Amusé, Ban attendit sa réaction sans se laisser troubler.

— Vous commencez par m'espionner, puis vous m'insultez ! lança-t-elle.

— Je ne vous insultais pas, je vous assure. Considérez cela comme un hommage à votre beauté.

— Je me passe facilement de ce genre d'hommages !

— Peut-être, mais tout hommage demande une récompense…

La jeune femme haussa les épaules.

— Comme dit le proverbe : un chien regarde bien un évêque.

— Ou une déesse, répondit-il avec un sourire.

— Je ne prétends pas être aussi haut placée.

— En effet, sinon je ne vous aurais certainement pas trouvée seule dans un tel endroit, et vous n'auriez pas osé nager nue dans cet étang.

A ces mots, Isabelle sentit son estomac se contracter. Elle fit un nouveau pas en arrière, mais l'étranger avança avec nonchalance.

— Vous n'avez pas à me craindre, mademoiselle, dit-il d'une voix douce. Je ne vous ferai pas de mal.

— Que voulez-vous de moi ?

— Une demi-heure de votre temps, que je paierai d'or…

Le sang quitta les joues d'Isabelle, auparavant brûlantes. Il ne pouvait pas parler sérieusement ! Hélas, il paraissait on ne peut plus franc : elle ne pouvait se tromper sur ses intentions… Il était trop tard, à présent, pour espérer le faire fuir par de simples mots, songea-t-elle, terrorisée. Elle n'avait plus qu'une option : prendre ses jambes à son cou !

Sans réfléchir, elle partit en courant, mais n'eut même pas le temps d'atteindre les premiers arbres. L'homme la rattrapa et la souleva de terre entre ses bras. Elle hurla et se débattit de toutes ses forces ; il n'y avait rien à faire. Il avait une poigne d'acier et la regardait en souriant. Il se moquait d'elle ! Soudain, sans prévenir, il se pencha sur elle et l'embrassa avec fougue.

Isabelle voulut protester mais ne put que pousser un cri étouffé, qu'il ignora. Son baiser se fit plus pressant, il attendait sans doute d'elle qu'elle se laisse faire. Ecrasée entre ses bras, elle commençait à avoir du mal à respirer. De sentir la chaleur du corps de l'homme contre sa nudité si vulnérable, la panique s'insinua en elle. Il s'écarta un peu et la dévisagea d'un regard brûlant, un dangereux regard de prédateur… Elle devait à tout prix le faire fléchir !

— S'il vous plaît… Je vous en supplie…

De toute évidence, il ne comprit pas le sens de son balbutiement et répondit :

— Ne crains rien, ma douce, tu auras ce que tu désires, je te le promets.

Ces mots la traversèrent comme un éclair : il croyait qu'elle le désirait ! Elle se débattit de plus belle, dans un effort désespéré pour se libérer.

— Lâchez-moi ! Reposez-moi au sol ! hurla-t-elle.

Il la tenait toujours contre lui, mais moins fermement, comme pris d'un doute soudain.

— Que diable… ?

— J'ai dit : lâchez-moi !

Chez n'importe quelle autre femme, Ban aurait pris cet accès de violence pour un jeu, une lutte factice destinée à éveiller ses ardeurs. Mais celle-ci avait vraiment peur et son regard ne trahissait pas la moindre flamme de complicité. Que se passait-il ?

— Calme-toi, petite diablesse ! protesta-t-il. Je n'ai pas l'intention de te faire mal !

— Dans ce cas, posez-moi par terre.

La peur se montrait de plus en plus présente dans sa voix, et Ban hésita.

— Qu'y a-t-il ? Quel est le problème ?

— Comment osez-vous me poser une telle question, brute !

— Brute ? Vraiment ? Je crois que je ferais mieux de t'apprendre les bonnes manières !

La jeune femme se débattit plus violemment et faillit se libérer.

— Il faudra me tuer d'abord ! hurla-t-elle.

— Petite idiote ! Je n'ai aucune intention de te tuer ; je veux juste te donner du plaisir !

— Jamais !

C'était une mise au défi, et la tentation était trop forte… Ban serra les dents, le corps enflammé de désir. Il voulait cette femme, plus que toutes celles qu'il avait connues ! Si bon lui semblait, il lui serait facile d'atteindre son but. Soudain, il posa les yeux sur elle : elle paraissait terrifiée et ne trahissait aucun désir. Ban sentit sa propre passion fléchir. Il avait déjà vu suffisamment de violence et entendu assez de cris de femmes dans sa vie… Jamais il n'infligerait cela à une conquête, encore moins à celle-ci.

— Pour une femme qui ne cherche pas à exciter les instincts des hommes, reprit-il sur un ton plus respectueux, vous êtes bien peu habillée.

Elle ne répondit pas, mais la manière dont elle le dévisagea remplaça tous les discours.

— Ne craignez rien, la rassura-t-il. Je ne prendrai jamais une femme contre son gré.

A ces mots, il relâcha son étreinte et l'aida à se remettre sur pied, au grand soulagement d'Isabelle. Elle s'écarta immédiatement, et remonta le drap de lin sur son corps. Son cœur battait à tout rompre. Elle devait être très pâle, après cet accès de panique…

L'homme ne la quittait pas des yeux.

— Vous feriez mieux de vous expliquer, lança-t-il d'un air sévère.

— Je… Ce n'est pas ce que vous croyez… Honnêtement, j'avais seulement l'intention de me baigner…

— Quelle idée stupide ! Est-ce que votre époux sait que vous vous promenez seule ?

— Je ne suis pas mariée.

Après tout, c'était vrai, et elle n'avait pas l'intention de l'éclairer plus que cela sur son passé…

Cet aveu parut le surprendre. Il était vrai qu'elle avait largement l'âge de se marier, et que, d'après ce que l'on disait, elle était plutôt jolie.

— Et votre père ? demanda-t-il encore. Est-il au courant ?

— Non, avoua-t-elle.

— Il devrait vous surveiller de plus près. C'est de la folie, pour une femme, de chevaucher seule en pleine campagne !

Il aurait pu vous arriver n'importe quoi, et je ne parle pas que de viol ! Vous auriez pu vous faire tuer…

De nouveau, le feu monta aux joues d'Isabelle. Il avait raison : elle avait agi sans réfléchir et ses critiques étaient fondées. Il la dévisageait d'un air féroce et avait prouvé qu'il était bien plus fort qu'elle. L'estomac d'Isabelle se noua : dire qu'il aurait pu lui faire subir n'importe quoi, et qu'il le pourrait encore… Elle n'avait plus qu'à espérer qu'il ait été sincère en déclarant qu'il ne forcerait jamais une femme à lui céder…

Cette femme ne pouvait pas deviner les pensées qui luttaient en Ban. Bien sûr, il était en colère, mais surtout contre lui-même ! Dire qu'il avait failli… Qu'il avait encore envie d'elle… Son imagination éveilla une nouvelle fois ses désirs et il eut du mal à les faire taire. Enfin, il ramassa les vêtements de l'inconnue et les lui lança.

— Rhabillez-vous.

Elle attrapa sa chemise et sa jupe, mais s'immobilisa face à lui. Elle paraissait toujours aussi terrifiée, mais quelque chose d'autre brillait à présent dans ses yeux… Quelque chose qui ressemblait à de l'agacement.

— Est-ce que vous avez l'intention de me regarder faire ?

— Il est un peu tard pour avoir des accès de pudeur, vous ne croyez pas ? lui répliqua-t-il sèchement.

Isabelle faillit protester, mais elle se retint. D'un mouvement rapide, elle enfila sa longue chemise avant de laisser le drap tomber à ses pieds, puis passa sa robe. Pendant ce temps, le regard de l'étranger ne cillait pas. Il lui tendit enfin sa ceinture de lainage et l'observa tandis qu'elle la nouait. Elle finit par lui tourner le dos pour enfiler ses bas et nouer ses jarretières — opération rendue délicate par ses mains tremblantes. Enfin, elle enfila ses chaussures sous l'œil critique de l'homme.

— Vous êtes encore un peu décoiffée, mais au moins vous voilà décente, remarqua-t-il quand elle eut fini.

Isabelle leva les yeux sur lui. Il lui sourit, comme pour saluer son courage, mais son regard bleu conservait un éclat dangereux.

— Vous paraissez bien hautaine pour quelqu'un qui dévoile si librement ses charmes, lança-t-il.

Peu à peu, la colère vint remplacer la peur. Vêtue, Isabelle retrouvait un peu de son assurance.

— Je n'ai jamais eu l'intention de les dévoiler devant *vous*.

— Devant moi, ou un autre, vous couriez le même danger ! Heureusement pour vous, je n'ai jamais eu envie de forcer une vierge…

Isabelle ne put s'empêcher de penser que sa virginité s'était envolée depuis longtemps… Il valait mieux qu'il ne le sache pas ; il pourrait changer d'avis en la croyant expérimentée en la matière.

— Non, répliqua-t-elle, vous préférez jouer au coq et faire peur aux femmes !

Il la dévisagea d'un air incrédule.

— Petite diablesse ingrate ! Je devrais vous corriger pour cela !

— Vous n'oseriez pas…

Face au regard glacial de l'homme, elle s'interrompit. Il paraissait soudain si froid, si implacable.

— Ah, je n'oserais pas ? Mettez-moi au défi et vous verrez !

Mais Isabelle n'avait pas l'intention de le défier à faire quoi que ce soit. Il l'avait déjà suffisamment humiliée comme cela !

— J'ai bien envie, reprit-il, de vous reconduire chez vous moi-même et de dire à votre père de vous fouetter. Cela vous apprendra peut-être les bonnes manières…

Le sang reflua des joues d'Isabelle, tant à cause de la peur que de sa colère. Elle avait suffisamment été fouettée par des hommes qui pensaient que Dieu leur donnait le droit de punir en permanence le sexe faible ! De rage, elle voulut lui dire ses quatre vérités, mais se retint : il fallait se montrer prudente. Si son père découvrait ce qui venait de se passer, Murdo le saurait aussi, et cela risquerait d'avoir de graves conséquences… Peu importe qu'elle se sente profondément révoltée, il valait mieux pour le moment jouer le rôle de la jeune vierge contrite.

Ainsi, elle baissa les yeux, et dit d'une petite voix :

— Je vous en prie, ne le dites à personne. Je ne recommencerai pas, je vous le jure !

— Dans ce cas, dit-il, vous feriez mieux de rentrer chez vous et d'y rester.

Il lui prit fermement le bras et la conduisit à son cheval. A travers le lainage de sa robe, Isabelle sentait la chaleur troublante du corps de l'homme, mais elle chassa cette pensée. Lorsqu'elle atteignit sa monture, il la souleva de terre avec la même facilité insultante que tout à l'heure et la déposa sur la selle, puis il lui tendit les rênes.

— Je ne pense pas que nous nous revoyions jamais, dit-il, et je vous souhaite donc bonne chance.

Elle le dévisagea un dernier instant, puis tourna bride. Avant de partir, elle lança :

— Nous ne nous rencontrerons pas de nouveau. Du moins, pas si je vous vois en premier !

Elle éperonna son cheval et partit au petit trot. Elle jeta un dernier regard en arrière. L'homme souriait. L'avait-il admirée pour son courage, sa combativité ? Elle s'enfonça sous les arbres, sentant toujours le regard de l'inconnu posé sur elle.

Soudain, une vague d'inquiétude l'envahit de nouveau et Isabelle accéléra le pas. Elle ne ramena sa monture à une allure plus modérée qu'après avoir mis une grande distance entre la clairière et elle. Le choc était passé, mais ses mains tremblaient encore sur le pommeau de la selle… Elle avait frôlé un véritable danger, et c'était presque un miracle d'en avoir réchappé si facilement. L'inconnu était si fort ; il aurait pu la forcer sans aucun problème. Qu'est-ce qui avait bien pu l'en empêcher ? Clairement, il l'avait prise pour une fille de joie, et elle devait avouer, malgré sa honte, qu'elle était entièrement responsable de cette méprise…

A cette pensée, une chaleur l'envahit : il l'avait prise dans ses bras avec tant de passion, et ses lèvres brûlaient encore de son baiser. Elle sentait encore la pression sur sa bouche, sa nudité contre son torse et ses mains chaudes sur sa peau… Il lui avait fait peur, soit, cependant cette intimité qu'ils avaient partagée ne lui avait finalement pas été aussi désagréable qu'elle aurait dû. Oui, s'avoua-t-elle avec honte, elle avait apprécié cette étreinte malgré sa terreur…

Brusquement, elle se reprit. Elle n'avait pas à songer à de telles choses : seule une femme de petite vertu pouvait apprécier un tel contact, si brutal ! Elle avait eu de la chance de s'en sortir sans mal et ne devait pas s'appesantir sur cet événement. Et surtout, son père et son frère — et Murdo — ne devaient *jamais* en entendre parler.

Enfin, elle atteignit Castlemora sans autre problème. Heureusement, les hommes n'étaient pas encore rentrés. Elle confia précipitamment ses rênes à un écuyer et rejoignit sans tarder les appartements des femmes par le chemin de derrière. Dans son état actuel, il valait mieux rester discrète et hors de vue… Comme elle l'avait espéré, la chambre était vide à cette heure-ci et, une fois en sécurité à l'intérieur, elle quitta sa robe verte rapidement pour en enfiler une bleue. Enfin, elle s'appliqua à se recoiffer. Ses cheveux avaient presque séché et les mèches auburn coulaient entre ses doigts, animées d'un éclat flamboyant dans la lumière de l'après-midi. Ce fut à cet instant que Nell apparut.

— Vous êtes là, milady ! Où donc étiez-vous partie ?

— Je me promenais à cheval, lui répondit Isabelle le plus posément possible.

— Et vous êtes encore sortie sans chaperon, je suppose…

Nell ramassa la robe jetée au sol d'un geste impatient. C'était une femme d'une petite cinquantaine d'années, potelée, aux cheveux gris. Elle avait élevé Isabelle depuis ses premières années et considérait que cette intimité lui donnait le privilège d'être sa confidente attitrée. Ainsi, elle lui parlait franchement, sans aucune retenue. Malgré cette familiarité parfois gênante, elle demeurait gentille et soutenait Isabelle sans hésitation — bien qu'elle la critiquât souvent. Une fois qu'elle eut ramassé la robe, elle tourna le regard vers Isabelle et dut voir son expression coupable, car elle ajouta :

— Vous ne devriez pas sortir seule, milady… De nos jours, la campagne est un lieu dangereux pour une femme : nombreux sont les voyous désespérés qui passent la frontière, et une femme seule est une proie facile pour eux.

Ces mots rappelèrent à Isabelle les événements de l'après-midi et elle ne put réprimer un frisson. Nell avait raison, et jamais on ne la reprendrait à chevaucher si loin sans escorte ! Il fallait être folle pour prendre deux fois un tel risque… Bien sûr, elle avait souvent des envies de solitude, mais elle devait se montrer plus prudente à l'avenir.

— Je suis navrée, Nell, répondit-elle. Je ferai plus attention, je te le promets.

Elle était sincèrement désolée et Nell la dévisagea avec douceur, probablement surprise de la voir si docile. Evitant son regard, Isabelle préféra se concentrer sur un nœud particulièrement tenace dans ses cheveux.

— Je suis heureuse que vous preniez cette décision, lança Nell. Qui sait ce qui pourrait vous arriver si vous croisiez des hors-la-loi ou des maraudeurs ?

Les joues d'Isabelle s'enflammèrent et elle s'appliqua plus encore à sa tâche.

— Laissez-moi m'occuper de vos cheveux, proposa Nell.

Ce disant, elle s'empara du peigne, et Isabelle n'eut d'autre choix que de se laisser faire tandis que sa femme de chambre tressait son épaisse chevelure en y intégrant un ruban assorti à sa robe.

— Vous savez, poursuivit-elle tout en s'activant, si Murdo découvre ce que vous avez fait, il vous obligera à prendre un chaperon, la prochaine fois. Et nous savons déjà qui ce sera…

— Je ne le laisserai pas s'imposer auprès de moi si facilement !

— Croyez-vous vraiment qu'on vous laissera le choix ? Il a pris beaucoup de pouvoir, ici, et est presque aussi obéi que votre père. Personne n'ose remettre en question ses choix et ses actions, de peur de se voir punir… Ses hommes commencent même à arpenter le domaine comme s'il leur appartenait !

— Je sais, mais les choses changeront quand Hugh deviendra seigneur de Castlemora.

Nell soupira.

— Votre frère est encore très jeune, répondit-elle. Sera-t-il vraiment capable d'être son propre maître ? En attendant, Murdo gardera le contrôle sur Castlemora, vous pouvez en être certaine… Et son ambition reste à craindre.

Elle se tut un instant, puis reprit à voix basse :

— Vous devez savoir que ses sentiments pour vous n'ont pas faibli.

— Peut-être, mais je ne ressens aucune tendresse pour lui, et il le sait.

— Il vous a déjà parlé de tout cela ?

— Oui.

A cet aveu, Nell lâcha un petit soupir agacé.

— Décidément, cette brute devient de plus en plus effrontée !

— Ne t'en fais pas, Nell : je lui ai clairement fait comprendre que je n'avais aucune intention de l'épouser.

— Il ne s'arrêtera pas à un refus, j'en ai peur…

Nell avait raison, songea Isabelle. Murdo lui-même lui avait dit la même chose !

— Vous devez vous remarier le plus tôt possible, poursuivit la vieille femme.

— Tu penses à lord Ban ?

— Bien sûr, qui d'autre pourrait vous épouser ?

L'espace d'un instant, Isabelle revit le visage de l'étranger, avec ses cheveux fauves et ses beaux yeux bleus… Non, il ne fallait plus y penser ! Hélas, le souvenir de son baiser enflammait encore ses lèvres. Il l'avait prise dans ses bras. Il l'avait vue nue. De nouveau, la honte lui enflamma les joues. Elle ne reverrait plus jamais cet homme, et c'était une bonne chose !

— Si vous refusez les avances de lord Ban, continua Nell, vous risquez de devoir épouser Murdo.

Elle avait raison, songea Isabelle, et une nouvelle terreur l'envahit.

— Je préférerais encore prendre le voile ! protesta-t-elle.

— Ce serait la seule autre option…

— De toute manière, j'ai l'impression d'être un bien à vendre quand je vois à quel point mon opinion est méprisée !

— L'opinion d'une femme n'a aucun poids quand il s'agit de mariage, milady. Vous le savez aussi bien que moi.

— A une époque, mon père n'aurait jamais songé à me laisser un choix si pauvre, même pour plaire à Glengarron !

En effet, le père d'Isabelle avait reçu de nombreuses propositions avant de la lier à Alistair Neil. Bien sûr, elle avait été enchantée de se voir destinée à un époux si prestigieux… Il aurait comblé toute jeune fille : beau, courageux, riche et courtois. Hélas, elle était jeune et naïve. Elle n'avait cherché à le connaître réellement que lorsqu'il avait été trop tard pour le fuir.

— Oui, votre père a eu des attentions pour vous, concéda Nell, mais les choses ont changé à présent…

— Si les Neil avaient accepté de me rendre ma dot, je ne me trouverais pas dans une si mauvaise passe !

— C'est vrai qu'ils auraient dû mieux se comporter à votre égard.

— Hugh voulait aller les voir et récupérer l'argent. J'avoue que j'aurais aimé qu'il le fasse…

— Vous savez très bien que cela aurait fini en bain de sang, protesta Nell. Est-ce vraiment ce que vous voulez ?

Isabelle poussa un profond soupir : bien sûr qu'elle ne le voulait pas !

— Les Neil, reprit-elle, ne sont rien d'autre que des voleurs rapaces et sans cœur ! Mais je sais bien que Castlemora n'a pas besoin de voir son sang versé, et je n'accepterais jamais ma dot à un tel prix…

— C'est très bien. Rien de bon ne pourrait sortir d'une telle querelle, répondit Nell en nouant la lourde tresse avec un ruban. Si je puis me permettre, je pense qu'il serait sage de votre part de ne pas rejeter lord Ban. Après tout, il est la seule personne qui peut encore vous sauver des griffes de Murdo.

Isabelle réprima un frisson à cette idée. N'allait-elle pas fuir un danger pour courir au-devant d'un autre, bien plus inquiétant ? L'histoire allait-elle se répéter ? Glengarron était-il un reflet de Dunkeld et lord Ban, d'Alistair Neil ? De plus, même si son prétendant était un homme bon, le problème des héritiers se posait toujours… Peut-être n'était-ce pas uniquement la faute d'Alistair si elle n'avait porté aucun enfant. Que se passerait-il si elle était réellement stérile ? On avait souvent vu des hommes répudier leurs épouses pour de tels motifs ! Finalement, le cloître était peut-être son destin, après tout…

Soudain, on frappa à la porte et Isabelle fut tirée de ses sombres pensées : un domestique se présenta.

— Milady, annonça-t-il, votre père m'envoie vous dire que les cavaliers de Glengarron sont arrivés, et que votre présence est souhaitée.

Isabelle prit une profonde inspiration, se composa un visage aussi paisible qu'elle le put, et répondit :

— Très bien. Je descends.

Le serviteur salua et s'effaça pendant qu'Isabelle se levait avec maladresse. Lord Iain était-il venu, lui aussi ? Elle ne l'avait pas vu depuis son enfance, mais n'avait jamais oublié quel homme puissant et charismatique il était. *Voilà* un homme digne de ce nom ! Lord Ban lui ressemblerait-il ? La trouverait-il belle ? Et s'il ne l'appréciait pas ? Soudain, un froid glacial la figea sur place : elle avait été si tourmentée par ses inquiétudes qu'elle en avait oublié l'essentiel ! *Lord Ban pouvait très bien ne pas la trouver à son goût…* Et s'il refusait de l'épouser, Murdo se glisserait à sa place comme un serpent. L'estomac noué, elle se tourna vers Nell.

— Ai-je l'air bien ?

Nell la gratifia d'un sourire.

— Vous êtes très belle.

Isabelle lissa les plis de sa robe d'un geste nerveux et quitta la chambre. Son père allait probablement recevoir ses hôtes dans la grande salle. Depuis le couloir, elle percevait le murmure de voix d'hommes. Ils se désaltéraient sans doute avec un peu de bière tout en délivrant à son père des messages de la part de leur seigneur. Enfin, elle passa l'encadrement de la porte et jeta un coup d'œil dans la salle.

Hugh se tenait auprès de leur père, et un troisième homme bien plus grand, de dos, leur parlait avec politesse.

Isabelle prit une seconde profonde inspiration et, après avoir rassemblé tout son courage, s'avança vers eux. Son père l'aperçut soudain et lui fit un signe rassurant de la tête.

— Te voilà, ma fille, lança-t-il. Viens donc saluer notre hôte.

A ces mots, l'étranger fit volte-face et le cœur d'Isabelle bondit dans sa poitrine. Une paire d'yeux très bleus la dévisageait, éveillant dans leur éclat le souvenir de la scène de l'après-midi ! L'homme l'observa avec une sorte de surprise amusée : il l'avait reconnue, cela ne faisait aucun doute…

Enfin, son père reprit la parole :

— Lord Ban, permettez-moi de vous présenter ma fille : Isabelle.

Chapitre 3

Pendant quelques instants, Isabelle dévisagea lord Ban, le cœur battant, incapable de prononcer le moindre mot. Une chaleur soudaine envahit sa nuque et ses joues : elle devait être écarlate, et tout le monde allait le voir ! Les yeux bleus ne la quittaient pas. Puis enfin, lord Ban sourit d'un air malicieux et son visage s'illumina. Elle pria pour que le sol s'ouvre en deux et l'avale sur-le-champ ! Heureusement, un flot d'indignation vint à son secours. Elle rassembla son courage et fit une révérence cordiale avant de tendre à Ban une main qu'il s'empressa de prendre et d'effleurer de ses lèvres. A ce simple contact, la chair d'Isabelle s'éveilla en un frisson irrépressible.

— Dame Isabelle, dit-il simplement.

Aux yeux de tous, il devait paraître poli et distant, mais sous ses paroles elle sentit comme un éclat d'amusement, et un voile de transpiration chatouilla le front d'Isabelle. Son père s'apercevrait-il de son trouble ? Et Hugh ? Grâce au ciel, Murdo n'était pas présent : il aurait sans doute compris qu'il y avait anguille sous roche… Par un violent effort de volonté, elle parvint à sourire.

— Bienvenue à Castlemora, messire, répondit-elle.

— Je vous remercie.

— Vos hommes sont également les bienvenus, s'empressa-t-elle d'ajouter à l'attention du groupe de cavaliers qui se tenait à l'écart.

Immédiatement, ils la saluèrent sans trahir le moindre regard de connivence avec leur maître. Isabelle réprima un soupir de soulagement : ils n'étaient pas au courant de la scène de l'après-midi. D'ailleurs, même si Ban leur en avait fait le récit, comment pourraient-ils reconnaître l'inconnue du lac sous les traits de la jeune châtelaine qui les accueillait chez elle ?

Quant à son père, s'il remarqua le trouble de sa fille, il n'en montra rien.

— Lord Ban nous a amené de très bons chevaux, Isabelle, dit-il.

— J'ai hâte de les voir, père…

— Tu les verras, affirma ce dernier, avant de se tourner vers son hôte. Ma fille est très bonne cavalière. Elle sait se faire accepter des chevaux.

Ban répondit par un nouveau sourire.

— J'espère que nos bêtes sauront la satisfaire.

— J'en suis certaine, intervint Isabelle. Mon père m'a souvent répété que le seigneur de Glengarron a l'œil pour sélectionner ses chevaux.

— En effet. Il trouve toujours les meilleures montures, ainsi que les meilleurs étalons…

A ces mots, le ventre d'Isabelle se noua. Pourquoi fallait-il que Ban parle d'étalon ? Mal à l'aise, elle s'empressa de changer de sujet :

— La réputation de votre seigneur le précède.

— C'est certain, milady.

Sous ses dehors distants, Ban la dévisagea d'un air surpris. Avait-il senti son malaise ? Etant donné la scène de l'après-midi, il s'attendait sans doute à ce qu'elle ait moins de pudeur…

Mais le père d'Isabelle reprit soudain :

— Oui, Iain a rendu sa force à Glengarron.

— Tout autant que vous, avec Castlemora, répondit Ban.

— Nous ne pouvons espérer plus que notre union s'affirme pour tenir tête à nos ennemis, n'est-ce pas ?

L'allusion était claire, au grand désespoir d'Isabelle… Par bonheur, lord Ban ne parut pas relever le sous-entendu.

— En effet, messire, se contenta-t-il de répondre.

— Nous parlerons plus longuement de tout cela quand le moment sera venu, conclut le père d'Isabelle avec un grand sourire. En attendant, j'ai hâte de voir ces nouveaux chevaux. Pas toi, Isabelle ?

— Oui, père.

Il lui tendit son bras et, reconnaissante pour cette échappée belle, elle l'accompagna dehors. Ban s'écarta pour les laisser passer, mais elle surprit de nouveau sur son visage ce sourire machiavélique qui l'avait tant troublée. Il emboîta finalement le pas à Hugh et les suivit jusqu'à la cour. Ce petit seigneur s'amusait à ses dépens, songea Isabelle en redressant fièrement la tête, bien décidée à ne pas le laisser gagner. Bien sûr, le passé ne pouvait être changé mais, s'il espérait la surprendre de nouveau dans un moment de faiblesse, il se trompait lourdement !

Lorsqu'ils atteignirent la cour, ils découvrirent les chevaux, bien alignés devant eux : trois charmantes juments, à la musculature fine et puissante. Hugh paraissait satisfait.

— Ce sont en effet de bons chevaux, messire, observa-t-il.

Ban le remercia d'un signe de tête.

— Mon beau-frère les a choisis lui-même.

— Et il a bien choisi, ajouta le père d'Isabelle.

Elle se tourna vers lui : il examinait les bêtes avec attention, d'un regard auquel aucun détail n'échappait.

— Qu'en dis-tu, ma fille ? demanda-t-il soudain.

— Elles sont magnifiques…

Lâchant le bras de son père, elle s'approcha de quelques pas de l'une des juments : une bête à la robe baie lustrée, ornée d'une étoile blanche sur le front. Le cheval se tourna vers elle et renifla longuement sa main de ses narines dilatées. Visiblement, elle ne se sentit pas menacée et se détendit, abaissant son museau soyeux dans la main tendue.

— Votre père avait raison : vous savez vous faire accepter des chevaux ! la complimenta Ban.

Il s'était approché à quelques pas d'elle et flatta la jument. Consciente de sa présence, si proche, si troublante, Isabelle se concentra sur la bête.

Plus loin, son père les couvait d'un regard bienveillant.

— Ma fille a su monter presque aussi vite qu'elle a su marcher, lança-t-il. Peu de gens parviennent à l'égaler lors de courses.

— Je suis certain que, dans de nombreux domaines, la dame n'a pas d'égale…

Le ton de Ban était clairement ambigu, mais apparemment elle fut la seule à s'en apercevoir. Elle lui lança discrètement un regard de reproche, mais il ne parut pas décontenancé pour autant.

Le père d'Isabelle s'approcha et caressa l'encolure de la jument d'une main de connaisseur, examinant chaque courbe des muscles de son dos, de ses flancs et de ses pattes.

— Membres bien dessinés, commenta-t-il. Ossature solide…

Isabelle s'efforça de suivre le regard de son père et ajouta :

— Elle paraît également très énergique.

— En effet. Lord Ban, vous me disiez qu'elles sont toutes trois débourrées…

— Oui, messire.

A ces mots, Isabelle ne put s'empêcher de se tourner vers son père.

— Pourrai-je la monter, demain ?

— Pourquoi pas ? Tu n'as qu'à toutes les essayer.

Pour la première fois depuis son retour à Castlemora, Isabelle sentit son cœur s'alléger : monter ces juments pourrait être amusant. Si ses premières impressions ne l'avaient pas trompée, ces bêtes lui réservaient de bien agréables promenades…

Finalement, son père se tourna vers son hôte.

— Lord Ban, accepteriez-vous de rester parmi nous quelque temps, pour voir comment les bêtes s'acclimatent ici ? De plus, je suis persuadé qu'Isabelle serait enchantée de pouvoir chevaucher à vos côtés : ma propre santé me le permet rarement en ce moment, j'en ai peur…

Ban jeta un rapide coup d'œil à Isabelle avant qu'elle ne baisse les yeux. Avait-il lu son angoisse à l'idée de se retrouver de nouveau seule avec lui ? Quoi qu'il pensât, il sourit et acquiesça.

— J'en serai enchanté, messire.

Isabelle dut se mordre la lèvre pour ne pas intervenir. Il se moquait d'elle ! Elle pouvait lire en lui comme dans un livre ouvert : il pensait clairement qu'elle n'avait aucune pudeur... Envisageait-il déjà de profiter de la promenade du lendemain pour la conduire dans un lieu isolé, où elle ne pourrait se défendre ? A cette simple idée, le feu lui monta aux joues, mais elle fit de son mieux pour ne rien montrer de son trouble : elle ne lui offrirait pas de nouvelle occasion de savourer son pouvoir sur elle !

Soudain, Hugh intervint :

— Je serais ravi de chevaucher avec vous, si vous n'y voyez pas d'objection.

Emplie d'une profonde gratitude envers son frère, elle lui lança un grand sourire.

— Aucune objection. Viens avec nous, Hugh !

— Dans ce cas, ce sera avec plaisir...

— En attendant, j'ai hâte d'entendre des nouvelles de mes amis, à Glengarron, coupa leur père. J'espère que vous me raconterez tout à table, lord Ban.

Ban salua très bas, sans un mot.

— Parfait ! reprit le vieil homme avec un regard entendu en direction de sa fille. Cela nous fera du bien d'avoir un peu de compagnie. Nous menons une vie bien calme et dénuée d'aventures, ici, n'est-ce pas, Isabelle ?

— Je ne m'en plains pas, père.

Malgré sa feinte indifférence, Ban ne put s'empêcher de noter une soudaine rougeur teinter les pommettes d'Isabelle.

— Les aventures sont parfois à double tranchant... Qu'en dites-vous ? glissa-t-il. Amusantes, mais aussi dangereuses.

Elle rougit de plus belle en croisant son regard et Ban ne put s'empêcher de sourire.

— Peut-être bien, messire, répondit-elle. Pour ma part, je les ai toujours considérées comme des événements furtifs et bien vite oubliés.

Touché, songea-t-il. Décidément, il s'amusait beaucoup en sa compagnie…

— Milady, permettez-moi de ne pas être d'accord avec vous… Certaines aventures vous laissent un souvenir indélébile.

Les yeux noisette d'Isabelle s'élargirent, feignant la surprise, mais dans ce regard Ban surprit un éclair de colère — bien vite effacé.

— Si l'aventure vous intéresse à ce point, répliqua-t-elle, vous avez dû vivre de nombreuses expériences similaires par le passé.

Ban faillit éclater de rire : s'ils avaient été seuls, il lui aurait sans doute fait payer son impertinence ! L'espace d'un instant, il laissa ses pensées vagabonder, imaginer le genre de leçon qu'il aurait pu lui donner. Hélas, ils n'étaient pas seuls. Pas encore…

— Les aventures sont le piment de la vie, affirma-t-il poliment, c'est pourquoi je ne m'en lasse pas.

— Je vous crois sur parole, messire.

Une pointe d'excitation s'éveilla en Ban. Dire qu'il avait cru savoir à quoi s'attendre, lors de cette visite à Castlemora… Il avait vraiment eu tort : rien ici n'était prévisible, ou ennuyeux, comme il l'avait craint ! Il ne pouvait s'empêcher d'être profondément intrigué par Isabelle. La fougue, chez une femme, ne le dérangeait pas : après tout, sa sœur avait elle aussi un fort caractère. D'ailleurs, cela ne semblait pas troubler Iain non plus… De plus, son beau-frère avait toujours su contrôler l'esprit bagarreur de sa femme : sans tenter de la briser, il savait comment amener Ashlynn à se plier à ses volontés d'elle-même. Connaissant depuis l'enfance le tempérament enflammé de sa sœur, Ban s'était souvent demandé par quel miracle Iain avait accompli un tel exploit !

Perdu dans ses pensées, il observa Isabelle de loin. Serait-il capable de la plier à ses volontés, lui aussi ? Cette simple idée échauffa son corps d'un désir soudain…

*
* *

Le soir même, pendant le repas, Isabelle put observer plus attentivement lord Ban. A son grand soulagement, il ne fit aucune nouvelle allusion aux événements de l'après-midi et, à la demande de son père, la conversation tourna principalement autour de Glengarron et des nouvelles que leur hôte avait à leur apprendre. Puisqu'elle n'avait pas grand-chose à dire, Isabelle se contenta d'écouter avec attention. Comme tout le monde à Castlemora, elle avait appris depuis longtemps le mariage entre lord Iain et lady Ashlynn, mais les circonstances de leur union avaient de quoi intriguer. D'après la rumeur, il lui aurait pris sa virginité puis l'aurait épousée de force, ce qui — connaissant le caractère de l'intéressé — n'avait rien de vraiment surprenant... Cependant, cette rumeur ne correspondait pas aux apparences heureuses de leur mariage. De plus, lord Ban ne serait sans doute pas aussi amical avec un homme qui aurait maltraité sa chère sœur... Comme elle l'écoutait parler avec affection de ses neveux, Isabelle surprit dans sa voix un éclat de fierté et d'affection ; jamais elle n'aurait suspecté un tel attendrissement de sa part ! Ainsi, plus le repas avançait, plus sa curiosité augmentait.

— N'avez-vous plus aucune famille, à l'exception de votre sœur, messire ? se décida-t-elle à demander.

Ban hésita un instant avant de répondre, et son regard se voila d'une tristesse furtive, comme causée par un souvenir douloureux. Cependant, quand il prit de nouveau la parole, sa voix était posée et courtoise :

— Non, milady. Ma sœur et moi sommes les seuls survivants de notre famille. Tous nos autres parents ont été tués par les mercenaires du roi Guillaume.

— Je suis navrée de l'apprendre...

Elle croisa un instant son regard mais ne baissa pas les yeux.

— Et qu'en est-il de votre demeure ? reprit-elle.

— Brûlée, milady.

— Une triste affaire, intervint le père d'Isabelle d'un air désolé. Le roi Guillaume a décidément bien des comptes à rendre...

— Oui, mais à qui les rendrait-il ? lança Isabelle. J'imagine que son pouvoir est trop bien assis en Angleterre pour que quiconque puisse le défier.

— Vous avez entièrement raison, milady, répondit Ban. Hélas, la Northumbrie a payé le prix fort pour avoir essayé.

Tous demeurèrent silencieux un instant, puis la conversation changea de sujet. Isabelle, pour sa part, réfléchit longuement à tout ce que Ban venait de dire. Même s'il n'était pas rentré dans les détails, elle imaginait aisément l'horreur qu'il avait vécue : elle avait entendu de nombreux récits relatant la brutalité des soldats du roi en Northumbrie… On disait qu'ils avaient creusé une tranchée de six miles de long à travers le pays et avait réduit ce royaume autrefois florissant en cendres. Aucune pitié n'avait été montrée envers la population : les hommes, les femmes et les enfants avaient tous été massacrés pour assouvir la rage du roi… Bien sûr, tout cela s'était passé plusieurs années auparavant, alors qu'Isabelle était à peine sortie de l'enfance, mais, à la seule mention de cette guerre, l'ombre d'une terreur ancienne monta de nouveau en elle. Tous ceux qui avaient pu fuir la Northumbrie l'avaient fait, traversant la frontière à la recherche d'un refuge auprès de leurs familles, ou se vendant au plus offrant s'ils n'avaient plus personne vers qui se tourner. Même une vie de servitude était préférable à la colère meurtrière du roi… Comment Ban et sa sœur avaient-ils pu s'enfuir ? Les avait-on poursuivis jusqu'à la frontière, ou bien avaient-ils eu de la chance ? Comment avaient-ils rencontré lord Iain ? Toutes ces questions se pressèrent dans sa tête et elle comprit qu'elle n'aurait aucun répit tant qu'elle ne saurait pas toute l'histoire. Cependant, au vu de la réticence évidente de Ban à en parler, elle supposa que ces souvenirs le faisaient encore souffrir. Il aurait été discourtois de sa part d'insister…

A présent qu'il parlait de nouveau avec son père, elle avait au moins le loisir de l'examiner en détail. Même installé confortablement à table, cet homme conservait une allure féline, puissante. Soudain, le souvenir de sa force lui revint et ses joues s'enflammèrent à l'idée de l'humiliation qu'elle avait subie. Elle avait été entièrement à sa merci, mais il n'en avait pas profité, du moins pas autant qu'il aurait pu… De toute évidence, il l'avait prise pour une fille de joie : son comportement l'avait clairement indiqué et elle ne pouvait lui en vouloir. Elle avait tout fait pour l'induire en erreur… Brusquement, la honte fit place à une émotion différente, trouble ; quelque chose qui ressemblait étrangement à du regret. Puis une idée terrifiante la frappa : après ce qui s'était passé entre eux, il ne voudrait sans doute pas l'épouser ! Aucun homme ne désirerait une femme à la vertu douteuse. Depuis toujours, le comportement des femmes et des hommes était jugé selon deux lois bien distinctes… Isabelle n'était pas assez naïve pour se croire protégée de cette injustice ! Si seulement elle ne s'était pas montrée aussi imprudente, dans la forêt…

Inquiète, elle jeta un rapide coup d'œil à Ban. Que pensait-il d'elle, à présent ? Puisqu'il était venu jusqu'ici, cela voulait sans doute dire qu'il avait le désir de se marier, si du moins elle avait la chance de lui plaire. D'ailleurs, songea-t-elle soudain, elle-même n'aurait pas regardé lord Ban avec tant d'aversion s'ils n'avaient pas partagé ces instants humiliants dans la journée… Mais à quoi bon chercher à lui plaire ? Un seul acte inconsidéré avait suffi à détruire toutes les chances qu'elle avait de le séduire ! Elle avait tant cherché à fuir Murdo qu'elle avait fini par agir sans réfléchir et se jeter presque dans ses bras ; car quel homme voudrait épouser une telle femme, après l'avoir vue se baigner nue dans un lac, sans chaperon ?

Un frisson glacé la parcourut. Elle avait tant pensé à Ban qu'elle avait temporairement oublié la menace que représentait Murdo. Il était installé à la même table qu'eux, ne prenait pas part à la conversation, mais écoutait avec attention tout ce qui se disait. Elle lui jeta un coup d'œil à la dérobée, et croisa un instant son regard : son expression était indéchiffrable. Malgré cela, sa seule présence suffisait à la rendre mal à l'aise et elle s'empressa de détourner les yeux. Si elle acceptait de servir de monnaie d'échange dans cette alliance entre Castlemora et Glengarron, cela aurait au moins l'avantage de l'éloigner des griffes du maître d'armes ! Hélas, sa folie de l'après-midi risquait de lui coûter très cher…

Après un temps, elle se leva de table et s'excusa auprès des hommes en leur souhaitant une bonne nuit. Ban se leva en même temps qu'elle pour la saluer et lui répondit avec un sourire.

— J'espère que vous avez toujours l'intention de chevaucher avec nous demain, milady, dit-il.

Il chercha un instant son regard et le soutint. Ses yeux trahissaient à la fois une certaine interrogation et un soupçon de défi… Il jouait avec elle ! Isabelle voulut d'abord refuser, mais elle ne pouvait fuir sa promesse sans causer un grand déplaisir à son père. Elle ne devait pas prendre le risque de décevoir un homme qui était à la fois son hôte et son prétendant potentiel. Décidée à faire bonne figure, elle sourit à Ban et répondit :

— Bien sûr. Vous pouvez compter sur moi, messire.

— Dans ce cas, intervint Hugh, je suggère que nous nous levions tôt pour éviter la pleine chaleur.

— Bonne idée, acquiesça Ban.

Enfin, il effleura d'un baiser le dos de la main d'Isabelle, la retenant auprès de lui quelques secondes de plus que nécessaire. La chaleur de son souffle éveilla en elle un frisson furtif, mais elle n'en montra rien et s'empressa de tourner les talons.

De retour dans les appartements des femmes, elle s'aperçut qu'elle n'avait absolument pas envie de dormir. Elle renvoya rapidement Nell et s'installa dans l'embrasure d'une fenêtre entrouverte. Le soir était calme et un parfum léger de terre chaude et d'herbe coupée envahissait la chambre. Au loin, à l'ouest, une lueur rosée s'attardait encore, dessinant l'horizon d'une ligne et se noyant dans le ciel sombre illuminé de quelques étoiles. Quelques chauves-souris volaient au milieu des arbres du verger et quelque part au loin un chien aboya. Puis tout redevint silencieux. Il était rare de profiter d'un air si doux à cette époque de l'année, et la tranquillité du parc ne fit qu'accentuer la tristesse sourde d'Isabelle.

Elle imaginait sans peine la scène qui devait se dérouler à présent dans la grande salle. Vus de l'extérieur, les hommes devaient se montrer souriants et bienveillants. Lord Ban ne chercherait jamais à offenser son père de manière intentionnelle : l'amitié entre Castlemora et Glengarron était trop précieuse pour prendre un tel risque... Il se montrerait diplomate. Après tout, la livraison des chevaux donnait à tout le monde une excuse pour éviter de parler de mariage. A présent qu'il avait rempli sa mission, Ban partirait probablement sans même prendre la peine de demander à son hôte la main de sa fille... Les larmes montèrent soudain aux yeux d'Isabelle et, pour la dixième fois depuis le début du repas, elle se maudit en silence pour sa bêtise.

Chapitre 4

Si Isabelle avait secrètement nourri l'espoir de voir Ban dormir tard le matin suivant, elle fut grandement déçue. A peine s'approcha-t-elle de l'écurie qu'elle aperçut sa silhouette, près des chevaux sellés et prêts au départ. Hugh se tenait auprès de lui, accompagné par une troisième silhouette : Murdo ! Un frisson glacé parcourut Isabelle, mais elle ne pouvait plus faire demi-tour. Lorsqu'ils l'aperçurent, les hommes se tournèrent vers elle et Ban l'accueillit d'un grand sourire. Malgré son trouble, elle parvint à le saluer avec courtoisie avant d'examiner les chevaux.

— Je suis navrée, messire, dit-elle pour combler le silence. J'espère que je ne vous ai pas trop fait attendre.

— Pas du tout, vous arrivez au bon moment.

Dans l'espoir d'éviter un instant de plus son regard, elle s'approcha de la jument baie et caressa doucement son museau soyeux. D'un œil averti, elle détailla la selle et le harnais : tout était en place.

— Permettez-moi, proposa Ban.

Il s'approcha à son tour et tint la bride de la jument pour permettre à Isabelle de se mettre en selle. Dès qu'elle fut installée, une main puissante glissa son pied dans l'étrier, s'arrêtant quelques instants sur sa cheville. Troublée par cette caresse furtive, Isabelle maintint son regard sur sa jupe et en arrangea nerveusement les plis.

Enfin, Ban la laissa et se mit en selle à son tour. Son cheval alezan paraissait puissant et fougueux, mais Ban le contrôlait à merveille. Il se mit aux côtés d'Isabelle tandis que Hugh et Murdo se placèrent à leur suite. La petite troupe était suivie à bonne distance par les hommes de Ban.

— Quelle escorte, remarqua Isabelle. Craignez-vous le moindre danger, messire ?

— Ce n'est qu'une précaution, répondit Ban. Il est risqué de chevaucher seul en ces temps troublés…

Les joues d'Isabelle s'enflammèrent et elle jeta un rapide coup d'œil à son compagnon : il paraissait parfaitement innocent et serein. Malgré son air courtois, sa réprimande avait été claire… Il ne lui permettrait sans doute pas d'oublier ce qui s'était passé entre eux et l'estomac d'Isabelle se noua. Après tout, elle avait mérité cette remarque acerbe ! Quoi qu'il en soit, elle ne mordrait pas à l'hameçon. Décidée à conserver sa dignité, elle éperonna son cheval et s'éloigna au petit galop.

La jument avançait d'un pas égal et répondait au moindre mouvement ; c'était un plaisir de la monter… Soudain, une étendue d'herbe s'ouvrit devant elle et elle décida de laisser sa monture se délier les pattes. Sans demander son reste, la bête s'élança, martelant la terre de ses sabots, la crinière au vent. Enivrées de vitesse, jument et cavalière ne prêtèrent plus aucune attention au battement des sabots, loin derrière. Brusquement, le cheval alezan arriva à leur hauteur. Isabelle se tourna vers Ban et surprit un éclair d'anxiété dans ses yeux. Elle le dévisagea avec surprise : avait-il vraiment cru qu'elle avait perdu le contrôle de sa monture ? Dans ce cas, il se méprenait une fois de plus à son sujet ! Il était peut-être temps de mettre au défi toutes ses idées préconçues… Amusée, Isabelle accéléra encore le pas.

Comme elle s'éloignait, Ban comprit qu'il avait eu tort de s'inquiéter : Isabelle n'avait absolument pas perdu le contrôle de sa jument ! Au contraire, elle le testait, lui ! Bientôt, la longue étendue d'herbe se referma en un sentier étroit flanqué d'arbres, et Ban dut ralentir le pas pour s'y engager derrière Isabelle. Ils poursuivirent leur course, en prenant soin d'éviter les branches basses et les racines saillantes. La jument sauta par-dessus une branche tombée puis un lit de ruisseau asséché. Ban suivit sans ralentir quand, soudain, il aperçut devant eux un grand arbre, sans doute déraciné par une tempête, couché en travers du chemin. Le tronc était énorme et paraissait encore très solide, mais Isabelle n'hésita pas : sa jument se rassembla, muscles tendus, et s'élança. Tétanisé, Ban la vit bondir par-dessus le tronc pour atterrir sur le terrain découvert, juste derrière.

Décidé à ne pas se laisser distancer, il ralentit légèrement sa monture avant de la faire sauter à son tour. Le cheval dépassa l'obstacle avec facilité et atterrit sain et sauf de l'autre côté. Pour le féliciter, Ban le laisser galoper à son rythme dans le pré. L'animal répondit au moindre geste et, bien qu'il fût plus gros et plus lourd que la jument, il réduisit peu à peu l'écart entre eux. Enfin, Ban rattrapa Isabelle.

Lorsqu'elle l'aperçut à sa hauteur, elle parut surprise un bref instant avant de retrouver son air d'indifférence habituel. Elle accéléra encore un peu, mais Ban n'eut aucune difficulté à la suivre. Bientôt, les chevaux commencèrent à souffler, les muscles tremblant sous le coup de l'effort et de l'excitation. Les deux cavaliers durent s'immobiliser. Ban lui-même, le souffle court, était déchiré entre un amusement coupable et un certain agacement vis-à-vis d'Isabelle. Pourquoi donc cherchait-elle à l'inquiéter comme cela par sa course folle ? Il n'allait certainement pas se laisser piéger par ses airs d'innocence : la diablesse s'amusait bel et bien à ses dépens !

En l'observant plus attentivement, il remarqua que le grand air avait coloré ses joues et illuminé son regard noisette d'une étincelle de plaisir. Quelques mèches s'étaient échappées de sa tresse austère et auréolaient à présent son visage d'un halo involontaire qui renforçait plus encore son apparence innocente. Hélas, cela éveillait aussi en Ban des pensées érotiques inconvenantes... Depuis leur rencontre, dans la clairière, l'image du corps dénudé d'Isabelle ne le quittait plus. Dans un grand effort de volonté, il chassa ses pensées et fit un signe en direction de la jument de celle-ci.

— Est-ce qu'elle vous convient ? demanda-t-il.

— Oh, oui ! lui répondit Isabelle en gratifiant la bête d'une caresse sur l'encolure. J'ai l'impression de voler comme le vent…

— Vous n'en étiez pas loin, croyez-moi. Est-ce que vous chevauchez toujours à une telle allure ?

Elle parut soudain soucieuse — ou bien se moquait-elle encore ?

— Est-ce que je vais trop vite pour vous, messire ?

L'espace d'un instant, incrédule, il ne sut quoi répondre. Puis il eut une soudaine envie d'éclater de rire : s'ils avaient été seuls, il aurait parfaitement su comment punir cette impudence… Cette idée était d'ailleurs fort plaisante, mais, hélas, ils n'étaient pas seuls. Refoulant ses pulsions, il se contenta de demander :

— Qui vous a appris à chevaucher comme cela ?

— Mon père, surtout, et un écuyer du nom d'Hamish.

— Ils ont bien fait leur travail…

— Je le crois aussi, répondit-elle d'un air fier avant de se tourner vers le cheval alezan. Vous avez une bonne monture. Comment s'appelle-t-il ?

— Crins de Feu.

— Cela lui va bien. Est-ce que vous l'avez débourré vous-même ?

— Oui, mais il m'a donné du mal.

— Je veux bien vous croire.

Avant que Ban puisse ajouter le moindre mot, leurs compagnons apparurent et vinrent rapidement s'immobiliser auprès d'eux.

— Aimes-tu cette jument, ma sœur ? demanda Hugh.

— Oui, beaucoup ! C'est justement ce que j'étais en train de dire à lord Ban…

— Cette bête sait galoper, hein, Murdo ? reprit Hugh.

— En effet… Quoi qu'il en soit, vous avez pris un dangereux risque en chevauchant à une telle vitesse, milady.

*
* *

Le maître d'armes conservait un ton de voix humble, mais Isabelle sentit sa profonde désapprobation. Pour qui se prenait-il ? Il n'avait aucun droit de la critiquer ! Il n'avait d'ailleurs aucun droit sur elle, et n'en aurait jamais !

— Je ne vous ai pas demandé de m'escorter, Murdo, lui répliqua-t-elle sèchement. Vous aviez tout à fait le droit de contourner les obstacles si vous les jugiez trop dangereux.

Hugh étouffa un éclat de rire et remarqua :

— Elle a clairement marqué un point, Murdo !

Le maître d'armes, quant à lui, se contenta d'incliner la tête.

— Milady a beaucoup de franc-parler…

L'espace d'un instant, son regard prédateur croisa celui d'Isabelle. Elle l'avait mis en colère, il n'y avait pas de doute… Elle leva la tête d'un air de défi, décidée à ne pas perdre de son autorité, même si, intérieurement, elle regrettait déjà son geste d'humeur qui ne devait sans doute pas l'avoir montrée sous son meilleur jour. Elle l'avait vexé et aurait plutôt dû se montrer prudente avec lui : Murdo n'était pas homme à pardonner les affronts et le contrarier n'apportait jamais rien de bon.

Ban, qui s'était contenté d'observer ce court échange en spectateur, sentit sa curiosité poindre. La tension entre Isabelle et le maître d'armes était évidente… Quel secret cela cachait-il ? Après tout, à l'exception de présentations rapides, il ne savait presque rien de Murdo, mais il ne pouvait s'empêcher de sentir le poids de sa présence près de lui. A en croire sa place à table, la veille, cet homme jouissait d'une position privilégiée au sein du domaine, comme s'il était un membre de la famille et non un serf… Mais après tout, cela n'avait rien d'inhabituel : les maisons riches recueillaient souvent des parents pauvres et leur offraient une situation. Murdo avait une position influente, en effet. Cependant, Ban ne put s'empêcher de penser qu'en travaillant dur et seul, un homme pouvait se hisser plus haut encore.

Ce maître d'armes était très probablement un homme

capable — Ban avait rencontré suffisamment de guerriers pour les reconnaître au premier coup d'œil. Une arme à la main, Murdo devait être dangereux, voire même un ennemi mortel, et il possédait aussi une grande autorité naturelle… A en juger par le comportement de ses hommes, il avait clairement su s'attirer leur respect, ce qui n'était jamais une tâche facile lorsque les hommes en question étaient des mercenaires endurcis. Oui, la réputation de puissance de Castlemora n'était pas usurpée. Murdo devait seulement juger qu'il était de son devoir de se montrer protecteur envers Isabelle, même lorsqu'elle considérait ses attentions comme des entraves à sa liberté. Cela expliquerait d'ailleurs facilement la tension presque palpable entre eux. Finalement, songea Ban, c'était la seule explication plausible…

Avant qu'il ait le temps de réfléchir plus avant à ce sujet, le petit groupe repartit à un pas moins soutenu, et la conversation se porta sur d'autres sujets. Isabelle n'accorda pas le moindre mot au maître d'armes, ni même le moindre regard, et la fin de la promenade se déroula sans incident.

Près d'une heure plus tard, ils étaient de retour à Castlemora et le père d'Isabelle sortit dans la grande cour pour les accueillir. Il jeta un regard interrogateur à sa fille.

— Dis-moi, comment s'est comportée la jument ?

— Très bien, père. Elle est rapide et pleine d'énergie, comme nous le pensions.

— Bien… Peut-être trouveras-tu le temps de monter les autres ?

Isabelle acquiesça dans un sourire et mit pied à terre. Lord Ban l'imita et rejoignit le petit groupe, quelques pas plus loin. A se tenir si près de lui, Isabelle sentit de nouveau le poids de sa force et de sa grande taille à ses côtés. Cette image lui rappela immédiatement leur rencontre, la veille, et lui enflamma tout le corps… Elle jeta un rapide coup d'œil à Ban et surprit un sourire tranquille. Avait-il deviné ses pensées ? Non, bien sûr : c'était impossible ! Malgré cela, ses joues, déjà colorées par l'air frais, brûlèrent de plus belle.

Par bonheur, son père ne parut pas s'apercevoir de son embarras et se tourna vers Ban :

— J'espère que vous avez apprécié votre promenade, messire...

— Bien sûr ! Après tout, ajouta-t-il avec un regard en direction d'Isabelle, qui n'apprécierait pas de se trouver en si charmante compagnie ?

Le père d'Isabelle répondit par un sourire satisfait. *Il le serait sans doute beaucoup moins s'il connaissait toute la vérité*, songea Isabelle.

Enfin, tout le monde rentra dans la demeure, troquant la chaleur du soleil contre l'agréable fraîcheur de la grande salle. Son père envoya les domestiques chercher des rafraîchissements et servit lui-même la bière avant de tendre une coupe à son hôte.

— C'est vraiment agréable d'avoir de nouveau un peu de compagnie, dit-il.

— Vous êtes trop bon, répondit Ban. Je vous avoue que je trouve Castlemora très accueillant...

— Merci ! lança le père d'Isabelle en donnant à Ban une petite tape sur l'épaule. Je suis heureux que vous vous sentiez bien chez nous. Je craignais que vous ne nous trouviez inhospitaliers !

— Certainement pas, bien au contraire. J'espère d'ailleurs avoir un jour l'honneur de vous rendre la pareille.

Le père d'Isabelle eut un petit sourire.

— Si j'étais en meilleure santé, je vous rendrais visite avec plaisir. Cependant, cette chaleur me fatigue beaucoup et je crains que cela n'améliore pas mon état...

— Vous m'en voyez navré, répondit Ban d'un air sincère.

— Ne vous préoccupez pas de moi ! J'ai encore assez de force pour vous faire visiter le domaine, si vous le souhaitez.

Ban parut hésiter un instant.

— Messire, ne vous épuisez pas pour moi...

— Ne vous en faites pas ! Je serais heureux de vous accompagner !

— Dans ce cas, j'accepte avec plaisir.

Isabelle avait observé la scène avec un malaise croissant : son père ne se donnait sans doute pas tout ce mal *seulement* pour faire visiter les lieux à leur hôte... Il avait certainement des choses à lui dire en privé, et cela ne concernerait pas les nouveaux chevaux !

Rapidement, les deux hommes atteignirent le bout du verger et s'arrêtèrent pour admirer la vue sur le domaine.

— C'est magnifique, lança Ban. Castlemora est décidément situé dans une belle vallée...

— En effet, répondit Archibald Graham avec une pointe de fierté. Je suis heureux de léguer à mon fils un domaine plus fort et plus riche qu'il ne l'était quand j'en suis devenu le seigneur.

Il demeura muet un instant avant de reprendre :

— Mais je ne vous ai pas amené ici pour parler de mon fils, j'imagine que vous vous en doutez.

Ban acquiesça en silence. Ils allaient enfin aborder la véritable cause de sa venue ici. Depuis son arrivée, il s'y était préparé et savait ce qu'il avait à dire. Cela n'allait certainement pas être une conversation facile mais il était essentiel de se montrer franc : il valait mieux éviter toute incompréhension...

— Comme je vous l'ai dit, poursuivit Graham, ma santé décline à vue d'œil et je souhaite ardemment voir ma fille remariée avant ma mort.

— C'est un but louable, messire, bien que je vous souhaite encore de longues années de vie.

— Hélas, je crains qu'il ne soit déjà trop tard... Mes douleurs à la poitrine se font de plus en plus fréquentes ; c'est le prix de l'âge, je le crains.

Nouveau silence.

— Bref, reprit finalement Graham, votre venue n'est pas uniquement due aux chevaux — qui sont par ailleurs magnifiques...

— Oui, vous souhaitez me parler de dame Isabelle.

— Son premier mariage a pris fin bien trop tôt, et personne n'aurait pu s'en douter.

— Son époux est mort dans un accident de chasse, c'est bien cela ?

— Oui. Une flèche perdue tirée d'un fourré, expliqua Graham d'un air navré. Le coupable n'a jamais été identifié. J'imagine qu'il s'agissait d'un braconnier qui a tiré sans prêter attention aux alentours et qui a paniqué en voyant ce qu'il avait fait…

— C'est tout à fait possible : l'homme a dû fuir pour échapper à la potence.

— Quoi qu'il en soit, c'est une bien triste affaire qui a laissé Isabelle plus vulnérable que jamais.

— N'a-t-elle donc pas souhaité demeurer auprès de la famille de son époux ?

— Pour être honnête, avoua Graham, elle n'a jamais été très proche de sa belle-mère.

— Je vois…

— Quand j'ai négocié cette union, elle me paraissait bonne, mais avec le temps…

Graham parut hésiter et jeta un coup d'œil incertain à Ban, comme s'il se demandait jusqu'où il pouvait se montrer franc. Enfin, il prit une profonde inspiration et poursuivit :

— Avec le temps, j'ai eu de nombreuses raisons de m'en repentir. Les Neil ont refusé de rendre à ma fille la moindre part de sa dot.

Stupéfait, Ban le dévisagea.

— Refusé ?

— Oui, qu'ils aillent brûler en enfer !

A cette nouvelle, Ban prit le temps de réfléchir, bien que ce ne fût pas pour les raisons qui semblaient tant effrayer son hôte : il ne se souciait pas de l'argent, il en avait suffisamment. Seulement, si Isabelle n'avait qu'une petite dot à offrir à son nouvel époux, cela devait grandement réduire ses chances de faire un second mariage digne de son rang… Et, d'un autre côté, son père semblait très pressé de l'installer de nouveau en ménage. Soudain, la volonté de Graham de renforcer ses liens avec Glengarron prit une désagréable apparence de prétexte pour parvenir à ses fins. Il n'avait sans doute sélectionné Ban qu'en raison de son rang amoindri… *Bien sûr*, songea-t-il, *tu ne peux t'attendre à un beau mariage !* Les motivations de Graham devinrent évidentes au fil de sa réflexion, et éveillèrent en lui une certaine amertume. Cette proposition ne faisait que lui rappeler tout ce qu'il avait perdu, tout en lui offrant un peu d'espoir — l'espoir de redonner un avenir à sa maison.

— Elle aura une dot, bien sûr, reprit soudain Graham, mais je ne pourrai lui donner autant que je le voudrais. Malgré mes demandes répétées, les Neil ne rendront rien de la dot originelle. A moins que je ne parvienne à les faire changer d'avis, je ne suis pas libre de doter pleinement ma fille…

— Et quel prétexte ont-ils avancé pour étayer leur refus ? demanda Ban, de plus en plus persuadé que cela cachait quelque chose.

— Ils ont mis en avant le fait que ce mariage ne laissait pas d'héritier.

Ainsi, c'était cela ! Les doutes de Ban se firent plus présents : il devait savoir toute la vérité avant de s'engager. Cependant, un tel sujet devait être abordé avec beaucoup de précautions ; il ne lui servirait à rien de blesser l'honneur de son hôte.

— Pas d'héritier ? demanda-t-il. L'enfant est donc mort ?

— Non, il n'y a pas eu d'enfant… Feu mon gendre a souvent été absent sur ordres du roi. Je suppose qu'il pensait avoir tout son temps pour engendrer un fils…

Ban ne put dissimuler sa surprise. Comment un jeune marié pouvait-il ainsi déserter le lit conjugal, surtout quand l'épouse était aussi jolie qu'Isabelle ? Même le roi ne demanderait un tel sacrifice qu'en cas d'urgence militaire — ce qui n'avait pas été le cas durant l'année précédente. Non, cela cachait un autre problème, plus important… Bien sûr, Graham n'avait aucune raison de le tromper : il s'était montré honnête jusqu'à présent. Alors pourquoi ces cachotteries soudaines ? Le problème concernait-il Isabelle elle-même ?

— Je suis surpris d'apprendre que Neil a fui une telle responsabilité, dit-il avec prudence.

— Il était stupide, répliqua Graham.

De nouveau, il parut hésiter avant de poursuivre :

— Isabelle est féconde, messire, finit-il par ajouter.

— Vraiment ?

Ban ne souhaitait pas vexer son hôte, mais il devait tout savoir avant de répondre.

— Vous connaissez mon histoire familiale, messire, expliqua-t-il posément. Je ne peux me permettre de la répéter... Le point le plus important est que, en tant que dernier descendant mâle de ma maison, je dois impérativement donner naissance à un héritier sous peine de la voir s'éteindre.

— Bien sûr, je vous comprends tout à fait.

— Dans ce cas, vous comprendrez aussi que je dois être certain de la fécondité de ma promise avant le mariage...

Graham le dévisagea d'un air soupçonneux.

— Que suggérez-vous exactement ?

— Des fiançailles secrètes. Par la suite, si tout se déroule comme nous le souhaitons, notre arrangement pourra être rendu public.

— Je comprends. On a déjà vu de tels accords, mais il ne sera pas facile de garder la chose secrète...

— Vous pouvez vous fier à ma discrétion, le rassura Ban.

Graham parut réfléchir encore quelques instants.

— C'est tout de même risqué.

— C'est un risque calculé, messire, répondit Ban, puisque vous êtes certain que tout se passera bien...

— Si je vous donne mon accord, j'ose espérer que vous saurez prendre en main ce problème aussi rapidement que possible.

— Je m'en occuperai dès que j'aurai votre aval.

Graham demeura silencieux un long moment, réfléchissant sans doute à cette nouvelle proposition. Ban ne tenta pas de le presser : bien sûr, il y avait déjà eu des précédents, et les circonstances présentes étaient particulièrement inhabituelles, mais son hôte devait prendre seul sa décision. Ban savait pertinemment qu'il désirait Isabelle Graham, et ce depuis leur rencontre ; cependant, il ne pouvait se permettre de faire passer son désir physique avant l'intérêt de son nom. Il avait un devoir envers sa famille, envers les âmes de ses proches assassinés. Il fallait qu'il soit certain de pouvoir poursuivre sa lignée…

Au bout de plusieurs minutes, Graham acquiesça.

— Je suis d'accord : nous célébrerons des fiançailles secrètes, en attendant de pouvoir annoncer le mariage.

— A présent, il ne nous reste plus qu'à nous assurer du consentement de votre fille.

— Isabelle m'obéira, répondit fermement Graham.

Cette affirmation ne surprit pas Ban : il appartenait au père de trouver un époux convenable pour sa fille, et il appartenait à la fille de se plier à sa volonté. Si Graham paraissait si sûr de lui, il fallait en conclure qu'Isabelle respecterait son choix sans hésiter. Malgré tout, Ban ne put s'empêcher de se demander ce que celle-ci penserait réellement de cette union… Accepterait-elle volontiers sa main ? Ou bien considérerait-elle secrètement qu'un tel mariage ne faisait pas honneur à son rang ? C'était, après tout, ce que Béatrice avait pensé… Bien sûr, Ban avait été bien plus jeune, à l'époque, et bien plus inexpérimenté. Il s'était laissé aveugler par un beau visage sans chercher à percer le réel caractère de sa bien-aimée. Il n'avait compris l'ampleur de son erreur que lorsqu'il lui avait ouvert son cœur et lui avait demandé sa main…

Pendant un instant, Béatrice l'avait dévisagé en silence avant d'éclater de rire.

— Veux-tu vraiment m'épouser ? avait-elle demandé.

Ban avait cru que cette réaction n'était due qu'à un instant de surprise et avait répondu le plus naturellement du monde :

— Oui bien sûr, pourquoi pas ?

— Mon père n'acceptera jamais que je me marie à un Anglais !

— Ne t'en fais pas, je vais lui parler. Je peux le faire changer d'avis…

— Et ce n'est pas tout, avait coupé Béatrice.

— Qu'y a-t-il ? Je suis assez riche pour entretenir une famille.

— Peut-être, mais où sont tes terres ?

A ces mots, le sourire de Ban s'était effacé.

— On me les a volées, avait-il répondu froidement.

— Et tu n'as aucun moyen de les récupérer.

— J'en trouverai d'autres !

— Et comment ? Tu ne possèdes pas le genre d'influence qui pourrait t'apporter un domaine.

Ban avait refoulé un accès de rage mêlée de tristesse. Il n'allait pas se déclarer vaincu si facilement !

— Je trouverai bien un moyen, avait-il assuré.

— Même si tu trouves, cela prendra des années, et je ne veux pas gâcher ma vie à attendre un miracle.

— Gâcher ta vie ? Vraiment ?

Il s'était tu un instant, sous le choc de cette révélation, puis avait repris :

— Au moins, nous serions ensemble…

— Et nous vivrions dans un fossé, au bord des routes !

— Cela m'étonnerait. J'ai assez d'argent pour t'offrir une vie confortable.

— Peut-être, mais tu ne peux pas m'offrir une position digne de mon rang !

— Est-ce que cela compte à ce point pour toi ?

— Evidemment ! lui avait répliqué Béatrice. Mon père est un homme riche et puissant, seigneur d'un grand domaine. Mon époux ne devrait-il pas lui ressembler ?

— Je ne peux pas te blâmer pour un tel désir, avait répondu Ban, le cœur serré.

— Dans ce cas, nous nous comprenons.

— Seulement, je pensais… J'espérais que tes sentiments pour moi te permettraient de dépasser ce problème…

Béatrice avait eu un sourire glacial.

— Tu es bien présomptueux, seigneur ! J'ai un devoir envers ma famille, envers mon nom, et je ne compte pas l'oublier pour me jeter dans les bras d'un moins-que-rien.

Soudain, la colère de Ban avait explosé :

— Les seigneurs de Heslingfield ne sont *pas* des moins-que-rien ! Ils descendent d'une ancienne et noble lignée !

— Et où sont-ils, maintenant ? Ils n'ont plus aucun pouvoir, plus aucune influence ! Ils ne sont plus rien !

Troublé, Ban chassa ces souvenirs douloureux. Il avait agi comme un idiot, à l'époque, et en avait payé le prix… Heureusement, l'amant naïf et idéaliste qu'il avait été avait fini par faire place à un homme mûr qui ne nourrissait plus aucune illusion sur le monde qui l'entourait. L'offre de mariage de Graham était une belle opportunité, après tout, une chance qu'il n'avait jamais osé espérer. Cette union pourrait servir de fondations à de grandes choses, avec le temps…

— Très bien, dit-il enfin. Nous avons un accord, seigneur Graham.

Son hôte sourit et lui tendit la main.

— Vous ne le regretterez pas, lui assura-t-il.

Tout en serrant la main de Graham, Ban espéra secrètement que le vieil homme ait raison.

Chapitre 5

Isabelle dévisagea son père, abasourdie. Avait-elle vraiment bien compris ce qu'il venait de lui dire ?

— Des fiançailles secrètes ? répéta-t-elle.

— Tout à fait.

— Des fiançailles qui accorderont à Ban tous les droits d'un époux ?

— Oui.

L'incrédulité fit lentement place à l'indignation. Ce petit seigneur anglais pensait-il vraiment qu'elle allait accepter un tel marché ? Le simple fait qu'il ait proposé un accord aussi humiliant montrait bien quelle image il avait d'elle, depuis le jour même de leur rencontre…

— Père, vous ne pouvez pas accepter cela ! protesta-t-elle.

— Au contraire, je suis très sérieux.

Elle l'observa longuement. Son regard froid, inflexible, la tétanisait.

— Le mariage est une chose, reprit-elle le plus calmement qu'elle put, mais ce que vous me demandez en est une autre.

— J'admets qu'il s'agit d'un procédé inhabituel, mais cela s'est déjà fait.

— C'est à peine mieux que de la prostitution ! éclata-t-elle soudain, incapable de se contenir plus longtemps.

— Cela n'a rien à voir ! coupa son père. Je n'aurais jamais accepté si j'avais jugé que cela puisse te causer préjudice.

Il se tut un instant, puis reprit posément :

— Dans le fond, les fiançailles ne sont pas très différentes du mariage. La seule différence ici, avec des fiançailles normales, est que nous ne les rendrons publiques que quand tu seras enceinte.

A ces mots, Isabelle comprit pleinement ce que cela impliquait et le feu lui monta aux joues. Lord Ban avait réellement dû prendre plaisir à échafauder ce petit complot contre elle ! Quand il avait finalement obtenu l'accord de son père, il avait dû exulter ; et il devait prendre à présent un grand plaisir à imaginer ses réactions, à elle…

— Je ne suis pas une jument qui attend d'être montée par n'importe quel étalon de Glengarron, s'écria-t-elle, hors d'elle.

— Le devoir d'une épouse est de porter des enfants, et tu n'as pas encore su le faire ! lui répliqua son père.

— Ce n'était pas ma faute !

— Isabelle, je t'ai accordé le bénéfice du doute jusqu'à présent, mais maintenant c'est à toi de te montrer digne de cette confiance.

— Je m'en montrerai digne, père. Seulement, je refuse de le faire ainsi, dans le secret, comme une fille des rues.

Son père la dévisagea avec froideur.

— Tu es veuve, sans enfants, et sans dot — pour ainsi dire. Par le Christ, dois-je te le répéter encore ? Tu as une chance de reconstruire ta vie : saisis-la ! A moins que tu ne préfères prendre le voile…

Incapable d'articuler le moindre mot, Isabelle baissa les yeux. Son père dut prendre cela pour un accord, car il ajouta :

— C'est bien ce que je pensais.

Elle ferma un instant les yeux, dans l'espoir d'apaiser le flot de panique qui montait en elle. Son père n'avait dit que la stricte vérité : elle n'était pas en position de se montrer exigeante et, surtout, elle n'avait aucune envie d'entrer au couvent. De plus, elle ne pouvait se permettre aucun refus. Si elle ne se pliait pas à cette proposition — aussi révoltante soit-elle — elle laissait le champ libre à Murdo… Tout ce qui lui resterait à faire serait de demander sa main à son père et elle lui serait accordée sans discussion. Et si cela arrivait, elle ne pourrait plus espérer le moindre bonheur…

Décidée à faire face à cette nouvelle épreuve, elle prit une profonde inspiration et demanda :

— Quand auront lieu les fiançailles ?

— Dans deux jours : jeudi prochain.

Le cœur d'Isabelle se mit à battre la chamade : cela devait-il se passer si vite ?

— C'est beaucoup trop tôt ! protesta-t-elle d'une voix faible.

— Trop tôt ou non, tes fiançailles auront lieu jeudi.

— Une telle hâte est indécente, père !

Le regard posé sur elle se fit plus froid encore.

— Ton opinion n'a aucune importance, lui répliqua-t-il. Tu feras ce que l'on te dit. La cérémonie aura lieu dans mon bureau privé. J'y inviterai lord Ban sous prétexte de parler affaires, et il sera facile pour toi de nous y rejoindre sans être aperçue de quiconque : tout le monde sera en plein travail. La maison sera presque vide et, de toute manière, la cérémonie ne durera pas longtemps…

Oui, il avait raison : il leur faudrait à peine quelques instants pour joindre leurs mains et prononcer des vœux qui la soumettraient à Ban à jamais. Qu'il était facile de se débarrasser d'une femme, de transformer sa vie… Lors de son premier mariage, elle n'avait pas non plus eu son mot à dire, mais au moins son union avec Alistair avait été publique, suivie par un festin et la nuit de noces… Toute la journée durant, il n'y avait eu que plaisanteries paillardes et rires. Des rires de façade, uniquement…

Un frisson la parcourut comme elle se remémora les nuits passées dans le lit de son époux. Des nuits qu'elle avait vite appris à craindre. « Votre défunt mari était incapable de la moindre excitation physique », avait dit Murdo d'un air moqueur, mais il se trompait. Alistair avait parfois réussi à obtenir une érection, mais à un terrible prix… La gorge nouée, Isabelle vit le passé défiler devant ses yeux. Elle revit son époux, debout au pied du lit, qui retirait lentement sa ceinture et enroulait l'un des bouts autour de son poing.

— Enlève ta chemise, avait-il ordonné.

— Messire, je vous en prie…

— Enlève-la.

Les mains tremblantes, elle avait obéi. Lorsqu'elle avait été nue, il avait eu un sourire cruel et satisfait.

— Allonge-toi comme je te l'ai appris.

Les larmes aux yeux, elle s'était exécutée. Elle savait pertinemment ce qui allait suivre. Elle savait aussi que le châtiment serait plus brutal si elle tentait de résister…

Soudain, la ceinture s'était abattue sur ses fesses, laissant un sillage brûlant sur sa peau. Isabelle avait réprimé un hurlement et s'était agrippée à la couverture. Au début, la fierté l'avait empêchée de crier, mais elle avait rapidement compris son erreur. Alistair ne pouvait être excité que par ses cris et il ne cessait de la battre que lorsqu'il avait obtenu satisfaction. Lorsque enfin elle s'était laissée aller à hurler sous la douleur, il avait posé sa ceinture et s'était allongé sur elle. Ecrasée contre le matelas sous son poids, elle n'avait pu l'empêcher de lui écarter les cuisses avec son genou. Il l'avait prise ainsi, par derrière. Chaque fois, cela la faisait souffrir mais, puisque ses cris provoquaient une profonde excitation chez son époux, cette partie du calvaire ne durait jamais longtemps… Au bout d'une ou deux minutes, son mari s'était retiré et il s'était allongé à ses côtés, suant, rassasié. Isabelle, quant à elle, avait fermé les yeux et avait longuement prié en silence. Pourvu qu'elle tombe enceinte, cette fois… Pourvu que, d'une manière ou d'une autre, la semence faible de son époux parvienne à se fixer en elle…

Isabelle avait entendu dire que les femmes pouvaient parfois trouver du plaisir dans l'acte sexuel, mais elle n'y croyait pas vraiment. Comment pouvait-on aimer cela, même avec un homme qui ne soit pas violent ? Alistair avait imaginé de nombreux moyens de parvenir à ses fins, et presque tous impliquaient de la souffrance pour elle, mais il avait toujours fait en sorte qu'aucune marque de ses coups ne soit jamais visible. De toute manière, même s'il n'avait pas pris cette précaution, aucun membre de sa maisonnée n'aurait remis sa conduite en cause. Il n'aurait même pas été inquiété par la loi… Un époux avait le droit de châtier sa femme s'il le voulait. Il avait le droit de lui faire subir tout ce qui lui passait par la tête ; et l'épouse n'avait que le devoir de s'y soumettre.

Soudain, la voix impatiente de son père la ramena au présent.

— Isabelle ? Est-ce que tu m'écoutes ?

— Oui, père, bafouilla-t-elle.

— Je te disais que la cérémonie ne serait pas longue. Quand elle sera achevée, vous consommerez votre union.

Isabelle fut prise d'un soudain vertige.

— Certainement pas ! Pas avant de mieux connaître lord Ban.

— Bon sang, tu n'es plus une vierge rougissante et ce n'est plus l'heure des crises d'humeur ! Cette union sera consommée sur-le-champ et tu t'offriras par la suite à lord Ban chaque fois qu'il l'exigera ! Est-ce que c'est clair ?

Isabelle ravala sa rage avec difficulté.

— Très clair…

— Je l'espère bien, répliqua son père.

— Je souhaiterais seulement savoir comment vous comptez garder le secret sur cet arrangement ? demanda-t-elle encore. Je ne supporterai pas d'être humiliée par les ragots des serviteurs…

— Vous trouverez tous deux des moyens de vous voir en secret ; et je fais confiance à lord Ban pour se montrer imaginatif en la matière.

— Oui, sans aucun doute, répliqua-t-elle avec amertume.

Hélas, son père perçut son sarcasme et la regarda de haut.

— Tu ferais mieux de ne pas te montrer si querelleuse, ma fille. Aucun homme ne veut épouser une forte tête.

Isabelle baissa les yeux, luttant pour ne pas répliquer. Son père contrôlait à peine son énervement, et si elle le poussait trop dans ses retranchements, il pourrait précipiter la date des fiançailles ou l'obliger à plus d'humiliation encore…

— Je vous demande pardon, murmura-t-elle donc. Tout

cela est arrivé tellement vite, je n'y étais pas préparée et je ne m'attendais pas à devoir me remarier dans de telles conditions…

A ces mots, son père parut s'adoucir un peu.

— Oui, je peux comprendre, mais tu dois te faire à l'idée, à présent.

— Oui, père.

— Plus vite tu seras enceinte, plus vite tu pourras vivre ouvertement avec ton époux et reprendre ta place dans la société, ne l'oublie pas.

Isabelle acquiesça sans mot dire. Etait-ce pire de devoir se soumettre aux volontés d'un inconnu, ou de prendre le risque de dévoiler une stérilité que tout le monde prenait pour acquise ? Soudain, ses anciens doutes l'envahirent de nouveau. S'il était prouvé qu'elle ne pouvait concevoir d'enfant, elle serait écartée de la société comme un objet honteux ; d'ailleurs, l'accord passé entre son père et Ban prévoyait justement une échappatoire si c'était le cas… Elle serait alors enfermée dans un couvent pour le reste de sa vie et oubliée de tous, tandis que lord Ban rentrerait tranquillement à Glengarron à la recherche d'une autre épouse. Quoi qu'il arrive durant ces fiançailles secrètes, il en sortirait vainqueur, sans avoir à risquer sa réputation. Un nouveau flot de rage impuissante la traversa et elle dut serrer les poings, enfonçant ses ongles dans ses paumes, pour ne pas se trahir. Dans ce monde d'hommes, les femmes n'avaient d'autre choix qu'obéir…

Ban apprit la nouvelle de ses fiançailles proches avec un sang-froid de façade. En réalité, il avait été quelque peu déconcerté de voir que sa proposition avait été prise avec autant de sérieux. Il s'attendait à avoir plus de temps devant lui… Cependant, Graham avait de toute évidence hâte de voir sa fille liée à un homme et, vu les circonstances, il avait peut-être raison de précipiter les choses… Ban écouta donc attentivement son hôte lui exposer les détails de l'arrangement et acquiesça : c'était un bon plan. Au moins, cela offrait à tous la discrétion souhaitée.

— Après la cérémonie, conclut Graham, je vous laisserai la chambre pour une heure et je m'assurerai que vous ne soyez pas dérangés.

A cette nouvelle, Ban ne put cacher sa surprise : il ne s'attendait pas à ce dénouement. Depuis sa dernière discussion avec Graham, il avait vaguement imaginé des retrouvailles durant la nuit avec Isabelle pour sceller leur union ; mais une consommation immédiate était bien différente... De plus, si cette idée le troublait déjà, que pouvait bien en penser Isabelle ? Elle devait sans doute être folle de rage ! Mais il ne pouvait plus se désister, à présent. De quoi aurait-il l'air ? Après tout, c'était lui qui avait proposé cet accord...

— Je vous remercie de vos attentions, répondit-il.

— C'est inutile, reprit Graham en le dévisageant d'un regard posé. Après la cérémonie, en revanche, je vous laisserai vous organiser seul.

Pour la première fois, Ban songea sérieusement au temps que tout cela pourrait prendre : une femme pouvait concevoir un enfant immédiatement, mais cela pouvait aussi prendre plusieurs mois... Il fallait prendre cela en compte. Un couple pouvait facilement s'éclipser et trouver un peu d'intimité de temps à autre dans une si grande maison, mais plus leurs fiançailles dureraient, plus cela deviendrait difficile, et plus le secret risquerait d'être éventé... Ban devait à tout prix éviter cela ! Si leur arrangement venait à se savoir, le nom d'Isabelle serait traîné dans la boue — car, bien sûr, il serait impossible d'avouer publiquement tous les détails de leur accord...

Soudain, toute l'affaire lui parut bien plus complexe qu'il ne l'avait cru. Jusqu'à présent, il n'avait eu de liaisons qu'avec des femmes payées pour leurs faveurs et qui s'abandonnaient à lui de bon cœur. Elles avaient autant à tirer que lui de ces aventures... Cependant, une série d'étreintes secrètes avec une fiancée non officielle serait une autre paire de manches ! De plus, songea-t-il, Isabelle pourrait se montrer réticente — et ce serait assez compréhensible. Quoi qu'il en soit, il ne pouvait pas vraiment partager ses craintes avec son hôte.

— Très bien, se contenta-t-il de répondre. Je saurai organiser la suite des événements, messire.

— Mettez-la enceinte le plus vite possible, lord Ban. Je ne supporterais pas de devoir l'envoyer dans un couvent...

Un couvent ? A ces mots, Ban se sentit coupable : si elle était vraiment stérile, comme tout le monde semblait le craindre, et qu'il refusait de l'épouser, elle serait obligée de prendre le voile. C'était une vérité bien douloureuse... Cependant, si tout se déroulait comme Ban l'espérait, Isabelle n'aurait pas à subir un tel châtiment. Au contraire, elle deviendrait sa femme aux yeux du monde, et retrouverait tout son honneur. Après cela, tous deux auraient largement le temps de se rapprocher, tant physiquement qu'émotionnellement...

— Je ferai de mon mieux pour que tout se déroule comme nous le souhaitons, assura-t-il à Graham.

Le vieil homme acquiesça.

— Elle aussi, je vous le garantis.

Soudain, de nouveaux doutes assaillirent Ban : pour quelles raisons Isabelle accepterait-elle de se soumettre à sa volonté ? Vaguement agacé par ses craintes, il les chassa de son esprit : tout cela n'était qu'une affaire d'alliance, pas de sentiments. Des fiançailles étaient célébrées tous les jours, ainsi que des mariages durant lesquels les jeunes époux se rencontraient pour la première fois ! Ils s'épousaient, consommaient leur union, et cela ne gênait personne. Les sentiments personnels n'avaient aucune place dans la question du mariage.

— Très bien, conclut Ban, nous ferons donc cela jeudi.

Après avoir quitté Graham, Ban partit à la recherche d'Isabelle. Ils devaient parler de leurs fiançailles, même si la discussion risquait de ne pas être facile. Quoi qu'il en soit, ils devaient tous deux se mettre d'accord sur leur union, et rien ne valait l'honnêteté, dans ces cas-là : cela permettrait au moins à Isabelle de ne pas nourrir de faux espoirs. De toute manière, elle avait déjà été mariée ; elle n'avait sans doute pas conservé d'illusions enfantines au sujet de l'amour ou de la romance. Du moins, c'était ce que Ban espérait, car il ne pourrait lui promettre ce qu'il était incapable d'offrir…

Il trouva Isabelle installée dans le petit salon, occupée à tresser des petits bouquets de lavande, et toute la pièce baignait dans un doux parfum. Cela rappela à Ban certains souvenirs enfouis et, l'espace d'un instant, il revit les servantes de Heslingfield suspendre des bouquets d'herbes pour les faire sécher. Bien sûr, toutes ces femmes étaient mortes depuis longtemps, assassinées lors de la destruction du domaine…

Chassant ces souvenirs, il passa le seuil et referma la porte derrière lui. Isabelle leva les yeux de son ouvrage, visiblement surprise de le voir là.

— Pardonnez-moi de vous déranger, milady, commença-t-il, mais il me semble important que nous parlions.

Elle posa les fleurs à côté d'elle et répondit :

— Comme vous le souhaitez.

A présent qu'ils se trouvaient seuls, tous les deux, Ban avait du mal à trouver les mots justes pour exprimer ce qu'il savait nécessaire. Si elle avait été moins belle, peut-être cela aurait-il été plus facile pour lui… Tandis que la cérémonie de fiançailles était un pur arrangement né d'une alliance entre deux maisons, ce qui suivrait serait intensément personnel. Une telle combinaison était toujours délicate à appréhender…

Isabelle, les mains posées sur sa robe, attendit que Ban prenne la parole. Pourvu que son visage ne trahisse rien de ses angoisses… Malgré ses efforts pour rester calme, elle n'était que trop consciente de la présence troublante de Ban auprès d'elle et du danger de la porte fermée derrière lui. Il se rapprocha et la pièce parut soudain se refermer autour d'eux. Elle devait à tout prix conserver son sang-froid !

Soudain, Ban s'immobilisa à quelques pas d'elle.

— Je viens de parler avec votre père, dit-il.

Le cœur d'Isabelle se mit à battre plus vite.

— Je vois, répondit-elle simplement.

— Il désire que nos fiançailles soient célébrées jeudi, et j'ai accepté. C'est plus tôt que ce à quoi je m'attendais, mais ce n'est peut-être pas une mauvaise chose.

— Voulez-vous dire que cela nous accorde moins de temps pour découvrir les défauts de l'autre ?

Il la dévisagea sans ciller.

— Je suis certain que vous en avez très peu…

— Et j'espère ne pas vous détromper, répondit-elle.

— Nous aurons bien le temps de nous en apercevoir après la cérémonie. Pour le moment, nous devons nous préoccuper de problèmes plus urgents.

— En effet, messire.

— Je souhaite rendre notre union officielle le plus tôt possible…

— Moi aussi.

— Dans ce cas, reprit Ban, j'imagine que vous saurez faire votre part pour que nos souhaits soient exaucés.

Le sous-entendu était évident, et les joues d'Isabelle s'enflammèrent.

— Je ferai ce que j'ai à faire, tout comme vous.

— Comptez sur moi, répondit-il sans la quitter des yeux. Donnez-moi un héritier, et vous pourrez occuper une place d'honneur à mes côtés : tout ce que vous pourrez désirer pour améliorer votre confort vous sera accordé.

— Messire est trop bon…

— Un époux doit, à mes yeux, être bon envers sa femme. Ne vous inquiétez pas : vous n'aurez pas à craindre de violence de ma part.

Il se tut un instant, puis reprit d'une voix hésitante :

— Nous pourrons peut-être même développer une certaine affection l'un pour l'autre, avec le temps.

Isabelle ne voyait aucune raison de craindre Ban — il n'était pas comme Alistair, c'était évident — et cela la rassurait, mais elle n'imaginait pas deux époux partager de l'affection quand ils avaient été liés l'un à l'autre pour des questions d'alliance politique. Serait-elle capable d'apprendre comment donner du plaisir à son mari ? Devenir la femme qu'il voulait à ses côtés ? Le défi était de taille…

— Il est vrai, répondit-elle avec prudence, que l'on a vu des couples mariés apprendre à s'apprécier…

— En effet, même si ce n'est pas une condition indispensable à la réussite d'un mariage. Après tout, une fois que les accords sont ratifiés, tout n'est plus qu'un arrangement de part et d'autre. Tant que deux époux se respectent, ils peuvent vivre en bonne entente.

A ces mots, la gorge d'Isabelle se noua.

— Voulez-vous dire que nous n'avons pas besoin de nous encombrer avec de la romance ? demanda-t-elle.

— Absolument. Je ne vous aime pas plus que vous ne m'aimez, et je ne peux vous promettre mon cœur.

— Je ne peux que vous remercier pour votre honnêteté, messire, murmura-t-elle.

— Je ne souhaite pas vous mentir.

— Et j'en suis enchantée…

Oui, d'une certaine manière, elle l'était : il valait mieux qu'il ne fasse pas semblant de l'aimer et qu'il lui dise précisément ce qu'il attendait d'elle.

— Dans ce cas, sommes-nous d'accord ? demanda-t-il.

— Il semblerait.

Elle eut une courte hésitation, puis reprit :

— J'essaierai d'être une bonne épouse.

— Et moi, un bon époux, dit-il avec un petit sourire. Je ne pense pas que la tâche soit trop difficile, à vos côtés. Je dois vous avouer que j'ai hâte de consommer cette union avec vous…

De nouveau, le feu monta aux joues d'Isabelle. Le jour fatidique approchait, en effet, songea Ban. Les yeux fixés sur elle, il se rendit soudain compte qu'il avait très envie de découvrir les secrets de son corps, et cette pensée en entraîna d'autres, plus plaisantes encore.

— Scellerons-nous notre marché, milady ? proposa-t-il alors.

Isabelle rougit de plus belle.

— Je… Nous ne sommes pas encore fiancés, messire ! Cela serait parfaitement…

Elle se tut et parut chercher ses mots. Amusé, Ban lui vint en aide :

— Inconvenant ?

Le silence d'Isabelle lui confirma qu'il avait deviné juste.

— Je vous ai vue entièrement nue, reprit-il. Ne pensez-vous pas qu'il soit un peu tard pour se soucier des convenances ?

A ces mots, elle redressa fièrement la tête.

— Cet argument est injustifié et vous le savez ! protesta-t-elle.

— Injustifié ? Voyons ! Vous étiez nue devant moi, et vous vous dévêtirez de nouveau pour moi jeudi : c'est un fait.

Isabelle ne sut que répondre, étouffée par la colère. Elle aurait voulu pouvoir répliquer, mais, hélas, elle ne pouvait ni nier cette évidence, ni se refuser à lui… Plus elle l'observait, plus il paraissait s'amuser de la voir si impuissante, et cela ne faisait qu'ajouter à son indignation.

— Je ferai mon devoir, messire, lui répliqua-t-elle avec froideur.

— Très bien. Scellons donc notre accord dès maintenant.

Sous la douceur de sa voix, Ban paraissait déterminé à obtenir ce qu'il voulait. Sans laisser à Isabelle le temps de répondre, il passa un bras autour de sa taille et l'attira contre lui pour l'embrasser longuement, sans prendre en compte la résistance d'Isabelle, jusqu'à ce qu'elle-même n'ait plus d'autre choix que de se laisser faire. Derrière le parfum entêtant de lavande, elle découvrit celui, plus chaud et plus dangereux, de l'homme. Lentement, de nouvelles sensations s'éveillèrent en elle, nouvelles et inattendues…

Au bout de quelques instants, il s'écarta légèrement et la dévisagea en silence, un sourire indéchiffrable sur les lèvres. Le souffle court et le cœur battant, Isabelle attendit la suite avec angoisse : il était tellement fort, et tous deux étaient seuls dans ce salon. S'il décidait d'assouvir ses instincts, elle ne pourrait pas lutter… Cependant, il ne parut pas en attendre plus d'elle pour le moment car son étreinte se relâcha peu à peu.

— Je considère notre marché scellé, milady, et je conserverai ce baiser en gage, en attendant d'en obtenir d'autres…

— Comme je vous l'ai dit, répliqua Isabelle, je ferai mon devoir.

— Oui, et je peux vous promettre que vous l'apprécierez.

— Quelle promesse osée, messire ! Croyez-moi, le lit conjugal ne réserve que peu de plaisirs à une femme.

Ban avait déjà atteint la porte, mais il s'immobilisa et lui lança un dernier regard amusé.

— Ne me jugez pas avant d'avoir partagé ma couche.

Enfin, il disparut dans le couloir. Les jambes tremblantes, elle guetta le bruit de ses pas qui s'éloignaient. Avait-elle peur ? Non, il s'agissait d'autre chose… Instinctivement, elle leva une main à ses lèvres encore échauffées par le baiser de Ban ; un baiser qui avait éveillé en elle de nombreuses émotions, mais qui n'était qu'une marque d'appartenance pour lui… Il la coucherait dans son lit sans plus de sentiments que cela, songea-t-elle, amère. Après tout, il avait été clair avec elle : ces fiançailles n'étaient qu'un moyen de renforcer une alliance. Si elles finissaient, un jour, par donner naissance à des sentiments plus doux, ce serait appréciable, mais ce n'était pas nécessaire à ses yeux… « Ce n'est pas une condition indispensable à la réussite d'un mariage », avait-il dit. Tout ce qu'il attendait d'elle était un héritier.

Chapitre 6

Ban sortit de la maison et inspira à pleins poumons le grand air, loin du parfum lourd et sensuel de la lavande et du souvenir du baiser qu'il venait d'échanger avec Isabelle. Pourquoi donc avait-il fait une chose pareille ? Il avait simplement voulu parler avec elle et n'avait pas anticipé les conséquences de cette discussion… Comment aurait-il pu s'attendre à se sentir si excité, si tenté d'obéir à ses désirs ? Il n'avait plus que deux jours à attendre avant qu'elle soit sienne ; il aurait dû se montrer plus patient. Il pourrait la coucher dans son lit bien assez tôt !

Perdu dans ses réflexions, il se promena sans but et se trouva bientôt devant les écuries. Il fut tenté d'y pénétrer et de vérifier que Crins de Feu soit bien traité ; cependant, tandis qu'il contournait le bâtiment, il aperçut un groupe d'hommes rassemblés dans la cour. Tout d'abord, il pensa qu'ils étaient tous de Castlemora, mais il découvrit soudain avec surprise les silhouettes de Davy et d'Ewan au milieu du cercle. A en croire leur comportement et leurs expressions, ce rassemblement n'avait rien d'amical…

Une fois seule, Isabelle eut besoin de fuir l'espace confiné du petit salon et abandonna temporairement son ouvrage. En tressant ses bouquets, elle ne pouvait s'empêcher de penser à ce que les jours à venir lui réservaient… Heureusement, elle avait beaucoup à faire dans la maison, et décida de s'occuper du menu du soir. L'atmosphère était déjà assez tendue entre son père et elle sans qu'elle prenne le risque de le contrarier en servant à leur hôte un souper qui ne lui fît pas honneur. Elle devait donc en parler avec les cuisinières le plus tôt possible.

Elle longea d'un pas pressé le couloir qui menait à l'extérieur et venait de déboucher dans la cour lorsqu'elle entendit des voix d'hommes. Le fait était assez inhabituel et elle s'immobilisa, l'oreille aux aguets. La discussion paraissait bien plus houleuse que les fanfaronnades habituelles des serviteurs… Le bruit semblait provenir de la courette isolée, derrière les écuries. Pourquoi se cacher là-bas ?

Elle eut une seconde d'hésitation à l'idée d'aller voir ce qui se passait. Son rôle n'était pas d'intervenir dans les affaires des hommes et, la plupart du temps, elle s'arrangeait pour se tenir le plus loin possible des mercenaires de Murdo. Tandis qu'elle se demandait que faire, elle aperçut soudain Ban. Il était tout près des écuries et paraissait décidé à intervenir. Finalement, la curiosité l'emporta sur la prudence, et Isabelle le suivit à distance. Elle le laisserait régler le problème sans se montrer, ainsi elle ne serait pas en faute… La présence de Ban l'intriguait tant qu'elle ne pouvait résister, malgré la voix de sa conscience qui lui murmurait de s'éloigner.

Lorsqu'elle eut contourné l'extrémité du bâtiment, elle aperçut sans surprise un groupe d'hommes ; mais, le cœur battant, elle comprit immédiatement qu'il n'y avait rien d'amical dans cet attroupement. L'air même semblait s'alourdir autour d'eux… Tous semblaient rassemblés autour des hommes de Glengarron. Jock et Ewan se tenaient l'un près de l'autre, l'air tendu et rageur, tandis que le troisième, Davy, faisait face à l'un des soldats de Castlemora. Elle reconnut l'homme sans l'ombre d'un doute — Taggart — car il avait été traîné devant son père pour une histoire de viol… L'affaire avait été étouffée par manque de preuves : de toute évidence, la parole de trois hommes sous serment valait plus que celle de la victime. Dès lors, Isabelle s'était tenue loin de lui, sachant pertinemment qui croire et devinant ce qui avait dû se passer. D'ailleurs, toutes les filles du village évitaient les mercenaires, de peur d'être à leur tour victimes d'agressions…

Lentement, elle quitta Taggart des yeux pour observer Murdo, qui se tenait près de lui. Il était le seul à paraître détendu, presque comme si la scène lui offrait un moment de distraction. Inquiète, Isabelle s'avança, mais Ban fut plus rapide et Murdo l'accueillit, goguenard.

— Ravi de vous voir ici, messire !

Consciente qu'un drame se préparait, Isabelle ne put réprimer un frisson de honte et d'agacement : que se passait-il donc entre ces hommes ? Quoi qu'il en soit, si Ban avait senti le danger, il n'en montra rien. Il se contenta de saluer le maître d'armes d'un petit signe de tête avant de se tourner vers ses propres hommes.

Jock et Ewan avaient un regard farouche tandis que Davy paraissait un peu rouge. Les yeux de ce dernier passèrent de Ban à Taggart, avec qui il avait visiblement été en conflit un instant auparavant. Ce dernier, d'une dizaine d'années plus âgé que Davy, était assez petit mais large d'épaules. Son visage buriné trahissait une nature à la fois rusée et machiavélique. Ses petits yeux gris et froids ne quittaient pas le jeune homme tandis qu'il souriait d'un air mauvais.

D'une voix ostensiblement neutre, Ban demanda :

— Que se passe-t-il, ici ?

— Ce n'est qu'une conversation amicale, messire, répliqua l'autre. Ne vous en faites pas.

— Amicale ? Vraiment ?

Ban se tourna vers ses hommes et même Isabelle, de loin, put voir leur indignation silencieuse.

— Et quel genre de conversation ? reprit Ban.

Sa question fut accueillie par un silence buté. Finalement, Murdo intervint :

— Nous parlions de capacités au combat, n'est-ce pas, Taggart ?

L'homme sourit, dévoilant une rangée de dents tachées et pourries.

— Oui, monsieur.

— Et quel en était la conclusion ? demanda encore Ban.

— Seulement que nous avons entendu beaucoup de choses au sujet du courage de Glengarron, répondit Taggart.

— Quelles choses ?

— Que vous êtes tous de braves guerriers, messire — en tout cas, c'est votre réputation, répliqua Taggart, ses petits yeux plus perçants que jamais. Nous nous demandions juste si cette réputation était méritée, pas vrai, les garçons ?

Un grondement à la fois moqueur et provocateur accueillit ces derniers mots. Ewan et Jock échangèrent un regard entendu, la main sur le pommeau de leurs épées. Soudain inquiète, Isabelle chercha Ban des yeux. *Pourvu qu'il intervienne avant que ce ne soit trop tard...* Mais, hélas, son attention paraissait captée par Murdo.

— J'espère que tu ne mets pas en doute la valeur de nos alliés, Taggart ? disait celui-ci.

Bien que sa voix parût ostensiblement sévère, le vrai sens de ses paroles était clair pour tout le monde.

— Je ne voulais manquer de respect à personne, messire...

Taggart illustra ses mots par un sourire mielleux à l'attention de Ban — sourire trahi par la dureté de son regard.

— Quoi qu'il en soit, ajouta-t-il, votre réputation est telle qu'on peut se demander si elle est basée sur la vérité ou l'exagération...

Un second chœur d'exclamations retentit. Rageuse et impuissante, Isabelle observait la scène. Elle savait déjà comment cela risquait de finir... Bien sûr, si ce genre d'insulte avait été portée contre n'importe quel autre invité à Castlemora, elle en aurait été tout aussi révoltée, mais le fait que Ban soit ainsi pris à partie était particulièrement inquiétant, surtout pour elle. Il ne faudrait pas que ce genre de fanfaronnades aient le moindre impact sur ses fiançailles...

Elle guetta alors avec angoisse les réactions de Ban. Il ne paraissait pas impressionné par Taggart et semblait décidé à se faire entendre. Ce n'était sans doute plus qu'une question de secondes avant que la situation ne devienne clairement incontrôlable… Comment pouvait-elle empêcher le drame sans que ses hôtes ne perdent la face ? Elle jeta un rapide regard à Murdo, mais il ne lui serait d'aucune aide : il paraissait s'amuser grandement de la situation et tous ses hommes semblaient faire de même.

Soudain, avant que Ban ne puisse répondre à l'affront qui venait de lui être fait, Davy s'avança. Sa voix était posée, mais ses yeux luisaient d'un éclat de colère.

— La réputation de Glengarron parle d'elle-même. Nous n'avons pas besoin d'exagérer les faits.

— Vraiment ?

Taggart jeta un rapide coup d'œil à ses compagnons et son scepticisme évident fut accueilli par de nombreux sourires goguenards.

— En ce qui me concerne, reprit Taggart, ce n'est pas ce que j'ai entendu…

— Dans ce cas, vous vous trompez.

— Mon garçon, je ne peux pas te croire sur parole.

— Pas de « mon garçon » qui tienne ! répliqua Davy, la main sur la poignée de son épée. Et vos vantardises vides ne vous servent à rien !

— Je suis prêt à te prouver que j'ai raison.

— Quand vous voulez…

— Pourquoi pas maintenant ?

A ces mots, un tonnerre d'applaudissements résonna et le cœur d'Isabelle se mit à battre plus fort. Davy ne pouvait plus se rétracter, à présent : l'insulte était trop importante et demandait réparation. Hélas, cet affrontement risquait de s'achever dans un bain de sang… Soudain, Ban s'avança et demanda le silence.

— Réglons ce problème amicalement, dit-il. Vous combattrez jusqu'au premier sang versé.

Tous les yeux se tournèrent vers lui, prédateurs et méfiants. Isabelle observa la scène, terrifiée : une meute de loups n'aurait pas paru plus féroce ! Mais Ban ignora les regards des hommes, fixant celui qui — il l'avait sans doute deviné — détenait l'autorité suprême au milieu des mercenaires : Murdo. Ils se dévisagèrent un instant en silence, puis le maître d'armes acquiesça.

— Bonne idée, dit-il. Le vainqueur sera déclaré au premier sang.

De violentes acclamations d'assentiment résonnèrent et tous reculèrent pour laisser aux combattants assez de place. Isabelle poussa un soupir de soulagement. Puisque la confrontation ne pouvait être empêchée, Ban avait su éviter le pire... Il avait réglé le problème avec tact et subtilité. Heureusement... Malgré sa profonde gratitude, Isabelle se demandait ce qu'il pensait réellement de tout cela. Regrettait-il d'être venu jusqu'à Castlemora ? Cet incident le ferait-il réfléchir de nouveau à leurs fiançailles prochaines ? Pourvu que non ! Quoi qu'il en soit, ce défi ne donnait pas une image bien reluisante de Castlemora et elle saurait montrer son déplaisir à Murdo. En dépit de ses réticences habituelles à faire face au maître d'armes, elle s'approcha d'un pas décidé. Dès qu'il l'aperçut, il la dévisagea d'un air surpris, avant de sourire.

— Vous arrivez juste à temps, milady, lança-t-il. Le plus intéressant va commencer.

Tâchant de contrôler sa colère, elle répliqua d'une voix basse pour s'assurer que personne d'autre que lui ne pourrait l'entendre.

— Ces hommes sont nos hôtes, Murdo ! Comment avez-vous pu autoriser une telle chose ?

— Voyons, dame Isabelle, ce n'est qu'un combat amical, rien de plus.

— Si ce n'est qu'un combat amical, c'est grâce à lord Ban, pas grâce à vous !

Il parut sur le point de répliquer, mais une présence, près d'eux, attira son attention, et son regard s'endurcit. Elle se retourna et découvrit Ban, à quelques pas d'elle. L'espace d'un instant, elle perçut un éclat de rage alors qu'il faisait face à Murdo, puis il se tourna vers elle et parut se radoucir. Au souvenir de leur récent baiser, dans le petit salon, le pouls d'Isabelle s'accéléra.

— Je ne savais pas que vous vous intéressiez aux exploits guerriers, milady, dit-il d'une voix plaisante.

Tout, dans son comportement, trahissait cependant une grande tension. Malgré ses paroles, il ne semblait pas considérer l'incident comme un petit amusement sans conséquence… Elle lui fut profondément reconnaissante de sa retenue : la situation devait mettre ses dons de courtoisie à rude épreuve ! Surprise, elle l'observa longuement. Jamais elle n'aurait deviné qu'il pût faire preuve de tant de diplomatie… Admirative, elle tenta une fois de plus d'apaiser la situation.

— Messire, dit-elle, je suis sincèrement navrée que vous ayez à subir pareil traitement.

— Ne vous en faites pas, répondit-il. Comme Murdo vous l'a dit : ce n'est qu'un défi amical.

Sa voix demeurait légère, mais Isabelle ne put que sentir l'antipathie profonde entre les deux hommes. Soudain, un mouvement attira son attention, et tous se tournèrent vers les combattants.

Ils tournaient lentement en rond, face à face, prudents, le corps tendu dans l'attente du premier coup. Ce manège dura plusieurs secondes puis, comme par un accord tacite, ils bondirent tous deux en avant. Isabelle, inquiète, crispa les poings dans les plis de sa robe. Même elle, bien qu'inexpérimentée, pouvait voir à quel point les deux hommes étaient bien entraînés : chaque épée paraissait une extension naturelle de leur bras. Ils étaient tous deux forts et déterminés. Malgré cela, le plus jeune, plus agile, prit rapidement l'avantage. Il esquivait chaque coup avec grâce, tandis que l'autre ne se fiait qu'à sa force brute pour combattre. Les lames fendaient l'air dans un concert de sifflements, à la recherche de la moindre faiblesse, de la moindre ouverture. L'acier scintillait au soleil, lourd dans l'air chaud et immobile de la cour. Des bouquets d'étincelles jaillirent et plusieurs fois le métal s'approcha dangereusement de la chair. Le souffle court, Isabelle leva alors les yeux vers Ban.

— Je croyais qu'il s'agissait d'un combat amical, murmura-t-elle.

Il eut un petit sourire et tenta de la rassurer.

— Vous n'avez aucune raison de vous inquiéter, milady.

— En effet, intervint soudain une voix, derrière eux.

Stupéfaite, Isabelle fit volte-face et découvrit Hugh, à quelques pas d'elle. Elle avait été tellement captivée par le combat qu'elle ne l'avait pas entendu approcher !

— J'espère que tu as raison, mon frère...

— Murdo ne laissera jamais l'affaire dégénérer, ajouta-t-il d'un air rassurant.

Isabelle n'aurait pas montré tant de confiance envers le maître d'armes, mais elle n'eut pas le temps d'exprimer son scepticisme. Taggart relança une nouvelle attaque, plus violente, obligeant Davy à reculer de plusieurs pas. Elle retint un cri d'angoisse et comprit bien vite que la retraite du jeune homme n'avait été qu'une feinte : il se détourna d'un geste brusque et fluide, esquivant le coup porté à sa tête et ne laissant derrière lui qu'un grand espace vide. Emporté par son élan, Taggart vacilla. Cela suffit à Davy. Sa lame plongea sur le bras sans défense du mercenaire. Une giclée de sang fusa de la coupure superficielle et parut s'élever au ralenti sous le soleil avant de retomber.

L'issue du combat fut accueillie par un silence tendu, puis quelques applaudissements se firent entendre çà et là, dans la foule. Ewan et Jock affichaient des sourires satisfaits, mais ne dirent pas un mot — sans doute considéraient-ils que la prouesse de Davy suffisait à laver l'affront qu'ils avaient subi. Isabelle, quant à elle, poussa un soupir de soulagement.

— A présent, nul ne peut douter de la réputation de Glengarron, dit-elle. De toute évidence, elle est tout à fait méritée.

Elle jeta un regard froid à Murdo avant de se tourner de nouveau vers Ban.

— Votre homme a bien combattu, messire.

— Milady, vous êtes bien aimable, répondit-il avec galanterie.

— C'est la vérité, renchérit Hugh. Honnêtement, j'ai rarement vu une performance aussi excellente...

Ban inclina la tête en remerciement et Isabelle leva les yeux vers Murdo, qui n'avait encore rien dit. Une violente rage contenue se lisait sur ses traits. En temps normal, cela aurait inquiété Isabelle, mais cette fois ce regard glacial l'emplit d'une étrange satisfaction…

— N'allez-vous donc pas féliciter le vainqueur, Murdo ? dit-elle d'un air innocent.

La mâchoire du maître d'armes se crispa, mais il parvint à répondre posément :

— C'était un bon combat, et, comme l'a dit dame Isabelle, votre homme s'est bien battu, messire.

— C'est aussi ce que je pense, ajouta Ban.

— C'est bien vrai, intervint Hugh avec un coup d'œil au maître d'armes. De toute évidence, Taggart a été complètement surclassé par ce jeune homme.

Le regard de Murdo se fit presque meurtrier, mais il n'ajouta pas un mot. Ban salua une nouvelle fois Hugh.

— Si vous voulez bien m'excuser, dit-il, je dois parler à mes hommes.

Sur ce, il s'éloigna pour rejoindre Jock et Ewan. Ignorant les regards amers de certains des spectateurs, ils échangèrent quelques mots puis allèrent tous trois discuter avec Davy. Celui-ci était appuyé sur le pommeau de son épée pour reprendre son souffle. Ban lui donna une tape amicale sur l'épaule et, bien qu'Isabelle ne pût entendre leurs paroles, il parut évident qu'il félicitait chaleureusement son homme. Davy avait en effet fait honneur à sa maison — et l'on ne pouvait pas en dire autant de Taggart. Dégoûtée par le mercenaire, Isabelle l'observa avec froideur. Il serrait sa blessure et du sang coulait entre ses doigts tandis qu'il dévisageait son adversaire d'un air mauvais. Soudain, sans prévenir, il leva son épée et se précipita vers Davy qui lui tournait le dos.

— Non ! hurla Isabelle, terrorisée.

Tous les regards se tournèrent vers Taggart. Davy fit volte-face et eut tout juste le temps de parer l'attaque. Les lames crissèrent et se bloquèrent, garde contre garde. Au même instant, Davy donna un violent coup de genou dans l'entrejambe de son adversaire. Celui-ci poussa un grognement de douleur et tomba à genoux, le souffle court, lâchant son épée. Une seconde plus tard, la pointe de la lame de Davy se posait, menaçante, contre sa gorge. Pendant un instant, le silence régna. L'air s'alourdit autour des combattants et plusieurs mains s'abaissèrent sur les pommeaux des épées.

Heureusement, Hugh s'avança et dévisagea le perdant avec mépris.

— Cela ne te suffit donc pas d'avoir été vaincu ? lança-t-il. Il faut encore que tu attaques un homme dans son dos ?

Sans attendre la réponse de Taggart, il se tourna vers Ban.

— Je m'excuse pour la conduite de ce lâche, messire, dit-il. Il déshonore le nom de Castlemora…

— J'accepte vos excuses, répondit Ban d'un air serein. Cet homme a attaqué de son propre chef et votre maison n'est en aucun cas à blâmer pour cela.

Ban se tourna vers Davy, sans un mot, et celui-ci releva son épée avec un signe de tête puis la glissa de nouveau dans son fourreau. Hugh parvint à sourire en réponse à ce geste de paix, avant de se tourner vers Taggart de nouveau.

— Je t'ordonne de rassembler tes affaires et de quitter ces terres. Nous n'avons pas besoin d'hommes tels que toi dans nos rangs.

Il se tut un instant, puis reprit d'une voix forte :

— Murdo ! Tu veilleras à ce que ma volonté soit respectée.

Ce dernier s'inclina en assentiment, l'air impassible. Cependant, lorsque Isabelle se tourna vers lui, elle surprit un éclair de colère froide dans son regard. Il renverrait sans doute cette brute de Taggart sans ménagement pour lui avoir fait perdre la face… Quel dommage qu'il ne parte pas avec lui ! Bien sûr, Murdo se ferait sans doute discret quelque temps après une telle humiliation, mais, malgré toute sa bonté, Isabelle ne pouvait ressentir la moindre compassion pour lui. En cet instant, elle n'éprouvait qu'une grande fierté à l'encontre de son frère : Hugh s'était vraiment comporté dignement, comme le seigneur qu'il serait un jour… Quant à Ban, il avait su avec adresse minimiser les conséquences de la situation.

Comme s'il avait senti les yeux d'Isabelle dans son dos, il

se tourna vers elle et soutint son regard. Soudain, les joues d'Isabelle s'enflammèrent. Que pensait-il réellement d'elle et de sa maison ? Elle partageait la colère de son frère : les lois de l'hospitalité étaient sacrées ! C'était une tradition qui n'avait jamais été bafouée à Castlemora auparavant. Il fallait qu'elle montre son soutien à Hugh et tente à son tour de calmer les esprits. Décidée, elle s'approcha de Ban d'un air contrit.

— Tout comme mon frère, je déplore ce qui vient d'arriver, messire.

— Je vous en prie, ne soyez pas mal à l'aise, répondit-il. Cet incident a été sanctionné et je considère l'affaire close.

— Vous êtes très généreux, messire, remercia Hugh, qui avait suivi sa sœur.

Ban jeta un rapide coup d'œil à Taggart, qui se remettait péniblement sur pied.

— Ce genre de chose peut arriver, sous le coup de l'émotion. Je ne doute pas qu'il s'en repentira rapidement…

Hugh répondit par un sourire.

— Je pense qu'il s'en repent déjà, dit-il. Le courage de Glengarron a fait ses preuves.

— Et cela n'aurait jamais dû faire l'objet de doutes ! protesta chaleureusement Isabelle.

Lord Ban la salua avec courtoisie.

— Vous êtes bien bonne, milady, comme toujours…

Il tourna alors ses regards vers Murdo, imité par Isabelle. A quelques pas de là, le maître d'armes se tenait raide, sans trahir le moindre signe d'émotion, et soutint leurs regards sans ciller. Malgré les apparences, Isabelle le connaissait suffisamment pour sentir le poids de sa colère. Allait-il à son tour s'excuser auprès de leur hôte ? Non, il ne dit rien. Ses hommes restèrent muets également, mais l'air même de la cour vibrait de leur ressentiment. Comme souvent, elle remarqua qu'ils étaient très nombreux et formaient une force de combat puissante — peut-être même dangereuse pour les habitants de Castlemora. Leur colère était à craindre… Après ce coup porté à leur honneur, ils seraient incapables de pardonner ou d'oublier l'incident.

Dès le retour des hôtes et des invités à la maison, Hugh fit apporter de la bière et il servit lui-même Ban et ses hommes. Une fois cette tâche accomplie, il leur renouvela ses excuses. Stupéfaite, Isabelle l'écouta avec attention : jamais encore elle ne l'avait entendu remettre en question la moindre décision de Murdo et cela lui fit chaud au cœur. Hugh commençait-il enfin à penser par lui-même et à se fier à son jugement ? De toute évidence, il avait été aussi contrarié qu'elle par ce qui venait de se passer…

— Je refuse de voir une amitié de longue date se briser à cause des actions irréfléchies d'un lâche comme Taggart, poursuivit-il.

— Il n'en sera rien, je vous assure, lui répondit Ban. Ce qui est arrivé est très fâcheux, mais n'était en aucun cas de votre faute, messire.

— Cela ne m'empêche pas de le regretter.

Hugh se tourna ensuite vers Davy qui buvait en silence.

— J'espère que cela n'a pas entaché notre hospitalité à vos yeux…

Davy le dévisagea d'un air tranquille.

— Je n'en veux pas à Castlemora pour cela, messire.

— J'en suis très heureux.

Hugh s'installa alors plus confortablement pour discuter avec le jeune homme, invitant Ewan et Jock à les rejoindre. Tous trois paraissaient parfaitement détendus, à présent, et conversèrent avec une évidente bonne humeur. Isabelle, de loin, observait son frère, emplie d'une grande fierté. De nouveau, il paraissait digne d'un seigneur accompli… Il saurait sans doute succéder à leur père avec les honneurs.

— Votre frère est un excellent hôte, dit soudain Ban.

— C'est vrai, répondit-elle avec un petit sourire. Et il a

raison de s'assurer que vous et vos hommes ne nous en voulez pas. A mon tour, je souhaiterais vous renouveler mes excuses.

— Ce n'est vraiment pas nécessaire, protesta Ban. L'affaire est close et nous ferions mieux de l'oublier.

C'était très magnanime de sa part, songea Isabelle avec soulagement et gratitude. En effet, un tel incident aurait très bien pu détruire tous ses espoirs de mariage…

— Vous êtes vraiment généreux, reprit-elle. On a déjà vu des querelles sanglantes durer pendant plusieurs générations après de tels affronts.

— Je ne veux pas faire naître ce genre de querelle entre Glengarron et Castlemora. Comme le dit votre frère, l'amitié entre nos maisons est trop précieuse pour être gâchée.

Il se tut un instant et la dévisagea avec intensité.

— D'ailleurs, je compte bien rendre notre lien plus fort encore…

L'allusion était évidente et Isabelle se souvint une nouvelle fois de leurs fiançailles proches. Des fiançailles politiques, pour renforcer une alliance… Elle aurait souhaité qu'il en soit autrement, mais le monde ne se souciait pas de sentiments. Quand il était question de mariage, les hommes suivaient leur tête plutôt que leur cœur…

Chapitre 7

L'aube se levait sur le matin des fiançailles d'Isabelle, et l'angoisse commença à se faire plus forte en elle. Comment allait-elle parvenir à se comporter normalement, en sachant ce qui l'attendait ? Cependant, elle ne pouvait se permettre aucun faux pas : son avenir entier dépendait de l'arrangement entre Ban et son père… Hélas, elle ne pouvait se résoudre à cette cérémonie secrète, sordide : elle ne pourrait même pas dissimuler sa honte dans l'obscurité, comme lors d'une nuit de noces normale. Bien sûr, le fait que cela se passe en plein jour ne dérangerait sans doute pas Ban. Après tout, leur première rencontre lui avait bien prouvé qu'il ne reculait devant rien ! Il serait même sans doute ravi par les événements…

Au fil de ses pensées, l'indignation fit place à la peur et l'aida à se sentir plus posée. Lorsque son père lui avait annoncé le plan, elle avait d'abord pensé se vêtir simplement pour l'occasion, sans effort particulier, mais peu à peu sa coquetterie l'emporta. Ban ne s'apercevrait sans doute pas de la qualité de sa robe, mais elle avait besoin de se sentir belle pour retrouver un peu de courage — et Dieu sait si elle en aurait besoin, face à lui. Elle s'habilla donc avec soin et se coiffa comme à la veille d'une fête.

Lorsque enfin elle eut fini, elle rassembla son courage, prit une profonde inspiration, et se rendit aux appartements de son père. Lorsqu'elle entra dans le bureau, les deux hommes l'attendaient déjà. Ban avait même fait l'effort de se changer pour l'occasion. Il portait une tunique de laine rouge sombre sur une chemise de lin délicat et un pantalon sombre. Sa taille était ceinte d'une ceinture de cuir. Tout cela contribuait à le rendre plus imposant encore qu'à l'accoutumée…

Il la dévisagea un instant en silence, avant de la saluer poliment.

— Vous êtes très en beauté, milady.

— Je suis heureuse que vous approuviez ma tenue.

— Aucun homme ne pourrait s'y montrer insensible, renchérit-il.

Le père d'Isabelle eut un petit sourire ridé, puis les invita à s'installer sur les prie-Dieu, à l'autre bout de la pièce.

— Commençons, lança-t-il.

Ban prit alors la main d'Isabelle et la conduisit au petit autel de bois. Là, ils s'agenouillèrent et son père joignit leurs mains en nouant une pièce de tissu autour de leurs poignets. Comme il l'avait prédit, l'échange des vœux ne fut pas long. Enfin, Ban passa un anneau au doigt d'Isabelle ; un simple anneau d'or orné de grenats.

Le père de celle-ci les invita alors à se relever.

— Voilà qui est fait, déclara-t-il. Vous pouvez à présent embrasser votre promise.

Ban s'inclina, soutenant un long moment le regard d'Isabelle, puis leurs lèvres s'effleurèrent. Son baiser avait tout d'une caresse, léger et doux, presque rassurant. Etait-ce son intention ? Quels que puissent être les efforts de Ban, elle doutait tout de même de leur efficacité…

Son père remplit trois coupes de vin et leur en tendit une à chacun.

— Buvons à votre union, dit-il. Qu'elle soit longue, heureuse, et fertile.

Isabelle but sans se faire prier. Peut-être que le vin l'aiderait à se calmer… Après tout, il était ridicule d'être aussi tendue : elle n'était plus vierge ! Elle savait ce qui l'attendait, et savait que cela ne prendrait pas longtemps ! D'ailleurs, la seconde fois serait sans doute plus facile… Il lui fallait juste supporter l'acte aujourd'hui. Elle jeta un regard furtif à l'homme qui était à présent son époux — ou presque. Il lui avait promis de ne pas lui faire de mal, c'était déjà une bonne chose. Tout ce qu'elle avait à faire était de se montrer docile. Peut-être même qu'elle apprendrait à le combler, avec le temps…

Finalement, Graham prit une dernière gorgée et reposa sa coupe.

— Je vais vous laisser seuls, dit-il solennellement. Veillez simplement à verrouiller la porte derrière moi.

Ceci dit, il s'éclipsa. Le cœur battant, Isabelle vit Ban tourner la clé dans la serrure. Ils étaient seuls. Pendant quelques instants, ils restèrent face à face en silence, puis il la rejoignit d'un pas ferme. Prise de vertige, elle vit la pièce se mettre à tournoyer et s'effacer jusqu'à ce qu'il ne reste plus autour d'elle que l'homme à ses côtés et le lit, terrifiant. Tétanisée, elle le laissa lui enlever sa coupe, la prendre dans ses bras et l'embrasser de nouveau, avec douceur. Son cœur battit plus fort encore et chaque contact avec Ban prit une ampleur effrayante. Elle ferma les yeux, décidée à se montrer obéissante. Après tout, il ne faisait que jouir de ses droits sur elle. Il voulait un fils, et le seul moyen pour lui d'en avoir un était de la mettre enceinte. Elle n'avait d'autre choix que de s'y plier… Elle prit une profonde inspiration. Un filet de sueur lui chatouillait le front. Soudain, elle entendit l'écho de la voix d'Alistair : « Allonge-toi sur le lit, comme je te l'ai appris… » Instinctivement, son corps entier se crispa. La panique s'intensifia : si elle ne satisfaisait pas Ban, elle était perdue !

Ce dernier dut sentir sa peur, car il la déposa sur le lit et s'écarta un peu.

— Qu'y a-t-il, Isabelle ?

— Je… Ce n'est rien. Pardonnez-moi… C'est seulement que tout cela arrive très vite pour moi…

— Oui, il nous faut un peu de temps pour nous y habituer, n'est-ce pas ? lui répondit-il avec un petit sourire. Au moins, vous avez l'avantage d'avoir déjà été fiancée auparavant, contrairement à moi !

— Je vous assure, messire, que ce n'est pas un bien grand avantage…

— Parlez-vous de votre ancien mariage, ou de notre union ?

— Je parlais de ce que j'ai déjà vécu.

Il acquiesça avec gravité.

— Je comprends, dit-il. Cela doit vous paraître étrange, de vous fiancer sans fête, sans festin, sans vin et sans assemblée joyeuse…

Ce n'était évidemment pas de cela qu'elle avait voulu parler, mais elle ne se sentait pas prête à lui avouer les terreurs de son premier mariage. Pas encore…

— Vous savez, dit-elle, ce genre de détails a peu de poids, au final.

— Peut-être… Mais j'imagine bien que cette cérémonie secrète n'a rien à voir avec ce que vous espériez.

— Oh ! Je n'espérais pas grand-chose, avant nos fiançailles.

— Et maintenant ? demanda-t-il d'un air soucieux.

— J'espère seulement que tout se passera au mieux.

— Moi aussi.

Il l'attira une nouvelle fois dans ses bras. Isabelle ne put retenir un frisson, de peur et d'anticipation à l'idée de ce qui allait se passer ensuite. Cet homme était presque un inconnu et pourtant ses caresses éveillaient en elle des sensations qu'elle ne connaissait pas ; des sensations qui ne faisaient qu'accentuer son malaise… Il dénoua les liens de son corsage et, avec une certaine précipitation, commença à la déshabiller. Le corsage tomba au sol, bientôt suivi par sa robe. Il lui ôta ensuite sa tunique pour ne lui laisser que sa chemise et se releva. Sans la quitter des yeux, il ôta ensuite sa propre tunique et sa chemise, dévoilant un torse ferme et musclé. A la vue de ce corps si puissant, Isabelle sentit son cœur battre plus fort, comme une porte ouverte en plein vent…

Il la rejoignit sur le lit et la prit par la taille pour la serrer contre lui. A travers la finesse du tissu qui la couvrait encore, elle pouvait sentir la chaleur de son corps. Il l'embrassa, effleurant ses lèvres avec tendresse d'abord, puis de plus en plus passionnément. Son sexe dressé, pressant, se colla contre la cuisse d'Isabelle et soudain, le visage de Ban s'effaça sous les traits d'Alistair : « Tu prendras ce que je te donne et tu me montreras que tu aimes ça ! » Brusquement, elle se figea, puis s'écarta de Ban, le souffle court.

Il la dévisagea d'un air surpris.

— Quel est le problème, ma douce ? demanda-t-il.

— Je ne peux pas ! s'écria-t-elle en luttant pour quitter ses bras. J'ai cru que je pouvais… mais je ne peux pas ! Je vous en prie…

Sans doute inquiet de la voir si effrayée, il relâcha son étreinte. Honteuse, elle se détourna pour ne pas avoir à supporter plus longtemps le poids des yeux bleus perçants de Ban.

— Regarde-moi, Isabelle, murmura-t-il, oubliant soudain son vouvoiement.

Lentement et à contrecœur, elle s'exécuta.

— De quoi as-tu si peur ? reprit-il. Tu sais bien, pourtant, que je ne vais pas te faire de mal.

— Je… Je ne peux pas l'expliquer, bafouilla-t-elle, les larmes aux yeux. Je suis vraiment désolée…

Ban s'appuya contre la tête de lit, sans pour autant la quitter des yeux, et tous deux demeurèrent silencieux un instant. De plus en plus paniquée, Isabelle s'en voulut de sa réaction si brutale. Qu'allait-il penser d'elle, à présent ? Qu'allait-il faire ? Il fallait être folle pour refuser à un homme ce qui lui revenait de droit ! Cela ne ferait qu'attiser sa colère, et un homme contrarié devenait plus dangereux encore ! Elle avait eu sa chance. Cela aurait pu bien se passer. Mais au lieu d'apprécier la douceur de Ban, elle avait ouvert la porte aux coups et au viol ! N'avait-elle donc rien appris de son premier mariage ? Quelle idiote ! Dans l'espoir de se calmer, elle prit une profonde inspiration et murmura :

— Je suis navrée, messire. Je ne sais pas ce qui m'a pris. Ce n'était qu'un instant de panique…

— Un instant de panique ? répéta-t-il d'un air surpris.

Pourtant, ce n'est pas la première fois que tu partages le lit d'un homme.

— Pardonnez-moi…

— Te pardonner quoi ?

— De m'opposer à votre volonté.

— Ma volonté ? Vraiment ? Pour être honnête, j'espérais seulement que ma volonté corresponde à la tienne, mais, clairement, ce n'est pas le cas.

Isabelle baissa les yeux. Il fallait à tout prix qu'elle évite de le contrarier…

— Votre volonté est mienne, messire, murmura-t-elle, la gorge serrée. Si vous souhaitez toujours… consommer notre union, je ferai tout ce que vous exigerez.

— Quelle proposition tentante ! Il y a un certain nombre de choses que j'aimerais faire avec toi…

L'estomac d'Isabelle se noua : il fallait qu'elle surmonte ses craintes d'une manière ou d'une autre. Qu'importait ce qu'il était sur le point de lui demander, elle devrait obéir.

Mais, à sa grande surprise, Ban poussa un profond soupir.

— Tu as peut-être raison : c'est trop tôt et trop soudain. Nous avons sans doute besoin d'un peu de temps pour apprendre à mieux nous connaître. Du moins, toi, tu en as besoin pour t'habituer à moi.

— Mais, messire…

Elle aurait été moins surprise s'il lui avait annoncé vouloir briser leur engagement ! Ne se moquait-il pas d'elle ? Non… Rien, chez lui, ne trahissait le moindre signe de malice.

Au contraire, il lui fit un petit sourire un peu gêné.

— Nous n'avons pas à nous forcer pour faire cela maintenant, dit-il.

— Mais vous avez besoin d'un fils ! protesta-t-elle, toujours incrédule.

— Bien sûr, et si Dieu le veut nous en aurons un, mais pas aujourd'hui…

Sur ce, il se releva et récupéra ses vêtements. Une fois qu'il fut habillé, il ramassa la robe et la tunique d'Isabelle, et les lui rendit.

La panique fit soudain place au soulagement. Personne n'avait imaginé que cela puisse se passer ainsi : Ban avait su dire tout haut ce qu'elle pensait en secret. En effet, ils avaient besoin de plus de temps… En tout cas, *elle* en avait besoin pour accepter les conditions de leur accord. Elle quitta le lit à son tour et enfila ses vêtements, l'esprit ailleurs. Une fois qu'elle eut fini, il lui tendit sa ceinture et ne la quitta pas des yeux tandis qu'elle la nouait sur ses hanches.

— Cette couleur vous va très bien, remarqua-t-il en retrouvant un vouvoiement courtois. Bien sûr, n'importe quelle robe est embellie quand elle souligne une jolie silhouette…

Le feu monta aux joues d'Isabelle et elle préféra baisser les yeux de nouveau.

— Merci, souffla-t-elle.

Gênée, elle s'appliqua à lisser un faux pli sur sa jupe. Ban eut un petit sourire et remplit de nouveau leurs coupes de vin avant de lui en tendre une.

— C'est une bonne année, ce serait dommage de le gâcher…

Docile, elle prit sa coupe et but une gorgée. Le goût un peu âcre l'apaisa et, lentement, son soulagement s'effaça sous une vague de culpabilité.

— Je tiens à vous remercier pour votre prévenance… Je n'en attendais pas tant.

— Et à quoi vous attendiez-vous ? A être allongée de force et violée ?

Embarrassée, Isabelle plongea son regard dans sa coupe, refoulant une soudaine envie de pleurer.

— Eh bien, oui… Non… Enfin, je ne sais pas vraiment à quoi je m'attendais…

Stupéfait, Ban la dévisagea en silence. Sa première réponse avait été la vraie, même si elle avait tenté de se rattraper maladroitement, et cela soulevait des questions troublantes…

— Je vous ai déjà dit que je n'ai jamais forcé une femme, déclara-t-il dans l'espoir de la rassurer.

— Oui, mais nous sommes fiancés, à présent. Ce n'est plus la même chose, enfin, plus tout à fait…

— Vraiment ?

Il chercha son regard et le soutint. Que lui cachait-elle ? De quoi avait-elle peur ?

— A mes yeux, les deux choses ne sont pas si différentes.

Oui, en effet : pas si différentes… Surtout si elle le confondait avec les hommes qui n'hésitaient pas à faire violence aux femmes ! Pour ceux-là, la guerre ne faisait qu'offrir un bon prétexte. Depuis cinq ans, Ban avait bien vu avec quelle facilité les politiques ignoraient ces crimes : des atrocités prenaient le nom de justice sous prétexte de la guerre ! Combien de viols, de mutilations et de meurtres avaient-ils été commis au nom des ambitions du roi ? Inévitablement, on finit par s'endurcir, enterrer ses émotions en soi ; la survie l'exigeait. Hélas pour Ban, ses émotions n'étaient clairement pas enfouies aussi profondément qu'il le croyait…

— Je ne prendrai jamais rien qui ne me soit librement offert, dit-il posément.

— Ne vous inquiétez pas, messire, lui répondit-elle. Je ferai mon devoir.

— Peut-être, mais ne le faites pas par peur.

Elle soupira.

— Je vois à présent que mes craintes étaient infondées…

— En effet, et je suis heureux que vous vous en rendiez compte.

— Je suis vraiment navrée de vous avoir déçu.

— Oubliez cela ! Nous verrons la prochaine fois.

— Je vous le promets !

Elle se tut un instant, comme en proie à un nouveau doute, puis reprit timidement :

— Est-ce que vous comptez raconter ma désobéissance à mon père ?

Ban, surpris, s'immobilisa, sa coupe au bord des lèvres.

— Bien sûr que non ! Pourquoi ferais-je une chose pareille ?

Ban reposa sa coupe et la prit par les épaules pour l'obliger à le regarder.

— Tout cela ne concerne que nous, Isabelle, dit-il. Je veux que notre arrangement fonctionne. La seule question qui demeure est : le voulez-vous aussi ?

— Oui, messire.

— Bien. Dans ce cas, nous sommes d'accord.

— Je suis désolée de vous avoir fait douter de ma motivation…

Elle lui fit un mince sourire.

— Cela n'arrivera plus, le rassura-t-elle.

Ban acquiesça et répondit simplement :

— C'est bien.

En fait, songea Ban, la situation était loin d'aller bien ! Qu'Isabelle ait peur de partager sa couche avait de quoi déconcerter. Et cela le troublait presque autant que la puissance du désir qui s'éveillait en lui quand il se tenait près d'elle… Il lui aurait été très facile de la prendre pour consommer leurs fiançailles, mais l'usage de la force était hors de question ! Cette idée lui était déjà désagréable en toutes circonstances, mais vis-à-vis d'elle, cela devenait parfaitement répugnant… De plus, ce n'était pas ainsi que l'on pouvait construire des fondations solides pour un mariage réussi. Qu'avait-elle donc vécu, pour avoir si peur des hommes ? Au souvenir de leur première rencontre, près du lac, il s'en voulut. Il ne s'était pas vraiment rendu service, ce jour-là. Malgré cela, elle n'était plus vierge et connaissait les réalités du mariage. Ses peurs étaient sans fondement ! Quels que soient les efforts que cela lui coûte, Ban était bien décidé à le lui prouver. Et il ne s'arrêterait qu'après avoir réussi ! Si Isabelle avait besoin de temps et de patience, il s'en accommoderait. Le prix qu'il recevrait pour ses efforts valait bien quelques sacrifices…

Dès qu'elle le quitta, Isabelle retourna dans l'aile des femmes pour se recoiffer et s'assurer qu'aucune trace de leur étreinte interrompue ne demeure dans son apparence. Une robe froissée et une tresse dénouée suffiraient à insuffler des doutes à un esprit observateur… Une fois qu'elle eut lissé sa robe et dompté sa coiffure, elle prit un peu de temps pour réfléchir. Les choses s'étaient passées si vite, si différemment de ce qu'elle avait craint, qu'elle avait encore un peu de mal à y croire. Elle s'était vraiment comportée comme une idiote ! De toute manière, elle n'avait fait que gagner un peu de temps, repousser l'inévitable. Ban avait beau s'être montré prévenant, cette fois, il lui avait clairement fait comprendre qu'il attendait plus d'obéissance à l'avenir. Pourquoi était-ce si difficile ? Il était gentil et patient… Que pouvait-elle exiger de plus ? Et pourquoi diable avait-elle paniqué comme cela ?

Les minutes passèrent, mais elle ne trouvait toujours aucune réponse à ses questions. De plus, d'autres problèmes attendaient d'être réglés… Une fois qu'elle se sentit suffisamment calme, elle se rendit dans la grande salle, où elle découvrit son père en grande discussion avec l'un des domestiques. Il l'aperçut, renvoya l'homme, et lui fit signe d'approcher. Durant quelques instants, il se contenta de l'examiner d'un air curieux.

— Est-ce fait ? demanda-t-il simplement.

Isabelle croisa les doigts dans les plis de sa robe, et acquiesça. Elle n'avait encore jamais menti à son père…

— Oui, père, répondit-elle.

— Bien.

Un court silence gêné suivit. Finalement, son père reprit :

— Je prie pour que nous obtenions ce que nous espérons tous de ces fiançailles.

— Moi aussi.

Au moins, cette seconde affirmation était vraie, songea-t-elle. Très mal à l'aise à l'idée de lui avoir menti, elle se répéta que, même si elle avait voulu lui avouer ce qui s'était passé entre Ban et elle, elle ne voyait aucun moyen de le faire sans s'attirer la colère de son père…

— Arrange-toi pour porter son enfant et ton avenir est

assuré, ma fille, poursuivit-il en lui prenant gentiment le bras. J'espère pouvoir te voir au plus vite installée en ménage.

— Ce sera le cas, père.

— Je l'espère bien : nous manquons de temps…

Elle s'apprêta à protester mais il la fit taire en lui posant un doigt sur la bouche.

— C'est la vérité et nous devons nous y préparer. Mes douleurs à la poitrine sont de plus en plus fréquentes et durent de plus en plus longtemps… J'aimerais vraiment que lord Ban devienne ton époux aux yeux de tous avant ma mort.

Une boule se noua dans la gorge d'Isabelle et les larmes lui montèrent aux yeux. Elle les refoula du mieux qu'elle put et répondit à mi-voix :

— Ce sera le cas, et cela arrivera bien avant votre mort.

— J'espère que tu as raison, soupira-t-il dans un demi-sourire. De plus, je pense que lord Ban sera un bien meilleur époux qu'Alistair Neil…

— C'est aussi ce que je crois.

De toute manière, il était impossible de comparer les deux hommes ! Ban était tout ce qu'Alistair n'avait jamais su être… Décidément, elle avait agi comme une simple d'esprit, dans la chambre. A cet instant, elle se jura que cela ne se reproduirait pas. Tout ce qu'elle avait à faire était d'oublier le passé et d'aller de l'avant.

Chapitre 8

Durant les jours qui suivirent, Ban prit le temps de se familiariser avec les alentours de Castlemora, et de mémoriser la fonction des différents bâtiments du domaine. Cette connaissance des terres de son hôte lui serait très utile pour mettre son plan à exécution… Il s'appliqua de même à discuter régulièrement avec ses hommes pour entendre tout ce qu'ils pouvaient avoir à dire. Depuis l'incident avec Taggart, ceux-ci s'étaient rapprochés des domestiques du domaine et avaient aussi visité le village. Ban savait qu'il pourrait toujours compter sur eux pour garder un œil ouvert.

— Murdo et ses hommes ne sont pas très aimés aux alentours, lui confia Jock. Ils sont réputés pour leur brutalité et les villageois les craignent.

— Ils ont bien raison d'avoir peur ! renchérit Ewan.

Les mercenaires arpentaient les terres de Castlemora — c'était inévitable — mais, s'ils observaient toujours les hommes de Ban d'un œil mauvais, aucun d'eux n'avait osé les insulter de nouveau.

— D'après ce que j'ai entendu, poursuivit Jock, trois d'entre eux ont violé une fille de la région et l'ont mise enceinte, mais quand elle s'est plainte au seigneur Graham, ils ont juré qu'elle était consentante. C'était la parole de la pauvre fille contre la leur… Finalement, ils ont été déclarés innocents et j'ai appris que la fille s'est tuée avec l'enfant qu'elle portait.

Ban ne put retenir une grimace de dégoût.

— Ces hommes n'ont vraiment aucune conscience ! s'écria-t-il. Ils n'obéiront jamais qu'à leurs propres règles — ou peut-être à celles de Murdo…

— On dit qu'ils craignent tous Murdo. Apparemment, tout le monde a des raisons d'avoir peur de lui.

— J'imagine…

— Il s'assure que ses hommes assouvissent leurs désirs les plus douteux loin du château, et sans témoins. Si quelqu'un s'avise de se plaindre, il est invariablement puni ou victime d'un « accident ».

— Oui, intervint Davy, je préfère ne jamais tourner le dos à cette crapule !

— Cet homme-là, il faut toujours avoir l'œil dessus, conclut Jock.

Soudain, Ban se rendit compte que Davy ne le quittait pas des yeux, l'air interrogateur.

— Messire, commença-t-il, allons-nous rester ici encore longtemps ?

— Oui, un peu, répondit Ban, évasif.

Ses hommes échangèrent des sourires entendus et il leur répondit de même. Bien sûr, ils avaient deviné depuis longtemps son intérêt pour Isabelle, même s'ils n'avaient aucune idée de l'engagement qu'il avait déjà pris vis-à-vis d'elle. Il n'aimait pas avoir à leur mentir à ce sujet mais, pour le moment, il n'avait pas le choix… Les choses entre sa fiancée et lui n'avaient pas débuté comme il l'espérait, mais il comptait bien prendre le temps de rectifier cela. Si tout se passait bien par la suite, il pourrait rapidement annoncer ses fiançailles et ses hommes rentreraient enfin chez eux.

— La jeune dame est bien jolie, lança soudain Jock.

Ban fit tout son possible pour demeurer impassible — et, de toute évidence, y réussit assez aisément.

— Oui, en effet, répondit-il.

— Il faut avouer que les rumeurs à son sujet étaient en dessous de la réalité.

— C'est vrai.

— L'homme qui l'épousera aura bien de la chance ! insista Jock.

— C'est certain.

Comprenant sans doute qu'il ne parviendrait pas à tirer plus d'informations de son maître, Jock abandonna et changea de sujet.

Ban s'efforça de dissimuler son sourire amusé. Décidément, Jock n'était pas très doué pour lui extirper des confidences avec subtilité ! S'il avait su que son maître n'arrivait plus à penser à autre chose qu'à Isabelle… Depuis le jour de leurs fiançailles, il n'avait pu parler avec elle qu'à table, et, comme ils n'étaient jamais seuls, ils étaient obligés de se contenter de conversations mondaines. Malgré cela, il ne lui avait pas échappé qu'elle semblait plus anxieuse de lui plaire, sans doute dans l'espoir de lui faire oublier l'expérience désastreuse qui avait suivi la cérémonie… Cependant, en dépit de ses efforts, il percevait toujours une certaine crainte dans le sourire de sa promise, et cela le perturbait profondément. Il n'avait aucune envie de la rendre inquiète ou mal à l'aise en sa compagnie, bien au contraire ! D'ailleurs, songea-t-il avec surprise, cela lui importait beaucoup plus qu'il ne l'aurait cru… Les terreurs d'Isabelle étaient un affront à la gent masculine : une femme si belle aurait dû apprécier l'intimité d'un couple, et non la craindre. C'était donc à lui de le lui faire comprendre. Oui, sa réaction brutale après la cérémonie, au lieu de refroidir les ardeurs de Ban, n'avait fait que les encourager. Avant de la rencontrer, jamais il n'aurait cru être à ce point obnubilé par une épouse potentielle, et il attendait avec impatience de pouvoir la conduire dans son lit au vu et au su de tous, aussi souvent qu'il le voudrait. La seule chose qui lui importait était de la voir consentante le jour où cela arriverait…

Durant son exploration de Castlemora, il repéra une grange, un peu à l'écart des bâtiments principaux, mais suffisamment proche tout de même pour que l'on puisse y accéder aisément. Apparemment, on ne s'en servait que pour entreposer de la paille et du grain. Le lieu était calme, peu fréquenté ; l'endroit idéal pour y retrouver Isabelle en secret. Bien sûr, c'était risqué, mais il ne pouvait trouver mieux… S'ils y étaient découverts, c'en serait fini de leurs fiançailles secrètes, mais le risque apporterait un peu de piment à l'expérience.

Quand Ban vint proposer à Isabelle de le retrouver dans la grange, elle n'osa protester. Après tout, le bâtiment était peu utilisé et ils ne couraient aucun risque d'y être surpris. De plus, la peur d'être découverte n'était pas ce qui l'angoissait le plus… Elle avait eu quelques jours pour s'habituer à Ban et à l'idée d'être liée à lui. A présent, elle était seulement soucieuse d'en finir avec le secret qui leur pesait et de consommer leur union aussitôt que possible : la première fois serait sans doute la plus difficile…

Lorsqu'elle arriva au rendez-vous, elle le découvrit déjà sur place. Sa présence seule semblait emplir tout l'espace et il paraissait étrangement à son aise au milieu du foin, tandis qu'elle se sentait plus nerveuse que jamais.

Il l'accueillit par un sourire.

— Je me demandais si vous ne changeriez pas d'avis…

— Non, j'étais bien décidée à venir.

— J'en suis heureux. Je sais que ce n'est pas facile pour vous.

Surprise, elle l'observa un instant, pour s'assurer qu'il ne se moquait pas.

— Messire, reprit-elle, je pense que ce n'est facile pour aucun de nous.

— Oui. Je suis le premier à admettre que les circonstances ne sont pas idéales, mais vous n'avez rien à craindre. Je ne ferai rien qui risque de vous faire du mal.

— Je le sais, admit-elle.

— Alors, vous me faites confiance ?

Incapable de répondre tant son cœur battait fort, elle se contenta d'acquiescer d'un mouvement de tête. Il l'attira vers lui et l'embrassa avec douceur. Peu à peu, elle se détendit légèrement et le baiser se fit plus intense. Il entrouvrit la bouche, elle l'imita, et leurs langues s'effleurèrent. Il avait un goût d'hydromel, doux et fleuri, qui s'accordait avec les senteurs du foin, de la laine et du cuir qui embaumaient la grange. Il la serrait fort contre lui et lui caressait doucement le dos. La chaleur de ses mains à travers l'étoffe de sa robe éveilla un frisson sur la peau d'Isabelle. D'instinct, elle se pressa plus encore contre lui et sentit la bosse de son sexe contre sa jambe. Soudain, son cœur se mit à battre plus vite. Etait-ce de l'appréhension ? Oui, mais pas seulement…

Il s'écarta alors légèrement d'elle et la regarda dans les yeux.

— Viens…

Sa cape était étendue sur le foin. Il l'allongea avec précaution sur le lainage et s'installa auprès d'elle pour l'embrasser encore.

Ban prit tout son temps pour la rassurer par des baisers, des caresses, tout ce qui lui venait en tête. Il voulait lui donner du plaisir, éveiller tout son corps. Il ne fallait surtout pas qu'il se précipite, au risque de perdre le peu qu'il avait déjà acquis. Elle paraissait prête à lui faire confiance et c'était à lui de lui prouver qu'elle n'avait pas eu tort… L'attente n'était pas si frustrante qu'il l'avait craint. Il avait désiré Isabelle dès qu'il l'avait vue, dans le lac, mais ce qu'il ressentait à présent pour elle allait bien au-delà du simple plaisir physique. Cette femme éveillait en lui une passion qu'il avait ignorée jusque-là… Il savourait cette lenteur des baisers, des contacts, et voulait la prolonger tant qu'il le pourrait.

Petit à petit, les caresses de Ban se firent plus audacieuses, explorant sa poitrine, sa taille et ses fesses. Isabelle tenta de lui rendre ses baisers et de laisser glisser ses mains le long du dos de celui-ci, sur la tunique de laine, mais les plis la gênaient. Elle s'écarta alors un instant, et chercha la boucle de sa ceinture, les mains tremblantes. Enfin, elle parvint à la dénouer et la rejeta à côté d'elle. Elle glissa les mains sous la tunique, tira la chemise du pantalon et trouva enfin la peau, réchauffée par l'étoffe. Ses doigts explorèrent le corps de Ban, suivant le contour bien dessiné de ses muscles. Cela dut lui plaire car ses baisers se firent plus pressants.

Il guida sa main vers son pantalon et, troublée, elle sentit la forme large et dure de son sexe. Cela n'avait rien à voir avec ce qu'elle avait pu connaître auparavant… Malgré sa nervosité, elle le caressa et entendit une inspiration rauque lui répondre. Soudain, la main de Ban s'aventura sur sa cuisse, sous les plis de sa robe, et trouva son intimité. D'instinct, elle se raidit, mais il murmura tout bas :

— Ne t'inquiète pas, ma douce, tout ira bien…

Docile, elle le laissa faire et se détendit un peu. La caresse légère éveilla en elle une chaleur étrange. Déconcertée, elle se rendit vite compte que ce n'était pas particulièrement désagréable et ralentit sa respiration pour rester aussi calme que possible. Soudain, la chaleur fut suivie par une sensation d'humidité tiède. L'espace d'un instant, elle retint son souffle : ses règles avaient dû commencer ! Mais Ban ne réagit pas. Cela devait être normal, finalement… Au fil des caresses, ce qui avait été agréable devint plus enivrant et le cœur d'Isabelle s'emballa encore.

Ban finit par ouvrir son pantalon, dévoilant son sexe fièrement dressé. Elle ferma la main sur cette hampe si douce, un peu inquiète. Comment diable son corps allait-il pouvoir s'ouvrir pour cela ? Cela allait forcément être douloureux… Quoi qu'il en soit, songea-t-elle, elle ne pouvait plus reculer. Elle allait devoir aller jusqu'au bout : elle ne pouvait pas le trahir une seconde fois.

Ban retroussa les jupes d'Isabelle plus haut, la laissant nue jusqu'à la taille. Elle ne put s'empêcher de rougir, gênée : la grange baignait dans une lumière vive et Ban la couvait d'un regard brillant. Allait-elle lui plaire ? Apparemment, il ne fut pas déçu et eut un petit sourire pensif. Lentement, il lui écarta les jambes avec ses genoux et entra en elle, tendrement, avec précaution, jusqu'à ce que son sexe entier ait trouvé sa place. Stupéfaite, Isabelle retint son souffle : cela n'avait pas fait mal ! Encore sous le coup de la surprise, elle le sentit bouger en elle.

Au moins, cela, elle s'y attendait. Elle se souvint alors de ce que son premier époux lui avait appris et passa ses bras autour du cou de Ban. Elle remonta les genoux de part et d'autre de ses hanches affairées, ce qui eut pour effet d'accélérer le rythme puissant qui les entraînait. Elle s'appliqua à bouger avec lui, consciencieuse. Pourvu qu'elle parvienne à le satisfaire, cette fois... Pourvu qu'il ne se repente pas de leur accord...

Le mouvement brusque d'Isabelle éveilla en Ban une nouvelle excitation, plus pressante. Il fallait qu'il se contienne : cette étreinte devait rester rassurante pour elle, quoi qu'il arrive ! Il ne fallait pas qu'il réveille ses peurs ou son dégoût... Il fit donc tout son possible pour refréner sa passion aussi longtemps que possible, mais le soulagement arriverait tôt ou tard. Pourvu qu'il en ait déjà suffisamment fait pour la convaincre qu'il n'avait aucune intention de lui faire du mal. Puisqu'il voulait toujours s'assurer du consentement d'Isabelle, il lui fallait s'habituer à cet exercice...

Finalement, il se redressa sur les coudes et se retira, les yeux fixés sur elle.

— Est-ce que tout va bien, ma douce ? demanda-t-il, un peu anxieux.

— Oui, messire.

Elle parut hésiter, puis ajouta :

— C'était... agréable.

Ban ne put s'empêcher de sourire, soulagé.

— C'est vrai, mais cela va encore s'améliorer.

— Vraiment ?

— Vraiment...

Isabelle ne répondit pas, troublée. Que voulait-il dire par là ? Les choses s'étaient déjà mieux déroulées que tout ce à quoi elle s'attendait. Alistair ne l'avait jamais traitée avec autant de douceur... Se soumettre à son premier époux avait été comme un assujettissement contraint. Se soumettre à Ban n'avait rien à voir ! Pourquoi une telle différence ? Bien sûr, l'acte sexuel ne pourrait jamais apporter à une femme autant de plaisir qu'il semblait en apporter aux hommes, mais Ban venait de lui prouver que l'amour physique n'avait pas à être désagréable pour autant… Elle était assez expérimentée pour comprendre qu'il se retenait, sans doute dans l'espoir d'apaiser ses craintes, et lui en fut profondément reconnaissante. A présent, le souvenir de ses angoisses lui paraissait stupide…

Enfin, Ban s'écarta d'elle et s'étendit à ses côtés en la serrant dans ses bras. Elle se laissa aller à sourire et à fermer les yeux. Etrangement, une grande sérénité l'envahit. Elle répéterait l'expérience avec son fiancé sans crainte, à présent, et aussi souvent qu'il le désirerait ! L'esprit ailleurs, elle pria Dieu de leur accorder un enfant. Ce désir soudain la remplit d'espoir : elle se rendit alors compte qu'elle avait envie de donner à Ban le fils qu'il désirait tant. D'ailleurs, cela pourrait même les rapprocher… Quoi qu'il arrive, en tout cas, elle serait mère et aurait à s'occuper d'un petit être sans défense qu'elle serait libre de chérir et qui l'aimerait d'une manière inconditionnelle. Ban lui avait bien sûr avoué qu'il n'était pas amoureux d'elle mais, comme lui, elle commençait à croire que le temps pourrait éveiller une certaine complicité entre eux. Ce ne serait pas difficile, pour elle, de s'attacher à un homme qui la traitait avec tant de gentillesse et de courtoisie…

Ban était perdu dans ses pensées, tout comme Isabelle paraissait l'être. Les choses s'étaient bien déroulées, cette fois, mais il avait encore beaucoup d'efforts à faire pour satisfaire Isabelle. Malgré toutes ses attentions, il n'avait pas été capable de l'exciter comme il l'aurait voulu… De toute évidence, elle était encore trop tendue, trop renfermée en elle-même pour cela. Il allait lui falloir du temps pour chasser toute peur et se sentir parfaitement à l'aise avec lui. L'ambition de Ban était de parvenir à la porter jusqu'à l'orgasme en même temps que lui ; un défi énorme qu'il relèverait avec joie.

Une fois qu'elle aurait ressenti tout le plaisir que l'acte sexuel pouvait lui offrir, elle n'aurait plus aucune réticence à recommencer. Là, enfin, elle serait suffisamment détendue pour qu'il puisse aller plus loin et explorer avec elle tous les chemins de l'amour. A cette seule idée, une foule d'images érotiques l'envahit, images dans lesquelles Isabelle initiait seule leurs jeux amoureux. Presque immédiatement, une nouvelle flamme de désir s'alluma au creux de ses reins, mais il refréna ses pulsions. Ce n'était pas le moment de brusquer les choses ! Il ne voulait pas seulement attirer Isabelle dans son lit de nouveau, il voulait qu'elle y prenne plaisir… Il voulait qu'elle le *désire*. D'où lui venait une telle envie ? Tout ce qu'il savait était que rien ne comptait plus à ses yeux que cela… Cette femme serait sienne, corps et âme, et il ferait tout le nécessaire pour y arriver !

Ce fut pour cette raison que Ban se retint de renouveler leurs ébats trop rapidement. Il laissa plusieurs jours passer avant de proposer un second rendez-vous à Isabelle. Si elle se sentait sous pression, elle aurait plus de mal à se détendre, et cela allait à l'encontre de ses projets… Entre-temps, il eut de longues discussions avec elle, sur de nombreux sujets. Il l'incitait à se confier, écoutait, en apprenait plus sur elle. Finalement, ce plan se montra efficace : elle perdit peu à peu l'expression anxieuse qui animait son visage presque en permanence et commença à sourire de plus en plus souvent. Heureux, Ban poursuivit ses efforts.

Lors de leur second rendez-vous à la grange, elle se montra moins tendue et participa plus volontiers à leurs ébats. De nouveau, il s'efforça de rester prudent, se montra passionné mais tendre, et chercha par tous les moyens à apporter à Isabelle plus de plaisir. Elle suivit son exemple et s'employa clairement à le satisfaire de même. Bien sûr, ce n'était pas encore parfait, mais ce fut déjà bien plus agréable que la première fois…

*
* *

Durant la semaine suivante, leurs rendez-vous se firent plus réguliers. Le voile de secret dont ils s'enveloppaient et le peu de temps dont ils jouissaient chaque fois excitait leur passion à tel point qu'Isabelle finit par attendre avec impatience chaque instant d'intimité qu'elle pouvait savourer avec Ban. Pour elle, leur relation n'avait plus rien d'une union arrangée, politique ; et malgré toutes ses bonnes résolutions, ses émotions s'éveillèrent pour lui peu à peu. C'était encore bien trop tôt pour se permettre une telle imprudence, mais elle ne parvenait pas à contrôler ses sentiments. Ban occupait toutes ses pensées. Il la traitait toujours avec respect et gentillesse. Elle n'avait d'ailleurs jamais imaginé qu'un homme puisse se montrer aussi attentionné envers une femme. Certes, il était passionné, mais il ne lui faisait jamais mal et, chaque fois qu'ils faisaient l'amour, elle se sentait plus liée à lui que la veille. La seule chose qui lui provoquait encore un pincement au cœur, parfois, était qu'il ne parlait jamais d'amour… Quelle bêtise, songea-t-elle avec un brin d'amertume. Leur relation était trop récente et elle ne pouvait s'attendre à plus d'attachement, du moins, pour le moment ! Lorsqu'elle porterait l'enfant de Ban, les choses pourraient peut-être changer… « Nous pourrons nous rapprocher avec le temps », avait-il dit. A ce souvenir, son cœur s'emplit d'un désir nouveau : son avenir lui réservait peut-être plus de bonheur que tout ce à quoi elle s'était attendue.

Elle aurait souhaité pouvoir parler d'avenir avec Ban, mais le sujet était sensible et elle n'osait pas encore l'aborder… D'ailleurs, lui non plus n'en parlait jamais. Peut-être craignait-il de construire des projets alors que leur mariage n'était pas encore assuré. En tout cas, il ne voulait clairement pas s'aventurer à lui faire des promesses qu'il n'était pas certain de tenir… Leurs conversations, à défaut de porter sur un futur possible, se cantonnaient au passé et au présent. Elle comprenait la raison d'une telle distance entre eux, bien sûr, mais ne pouvait s'empêcher d'en tirer une tristesse sourde : en dépit de toute la tendresse qu'il lui offrait, il n'hésiterait pas à la rejeter si elle ne tombait pas enceinte…

— Est-ce que tout va bien ? lui demanda-t-il lors de l'un de leurs rendez-vous secrets.

Elle leva les yeux vers lui et répondit très vite :

— Bien sûr ! Je ne me suis jamais sentie mieux !

C'était vrai — en partie. Ils étaient allongés sur la cape de Ban, au milieu d'une pile de bottes de foin parfumées, dans une ancienne stalle au fond du bâtiment. Là, une lumière tamisée baignait l'espace et le silence n'était brisé que par de rares roucoulements de pigeons dans la charpente. L'instant incitait à la sérénité…

— Tu avais l'air soucieuse, reprit Ban.

— Je pense beaucoup à mon père, en ce moment : sa santé empire de jour en jour…

— Il peut vivre encore longtemps, avec l'aide de Dieu.

— Hélas, soupira-t-elle, il pense que son temps arrive à sa fin. Hugh risque de devenir seigneur bien plus tôt que nous ne le souhaiterions.

— Ne t'en fais pas : il possède toutes les qualités pour succéder dignement à ton père.

— Je le sais bien, et je ne m'inquiète pas de Hugh, mais surtout de Murdo.

Ban parut réfléchir un instant à sa réponse, puis dit doucement :

— Je suis certain qu'il servira ton frère avec respect, comme il a servi ton père.

— Je n'en suis pas si sûre… Murdo a trop de pouvoir et il en a déjà abusé à maintes reprises. Hugh le sait et j'espère qu'il aura la force de faire rentrer les choses dans l'ordre.

— Il est vrai que la tâche risque d'être difficile, admit Ban. Les hommes tels que Murdo ont souvent du mal à céder ce qu'ils considèrent comme acquis.

— Si mon père avait été en meilleure santé, il aurait sans doute gardé le contrôle de la situation, mais, avec l'arrivée de la maladie, il a préféré déléguer un certain nombre de responsabilités… Peut-être même trop.

— Je comprends, cela arrive souvent.

Ban se tut un instant, avant de reprendre :

— Ne t'en fais pas : lorsque ton frère deviendra maître des lieux, je suis certain qu'il finira par reprendre les rênes.

— Espérons-le. C'est la seule chose qui pourrait rendre à Castlemora sa tranquillité. Autrefois, l'atmosphère n'était pas si tendue, ici, ni si… menaçante.

— Pourquoi te sens-tu menacée par Murdo ? demanda Ban d'un air surpris.

Isabelle hésita. Cette conversation devenait dangereuse… Cependant, Ban insista et elle fut bien obligée de répondre.

— Il désire m'épouser.

A ces mots, Ban fronça les sourcils et elle s'empressa d'ajouter :

— Ne t'en fais pas, son souhait n'aurait jamais été réalisé !

— Et toi, souhaitais-tu l'épouser ?

— Seigneur, non ! s'écria-t-elle. Je le hais et il le sait parfaitement. Mais, comme tu le disais : il n'est pas homme à renoncer facilement.

Ban acquiesça avec gravité.

— En tout cas, reprit-il, il ferait mieux d'abandonner tout de suite tout espoir à ton sujet !

— Ne t'en fais pas, te dis-je, il ne sera jamais ton rival. D'ailleurs, j'espère que nous pourrons rapidement lui prouver à quel point ses projets sont inconsidérés…

— Je peux t'assurer que je ne supporterai jamais aucun rival, Isabelle : tu seras à moi ou à personne.

Le pouls d'Isabelle s'accéléra à ces mots.

— Je suis ta fiancée, après tout, dit-elle.

— Et comment ! répliqua-t-il, les yeux scintillants.

Il se redressa au-dessus d'elle et l'empêcha de bouger.

— Et j'ai bien l'intention de réclamer ta main aux yeux de tous, le plus vite possible, ajouta-t-il.

— Quelque chose t'empêche donc de le faire maintenant ?

Tout en parlant, Isabelle s'en voulut de cette provocation : n'allait-il pas la trouver trop audacieuse ? Peu lui importait : un soudain désir de voir Ban lui prouver sa passion l'enflammait.

Elle perçut soudain comme une étincelle de malice dans le regard de ce dernier et un frisson de plaisir la parcourut.

— Rien ne m'empêchera de te garder pour moi, ma douce. Je compte bien protéger ce qui est mien !

— Vraiment ?

— Vraiment.

— Et si je ne suis pas d'accord ?

— Tu peux toujours essayer de fuir…

La menace complice éveilla un désir soudain en elle. Elle obtempéra, tenta de se libérer, mais Ban avait une poigne de fer. Tandis qu'elle s'épuisait en vain, il la couvait d'un regard ardent.

— On se rebelle ? demanda-t-il enfin.

Réprimant un sourire malicieux, elle leva les yeux vers lui.

— Peut-être…

— Dans ce cas, je vais écraser ces envies de révolte sans merci jusqu'à ce que tu te soumettes entièrement à ma volonté !

— Oh ? Et comment feras-tu ?

Sans répondre et sans attendre, Ban mit sa menace à exécution, avec passion, et provoqua en elle un ouragan de sensations plus nouvelles les unes que les autres.

Le soir, enfin seule dans son lit, Isabelle se laissa aller à la rémémoration de leur rendez-vous dans la grange. En quelques instants, son corps s'éveilla, son ventre et ses cuisses s'enflammèrent de désir… Quand donc pourraient-ils enfin vivre ensemble aux yeux de tous ? D'après leur conversation de l'après-midi, Ban semblait aussi impatient qu'elle : à peine avait-elle mentionné l'intérêt que Murdo lui portait que la jalousie de Ban l'avait trahi. Leur étreinte avait été plus passionnée et possessive que jamais — ce qui n'avait d'ailleurs rien eu de désagréable, songea-t-elle. Clairement, il la considérait déjà comme sienne ! La moindre de ses paroles et le moindre de ses actes le prouvaient un peu plus chaque jour… Seule, dans l'obscurité de sa chambre, elle ne put s'empêcher de sourire, satisfaite. Elle aussi voulait être sienne : lorsqu'elle était avec

Ban, elle était incapable de penser à un autre homme que lui... Bien sûr, il ne fallait surtout pas qu'elle le lui dise : il avait déjà trop facilement l'avantage sur elle !

De son côté, Ban réfléchissait aussi à la scène de l'après-midi. Leur conversation l'avait enfin éclairé sur certains détails qui l'avaient troublé depuis sa rencontre avec Isabelle. Cela expliquait par exemple l'étrange attitude de Murdo envers lui : s'il désirait épouser Isabelle, Ban pouvait comprendre son agressivité envers ses hommes et lui. Lorsque la maîtresse du domaine était rentrée à Castlemora, en disgrâce, il avait dû y voir une opportunité à ne pas laisser échapper : il lui aurait été en effet facile de l'épouser et de s'assurer par là une position influente au château. De plus, il aurait obtenu une épouse d'une beauté à couper le souffle ! De toute évidence, le doute sur sa capacité à enfanter n'inquiétait pas Murdo ; il devait être prêt à tenter sa chance. Soudain, le cœur de Ban s'accéléra : un homme aussi ambitieux que le maître d'armes ne prendrait pas un tel risque sans raison, il devait savoir quelque chose que tous ignoraient... Ou bien peut-être était-il si amoureux d'Isabelle qu'il ne se souciait pas de sa descendance — bien que cela parût particulièrement improbable, dans le cas de Murdo.

Ban tenta d'organiser ses pensées : quelque chose lui échappait. D'habitude, il se montrait plutôt doué pour déchiffrer le caractère des gens, mais les relations entre Murdo et Isabelle demeuraient encore troubles à ses yeux. Instinctivement, il *savait* que quelque chose d'essentiel demeurait encore dans l'ombre... Rien, dans le comportement d'Isabelle, ne laissait supposer qu'elle aimait Murdo en secret. Au contraire, elle paraissait le craindre — et elle n'était sans doute pas assez bonne menteuse pour dissimuler ses sentiments. De toute manière, songea Ban, si elle avait été amoureuse d'un autre homme, elle ne se serait jamais montrée aussi volontaire au lit avec lui... Quelles que soient les motivations de Murdo, il n'avait aucune chance de séduire Isabelle ! Dès qu'elle serait enceinte, Ban comptait bien annoncer leur union à tous et cela mettrait fin à tous les projets du maître d'armes, ou de n'importe quel autre homme qui pourrait avoir des vues sur elle. Aucun autre homme ne la toucherait plus : elle lui appartiendrait et serait toujours sienne.

En attendant la bonne nouvelle, il se montrait attentionné avec elle en public, mais s'appliquait à respecter les codes de la courtoisie. En tant que future épouse, elle devait recevoir de lui le plus grand respect, et Graham n'en attendait sans doute pas moins de Ban. Bien sûr, il ne pouvait s'empêcher de sentir les regards de tous tournés vers lui à chaque instant et il devait redoubler de prudence pour ne pas trahir l'intimité réelle qui régnait entre Isabelle et lui. Les attentions d'un prétendant pour une dame étaient parfaitement admises ; l'idée même d'un amant secret partageant sa couche avec une femme célibataire, en revanche, causerait un véritable scandale !

Heureusement, Ban trouva un allié inattendu en la personne de Hugh. Le jeune homme appréciait de toute évidence la compagnie de son hôte et ne perdait aucune opportunité de discuter avec Ban pour en apprendre plus sur Glengarron. Il savait poser des questions intelligentes, pertinentes, et écouter les réponses avec attention.

— Mon père compte énormément sur l'amitié entre notre maison et sir Iain McAlpin, expliqua-t-il un jour.

— Mon beau-frère partage ce sentiment, je vous l'assure, répondit Ban.

— Je n'ai rencontré sir Iain qu'une fois, alors que j'étais très jeune, et pour être honnête, j'étais alors trop impressionné pour lui adresser la parole…

Ban ne put retenir un sourire.

— Oui, il a cet effet sur beaucoup de gens.

— J'ai entendu tant de choses à son sujet !

— Quelles choses ? demanda Ban, intrigué.

— On m'a vanté ses prouesses de guerrier, son courage, son audace, et ses talents de seigneur…

— En effet, ces compliments sont mérités.

— On m'a aussi dit qu'il n'était pas homme à supporter la contradiction.

— C'est vrai.

— Bien sûr, s'empressa d'ajouter Hugh, je n'ai aucun désir de le contrarier. Je voulais seulement dire que sa réputation est aussi crainte que respectée…

— Il ne montre en effet aucune pitié pour ceux qui le trahissent.

— Et il a bien raison ! Quand un homme donne sa parole, il se doit de la tenir.

— Je suis d'accord avec vous, répondit gravement Ban.

— J'imagine qu'il n'accepterait aucune trahison, ni aucune insulte envers sa maison, n'est-ce pas ?

— Certainement pas !

— Et que ferait-il, dans un tel cas ?

— Je suppose qu'il réglerait le problème à la pointe de l'épée. Pourquoi me demandez-vous cela ?

Hugh baissa un instant les yeux, mais son corps tout entier trahissait une violente rage contenue.

— Il y a une insulte que je voudrais laver dans le sang ; et quand je serai seigneur, je m'assurerai de rendre son honneur à ma maison…

— Qui donc a pu vous offenser de la sorte ?

— Les Neil de Dunkeld.

le cœur de Ban se mit à battre plus fort, mais il tenta de dissimuler sa surprise.

— Ce sont vos parents par alliance, n'est-ce pas ?

— Ils ne le sont plus ! répliqua le jeune homme. La façon dont ils ont traité ma sœur leur interdit toute réclamation, en ce qui me concerne ! Heureusement, elle est enfin libérée d'eux et de son bon à rien d'époux…

— Bon à rien ?

— Oui. Ce n'était qu'un imbécile doté d'un beau visage et d'une langue traîtresse ! Le monde se porte mieux sans lui. D'ailleurs, il se porterait mieux sans ce clan tout entier…

— Oui, peut-être, répondit Ban avec prudence. Quoi qu'il en

soit, vous devez songer aux conséquences d'une telle action… De telles représailles ne sont pas à prendre à la légère.

— Je le sais bien.

— Et que pense votre sœur de tout cela ? demanda encore Ban, décidé à en apprendre le plus possible à ce sujet.

— Elle est simplement heureuse d'être débarrassée des Neil et de vivre loin de Dunkeld.

— Elle n'aspire pas à la vengeance ?

— Non… Belle a de l'esprit et du courage, mais elle n'a pas soif de sang. Après tout, c'est normal : c'est une femme…

— Oui, admit Ban. Les femmes se montrent souvent plus sages que nous, dans ce genre de situation.

— Est-ce que vous pensez que nous devrions oublier une telle insulte ? demanda Hugh d'un air dubitatif.

— Bien sûr que non, mais je crois que vous devriez trouver un moyen de vous venger sans déclencher un bain de sang.

— Et comment ?

Ban esquissa un sourire.

— Ce n'est pas très difficile, répondit-il. Il suffit de glisser aux bonnes personnes que les Neil ne sont pas dignes de confiance, qu'ils ne respectent pas leur parole, que leur honneur n'a pas d'importance à leurs yeux, et ainsi de suite… Cela pourrait très rapidement détruire leur rang social et ternir leur réputation pour longtemps.

Hugh le dévisagea avec intérêt.

— Les bonnes personnes ? répéta-t-il.

— Oui : le roi, par exemple, ou certains membres influents de la Cour — de préférence ceux qui ne portent déjà pas les Neil dans leur cœur…

— Mais je n'ai aucune influence sur le roi !

— Cependant, vous avez des alliés qui ont capté son attention…

— Sir Iain ? Croyez-vous qu'il pourrait intercéder en notre faveur ?

— Peut-être, répondit Ban. Vous n'aurez qu'à le lui demander vous-même lorsque vous viendrez à Glengarron.

— Je le ferai !

— Bien…

Ban se tut un instant, puis reprit d'un ton catégorique :

— Ce genre de vengeance n'est pas rapide, mais est toujours efficace, croyez-moi.

— J'imagine, admit Hugh avec un sourire. Je réfléchirai sérieusement à tout ce que vous venez de me dire, messire.

Ban ne put retenir un soupir de soulagement. Bien sûr, il comprenait la colère de son hôte et ne pouvait qu'admirer sa loyauté envers sa sœur, mais personne n'avait besoin d'un jeune homme passionné qui provoquerait un désastre en plongeant tête baissée dans une vendetta… Si Ban avait réellement réussi à le faire changer d'avis, cela ne pourrait apporter que du bien. Il ne lui restait plus qu'à parler lui-même à Iain avant que Hugh ne le fasse. Il y avait sans doute de nombreux moyens de satisfaire ce dernier et d'écarter les Neil de la scène politique sans qu'ils devinent d'où venait l'attaque…

De plus, au-delà de l'antipathie du jeune homme pour son ancienne belle-famille, Ban avait pu apprendre quelques détails intéressants au sujet du premier mariage d'Isabelle. De toute évidence, cette union n'avait rien eu d'heureuse ; mais jusqu'à quel point Alistair Neil avait-il été un bon à rien ? Ban aurait été prêt à payer très cher pour le savoir.

Le soir, à table, il décida d'en parler indirectement à Isabelle. Autour d'eux, tout le monde était plongé dans diverses conversations et personne ne prêtait attention à eux. Ils pouvaient presque converser comme s'ils étaient seuls.

— J'ai discuté avec ton frère, aujourd'hui, commença Ban. Il est peut-être jeune, mais je le trouve très prometteur…

Le visage d'Isabelle s'illumina.

— Oui, je suis d'accord. Il peut se montrer impulsif, par moments, mais il a très bon cœur…

— Il fera vraiment un bon seigneur, quand son heure sera venue.

— C'est certain.

— Et il t'apprécie énormément.

— C'est réciproque, lui assura-t-elle. Nous nous sommes toujours très bien entendus.

— Tout comme ma sœur et moi.

Ban laissa un instant de silence s'installer, avant de reprendre :

— Hugh en veut beaucoup aux Neil à cause de ce qu'ils t'ont fait subir…

— Je le sais… Il a de bonnes raisons de leur en vouloir, hélas, et cela m'inquiète beaucoup. Il voudrait tous les passer par le fil de l'épée et raser Dunkeld. Honnêtement, si mon père n'était pas intervenu, je pense que mon frère aurait essayé…

— Ton père a montré beaucoup de bon sens dans cette affaire.

— Oui, en effet, soupira-t-elle. Il sait très bien quelles seraient les conséquences d'un bain de sang.

Surpris par son air un peu mélancolique, Ban demanda :

— Tu ne souhaites pas te venger ?

— A quoi cela servirait-il ?

— Tu pourrais récupérer ta dot.

— Elle deviendrait de l'argent sale !

Elle baissa les yeux et parut hésiter un instant à faire un aveu douloureux.

— Tu sais, reprit-elle finalement, je considère maintenant cette dot comme le prix de ma liberté : c'est la seule chose qui m'a permis de fuir cette horrible famille.

— Etaient-ils si désagréables ?

— Non, pas au début, en tout cas. Mais au bout de quelques mois… Eh bien, disons seulement que je suis heureuse que tout cela soit derrière moi.

Ban sentait qu'il touchait au but : peut-être allait-elle enfin lui révéler son secret, lui faire comprendre d'où venait sa peur des hommes…

— J'imagine pourtant que ton ancien époux prenait ta défense, lorsqu'il y avait conflit.

— Pas vraiment… Alistair était très influencé par sa mère,

qui est une femme particulièrement autoritaire. Et puis, il avait d'autres traits de caractère peu attrayants…

Elle lui lança un petit sourire triste.

— Bien sûr, je n'ai compris tout cela qu'après le mariage.

— Je vois.

L'espace d'un instant, il vit un éclair d'incrédulité et de condescendance passer dans le regard d'Isabelle, comme si elle ne considérait pas que qui que ce soit puisse comprendre, puis elle redevint égale à elle-même. Ban mourait d'envie de la questionner, de lui faire avouer tout ce qu'elle taisait, mais il évoluait en terrain dangereux. Il ne fallait pas aller trop loin, ni prendre le risque de la voir se replier sur elle-même une nouvelle fois…

— Le mariage n'est qu'un jeu de hasard, reprit-elle fermement. Il y a des gagnants et des perdants. Je me suis toujours considérée comme une perdante — jusqu'à ce que j'aie eu la chance de fuir.

— Je suis heureux que tu parviennes à voir les choses de manière positive.

— Se lamenter sur son sort ne servirait à rien, de toute façon !

— Mais à force de ne rien laisser paraître, n'as-tu pas peur que le chaudron déborde un jour ? lui demanda-t-il, sincèrement inquiet.

— C'est un risque à prendre. J'avoue que je ne voudrais pas souffrir de nouveau à cause d'un homme — et encore moins à cause d'Alistair…

Soudain, Ban perçut une immense vulnérabilité en elle : cette femme avait été profondément blessée et la plaie ne s'était pas encore refermée… Il eut alors envie de la protéger, de la sauver de son passé. Que lui arrivait-il ? Il aurait voulu pouvoir la réconforter en promettant de toujours veiller sur elle, mais il ne pouvait pas encore être certain de leur mariage…

— Personne ne souhaite souffrir, dit-il, et encore moins deux fois.

A ces mots, elle leva vers lui un regard curieux.

— Est-ce que tu parles d'expérience ?

— Disons que j'ai aussi connu la déception, même si elle n'était pas tout à fait de la même nature.

Il hésita, mais choisit de ne pas dévoiler sa blessure.

— Peu importe, reprit-il. C'était il y a longtemps et cela ne m'affecte plus.

— Pourtant, ce sont ces choses qui nous façonnent, qui font de nous qui nous sommes…

— C'est vrai, concéda-t-il.

— Nous n'oublions jamais, même si nous apprenons parfois à pardonner.

— Il y a cependant des choses que Dieu seul peut pardonner…

Le visage d'Isabelle se rembrunit.

— Tu penses à la destruction de la Northumbrie par Guillaume le Conquérant ? demanda-t-elle à voix basse.

— Oui, entre autres choses.

— Il s'est montré si brutal et tyrannique, soupira-t-elle. Je pense que même Dieu ne pourra lui pardonner ce massacre.

— S'il y a une justice en ce monde, ce tyran brûlera en enfer pour ce qu'il a fait !

Soudain, Ban se tut, un peu gêné, et parvint à sourire en manière d'excuses.

— Je suis navré… Ce n'est pas un sujet à aborder face à une femme…

— Crois-tu vraiment que les femmes doivent être protégées de la vérité ? lui demanda Isabelle un peu sèchement.

— Les femmes doivent être protégées des choses déplaisantes autant que possible. Hélas, on ne peut pas toujours le faire…

— Messire, nous sommes bien plus fortes que les hommes veulent bien le croire.

— Oui, pour certaines choses, admit Ban. Mais je ne mesurerais pas la puissance de mon bras contre toi au combat.

Isabelle parut saisir l'humour de ces mots et rit.

— En effet : moi non plus !

Cela faisait du bien de voir le visage d'Isabelle s'illuminer ainsi, songea Ban. Le sourire la rendait encore plus belle… N'importe quel homme serait fier d'avoir une telle femme à ses côtés, pour tenir sa maison et porter ses enfants ! Soudain, une vague d'émotion le submergea : il devait tout faire pour mettre fin à cette période d'incertitude et s'assurer qu'elle resterait sienne à jamais. Depuis plusieurs jours, il sentait en lui un besoin pressant de stabilité... Quand donc pourrait-il s'installer avec elle, tourner le dos à la guerre et aux combats pour se construire une vie de paix ? Avec Isabelle à ses côtés, il trouverait sans doute enfin la tranquillité à laquelle il aspirait tant...

Il buvait une gorgée de vin, perdu dans ses pensées, lorsqu'il sentit un regard posé sur lui. De l'autre côté de la table, Murdo ne le quittait pas des yeux. Le maître d'armes avait beau paraître impassible, son hostilité alourdissait l'atmosphère. Bien sûr, il devait avoir compris l'intérêt que Ban portait à Isabelle et lui en voulait pour cela, mais il était loin de se douter à quel point ses espoirs avaient été déçus... Quel dommage pour lui. Tout était toujours juste, à la guerre comme en amour. Non, ce n'était pas tout à fait vrai : tout était toujours juste à la guerre comme en *mariage*. L'amour, par contre, était une tout autre affaire !

Chapitre 9

Cette nuit-là, Ban eut du mal à trouver le sommeil : ses pensées ne cessaient de s'agiter en lui. Dans la salle, ses hommes ronflaient et grommelaient et, quelque part, dehors, un hibou hulula à la lune. C'était un mauvais présage, si l'on en croyait les traditions : le destin et la mort s'apprêtaient à frapper… Quelle bêtise ! songea-t-il en s'efforçant d'étouffer son inquiétude soudaine. Agacé par ses propres superstitions, il se retourna et remonta la couverture jusqu'à son menton.

Enfin, il parvint à s'endormir, mais ce ne fut que pour recevoir la visite de rêves oppressants. Il courait dans un épais brouillard, cherchant à rattraper la silhouette à peine esquissée d'une femme, devant lui. Elle lui tournait le dos et il était incapable de la reconnaître. Tout ce qu'il savait était qu'il *devait* la rejoindre, mais, chaque fois qu'il s'approchait assez pour la toucher, elle disparaissait de nouveau dans le brouillard. Chaque fois, son cœur se serrait un peu plus à l'idée de l'avoir perdue, jusqu'à ce que la douleur devînt physique. Sa détresse et son sentiment de solitude ne faisaient que grandir, encore et encore. S'il pouvait rattraper cette femme, tout irait bien ; elle détenait la clé de mystères qu'il ne comprenait pas entièrement. Il fallait qu'il la retrouve ! Ivre de désespoir, il entendit soudain une voix au travers de la brume du sommeil. Une voix qui appelait son nom…

— Lord Ban ! Lord Ban !

Il s'éveilla en sursaut dans la lumière perlée de l'aube et

découvrit Jock, penché sur lui, qui le secouait violemment par l'épaule.

— Réveillez-vous, messire ! Vous devez venir, et vite !

— Que se passe-t-il ? marmonna Ban, encore à demi endormi. Quel est le problème ?

— Archibald Graham est mort.

— *Comment ?*

A présent parfaitement réveillé, Ban le dévisagea, incrédule.

— Mort ? répéta-t-il.

— Oui, messire. Apparemment, il est mort dans son sommeil, expliqua Jock. Quand son serviteur est venu le réveiller, il pensait que le vieil homme dormait encore, mais son corps était déjà froid… C'est l'intendant qui m'a tout raconté.

Ban bondit sur ses pieds et enfila ses vêtements, les dents serrées. La nouvelle allait dévaster Isabelle et porter un coup à tous les membres de la maisonnée… Et lui, que pourrait-il faire pour apaiser cette douleur ? Rien. Au mieux pourrait-il leur offrir quelques mots de réconfort sans aucun poids.

Quelques minutes plus tard, il sortit dans la cour et comprit immédiatement que la nouvelle de la mort de Graham s'était répandue dans tout le domaine. Partout, on entendait les pleurs des femmes, et des groupes d'hommes étaient disséminés çà et là, le regard ahuri par le choc et la douleur. Décidé à faire bonne figure, Ban traversa la cour et atteignit rapidement le bâtiment principal. Dans la grande salle, il aperçut Hugh, flanqué de Murdo. Ignorant le maître d'armes, Ban s'adressa directement au nouveau seigneur.

— Je viens d'apprendre la terrible nouvelle, messire, dit-il. Je vous prie d'accepter mes condoléances et celles de Glengarron.

— Merci, répondit simplement Hugh.

A en juger par sa pâleur, il était évident qu'il n'avait pas encore digéré le choc et commençait à peine à comprendre ce qu'impliquait la mort de son père.

— Au nom de Glengarron, et de la profonde amitié qui unit nos deux maisons, mes hommes et moi-même vous demandons l'autorisation de nous joindre à vous pour offrir un dernier hommage à votre père, reprit Ban.

— J'apprécie votre courtoisie, messire.

Ban salua rapidement, sans se soucier du regard glacial de Murdo. Ce dernier n'apprécierait sans doute pas sa présence au chevet de son défunt maître, mais il devrait faire avec. Heureusement, le maître d'armes n'avait rien à dire à ce sujet...

— Je vous en prie, messire, reprit Ban en direction de Hugh, veuillez transmettre mes condoléances à dame Isabelle.

— Je le ferai. Elle garde la chambre, pour le moment. Cette terrible nouvelle l'a beaucoup affectée...

— Je le comprends. Votre père était un grand homme. Il manquera à tout le monde, ici.

— J'en suis certain, acquiesça Hugh. Jamais je n'aurais cru devoir prendre sa place si vite... J'espère seulement me montrer digne de ce qu'il attendait de moi.

— Je ne doute pas que vous saurez lui faire honneur, assura Ban.

Hugh parvint à esquisser un faible sourire et reprit :

— Je ferai de mon mieux.

Finalement, il se tourna pour s'adresser à ses hommes. Ban, quant à lui, s'écarta et rejoignit Jock.

— Que faisons-nous, à présent, messire ? demanda celui-ci.

— Nous restons pour rendre nos derniers hommages à Archibald Graham.

— Oui. C'était un grand seigneur, c'est certain...

— Je pense que les funérailles auront lieu demain, ajouta Ban.

— Partirons-nous après la cérémonie ?

— Non. Je dois m'occuper de certaines choses avant de quitter Castlemora.

— Comme vous le voudrez, messire.

A la vérité, Ban ne savait pas vraiment comment il allait pouvoir s'occuper de la situation, concernant Isabelle. Archibald Graham avait-il informé son fils de leurs fiançailles secrètes ? S'il ne l'avait pas fait, les choses risquaient de prendre un tour dangereux... On devait déjà spéculer, dans les couloirs, au sujet de son long séjour au château. Comment pourrait-il rester plus longtemps sans annoncer publiquement son engagement envers Isabelle ? De plus, celle-ci aurait sans doute besoin de temps pour surmonter son deuil soudain… Ban connaissait bien ce sentiment de perte et il devinait aisément ce qu'Isabelle pouvait ressentir, c'est pourquoi il désirait pouvoir lui parler plus que jamais.

Hélas, son vœu fut déçu : il attendit dans la grande salle toute la matinée dans l'espoir d'apercevoir sa fiancée, mais elle n'apparut pas. Finalement, Ban abandonna. Elle ne voulait sans doute parler à personne, pour le moment… Il quitta la petite foule toujours rassemblée au château ; il lui fallait un peu de solitude pour réfléchir à la situation.

Perdu dans ses pensées, il se dirigea vers le verger. Ce grand pré arboré avait tout pour accueillir son humeur maussade : il était calme, un peu à l'écart, et c'était également là que Graham et lui avaient discuté des fiançailles… A ce souvenir, il ne put réprimer un sourire un peu amer : les craintes du vieil homme au sujet de sa mort prochaine avaient été justifiées, après tout.

Ban poursuivait sa promenade au milieu des arbres alourdis de fruits quand il s'aperçut qu'il n'était pas seul. Une femme était accoudée au muret ! Elle lui tournait le dos, visiblement plongée dans la contemplation de la vue sur le domaine, mais il la reconnut immédiatement : Isabelle… Devait-il aller lui parler ? Ou bien était-elle aussi venue ici pour profiter d'un moment de solitude ? Il hésita un instant, puis s'approcha d'elle.

— Isabelle ?

Elle sursauta au son de sa voix et se retourna. Elle était très pâle et ses yeux étaient rougis par les larmes. Elle paraissait plus jeune encore que d'habitude, et profondément vulnérable… Ban la rejoignit.

— Je suis navré, dit-il, je sais à quel point la perte de ton père a dû te bouleverser…

— Je n'ai même pas eu l'occasion de lui dire au revoir, murmura-t-elle.

— Cherche ton réconfort en sachant qu'il s'est éteint rapidement et sans douleur.

— C'est ce que je fais, mais je voudrais tant pouvoir le revoir encore une fois…

Les larmes se remirent à couler sur ses joues et elle se détourna, sans doute gênée de montrer sa fragilité.

— Il est toujours très difficile de perdre un parent ou un proche, reprit Ban avec compassion.

— Ma mère est morte lorsque j'étais enfant, j'ai très peu de souvenirs d'elle. C'est sans doute pourquoi mon père a toujours été l'âme de Castlemora à mes yeux.

Elle renifla et poursuivit, la voix brisée :

— Nous ne nous sommes pas toujours entendus et il n'était pas homme à montrer ses sentiments, mais je pense qu'il tenait à moi… Qu'il m'aimait, à sa manière…

— J'en suis persuadé.

— Je n'arrive pas encore à croire qu'il est vraiment parti. Lorsque je me suis assise à ses côtés, on aurait pu croire qu'il était simplement endormi, que si je le touchais il se réveillerait. Hélas, il n'a pas ouvert les yeux.

Sa voix s'étouffa dans un nouveau sanglot. Ban aurait voulu la réconforter, mais il ne dit rien ; il n'y avait rien à dire… Il se contenta de la prendre dans ses bras et lui caressa les cheveux tandis qu'elle se laissait aller à pleurer contre son épaule. Durant un long moment, elle ne fit rien d'autre que cela et Ban resta muet. La douleur avait besoin d'une échappatoire.

Les larmes d'Isabelle finirent par se tarir et elle s'écarta un peu, visiblement gênée, en s'essuyant les joues d'un revers de la main.

— Je suis vraiment désolée, ta tunique doit être aussi mouillée que ma robe, à présent…

— Ce n'est pas grave, la rassura-t-il. Les vêtements, cela sèche, mais la douleur prend plus de temps à s'apaiser.

— Tu as connu ton lot de souffrances, toi aussi, n'est-ce pas ? demanda-t-elle d'une petite voix.

— C'est vrai, mais ta douleur me fait aussi du mal, tu sais.

La douceur de Ban lui arracha un sourire un peu triste.

— Merci beaucoup de ta gentillesse, je suis touchée.

La gratitude d'Isabelle le bouleversa plus encore que ses larmes. Jusqu'à présent, il n'avait pas réellement agi par gentillesse, mais par intérêt… La situation dans laquelle ses fiançailles avaient mise Isabelle était loin d'être enviable et, aujourd'hui, elle venait d'empirer. Ban ne pouvait que s'en vouloir : il était en partie responsable de cela !

Les funérailles se déroulèrent le lendemain, avec solennité. Lorsque Isabelle se trouva devant la tombe ouverte de son père, elle prit enfin conscience que sa mort était définitive, indéniable. Malgré cela, elle avait toujours du mal à imaginer un monde sans lui ; il avait toujours été là, avec elle, comme une présence forte et protectrice, même lorsqu'ils avaient été en désaccord. A présent, il n'était plus et, d'une manière ou d'une autre, la vie devrait continuer…

Quelques instants plus tard, elle commença à recevoir les condoléances de la foule assemblée et s'aperçut que son père avait su inspirer bien plus de respect qu'elle ne s'en doutait. Hugh aurait-il les épaules pour prendre sa suite ? Une vague d'angoisse l'envahit à l'idée du défi que son frère aurait à relever. Soudain, inquiète, elle jeta un rapide coup d'œil à Murdo. Il paraissait impassible, ne dévoilant aucune des pensées qui devaient l'occuper, mais Isabelle savait que, avec la mort de son père, il ne perdrait sans doute pas de temps à s'insinuer plus encore dans les affaires du domaine. Hugh saurait-il diriger sa maison seul ? Saurait-il maintenir Murdo à distance ? Cela risquait de lui demander beaucoup d'efforts…

Heureusement, Ban était à ses côtés et cela suffisait à la rassurer. Il s'était montré attentionné et tendre — bien plus qu'elle ne l'aurait pensé… Jamais elle n'aurait imaginé qu'il pût l'apaiser à ce point : il avait supporté ses pleurs sans impatience, et avait soutenu Hugh. Malgré la difficulté de la situation, il n'avait pas fui et ne négligeait pas à présent ses devoirs en public.

— C'est un bien triste jour, milady, dit-il lorsque son tour de présenter ses condoléances officielles fut venu. Je parle au nom de Glengarron en disant que votre père nous manquera beaucoup.

— Merci, messire, parvint-elle à articuler.

— Glengarron sera toujours là pour soutenir Castlemora. Entre-temps, je me tiens à votre disposition. S'il y a quoi que ce soit que je puisse faire, n'hésitez pas à me le dire.

A ces mots, elle ne put s'empêcher de songer que la chose la plus précieuse qu'il puisse faire pour elle serait d'annoncer publiquement leurs fiançailles... Hélas, cela n'arriverait pas avant longtemps. Que ferait-elle si elle ne tombait pas enceinte ? Une panique furtive la traversa à l'idée qu'elle pourrait le perdre. Non, il valait mieux ne pas y penser : tout pouvait encore arriver ! Elle devait à tout prix s'accrocher à cet espoir, car c'était la seule porte de sortie qui lui restait à présent...

Durant la cérémonie, Ban se prépara à parler à Hugh au plus vite. Le jeune homme était peut-être au courant de ses fiançailles avec Isabelle mais, si ce n'était pas le cas, Ban aurait à l'en informer. Cependant, ce secret ne concernait pas que lui : il lui fallait en discuter avec Isabelle d'abord et il ne pourrait le faire avant le lendemain.

Il jeta un rapide coup d'œil à sa fiancée, puis au nouveau seigneur qui se tenait auprès d'elle. Il demeurait pâle, mais contrôlait sa douleur. Sans doute tentait-il de comprendre pleinement la situation et son nouveau rôle. A quelques pas de lui se tenait Murdo, haute silhouette vêtue de noir comme un charognard. Un peu plus loin encore, Ban aperçut ses hommes, ne portant que leurs couteaux à la ceinture. Le maître d'armes avait dû leur demander de se désarmer pour l'occasion. Quoi qu'il en soit, leur présence silencieuse était plus inquiétante que rassurante…

Isabelle observait son frère avec une admiration grandissante. Quoi qu'il puisse ressentir, il s'était montré particulièrement digne en accomplissant toutes les formalités qui lui incombaient jusqu'au départ du dernier convive. Il était peut-être jeune, mais son comportement prouvait à tous qu'il prenait son nouveau rôle avec beaucoup de sérieux. C'était particulièrement encourageant pour l'avenir ! A présent, installé dans le fauteuil de son père, il paraissait à sa place dans la grande salle.

Une fois le premier choc passé, il faudrait sans tarder le mettre au courant de ses fiançailles secrètes, songea-t-elle. Cela risquait d'être une conversation délicate mais, en tant que seigneur, il devait tout connaître de son domaine. Elle jeta un rapide coup d'œil à Ban, à quelques pas d'elle. Ils devaient à tout prix en parler ; hélas, la présence des hommes de Murdo les en empêchait pour le moment… De plus, à présent que la journée tirait à sa fin, tous allaient s'attendre à ce qu'elle se retire pour laisser les hommes boire seuls. La veillée durerait sans doute jusqu'au lendemain.

Depuis la mise en perce des premiers tonneaux de bière et d'hydromel, elle avait craint de voir les effets de l'alcool altérer les discours de tous mais, étrangement, aucun d'entre eux ne paraissait ivre. La conversation demeurait étonnamment calme malgré la tension palpable dans l'atmosphère de la salle. C'était presque comme si tout le monde se préparait à ce qu'un scandale éclate. Attendaient-ils qu'elle parte pour se quereller tout leur soûl ? Elle jeta un nouveau coup d'œil à son frère. Il était plongé en pleine discussion avec le maître d'armes. Tous deux s'éloignèrent dans un recoin, parlant à voix basse, la main de Murdo légèrement posée sur l'épaule de Hugh.

Soudain, Hugh ouvrit de grands yeux incrédules, la respiration courte. Surprise, Isabelle tendit la tête. Au même instant, Murdo s'écarta — et elle vit avec horreur un poignard planté entre les côtes de son frère. L'espace d'un instant, toute la salle parut se taire. Prise de vertiges, Isabelle vit Hugh tituber en plaquant les deux mains sur sa blessure, puis il s'effondra sur le sol tandis qu'une tache noire s'étendait sur l'étoffe de sa tunique. Elle ne put retenir un cri désespéré :

— Non !

Avant même de comprendre réellement ce qui venait de se passer, elle traversa la salle en courant et s'agenouilla auprès de son frère, palpant son corps fiévreusement à la recherche du moindre signe de vie. Mais il ne bougeait plus, ses yeux vides tournés vers elle tandis que le sang formait une petite flaque au sol. Il était mort ! Isabelle hurla de nouveau, horrifiée et désespérée, incapable de se contrôler.

En quelques secondes, Ban avait bondi sur ses pieds et se jetait sur Murdo.

— Sale traître !

Mais, avant qu'il n'atteigne sa cible, plusieurs hommes l'attrapèrent par derrière et, malgré une lutte acharnée, il fut immobilisé, une lame pointée sur sa gorge. Soudain aussi calme qu'un loup qui s'apprête à frapper, il dévisagea Murdo avec mépris.

— Pourquoi hésites-tu ? lança-t-il. Tu viens d'assassiner un homme de sang-froid. Un de plus ou un de moins, cela ne doit pas faire une grande différence pour toi, à présent.

— Croyez-moi, répondit Murdo, je suis très tenté de vous tuer, mais je pense que vous me serez plus utile vivant, pour le moment.

Le maître d'armes se tourna vers ses hommes et ordonna :

— Conduisez-le avec ses hommes jusqu'à la petite réserve et enfermez-les. Je m'occuperai d'eux plus tard.

Tremblante et impuissante, Isabelle vit Ban traîné hors de la pièce. Prise d'un sursaut, elle retourna sa rage contre Murdo.

— Traître ! Assassin !

Impassible, Murdo s'adressa à l'un de ses hommes :

— Conduisez-la jusqu'au quartier des femmes et postez un garde à sa porte.

Des mains puissantes se saisirent d'Isabelle et la relevèrent de force. Elle eut beau hurler et se débattre comme une folle, l'homme la tenait trop fermement. Quelques instants plus tard, on la souleva de terre pour la porter hors de la grande salle.

Les hommes qui avaient capturé Ban l'entraînèrent jusqu'au cellier et le jetèrent à l'intérieur avant de verrouiller la lourde porte de chêne et d'acier derrière lui. Les murs et le sol étaient de pierre dense et la seule lumière qui parvenait à l'intérieur filtrait à travers une petite fenêtre défendue par de solides barreaux. Il fit les cent pas un moment, cherchant désespérément à apaiser sa colère et à comprendre les conséquences désastreuses de ce qui venait de se passer. Il n'avait pas peur pour sa vie, mais pour Isabelle… A présent que son frère était mort, elle était plus en danger que jamais : Murdo n'allait pas perdre de temps avant de chercher à se lier à elle pour hériter légalement du domaine.

Soudain, des pas se firent entendre dans le couloir. La porte s'ouvrit de nouveau et ses trois compagnons furent précipités à l'intérieur. A en croire leur allure débraillée et la lèvre entaillée d'Ewan, ils ne s'étaient pas rendus sans combattre. Jock dévisageait Ban d'un air soucieux.

— Est-ce que tout va bien, messire ? demanda-t-il.

— A peu près, oui, répondit Ban, mais lord Hugh est mort.

— Mort ? Comment ?

Ban leur expliqua les détails de la scène tandis que tous trois écoutaient d'un air incrédule. A la fin du récit, Jock étouffa un juron.

— Donc, ce traître de Murdo dirige le château pour le moment, conclut-il d'un air sombre.

— Oui, acquiesça Ban. Il va sans doute réclamer le contrôle de Castlemora et la main de dame Isabelle…

— Et nous sommes enfermés là, sans rien pouvoir faire pour l'en empêcher ! Bon sang !

Davy jeta à Ban un regard inquiet.

— Messire, pensez-vous que Murdo nous fera tuer ?

— S'il en avait l'intention, ce serait déjà fait, répondit Ban. Je pense qu'il n'est pas aussi stupide que cela : s'il nous tue, il s'attirera la vengeance de Glengarron.

— Oui, renchérit Jock, et même Murdo ne se mesurerait pas à Iain le Noir.

— Personne ne le ferait, à moins d'avoir complètement perdu l'esprit, admit Davy, et ce traître n'est pas fou…

Il eut un instant d'hésitation, puis reprit :

— Dans ce cas, que compte-t-il faire de nous ?

Ban haussa les épaules.

— J'imagine que nous le saurons bientôt.

Au milieu de sa chambre, Isabelle, trop effarée pour pleurer, se tenait debout et immobile. Depuis combien de temps était-elle enfermée là ? Soudain, la porte s'ouvrit et Nell entra, le regard triste et visiblement choquée. Elle avait dû apprendre la nouvelle de la trahison de Murdo… Isabelle n'eut pas besoin de beaucoup de temps pour lui raconter le peu que sa femme de chambre ne savait pas encore. La vieille femme l'écouta, à peine capable de prononcer quelques paroles.

Lorsque Isabelle eut achevé son récit, elle demanda :

— Est-ce qu'un tel usurpateur peut vraiment assassiner le seigneur de ces terres et réclamer le titre pour lui ?

— Il a déjà commis le meurtre, répondit Isabelle. Plus rien ne l'empêchera d'atteindre son but…

— Et qu'est-il arrivé à lord Ban et aux hommes de Glengarron ?

— Ils ont été enfermés. De toute manière, quatre guerriers ne font pas le poids face aux quarante mercenaires de Murdo…

Elle avait craint que Ban ne tente quelque action désespérée. Murdo ne l'avait jamais apprécié et pourrait sans doute rapidement décider de le faire tuer si on lui en donnait l'occasion…

— Même si lord Ban ne peut rien faire, reprit Nell, vous avez des amis, milady. Murdo et ses hommes sont haïs de presque tous les domestiques et des gens du village !

— Hélas, il n'hésitera pas à tuer quiconque tentera de m'aider, soupira Isabelle.

Avant que Nell ne puisse répliquer, la porte s'ouvrit de nouveau et la silhouette familière de Murdo apparut sur le seuil. La gorge sèche, Isabelle se leva, et ne put retenir un regard angoissé en direction de Nell. Murdo se tourna également vers la vieille femme et lança d'un ton glacial :

— Laisse-nous.

Nell ne se laissa pas tromper par le calme apparent du maître d'armes : elle se retira avec réticence et referma la porte derrière elle. Seule face au traître, Isabelle sentit son pouls s'accélérer.

— Que voulez-vous, Murdo ? demanda-t-elle avec autant d'autorité qu'elle le pouvait.

— Nous devons parler.

— Je n'ai rien à vous dire. Pensez-vous vraiment que je souhaite parler à l'assassin de mon frère ?

— Je suis navré d'avoir eu à en arriver là, répondit-il, mais Hugh se tenait en travers de mon chemin.

— Menteur ! Vous ne regrettez rien du tout ! Vous l'avez tué de sang-froid !

— La fin justifie les moyens.

— Rien ne justifie ce que vous avez fait, lui répliqua sèchement Isabelle.

— Le bien de Castlemora le demandait. J'ai servi ce domaine loyalement depuis de nombreuses années…

— Ce que vous venez de faire efface toutes les bonnes actions que vous avez pu accomplir par le passé, Murdo.

Le maître d'armes soupira d'un air condescendant.

— Non, Isabelle. Au contraire. Mon action couronne tout le reste.

— Vous ne vous en tirerez pas à si bon compte !

— Et qui me demandera réparation ?

Prise de vertiges, Isabelle ferma les yeux. Il avait raison : il ne restait plus aucun Graham pour rendre justice… Comme s'il avait lu dans ses pensées, Murdo reprit :

— Je suis le seigneur de Castlemora, à présent.

— Vous n'êtes rien d'autre qu'un usurpateur ! protesta Isabelle. Vous n'avez aucun droit sur ce titre !

— Permettez-moi de vous détromper, milady. Non seulement je réclame le titre, mais je suis prêt à l'obtenir par la force si nécessaire.

Soudain, un frisson glacé parcourut Isabelle. Jusqu'où serait-il prêt à aller pour obtenir Castlemora ? Elle craignait de le deviner…

— Je suis le seigneur de Castlemora, reprit-il, et vous serez ma dame.

Dans un sursaut de courage, Isabelle s'écarta de lui.

— Jamais je n'accepterai cela !

— Je préférerais obtenir votre consentement, reprit posément Murdo, mais je peux très bien faire sans.

— Comment osez-vous… ?

— Je suis prêt à oser faire beaucoup de choses pour vous avoir, coupa-t-il avec un sourire carnassier. J'avais cru vous perdre lorsque vous vous êtes mariée, mais le destin en a décidé autrement… Comment les Neil ont-ils pu être assez idiots pour vous laisser repartir ?

Il se tut un instant, puis poursuivit d'un air assuré :

— Bien entendu, il reste le problème de votre dot à régler… Ne vous en faites pas : je compte bien m'occuper de cela, en temps voulu.

— Ne croyez-vous pas que vous avez déjà versé assez de sang ? demanda-t-elle, méprisante.

— Les Neil sont des voleurs, Isabelle. Ils me rendront mon dû ou paieront leur félonie au prix fort !

— C'est inutile, oubliez l'argent…

— Certainement pas ! Et je ne leur permettrai pas non plus d'oublier ce qu'ils ont fait !

— Tout cela n'a plus aucune importance, protesta-t-elle encore.

— Bien sûr que si.

L'estomac d'Isabelle se noua. Elle n'avait jamais apprécié

les Neil, mais ils ne méritaient pas d'être massacrés pour leur méchanceté…

— Vous ne reculerez donc devant rien pour satisfaire votre ambition ? demanda-t-elle.

— Rien. A présent, ma situation est presque officielle ; il ne reste plus qu'un obstacle entre Castlemora et moi…

Soudain, elle comprit ce que Murdo avait en tête et frémit.

— Si vous tuez lord Ban, vous attirerez sur nos têtes la colère de Glengarron !

— Castlemora est assez puissant pour faire face à Glengarron si besoin est. Mais le seigneur saxon n'est pas une menace, pour le moment…

— Dans ce cas, laissez-le partir avec ses hommes, sans leur faire de mal, ordonna-t-elle.

— Bien sûr. Ils pourront partir, cela m'importe peu.

Un profond soulagement envahit Isabelle. Malgré tout, une partie d'elle soupçonnait encore Murdo de mentir… Aurait-il le bon sens de laisser Ban et ses compagnons en vie ? Si quoi que ce soit leur arrivait à cause d'elle, elle ne se le pardonnerait jamais ! De plus, une fois libérés, ils pourraient aller chercher de l'aide…

— Glengarron ne m'inquiète pas, reprit Murdo comme s'il avait deviné les pensées d'Isabelle. Le temps que lord Ban revienne avec des renforts, ma place de seigneur sera parfaitement officielle, car vous serez ma femme.

Une nausée monta en Isabelle, mais elle parvint à ne rien trahir de sa terreur.

— Je n'accepterai jamais de vous épouser ! s'écria-t-elle. Je préférerais mourir que de me lier à un traître tel que vous !

Murdo la dévisagea d'un regard glacé.

— Tempêtez tant que vous le voudrez, cela ne changera rien : je vous conduirai à mon lit demain soir. En attendant, vous resterez confinée ici. Et ne cherchez pas à me jouer un mauvais tour, Isabelle… Votre destin est de m'épouser. Plus tôt vous accepterez, mieux cela se passera pour vous.

— Jamais je ne me soumettrai !

— Milady, vous n'avez pas le choix.

Il se rapprocha dangereusement, sans la quitter des yeux. Elle détourna le regard, mais il lui attrapa le menton pour la forcer à lui faire face.

— Vous m'appartenez, reprit-il.

Isabelle, tétanisée, ne bougea pas. Le sang quitta ses joues et des larmes lui montèrent aux yeux. Murdo s'en aperçut et son sourire meurtrier s'agrandit, moqueur.

— Voyons, vous n'avez aucune raison de pleurer. Soumettez-vous à moi et votre vie sera agréable, je vous le promets.

Soudain, son sourire s'évanouit et son regard se fit de nouveau dur.

— Tentez de me résister, et je vous ferai comprendre le vrai sens du mot « peur »...

Le soir même, Ban et ses hommes furent conduits jusqu'à la cour sous bonne garde. Leurs chevaux les attendaient, déjà sellés. Autour d'eux, une douzaine d'hommes armés étaient en selle, prêts à partir. Au milieu de la scène se tenait Murdo. Ban les regarda approcher sans un mot.

— Vous avez l'intention de nous conduire dans un endroit isolé pour nous égorger à votre aise ? demanda-t-il.

Murdo eut un sourire mauvais.

— C'est une idée séduisante, mais non. Au contraire : je vous laisse partir.

Les trois hommes de Ban échangèrent des regards surpris. Murdo dut surprendre leur scepticisme, car il reprit :

— Je suis sincère. J'ai même l'intention de vous donner de la nourriture pour le voyage. Vous serez escortés hors des terres de Castlemora et mes hommes vous rendront vos armes. Après cela, vous serez libres d'aller où bon vous semble...

— Nous reviendrons avec une armée, menaça Ban.

— Et pour en faire quoi ? Vous ne serez jamais là à temps pour m'empêcher d'épouser dame Isabelle. Quand elle sera ma femme, mon titre sera officiel et personne ne pourra rien y changer. Iain le Noir ne risquera sans doute pas de gaspiller du temps et des hommes pour une cause perdue…

A la mention d'Isabelle, le sang de Ban se mit à bouillir de rage. Qu'allait-il lui arriver, à présent ? Il parvint malgré tout à garder son calme, en dépit du souvenir du corps sanglant de Hugh, étendu sur les dalles de la grande salle.

— Si vous faites le moindre mal à dame Isabelle, menaça-t-il, il n'y aura plus aucune cachette de sûre pour vous, pas même en enfer !

— Si vous quittez ces terres et n'y revenez jamais, répondit Murdo, la dame ne souffrira pas. Par contre, si vous tentez de l'arracher à moi, les conséquences pourraient être désastreuses…

Ban eut du mal à se retenir de lui sauter à la gorge. Il était impuissant et le savait très bien. Dans un lourd silence, ses hommes et lui se mirent en selle. Murdo leva la main dans une parodie de salut.

— Adieu, messire. J'espère que nos routes ne se croiseront plus jamais…

L'escorte entoura les prisonniers et tous se mirent en route. Derrière une fenêtre, Ban aperçut la silhouette d'Isabelle qui les regardait partir et son cœur se serra.

Lorsque la compagnie atteignit les frontières de Castlemora, les cavaliers s'arrêtèrent. Ban échangea un rapide regard avec ses hommes tandis que leurs armes furent jetées au sol à leurs pieds. Enfin, le chef des mercenaires s'avança.

— Vous êtes libres de partir, dit-il d'un air mauvais, et je vous conseille de ne jamais revenir.

Enfin, il tourna bride et lança quelques ordres à ses compagnons. Quelques rires méprisants fusèrent et tous rebroussèrent chemin. Pendant quelques instants, Ban les regarda s'éloigner sans bouger. Lorsque tout danger fut écarté, il mit pied à terre pour ramasser son épée et sa dague. Ses hommes l'imitèrent en silence. Finalement, tous furent armés et Jock se tourna vers Ban.

— Que faisons-nous, à présent, messire ?

— J'y retourne.

— Tout de suite ? Vous êtes sérieux ?

— Je n'ai jamais été plus sérieux de ma vie, coupa Ban. Je ne laisserai jamais ma f… dame Isabelle aux griffes de Murdo ! De plus, au nom de Glengarron, nous avons juré de la protéger.

Jock acquiesça d'un air inquiet.

— C'est certain, mais nous avons besoin de plus d'hommes pour la sauver. Ne devrions-nous pas aller chercher des renforts ?

— Nous n'aurons pas le temps d'y aller et de revenir à temps pour empêcher le mariage. Murdo sait ce qu'il fait, c'est sans doute la seule raison pour laquelle il nous a laissés partir. Il ne nous considère pas comme une menace.

— Oui, et il a sans doute raison sur ce point…

— Je ne vous demande pas de m'accompagner, reprit Ban.

— Vous ne retournerez pas seul dans ce nid de vipères ! protesta Jock.

— Si : je n'ai pas le choix.

Jock le dévisagea, les bras croisés.

— Si vous y allez, alors nous vous accompagnerons.

Ewan et Davy acquiescèrent sans hésiter. Le plus jeune, pâle de colère, soutint le regard de Ban fièrement.

— Personne ne jette mon épée au sol pour m'ordonner de fuir, assura-t-il.

— C'est bien vrai ! renchérit Ewan.

Leur résolution était inébranlable.

— Très bien, conclut Ban. Allons-y.

Ils pénétrèrent de nouveau sur les terres de Castlemora, par des chemins détournés : il valait mieux conserver l'avantage de la surprise. Enfin, parvenus à la dernière ceinture d'arbres avant le château, ils mirent pied à terre. Ban prit un instant pour étudier la silhouette imposante des fortifications : tout était calme, presque *trop* calme. Dans d'autres circonstances, il aurait trouvé ce silence paisible mais, en cet instant, cela paraissait suspect… Pourvu que Murdo n'ait pas fait de mal à Isabelle ! Sans doute non : il comptait l'épouser, pas la tuer. Seulement, si ce traître pensait pouvoir la garder entre ses griffes, il se trompait !

Décidé à agir sans tarder, il se tourna vers ses hommes.

— Je vais infiltrer le château, annonça-t-il.

Jock le dévisagea d'un air soupçonneux.

— *Je* ? Ne vouliez-vous pas plutôt dire *nous* ?

— Cela va être très dangereux, reprit Ban.

— Vraiment ? Dans ce cas, vous allez avoir besoin de quelqu'un pour couvrir vos arrières, non ?

— Je ne peux pas vous demander de risquer vos vies dans ce conflit…

— Ce conflit nous concerne autant que vous ! coupa Jock d'un ton sans réplique. De plus, je ne compte pas vous laisser vous amuser seul.

Les deux autres acquiescèrent dans un murmure, de l'air farouche que Ban leur connaissait bien. Il fit une dernière tentative, tout en sachant pertinemment qu'elle serait vouée à l'échec.

— Voyons, pensez aux chances que nous avons de réussir…

— Je ne préfère pas, répondit Jock. Maintenant, si nous avons fini de discuter, nous devrions y aller et sauver dame Isabelle. Plus vite nous en aurons terminé, plus vite nous pourrons nous mettre à l'abri.

Un nouveau murmure d'assentiment s'éleva. Ban n'avait plus qu'à se rendre à leurs arguments.

— Très bien, Jock, tu as gagné cette manche. Ewan et toi, vous m'accompagnerez. Davy, reste ici et tiens-toi prêt à repartir : nous pourrions avoir besoin de fuir en vitesse.

Tous songèrent alors que l'un des chevaux devrait porter une double charge au retour, mais personne ne protesta.

— Si nous ne sommes pas revenus dans une heure, poursuivit Ban, cela voudra dire que quelque chose a mal tourné. Dans ce cas, je veux que tu rentres, Davy. Tu devras apporter la nouvelle à Glengarron.

— Très bien, messire.

Ban tapota le jeune homme sur l'épaule avant de suivre Jock et Ewan jusqu'au mur du verger. Là, les arbres fruitiers dissimulèrent leurs mouvements et ils atteignirent la cour sans être remarqués. Des voix avinées et de gros rires gras fusaient de la grande salle.

— Ils sont à table, murmura Ban. Venez.

Ils coururent sous le couvert de l'obscurité jusqu'à l'aile des femmes et s'immobilisèrent à l'angle d'un mur. Ban jeta un coup d'œil furtif de l'autre côté : un seul homme montait la garde. A son tour, Ewan passa la tête à l'angle et appela à voix basse :

— Pst !

Le garde releva les yeux et examina les lieux tandis qu'Ewan se retirait précipitamment. La main sur la garde de son épée, l'homme s'approcha pour chercher l'origine du bruit. A peine eut-il passé le mur que Ban l'assomma sans lui laisser le temps de crier. Après un bref coup d'œil à ses compagnons, tous trois s'approchèrent de la porte sur la pointe des pieds.

Ban entrouvrit le battant et jeta un rapide regard à l'intérieur. Deux gardes supplémentaires étaient installés dans le couloir. Ils ne pourraient pas profiter longtemps de l'effet de surprise... Il fallait espérer qu'ils parviennent à maîtriser les gardes avant qu'ils ne puissent donner l'alerte.

En silence, il indiqua le nombre d'hommes à Jock et Ewan. Sans un bruit, tous tirèrent leurs épées puis Ewan ouvrit brutalement la porte pour laisser Ban et Jock bondir sur les gardes. Le premier fut terrassé avant d'avoir pu dégainer, quant au second, il tira son épée et bondit sur Jock en hurlant. Ban lâcha un juron. Il laissa Jock se débarrasser de son adversaire et ouvrit la porte des appartements des femmes.

— Isabelle ? appela-t-il.

— Ban !

Elle le dévisagea un instant, incrédule.

— Tu es revenu ?

— Tu en doutais ?

— Je croyais ne jamais te revoir...

— On ne se débarrasse pas si facilement de moi !

Ils furent soudain coupés par un gémissement provenant du couloir, puis le fracas des épées se tut. Quelques secondes plus tard, la tête de Jock apparut par l'entrebâillement de la porte.

— Je m'en voudrais de vous interrompre, mais nous ferions mieux de filer ! chuchota-t-il. Dans moins de deux minutes, ce couloir va grouiller de monde…

Ban acquiesça et se tourna vers Isabelle, soudain un peu inquiet.

— Est-ce que tu viens avec moi ?

— Bien sûr ! répondit-elle. Mais Nell doit nous accompagner : si Murdo la trouve seule ici, il la tuera…

Sans aucun doute, songea Ban. Il haussa les épaules et dit la seule chose possible :

— D'accord, elle peut nous accompagner, mais faites vite !

Les deux femmes attrapèrent chacune une cape avant de suivre Ban dans le couloir. A peine avaient-ils atteint la cour qu'ils entendirent des éclats de voix depuis la grande salle.

— Ils ont entendu notre combat ! souffla Jock.

— Ce n'est pas surprenant : on a dû nous entendre jusqu'à Dunfermline, lui répliqua Ewan. Que faisais-tu donc, pour être aussi bruyant ?

— Peu importe ! coupa Ban en attrapant la main d'Isabelle. Contentez-vous de courir !

Sans plus se soucier de passer inaperçus, ils coupèrent à travers le verger, suivis par les cris des mercenaires, de plus en plus proches. Soudain, Isabelle trébucha et faillit tomber, mais Ban la retint fermement. Enfin, ils atteignirent le mur. Sans un mot, Jock et Ewan passèrent par-dessus, puis Ban hissa les deux femmes avant de sauter à son tour. Une fois hors des murs, ils se précipitèrent sous le couvert des arbres. Là, Davy les attendait, prêt à partir au galop. Lorsqu'il aperçut les deux femmes, il lança un grand sourire à ses compagnons.

— Vous avez réussi ! s'écria-t-il.

— Oui, hélas la meute de Murdo l'a découvert un peu trop tôt, répliqua Ewan. Nous devons mettre autant de distance possible entre eux et nous !

Davy tendit les rênes à ses amis. Jock se mit rapidement en selle avant de tendre une main à Nell :

— Montez derrière moi, dit-il.

Le souffle court, Nell se contenta d'acquiescer et de s'exécuter. Lorsqu'elle fut installée, Ban se tourna vers Isabelle et l'aida à monter sur son propre cheval avant de s'installer derrière elle en la maintenant fermement tandis qu'il tenait les rênes. Derrière eux, les cris s'approchaient : Murdo et ses hommes avaient dû aller chercher leurs chevaux pour se mettre en chasse… Sans un regard en arrière, la petite troupe s'enfonça sous les arbres en direction du sommet de la colline. Dans la semi-obscurité de cette nuit d'été, le sentier se dessinait clairement devant eux et les chevaux avançaient bien. Lorsqu'ils atteignirent enfin le sommet de la colline, Ban ralentit pour jeter un coup d'œil par-dessus son épaule. Hélas pour eux, un mouvement se dessinait en contrebas et un battement de sabots sur le sol dur résonna dans la nuit. Murdo serait bientôt sur eux ! Jamais ils ne parviendraient à le distancer alors que deux de leurs chevaux portaient une double charge… De plus, en bon chasseur, Murdo ne manquerait pas de séparer ses hommes pour retrouver plus rapidement leurs traces et il serait bientôt aidé par l'éclat de la lune qui ne tarderait pas à se lever.

Les fugitifs parcoururent encore plusieurs lieues à toute vitesse avant d'atteindre un nouveau bouquet d'arbres qui les dissimula le temps de laisser leurs montures reprendre leur souffle. Ils tendirent un instant l'oreille : bien que lointain, le bruit des chevaux se faisait toujours entendre…

— Messire, murmura Jock, nous devons à tout prix trouver une cachette, sinon, nous sommes morts !

— Oui, mais où ? demanda Ewan.

Soudain, Isabelle eut une idée :

— Il y a une grotte, dans les bois, derrière la prochaine colline. Elle est assez grande pour tous nous cacher avec nos chevaux…

Ban la dévisagea d'un air profondément soulagé.

— Est-elle loin ?

— Peut-être à deux lieues de nous.

— Guide-moi !

Elle lui indiqua donc la route à suivre ; à travers le bois, puis à droite au croisement. Les chevaux suaient à grandes eaux et soufflaient fort. A ce rythme-là, ils n'auraient pas pu poursuivre bien longtemps… Heureusement, songea Isabelle, elle avait passé sa vie à chevaucher dans ces terres et elle en connaissait les moindres recoins. Elle avait découvert cette grotte par hasard, lors d'une promenade en solitaire, en cachette de son père. L'ouverture était masquée par un piton rocheux, à l'écart du sentier, et demeurait totalement invisible aux passants. De plus, elle paraissait n'avoir jamais été habitée par l'homme. C'était probablement leur meilleure chance de survivre jusqu'au matin — du moins, s'ils y parvenaient à temps et si les hommes de Murdo ne la connaissaient pas… S'ils en avaient eux aussi découvert l'existence, elle menait ses compagnons droit dans la gueule du loup ! A cette idée, un frisson d'angoisse la parcourut. Peu importait : ils n'avaient pas vraiment le choix !

Les chevaux traversèrent bientôt un petit ruisseau, le souffle court, avant d'entamer l'ascension de la colline. Leurs cavaliers les poussaient le plus possible pour accélérer le pas ; hélas, le battement funeste des sabots, derrière eux, ne faisait que se rapprocher. Le cœur battant, Isabelle jeta un regard en arrière et aperçut une ligne de lumière vive au travers de la plaine obscure. Des torches ! Murdo allait s'en servir pour suivre leur trace ! Et cette colline qui n'en finissait pas… Jamais elle n'avait paru si haute à Isabelle. Enfin, ils atteignirent le sommet, épuisés, et entamèrent la descente hasardeuse dans le noir. Des branches souples leur fouettaient les jambes à chaque pas mais ils n'y prenaient pas garde. Bientôt, ils se trouvèrent de nouveau sous le couvert des arbres et durent ralentir le pas.

Lorsque enfin ils aperçurent le piton rocheux, un profond soulagement envahit Isabelle : de toute évidence, les chevaux étaient incapables d'aller plus loin, chargés comme ils l'étaient… Elle reconnut sans peine le minuscule sentier qui menait à la grotte et ils se retrouvèrent bientôt devant une grande bouche sombre et béante. Ewan mit précipitamment pied à terre et lança ses rênes à Davy.

— Occupe-toi de lui. Je vais effacer nos traces aussi loin que possible avant leur arrivée…

Ce disant, il attrapa une branche tombée au sol et s'éloigna tandis que les autres se glissaient dans l'ombre de la grotte. Enfin à l'abri, Ban descendit de cheval et aida Isabelle. Elle ne put s'empêcher de frémir comme ses mains s'attardaient un instant sur sa taille.

— Est-ce que tout va bien ? lui demanda-t-il.

Elle acquiesça, en proie à une furtive vague de chaleur.

— Oui, messire.

— Nous allons peut-être réussir à leur faire perdre notre trace, grâce à toi, murmura-t-il. Prends Nell avec toi, et cachez-vous au fond de la grotte pendant que nous montons la garde.

Sans oser protester, les deux femmes obéirent et s'adossèrent bientôt au mur froid et humide qui fermait la caverne. Sans un mot, Isabelle guetta le moindre bruit en provenance de l'entrée, et serra la main de Nell pour se donner un peu de courage. Une fois ses yeux habitués à l'obscurité, elle discerna la silhouette des chevaux, près de l'entrée. Elle n'entendait rien d'autre que leur souffle lourd derrière le battement sourd de son sang à ses tempes. Soudain, un nouveau bruit se fit entendre, d'abord faible puis de plus en plus pressant : le son mat de sabots sur la terre du sentier ! Leurs poursuivants les avaient rattrapés. Isabelle retint son souffle et écouta, le cœur battant. Soudain, elle perçut des voix d'hommes lointaines et l'éclat d'une torche brilla entre les arbres. Incapable d'en voir plus, elle ferma les yeux et pria de toute son âme. Soudain, un bruit à l'entrée de la grotte la fit sursauter : Ewan venait de rentrer. Avait-il été capable d'effacer leurs traces à temps ?

Le son des sabots, dehors, ralentit peu à peu et s'immobilisa près d'eux. Ils devaient chercher leurs traces à la lumière de leurs torches. Peut-être était-ce seulement son imagination, mais il lui sembla percevoir jusqu'au craquement des selles et des harnais… Ces hommes avaient été entraînés au combat, aux traques ; ils pouvaient presque *sentir* la peur ! Ils ne renonceraient jamais à la chercher et, lorsqu'ils acculeraient leur proie, ils n'hésiteraient pas à porter le coup de grâce… Ils égorgeraient sans doute Ban et ses hommes sur place avant de la traîner devant Murdo avec Nell. Derrière ses paupières closes, Isabelle pouvait presque voir les yeux froids, le sourire sans pitié du maître d'armes. Il se délecterait de sa peur et chercherait tous les moyens possibles pour l'humilier tant qu'il le pourrait. Il l'obligerait à voir ses compagnons mourir avant de la reconduire à Castlemora, et alors… Soudain, son sang se figea. Toute résistance serait futile, sans espoir ! Murdo aurait tous pouvoirs sur elle… Une nausée brutale monta en elle. Plutôt mourir que d'appartenir à cet homme ! Si elle était capturée, elle n'hésiterait pas à mettre fin à ses jours à la pointe d'une dague !

Au bord de la crise de panique, elle attendait toujours. Les voix se rapprochaient dangereusement de la grotte. Bientôt, elle put même percevoir quelques fragments de phrases :

— … perdu leur trace… Ils ont dû faire demi-tour… Déployez-vous…

Un sabot frappa le sol sec et une botte d'acier atterrit sur le sentier : quelqu'un venait de descendre de cheval ! Ils devaient se trouver juste en dessous de leur cachette… S'ils levaient les yeux, ils ne verraient que les arbres, le fouillis des buissons et la haute paroi rocheuse. Le sentier était presque invisible à qui ne savait pas où chercher ; elle-même ne l'avait découvert que par hasard. *Pitié, Seigneur, faites qu'ils ne l'aperçoivent pas…* Osant à peine respirer, elle serra plus fort le bras de Nell. Les secondes paraissaient des heures… Soudain, les voix s'éloignèrent et les halos des torches s'atténuèrent. Le silence envahit de nouveau la grotte, plus oppressant que jamais. Quelques instants plus tard, les bruits de sabots s'approchèrent de nouveau avant de s'évanouir dans la distance.

— Ils sont partis, souffla Isabelle.

Nell lui serra la main fiévreusement et murmura :

— Merci, Seigneur…

Cependant, personne n'osa bouger durant plusieurs longues minutes. Enfin, la voix de Ban leur parvint dans l'ombre, posée mais claire :

— Ils ont poursuivi leur route.

Un vertige saisit Isabelle : le soulagement, sans doute.

— Crois-tu qu'ils reviendront ? demanda-t-elle dans l'obscurité.

— Peut-être, mais je ne pense pas qu'ils nous découvriront ici. Milady a bien choisi notre cachette…

Devant le bleu sombre du ciel, elle ne devinait que sa silhouette, mais sa présence seule suffisait à la rassurer. Lentement, elle s'avança vers lui.

— Nous allons passer la nuit là, poursuivit-il, et nous repartirons au petit matin. Les chevaux doivent se reposer et le chemin est trop dangereux dans le noir, de toute façon.

Le cœur d'Isabelle se serra : Ban risquait beaucoup pour elle… Emue, elle tendit la main à tâtons jusqu'à trouver l'étoffe fine de sa manche.

— Merci, murmura-t-elle, les larmes aux yeux.

Merci ? Un mot bien faible pour exprimer toute la gratitude qu'elle ressentait…

— Pensais-tu vraiment que j'allais te laisser derrière ?

— Pour être honnête, répondit-elle, je crois que je n'arrivais pas à penser à grand-chose, avant que tu n'arrives.

— C'est tout à fait normal, vu les circonstances, la rassura-t-il en posant une main sur la sienne. Je suis sincèrement navré de n'avoir pas su comprendre à temps la nature des projets de Murdo. De n'avoir pas vu l'étendue de sa trahison…

— Personne n'aurait pu deviner une chose pareille, protesta Isabelle.

— Je te promets de le faire payer pour ce qu'il a fait aujourd'hui !

La gorge d'Isabelle se noua de nouveau et elle fut incapable de répondre. Quand donc la peur cesserait-elle de la hanter ? Ban dut comprendre le sens de son silence, car il lui caressa doucement la main et murmura :

— Essaie de te reposer. Nous avons une longue journée qui nous attend et nous ne sommes pas encore en sécurité…

Sur ce, il la quitta pour s'entretenir à voix basse avec ses hommes. Profondément perdue, seule dans le noir, Isabelle le regarda s'éloigner avant de rejoindre Nell. Toutes deux trouvèrent un endroit à peu près plat, au fond de la grotte, et s'y allongèrent, enveloppées dans leurs capes, l'une contre l'autre pour se rassurer. Le sol de terre battue était dur et l'air nocturne glacé. Bientôt, Isabelle se mit à frissonner et les heures passèrent sans qu'elle parvienne à trouver le sommeil. Dans le silence, chaque grincement, chaque frémissement de la forêt la faisait sursauter. Les yeux habitués à l'obscurité, elle discernait les silhouettes des hommes, à l'entrée de la grotte. Bien sûr, leur présence était rassurante, mais sa gorge se serra soudain à l'idée que, malgré tout, elle demeurait seule, à présent. Son père et son frère étaient partis, et elle allait devoir faire face à son destin sans leur aide. En dépit de sa crainte de l'avenir, c'était avant tout la douleur de la perte qui lui fit monter les larmes aux yeux, dans la nuit. Son père avait bien vécu, lui au moins : son heure était venue. Mais Hugh, lui, avait encore toute la vie devant lui ! Il avait été fauché avant même de devenir pleinement un homme ! Si seulement elle avait la force de faire payer Murdo pour son acte inqualifiable…

Elle lui avait échappé, mais ce n'était que temporaire, et elle ne serait jamais à l'abri de son tortionnaire tant qu'il serait en vie. Murdo était borné et savait se montrer particulièrement patient pour atteindre ses buts… Il ne s'arrêterait pas avant d'avoir mis la main sur elle. Un nouveau haut-le-cœur la saisit. Encore une fois, elle songea que la mort serait préférable à une vie avec cet homme. Le seul éclat d'espoir, au milieu de son angoisse, était de savoir que Ban était revenu pour elle. Jamais elle n'avait été plus reconnaissante de sa vie ! Seulement, se mit-elle soudain à douter, son affection pour elle était-elle la seule raison pour laquelle il était revenu la sauver ? A présent que Hugh était mort, elle n'était plus une veuve sans dot, mais l'héritière de Castlemora… Ban avait-il songé à cela en revenant la chercher ?

Malgré ses réflexions sans fin, elle parvint finalement à trouver le sommeil et s'éveilla aux premiers rayons de l'aube, le dos raide et le corps glacé. La chevauchée de la veille et la nuit passée à même le sol l'avaient épuisée, mais elle n'oserait jamais s'en plaindre à son sauveteur. Elle se redressa sur un coude et jeta un coup d'œil aux alentours. A côté d'elle, Nell dormait encore profondément, mais les hommes étaient déjà debout. Près de l'entrée de la grotte, Ban s'entretenait à voix basse avec Jock et Davy. De si loin, elle ne parvint pas à saisir le moindre mot. Le dernier homme — Ewan — montait la garde à l'entrée, surveillant d'un œil acéré la campagne silencieuse.

Elle finit par se lever et tenta en vain de défroisser sa robe. Elle noua ensuite sa cape autour de ses épaules pour se protéger de l'air frais et, après une brève hésitation, s'approcha des hommes. Ban l'aperçut et lui sourit.

— Bonjour ! J'espère que tu as réussi à te reposer un peu…

Il paraissait courtois, mais son regard demeurait indéchiffrable. Troublée, Isabelle répondit d'une petite voix :

— Oui, j'ai un peu dormi.

Elle lui devait la vie, songea-t-elle en tentant de lui sourire à son tour — *mais pour quelles raisons l'avait-il vraiment sauvée ?*

— Est-ce que tu as faim ?

Avant même de répondre, Isabelle se rendit compte qu'elle était affamée, en effet : elle n'avait rien mangé depuis son repas frugal de la veille… Ban tira un petit paquet de l'une de ses sacoches de selle et lui tendit un morceau de pain et de fromage.

— Ce n'est pas grand-chose, dit-il, mais cela nous aidera à tenir un moment.

— Merci beaucoup.

— Apportes-en à ta suivante aussi, elle doit en avoir besoin.

Isabelle prit la nourriture et, l'espace d'un instant, leurs doigts se frôlèrent, provoquant un frisson involontaire en elle. Les mains de Ban étaient si larges, si fortes. Elles pouvaient manier l'épée, la dague, et protéger une femme... Soudain, elle se rappela les autres choses délicieuses que ces mains étaient capables de faire et le feu lui monta aux joues. Elle baissa les yeux sur la nourriture, gênée, mais par bonheur Ban ne parut pas percevoir son trouble. Il tourna les talons pour aller offrir un peu de nourriture à ses hommes.

Isabelle s'assit sur un rocher assez plat et mangea avant d'aller porter sa ration à Nell. La vieille femme, encore allongée, se réveilla dans un grognement et se leva avec difficulté. Sans doute la nuit passée sur la terre froide l'avait-elle courbatue, mais elle ne s'en plaignit pas. Au contraire, elle accueillit l'arrivée d'Isabelle avec un sourire et prit la nourriture qu'elle lui tendait avec gratitude.

Au bout d'un moment, les hommes sellèrent les chevaux et les fugitifs se préparèrent à repartir. Ils quittèrent l'abri de la grotte et descendirent avec prudence l'étroit sentier qui menait aux bois. Quelques lambeaux de brume s'accrochaient encore aux troncs ou reposaient dans les creux tandis que, invisibles, quelques oiseaux chantaient sous les branchages. Ils avancèrent lentement, d'abord : Ban avait annoncé qu'ils risquaient de croiser un camp ou une patrouille des hommes de Murdo.

Isabelle, installée cette fois derrière lui, guettait la pénombre du sous-bois en quête du moindre mouvement, du moindre signe d'une embuscade. Mais rien ne bougeait. La troupe parlait peu et à voix basse, mais le plus petit bruit semblait prendre une ampleur effrayante dans le calme du petit matin.

— Dès que nous aurons quitté la forêt, nous pourrons presser le pas, lui murmura Ban au bout d'un moment.

— Sommes-nous encore loin de Glengarron ?

— Un jour et demi, je pense.

— Tant que cela ? demanda-t-elle, le cœur battant.

— Oui, mais ne vous en faites pas : nous y arriverons.

— Vraiment ?

Elle hésita un instant, inquiète.

— Pardonne-moi, reprit-elle, je ne voulais pas avoir l'air de douter de toi… C'est seulement que… je n'arrive pas à apaiser ma peur.

Et à faire taire ma culpabilité. Ban avait pris tant de risques pour elle, et il continuait de le faire, alors qu'il aurait tranquillement pu l'abandonner à son sort pour sauver sa propre vie… Combien de dangers les attendaient-ils encore ? Il fallait bien avouer, se rappela-t-elle avec amertume, qu'elle était précieuse, à présent. Sans doute assez précieuse pour qu'un homme risque sa vie en cherchant à la sauver. Leurs fiançailles n'avaient été qu'un accord politique, seulement, la situation avait changé : beaucoup plus de choses que prévu dépendraient de son mariage. Ban était revenu la sauver en sachant pertinemment qu'elle le suivrait. Après tout, quelle alternative avait-elle ?

Serrée contre lui, elle profita de la situation pour l'observer sans qu'il s'en aperçoive. Son dos musclé se dessinait sous les plis de sa tunique, s'élargissant au niveau des épaules. Lorsqu'il se retournait pour examiner les alentours, elle voyait quelques poils fauves dépasser de son col ouvert. Son profil se dessinait devant les feuillages : les creux du cou, les pleins de ses joues et de sa mâchoire, les courbes de ses lèvres qui formaient une moue concentrée. Qu'il était beau ! S'il se tournait un peu plus, il pourrait l'embrasser… Soudain, une vague de désir la traversa, douloureuse et teintée de soupçons : que ressentait-il *réellement* pour elle ? Troublée, elle refoula des larmes pleines d'amertume.

Lorsque la petite troupe sortit enfin des bois, Ban partit au petit galop : il leur fallait couvrir le plus de distance possible avant la nuit sans épuiser les chevaux. De plus, il valait mieux rester prudents : peut-être auraient-ils besoin de fuir à grande vitesse, plus tard… Tout en chevauchant, tous continuèrent à examiner les alentours avec attention, à la recherche du moindre signe d'une poursuite, mais le paysage restait vide et ils progressèrent sans problème. Les hommes de Murdo risquaient de surveiller de près la grande route. Pour éviter de prendre trop de risques, Ban préféra couper par de petits chemins à travers champs, et évita les crêtes des collines qui les rendraient visibles sur des lieues à la ronde. Au contraire, il s'enfonça dans les replis naturels du terrain pour passer plus discrètement.

A midi, ils s'arrêtèrent pour se reposer et laisser les chevaux se désaltérer. Les quatre hommes instaurèrent un tour de garde tandis que les femmes se rafraîchissaient dans le ruisseau.

Profitant de leur éloignement, Ban rassembla ses compagnons pour établir une stratégie à voix basse.

— Nous avançons bien, commença-t-il, mais nous ne sommes pas encore arrivés chez nous… Murdo n'abandonnera pas la poursuite si facilement.

— Ne ferions-nous pas mieux d'envoyer un message à Glengarron ? proposa Ewan. Nous pourrions avoir besoin de renforts…

— C'est certain, acquiesça Davy. Je ne suis pas homme à fuir un combat mais, à un contre dix, nous n'avons aucune chance !

Ban lança un regard inquiet en direction des deux femmes. Il avait une lourde responsabilité… Isabelle était plus vulnérable que jamais et, d'une manière ou d'une autre, il devait trouver un moyen de la conduire à bon port. Une fois en sécurité, il aurait largement le temps de réfléchir à la suite des événements… Depuis leur fuite de Castlemora, il n'avait pu s'empêcher de noter un changement en elle, une certaine froideur, comme si quelque chose la tourmentait. D'ailleurs, ce n'était pas surprenant, après les épreuves qu'elle venait d'affronter : si la mort de son père l'avait fait souffrir, le meurtre de Hugh n'avait pu qu'empirer les choses ! Ban devait à tout prix tenir sa promesse et s'assurer que Murdo réponde de son crime. D'ici là, malgré son inquiétude, il devait laisser à Isabelle un peu de temps pour faire son deuil. S'il ne pouvait lui offrir autre chose, en arrivant à Glengarron, il lui accorderait au moins cela.

Durant le reste de la journée, ils ne virent qu'un seul signe de l'ennemi : une patrouille d'une douzaine d'hommes, à une lieue de distance. Heureusement, ils avançaient vers le sud en suivant une ligne parallèle au chemin des fugitifs et ne paraissaient pas les avoir aperçus. Ban immobilisa sa monture, soudain soupçonneux.

— Crois-tu qu'ils vont nous voir ? demanda Isabelle dans un souffle.

— Non : ils ne regardent même pas dans notre direction.

Plus il les observait, plus Ban sentait une angoisse sourde monter en lui. A ses côtés, Jock paraissait tout aussi inquiet.

— Pensez-vous à la même chose que moi ? demanda-t-il.

— Probablement, répondit Ban.

L'air surpris, Ewan les dévisagea.

— Que se passe-t-il, messire ?

Ban indiqua la patrouille d'un signe de tête. Les cavaliers s'éloignaient d'eux au grand galop.

— Regarde, murmura-t-il.

— Que font-ils ? demanda Ewan, l'air soucieux.

— Murdo a dû ordonner à ses hommes de nous devancer sans perdre de temps à nous chercher. C'est pour cela que nous ne les avons pas encore croisés… Il sait qu'il peut couvrir plus de terrain que nous et a sans doute prévu de déployer un cordon d'hommes en travers de notre chemin.

— Vous voulez dire qu'il compte nous empêcher d'atteindre Glengarron ? reprit Ewan.

— Exactement…

Un silence oppressant s'abattit alors. Finalement, Jock se tourna vers Ban.

— Que faisons-nous, maintenant ?

— Nous devons à tout prix envoyer un message à Glengarron, répondit Ban avec fermeté, c'est notre seule chance… L'un d'entre nous doit partir devant et trouver un moyen de se glisser à travers les mailles du filet.

— Vous avez raison. Voulez-vous que je le fasse ?

— Non. Ewan s'en chargera : il est né dans la région et en connaît les moindres recoins.

Le jeune homme acquiesça.

— C'est vrai. Je connais chaque rocher, chaque buisson, et chaque mouton sur ces terres…

Isabelle le dévisagea, surprise. Il ne paraissait pas s'inquiéter du danger, ni du risque qu'il courait de se faire capturer… Ban parut lire dans ses pensées, car il reprit :

— Si quelqu'un peut se glisser au nez et à la barbe des hommes de Murdo, c'est bien Ewan.

— Je trouverai un moyen de passer, milady, renchérit le jeune homme. Je vous en fais serment.

— Tu as intérêt, lui répliqua Jock avant de faire un signe de tête en direction de Glengarron. Allez, mon garçon, file ! Et reste sur tes gardes.

— Je serai prudent.

Sur ce, Ewan tourna bride et partit dans le sillage de la patrouille ennemie. Les autres le suivirent des yeux jusqu'à ce qu'il ait disparu au milieu des rochers et des arbres. Isabelle pria en silence pour qu'il parvienne chez lui sain et sauf. Finalement, elle sentit le regard de Nell posé sur elle.

— Il y arrivera, ne vous en faites pas, dit-elle.

— Mais pourra-t-il envoyer des renforts à temps ?

— Ne craignez rien, milady, répondit Jock. Il atteindra Glengarron et lord Iain enverra de l'aide dès qu'il sera au courant de la trahison de Murdo.

— Tout à fait, renchérit Davy, et lorsque nos hommes arriveront, ces mercenaires verront si la réputation de Glengarron est exagérée !

Ban sourit, dissimulant son inquiétude. Murdo était un homme dangereux, sans foi ni loi… S'il avait été seul avec ses hommes dans cette fuite désespérée, cela aurait été une autre affaire. Hélas, la présence des femmes rendait les choses plus compliquées : il devait à tout prix veiller à leur sécurité. En dépit de ses craintes, il ne put s'empêcher de ressentir un frisson d'anticipation à l'idée des batailles à venir… Il préférerait pouvoir affronter Murdo d'homme à homme, plutôt que de devoir se cacher ainsi ! Au moins, quand l'heure du combat serait venue, il aurait plaisir à le tuer. Et ensuite… Ensuite, quoi ? Que ferait-il ?

Pour la première fois depuis leur départ de Castlemora, il prit un moment pour réfléchir à l'avenir. Même s'il parvenait à supprimer les menaces les plus pressantes, Isabelle resterait vulnérable tant que leurs fiançailles ne seraient pas rendues publiques. En devenant l'héritière de son domaine, elle allait sans aucun doute attirer les convoitises. Le roi lui-même risquerait de prendre l'affaire en main dès qu'il apprendrait la nouvelle — et il l'apprendrait vite ! Castlemora couvrait des terres riches, et Ban savait mieux que personne que l'on pouvait facilement acheter la loyauté, tout comme les alliances… Puisque Malcolm avait rendu ses hommages au roi Guillaume, qui l'empêcherait de chercher à renforcer ces nouveaux liens ? Il chercherait sans doute à conclure des mariages entre Normands et Scots, et cette idée n'avait rien de rassurant. Heureusement, Ban avait encore une chance de protéger Isabelle d'un tel destin : en annonçant publiquement leurs fiançailles. Sur bien des points, cette solution lui plaisait. Hélas, elle ne réglait pas le problème majeur qui l'avait poussé à négocier un engagement secret… Son pouls s'accéléra : l'avenir devenait plus nébuleux d'heure en heure.

*
* *

Bientôt, la troupe se remit en marche et, bien que Ban se doutât qu'ils ne rencontreraient aucune résistance avant d'atteindre la frontière de Glengarron, il ne relâcha pas son attention durant la fin de la journée, ni même pendant la nuit alors qu'ils établissaient un campement de fortune. Ils n'osèrent pas allumer de feu, de peur d'attirer l'attention sur leur position, et finirent les maigres provisions que Ban avait sur lui. S'ils avaient eu plus de nourriture, ils auraient pu décider de rester sur place en attendant les renforts ; mais, dans la situation actuelle, ils n'avaient d'autre choix que d'aller de l'avant. Ils étaient peut-être à une dizaine de lieues de chez eux. S'ils n'avaient pas été poursuivis, ils auraient pu atteindre Glengarron le lendemain, avant midi. Hélas, la suite du voyage n'allait pas être aussi facile ! Dès qu'ils repartiraient, ils se rapprocheraient du danger à chaque pas, et Murdo n'avait rien d'autre à faire qu'attendre qu'ils se jettent dans la gueule du loup…

Chapitre 10

La nuit venue, Isabelle s'enveloppa dans sa cape et s'allongea aux côtés de Nell. Trouverait-elle seulement le sommeil ? Hélas, le sol dur et la fraîcheur nocturne la maintinrent si longtemps éveillée qu'elle abandonna tout espoir de se reposer. Elle se releva avec prudence, en prenant soin de ne pas réveiller les autres, et s'assit contre un rocher. La pierre froide lui détendit le dos. Au-dessus d'elle, les étoiles illuminaient le ciel et la lune, presque pleine, se levait lentement. La campagne entière scintillait dans un halo argenté.

— C'est beau, n'est-ce pas ? murmura soudain une voix à côté d'elle.

Isabelle sursauta, surprise, et leva les yeux pour découvrir la silhouette de Ban penchée sur elle. Elle ne l'avait pas entendu approcher, n'avait même pas remarqué sa présence lorsqu'elle s'était levée... Comment un homme aussi grand et large d'épaules faisait-il pour se déplacer aussi silencieusement et avec une telle grâce féline ? L'avait-il espionnée ?

— Oui, c'est magnifique, répondit-elle.

Elle hésita un instant, sans savoir quoi dire, et se replongea dans sa contemplation silencieuse des étoiles. Heureusement, l'obscurité la protégeait et devait empêcher Ban de lire son inquiétude vis-à-vis de l'avenir... En tout cas, s'il ressentait une gêne entre eux, il n'en montra rien et s'assit tranquillement à ses côtés. Isabelle attendit qu'il reprenne la conversation, le corps tendu, à l'écoute du moindre de ses mouvements.

— Quand nous atteindrons Glengarron, finit-il par chuchoter, je compte bien t'offrir plus de distractions que ce voyage inconfortable…

Isabelle soupira, pensive. L'inconfort du voyage était le cadet de ses soucis ! Elle aurait été prête à supporter bien pire si seulement elle avait été certaine de l'affection de Ban pour elle…

— Tu seras sans doute heureux de rentrer chez toi, après tout ce temps, dit-elle.

— Oui, bien sûr !

— Et ta sœur sera sans doute soulagée de te voir sain et sauf…

— Ashlynn ? Oui. Je suis certain qu'elle sera enchantée de te rencontrer.

Pourvu qu'il dise vrai, songea Isabelle. Après son expérience à Dunkeld, elle nourrissait de sérieux doutes… Les liens du sang seraient toujours plus puissants que le mariage, et si jamais une dispute éclatait, dame Ashlynn ne prendrait sans doute pas la défense d'une étrangère face à son cher frère !

— J'ai hâte de la connaître, mentit-elle pourtant avec aplomb.

Ban confierait-il à sa sœur ce qui s'était passé entre eux durant son séjour à Castlemora ? Ils paraissaient proches et n'avaient sans doute pas de secrets l'un pour l'autre… Isabelle supporterait-elle une telle humiliation ? Rien n'était moins sûr.

— D'ailleurs, poursuivit-il, Ashlynn attend un autre enfant pour les jours à venir…

— Un autre ? murmura-t-elle, la gorge serrée. Seigneur… Alors tu vas être oncle pour la troisième fois ?

— Oui, et ça commence à me faire sentir vieux.

— Je ne te crois pas !

— Pourquoi donc ? demanda-t-il d'un air surpris.

— Je ne sais pas… Tu as l'air si énergique dans tout ce que tu entreprends…

Dans la clarté lunaire, elle surprit un sourire sur son visage.

— Je défie qui que ce soit de rester énergique après avoir passé ne serait-ce qu'une heure avec mes neveux ! lui répondit-il.

La simple idée d'en avoir un troisième à surveiller m'épuise d'avance.

— Mais il est possible que ce soit une nièce, cette fois…

Ban réfléchit un instant, puis admit :

— Une fille ? Cela pourrait être agréable.

A écouter les inflexions attendries de sa voix, Isabelle ne pouvait se tromper au sujet des sentiments de Ban.

— Tu aimes beaucoup les enfants, murmura-t-elle, le cœur battant.

— Ils sont francs et assez faciles à cerner, répondit-il. Et ils nous apportent de l'espoir pour l'avenir…

Même s'il faisait clairement des efforts pour paraître détendu, il ne parvenait pas à tromper Isabelle. Donner naissance à un héritier avait toujours eu une importance capitale pour tout le monde, et en particulier pour Ban… La conversation commençait à prendre un tour dangereux, et Isabelle préféra changer de sujet, tenter d'en apprendre plus sur lui. Après tout, elle ne savait presque rien de son passé.

— Comment est-ce que ta sœur a rencontré lord Iain ?

— Cela s'est passé pendant la guerre. Elle était tombée dans une rivière gelée et il l'a sauvée.

— Comme c'est romantique !

— Au début, elle n'a pas trouvé cela si charmant, répondit-il avec un petit sourire, et elle n'avait aucune intention de monter dans le Nord avec lui…

— Dans ce cas, il a dû se montrer très convaincant.

— Il ne lui a pas vraiment laissé le choix et, vu d'aujourd'hui, il avait de bonnes raisons pour cela…

Un peu surprise, Isabelle demanda :

— Et toi ? Où étais-tu à ce moment ?

— Tout d'abord inconscient, puis délirant de fièvre. Quand Heslingfield a été mis à sac, j'ai été blessé au combat et laissé pour mort. Ce sont les hommes de Iain qui m'ont retrouvé, au milieu des corps…

Le cœur serré, Isabelle tenta d'imaginer ce qu'elle ressentirait si Castlemora était envahi et brûlé par des bandits normands qui auraient tué toute sa famille. Le meurtre de son frère lui donnait déjà un aperçu de ce que Ban avait dû subir, mais l'horreur qu'il avait vécue devait être encore plus douloureuse à supporter... Comment pouvait-on jamais se relever d'une telle blessure ?

— Iain m'a fait soigner du mieux qu'il a pu, poursuivit Ban. Il m'a déposé dans une charrette et m'a emporté avec lui. Quand j'ai fini par reprendre connaissance, nous étions déjà à la Montagne Sombre. Je ne savais pas encore qu'Ashlynn avait été sauvée, elle aussi, jusqu'à ce que Iain l'amène à mon chevet.

— J'imagine que vos retrouvailles ont dû être émouvantes, commenta Isabelle.

— En effet. Nous avons toujours été proches et, quand j'ai découvert qu'elle était saine et sauve, j'ai eu l'impression que le monde était soudain un peu moins triste...

Isabelle fut émue par la voix brisée de Ban : « un peu moins triste » était une expression bien faible, sans doute, pour exprimer ses émotions. Elle-même ne pouvait pas vraiment comprendre l'ampleur du soulagement qu'il avait dû éprouver... Cependant, en dépit de toutes les horreurs qu'il avait vécues, il n'avait pas baissé les bras. Il avait survécu et s'était construit une nouvelle vie. Sa force de caractère était décidément étonnante...

— Et tu es resté à la Montagne Sombre depuis ? demanda-t-elle.

— Oui, chuchota-t-il d'un air un peu triste.

Isabelle comprit soudain sa maladresse : bien sûr qu'il y était resté, puisqu'il n'avait plus de maison...

— Iain m'a offert une place parmi ses hommes, poursuivit-il, et j'étais heureux d'accepter. Je n'ai d'ailleurs jamais regretté ma décision.

— C'est quelqu'un qui attire le respect, comme le disait mon père — et pourtant, il n'était pas homme à accorder facilement ses louanges à quiconque.

— Ton père avait raison au sujet de Iain : c'est un homme d'honneur.

— En tout cas, conclut Isabelle, je serais ravie de rencontrer dame Ashlynn et tes neveux...

— Tu les verras très bientôt.

L'estomac noué, Isabelle ne partageait pas l'enthousiasme de Ban. Si Ewan échouait, aucun d'eux ne verrait sans doute Glengarron... Dame Ashlynn attendrait-elle le retour de son frère en vain ? Isabelle sentit la culpabilité l'envahir : elle ne pouvait supporter l'idée de voir Ban mourir, et encore moins celle de devoir vivre sans lui. Cependant, il avait de toute évidence pesé le pour et le contre avant de décider de la sauver. A cette idée, ses soupçons resurgirent. Elle devait à tout prix découvrir les vraies motivations de Ban : la vérité, quelle qu'elle soit, serait toujours moins douloureuse que le doute...

— Dis-moi, reprit-elle alors, pourquoi es-tu revenu me chercher ?

— Personne ne peut m'arracher ce que je possède sans en subir les conséquences. De plus, je te l'ai déjà dit : il est hors de question que je t'abandonne aux griffes de Murdo.

Le cœur battant, Isabelle renchérit :

— Et c'était la seule raison de ton retour ? Après tout, Castlemora est un prix précieux...

Ban aurait pu faire semblant de ne pas la comprendre, songea-t-elle, mais il choisit l'honnêteté.

— Oui, c'est vrai. Avec l'aide de Dieu, nous y retournerons bientôt pour clamer ce qui nous revient de droit.

— Tu veux dire ce qui *te* revient de droit : tu seras seigneur de Castlemora.

— En effet, et tu seras ma dame, si tout se déroule comme nous l'espérons.

Si... Un petit mot qui en disait long, songea-t-elle, l'estomac noué.

— Et si les choses ne se passent pas comme prévu ? demanda-t-elle, plus inquiète que jamais.

— Nous verrons bien. De toute manière, je réclamerai Castlemora quoi qu'il arrive.

— Comment ?

— C'est un domaine riche et puissant, expliqua-t-il, et je

suis certain que le roi préférera le voir aux mains d'un allié plutôt que d'un ennemi.

— Ainsi, tu récupéreras le rang que tu as perdu…

— Exactement.

Isabelle demeura silencieuse un moment, incrédule. Finalement, quoi qu'il arrive entre eux, il sortirait gagnant, tandis qu'elle courait toujours le risque d'être déshonorée ! Soudain, une terreur l'envahit à l'idée de poser sa prochaine question, mais elle était allée trop loin à présent : elle devait tout savoir !

— Ban, rendras-tu nos fiançailles publiques, si… quand nous atteindrons Glengarron ?

— Je le ferai dès que les circonstances me le permettront, lui répondit-il en posant sur elle un regard sérieux. Rien n'a changé : notre arrangement tient toujours.

— Je vois…

Elle baissa les yeux, prête à pleurer. Il s'était montré d'une franchise brutale, mais au moins elle savait à quoi s'en tenir. Elle avait été contente de son honnêteté, auparavant, et elle l'était toujours, mais cela ne l'empêchait pas de sentir quelque chose se déchirer en elle… Il ne ressentait *rien* pour elle. Il ne la voyait que comme un moyen d'atteindre son but. « Je ne vous aime pas plus que vous ne m'aimez… » Les larmes lui montèrent aux yeux, mais elle les ravala. Quelle bêtise de croire qu'il pourrait ressentir quoi que ce soit pour elle ! Elle ne pourrait le satisfaire que dans son lit — et partout où il désirerait l'emmener pour faire l'amour. Glengarron allait finalement être pour elle une prison autant qu'une libération. Elle parviendrait peut-être à fuir Murdo, mais pour se jeter entre des mains plus puissantes encore ; et plus dangereuses, à leur manière… Cet homme avait d'autres armes que celles de Murdo et pourrait la faire souffrir autant que lui s'il le décidait.

— Avant toute chose, reprit soudain Ban, nous devons atteindre Glengarron.

— J'aurais une dernière chose à te demander…

— Je t'écoute.

Isabelle, décidée, le regarda droit dans les yeux.

— Si nous ne sommes pas sauvés à temps, je te supplie de ne pas laisser Murdo me prendre vivante.

Ban demeura muet quelques instants, comme s'il tentait de déchiffrer ses pensées.

— Nous n'en arriverons pas là, répondit-il enfin.

— C'est pourtant un risque que nous courons et je préférerais mourir que de devoir me soumettre à sa volonté.

— Je te promets que tu ne seras plus jamais en son pouvoir.

— Merci…

Il lui serra doucement le bout des doigts, comme pour la rassurer.

— N'aies plus peur, murmura-t-il, tout ira bien…

Sous la chaleur de sa main, Isabelle sentit son cœur battre plus fort. Comment pouvait-on rencontrer tant de contradictions en un seul homme ? Comment pouvait-il concilier gentillesse, courtoisie, avec tant de dureté et d'ambition ? Comment un amant si passionné au lit pouvait-il garder un tel cœur de pierre ?

— Je prie pour que tu aies raison, murmura-t-elle d'une voix mal assurée.

Il lui lâcha alors la main, lentement.

— Tu devrais essayer de dormir un peu. Une longue journée nous attend, demain.

Isabelle acquiesça, trop troublée pour parler.

Ban se leva pour l'aider à se remettre sur pied. Elle hésita un instant avant de prendre sa main tendue, et quand il la sentit tout contre lui, il se rendit compte qu'elle tremblait. Ils demeurèrent un instant face à face puis, avec un petit sourire triste, elle s'écarta.

— Bonne nuit, messire.

Il la suivit des yeux tandis qu'elle s'éloignait dans la pénombre. Ban était agité d'émotions contradictoires. Leur discussion n'avait pas été facile, mais il n'avait pas voulu lui mentir. Il faudrait être fou, songea-t-il, pour laisser passer l'opportunité qui se présentait à lui : Castlemora serait son fief. Bien sûr, lorsque cela arriverait, il souhaitait pouvoir avoir Isabelle à ses côtés, la laisser habiter encore la maison de ses ancêtres. Aucune autre femme, à ses yeux, ne pourrait se montrer digne de trôner à Castlemora. Isabelle possédait une rare beauté, mais elle était aussi intelligente, honnête et courageuse… Ils pourraient former un couple solide. Depuis leur rencontre, Ban avait trouvé sa compagnie très agréable, et, contrairement aux autres femmes qu'il avait connues, il ne se lassait pas d'elle. Alors qu'elle s'était déjà recouchée, il ne parvenait toujours pas à détacher ses pensées d'Isabelle. Auprès d'elle, il se retrouvait à parler de choses qu'il n'avait jamais pu dire à personne ; elle percevait chaque nuance de ses émotions et savait plonger au cœur des problèmes. Jamais il ne parviendrait à lui mentir : elle le percerait à jour en quelques instants ! De toute façon, il n'en avait pas l'intention, de peur de baisser dans son estime — alors qu'elle ne paraissait déjà pas le considérer comme un homme bien. Evidemment, en prenant en compte leur situation inhabituelle, il ne pouvait pas vraiment l'en blâmer. S'ils parvenaient à atteindre Glengarron, il aurait le temps de lui montrer d'autres facettes de son caractère…

Hélas, malgré ses paroles rassurantes, il demeurait inquiet : leur situation était loin d'être confortable pour le moment. Tout dépendait d'Ewan, à présent… S'il parvenait à percer les lignes ennemies, ils auraient tous une chance de s'en sortir vivants. Sinon… Il valait mieux ne pas y penser tant que ce n'était pas nécessaire.

La nuit s'acheva paisiblement et tous se levèrent à l'aube pour seller leurs chevaux. Ils n'avaient plus de nourriture à partager et Ban sentait déjà la faim le tirailler. Il en était sans doute de même pour les autres, mais ils n'en dirent rien. La situation était déjà difficile à supporter pour un homme, et il n'osait imaginer ce que cela devait être pour les femmes… Malgré tout, Isabelle le salua avec un sourire courageux. Plus ému qu'il ne l'aurait été par ses larmes, il sentit son admiration pour elle grandir un peu plus. En dépit de sa jeunesse et de sa vulnérabilité, elle savait faire face à la situation sans se plaindre ; décidément, cette femme était plus forte qu'aucune autre...

Il se mit en selle et laissa Davy aider Isabelle à s'installer derrière lui. Elle se plaça avec précaution et Ban sentit finalement ses bras enlacer sa taille. Il ne put retenir un sourire : leur fuite avait au moins l'avantage de lui offrir une bonne excuse pour la garder auprès de lui.

Enfin, une fois que Nell fut assise derrière Jock, le petit groupe se mit en route. Ils progressaient lentement à présent, attentif au moindre mouvement autour d'eux. Pendant un long moment, ils se trouvèrent en terrain découvert, sans aucune cachette à perte de vue, et Ban attendait avec crainte les arbres et rochers qu'ils allaient atteindre. Ce serait l'endroit rêvé pour tendre une embuscade, et il n'avait aucune intention de se jeter tête baissée entre les griffes de leurs ennemis.

— Ces traîtres sont quelque part autour de nous, murmura Jock, les dents serrées. Je sens leur présence comme une écharde dans mon pied !

— Oui, répondit Ban, les yeux fixés sur la plaine au-devant d'eux. Hélas, nous n'avons pas le choix : il faut avancer.

— Ewan doit avoir atteint Glengarron, à l'heure qu'il est...

— Oui, si tout s'est bien passé.

— Du coup, nous pouvons espérer voir arriver des renforts d'un moment à l'autre.

Aucun d'eux n'osa mentionner la possibilité d'un échec. Malgré la chaleur du soleil, Isabelle frémit tout contre Ban.

Ils n'étaient plus qu'à quelques lieues de Glengarron, songeat-elle, à quelques lieues de la sécurité... Hélas, il lui semblait qu'ils n'atteindraient pas le domaine avant une éternité. Elle ne pouvait s'empêcher de guetter les alentours. Tout comme Jock, elle sentait confusément que l'ennemi faisait de même, tapi à quelques pas d'eux... Murdo lui-même était peut-être caché non loin. L'estomac d'Isabelle se noua à l'idée du piège qui les attendait peut-être tout proche. Elle pouvait presque voir le sourire suffisant du maître d'armes se dessiner devant ses yeux… Il s'amusait sans doute avec eux comme un chat joue avec sa proie.

Soudain, un éclat de lumière furtif jaillit d'un rocher, à une demi-lieue devant eux : le reflet du soleil sur une arme dégainée ! Ban s'immobilisa immédiatement. A peine eut-il montré l'endroit à ses hommes qu'un autre éclat de lumière attira leurs regards au sommet de la colline d'en face. Ban lâcha un juron.

— Ils se sont rassemblés en petits groupes, murmura Jock, et Dieu seul sait jusqu'où ils se sont postés ! Nous devrions peut-être essayer de les contourner… Si nous cherchons à percer à travers leurs lignes, ils nous encercleront en quelques instants.

— Même si nous parvenons à vaincre le groupe le plus proche, il y en aura sans doute un autre plus loin, soupira Ban.

— De toute manière, ils nous ont vus. Que faisons-nous, maintenant ?

— Laissons-les venir à nous, répliqua Ban en examinant rapidement les alentours. Nous n'avons qu'à nous positionner au sommet de cette colline. Regarde : la terre s'aplanit un peu au-dessous de la crête. Si nous nous plaçons là, les rochers couvriront notre dos et nos flancs ; ils ne pourront venir que par devant et peu à la fois…

— Vous voulez tenir une position en attendant les renforts ? demanda Jock.

— Nous n'avons plus d'autre choix…

Ceci dit, Ban éperonna sa monture et, suivi des autres, se dirigea vers la colline. Terrifiée, Isabelle s'attendait presque à voir des hommes jaillir de derrière les rochers pour leur barrer la route, mais ils atteignirent leur but sans problèmes. Une fois sur place, Ban mit pied à terre et se tourna vers ses hommes.

— Laissez les chevaux partir : ils nous gêneraient.

Jock et Davy obtempérèrent tandis que Ban s'approcha de Nell et d'Isabelle.

— Allez vous cacher au milieu des rochers. Vous y serez plus en sécurité.

Isabelle aurait voulu se jeter dans ses bras, pour se rassurer, mais elle ne pouvait qu'acquiescer et obéir. N'entendait-il donc pas son cœur battre à tout rompre, de là où il était ? Il la dévisagea encore un instant, en silence, puis son regard devint plus sombre. Enfin, il tira sa dague de sa ceinture et la lui tendit.

— Prenez cela. Ce n'est pas grand-chose mais cela pourra vous protéger.

Isabelle acquiesça. Une arme lui offrait aussi le choix de se supprimer si Murdo sortait vainqueur, mais aucun d'eux n'osa le dire... Avec un regard entendu, elle prit la dague sans hésiter. Il était prêt à tout sacrifier pour elle, aujourd'hui ; le moins qu'elle puisse faire était de se montrer aussi courageuse que lui.

— J'utiliserai cette arme plutôt que de me rendre à Murdo, murmura-t-elle.

Il lui serra la main d'un air ému et répondit, avec toute la distance qu'il devait conserver en public :

— Soyez courageuse, milady. Tout peut encore s'arranger...

— Que Dieu soit avec vous.

— Que Dieu soit avec nous tous, conclut-il.

Soudain, un mouvement furtif au milieu des rochers les fit sursauter : l'ennemi se rapprochait ! Isabelle compta une douzaine de silhouettes mais il devait y en avoir bien plus, en contrebas. Dans quelques instants, la plate-forme grouillerait de guerriers... Il n'y avait aucun espoir de survie pour eux ! Etrangement, cette idée renforça sa conviction et, la dague bien serrée dans sa main, elle partit rejoindre Nell. Elle entendit dans son dos Ban et ses hommes tirer leurs épées dans l'attente de l'assaut.

Les cavaliers approchaient de Ban et de ses compagnons, sans cesse plus nombreux, remplissant la vallée comme des spectres maléfiques. Rapidement, il put distinguer les détails de leurs montures et de leurs armes, puis leurs visages. Souriants, pressés d'en découdre, ils ralentirent au pied de la colline. Apercevant les trois hommes, plus haut, ils grimacèrent : de toute évidence, ils considéraient la victoire à leur portée et mirent pied à terre. La vallée entière s'emplit du fracas des armes tirées de leur fourreau, des armures grinçantes, comme ils grimpaient à pas vif, visiblement assoiffés de sang.

Ban avait bien choisi le lieu du combat. L'ascension était raide et le sentier étroit : seuls deux ou trois mercenaires pouvaient avancer de front jusqu'au refuge des fugitifs. Hélas, les trois premiers grimpèrent rapidement.

Jock raffermit sa poigne sur son épée.

— Eh bien, nous n'avons plus le choix : les voilà ! lança-t-il.

— Il y en a tellement, répliqua Davy.

— Et pourtant, ils ne sont pas encore tous là. Les plus éloignés vont sans doute mettre plus de temps à nous rejoindre…

— Si Ewan compte revenir avec des renforts, il faudrait qu'il se dépêche, reprit Davy d'un air inquiet.

— C'est certain, mon garçon, concéda Jock, mais, en attendant, tuons-en autant que nous le pourrons !

Les trois premiers mercenaires atteignirent le petit plateau quelques instants plus tard, et se jetèrent sur Ban et ses compagnons. Un fracas de métal s'éleva brutalement. Ban visa son adversaire au buste. Un coup mortel qui fut paré juste à temps. A son tour, l'homme frappa mais Ban esquiva pour remonter à l'assaut, encore et encore. Son épée fendait l'air comme un éclair et le mercenaire, acculé, dut reculer de quelques pas et trébucha sur le sol inégal. Ban se précipita dans l'ouverture et frappa l'homme à l'aine. Un gémissement de douleur suivit le coup mais, sans laisser à son adversaire le temps de se relever, Ban frappa de nouveau, au ventre. D'un coup d'œil, il aperçut Jock et Davy en plein combat de leur côté. Un cri déchira l'air, mais Ban n'eut pas le temps de chercher à savoir qui avait été touché car un second adversaire était déjà sur lui. Malgré sa taille imposante, il ne pouvait lutter contre la rapidité de Ban et tomba rapidement au sol, l'épaule en sang. Hélas, à peine avait-il touché la terre battue qu'un troisième homme jaillit de nulle part. De nouveaux cris résonnèrent, suivis de jurons, au moment où Jock et Davy achevèrent leurs ennemis. Mais les mercenaires ne cessaient d'arriver, sans pour autant parvenir à percer leur défense. Peu à peu, les rochers et les touffes d'herbe éparses se couvrirent de sang noir. Plus aucun sourire ne persistait de part et d'autre. Les mercenaires arrivaient par vagues, le regard meurtrier, pressés de venger leurs camarades.

Ban jeta un rapide coup d'œil aux corps éparpillés autour de lui, puis à la marée menaçante d'hommes, en bas de la pente ; il s'en fallait de quelques minutes avant qu'ils ne soient dépassés... Il transpirait, fatigué par le combat. Son bras droit, douloureux, tenait encore fermement son épée, mais pour combien de temps ? A ses côtés, Jock et Davy se battaient avec courage. Soudain, Ban aperçut une coulure de sang sur le cou et le torse de Jock. Etait-il blessé ? Non, il se battait toujours aussi férocement... Davy paraissait sauf également et luttait sans répit. Enfin, le dernier mercenaire tomba et, pendant quelques instants, plus personne ne monta à l'assaut.

Epuisés, le souffle court, les trois hommes virent alors une silhouette familière approcher.

— Murdo ! lâcha Ban avant de se retourner vers ses compagnons. Celui-ci est à moi, messieurs.

Le maître d'armes approcha, flanqué d'une douzaine d'hommes. Il s'immobilisa à quelques pas d'eux et examina rapidement le champ de bataille : le sol était jonché de corps et, au milieu, se dressaient Ban et ses hommes.

— Rendez-vous ! lança Murdo. Vous êtes inférieurs en nombre et aculés : vous ne pouvez gagner. Rendez-moi dame Isabelle et je vous laisserai la vie sauve.

— Bien sûr ! railla Jock.

— Si vous la voulez, répondit Ban, vous devrez venir la prendre vous-même. Mais sachez que je la défendrai jusqu'à mon dernier souffle !

La seule idée de voir Isabelle entre les griffes de Murdo le révoltait. Il raffermit sa main sur la garde de son épée et se prépara au combat. Jamais il ne trahirait sa fiancée. Jamais !

— J'aurai plaisir à vous passer sur le corps, lança Murdo.

Joignant le geste à la parole, il tira son épée et, après un rapide signe à ses hommes, s'avança. Il s'immobilisa à trois pas de Ban.

— Ce sera une immense satisfaction de vous couper la gorge, dit-il froidement.

Son regard rapace se posa alors sur Isabelle et Nell, un peu plus loin, entre les rochers ; mais il s'adressait toujours à Ban :

— Avez-vous vraiment cru pouvoir me voler ce qui m'appartient ?

— Je n'ai jamais été vôtre, Murdo, répliqua Isabelle fièrement, et je ne le serai jamais.

— Vous vous trompez, dame Isabelle. Heureusement, vous comprendrez bientôt votre erreur... Lorsque j'en aurai fini avec cet homme, peut-être que je vous prendrai ici, par terre, devant ses yeux — avant de l'achever.

Isabelle pâlit, mais Ban ne put réprimer un sourire sardonique.

— Approche donc, vantard ! Il ne faut pas vendre la peau de l'ours avant de l'avoir tué !

Murdo tourna la tête vers ses hommes et leur fit signe de se préparer. Ils avancèrent lentement, menaçants, et Ban leva son arme, flanqué de Jock et Davy.

— Tenez-vous prêts, murmura-t-il.

Jock dévisageait les treize hommes d'un regard amer.

— Si seulement nous parvenions à résister un tout petit peu plus longtemps...

Personne ne répondit. Au même instant, un tonnerre de sabots se fit entendre dans la vallée. Au loin, dans un nuage de poussière, de nombreuses silhouettes galopaient dans leur direction. Les trois défenseurs échangèrent un rapide coup d'œil inquiet.

— Voilà le reste des mercenaires, chuchota Jock. Cela va devenir intéressant...

— Intéressant et fatigant, répliqua Davy.

Murdo se tourna aussi vers les cavaliers en approche et un sourire mauvais illumina son visage.

— Prépare-toi à mourir, chien saxon !

Ban ne répondit pas. Il eut à peine le temps de songer qu'il avait failli à sa tâche de protecteur quand Murdo se jeta sur lui. Leurs deux épées se rencontrèrent dans un tonnerre métallique. Le maître d'armes était puissant, bien entraîné, et encore en pleine forme puisqu'il n'avait pas combattu... De son côté, Ban sentait ses muscles se crisper de douleur sous chaque coup de son adversaire, mais il ne pouvait s'accorder aucun répit. Il combattait à l'instinct, frappant et parant, cherchant désespérément une faille chez son adversaire. Il n'avait besoin que d'un instant de faiblesse, que d'une ouverture... Hélas, Murdo était rapide et agile. A chaque attaque, Ban craignait de voir sa lame se briser en rencontrant les plates de son armure. De plus, il commençait à fatiguer, et son angoisse grimpait à chaque instant : les cavaliers s'approchaient toujours. Il ne prit pas le risque de vérifier leur progression et garda le regard fixé sur son adversaire qui souriait d'un air vainqueur — nul doute qu'il avait, lui aussi, entendu les sabots au pied de la colline...

Redoublant d'énergie, il obligea Ban à reculer. Sans voir où il mettait les pieds, celui-ci trébucha. Il retrouva rapidement son équilibre, mais vit du coin de l'œil un éclair métallique et une violente douleur entre ses côtes le vrilla soudain. Il retint un cri et serra les dents dans l'espoir d'éloigner la douleur. Le sang, chaud, coulait sous ses vêtements. Dès que Murdo aperçut la tache sombre, son sourire se fit plus carnassier encore.

— La prochaine fois, ce sera ton cœur ! lança-t-il.

Le souffle court, Ban ne perdit pas de temps à répliquer et se jeta une fois de plus en avant. Une giclée de sang jaillit du bras de Murdo, qui lâcha un juron. Ban ne lui laissa pas un instant de répit et si Murdo échappa au coup porté à son buste, ce ne fut que grâce à son agilité. Ban ne put s'empêcher de remarquer qu'il ne fanfaronnait plus et se concentrait entièrement sur le combat.

Hélas pour Ban, la fatigue le rattrapait. Le sang battait à ses oreilles, de plus en plus fort. Soudain, il comprit : ce n'était pas son sang mais le son des sabots ! Le reste de l'armée de Murdo venait d'arriver ; tout était fini…

Tapie au milieu des rochers, Isabelle regardait la scène, horrifiée. Ban fatiguait ; il était affaibli par ses précédents combats et par la perte de sang. Cependant, malgré tout, il trouvait encore la force de se battre… Les trois hommes avaient lutté avec panache, mais ils ne pouvaient plus vaincre. Presque inconsciemment, ses doigts se refermèrent sur la garde de la dague. Si cela continuait ainsi, ils allaient tous mourir avant la fin de la journée…

Soudain, Nell agrippa la manche d'Isabelle.

— Seigneur ! s'écria-t-elle.

Isabelle suivit son regard. Au loin, un nuage de poussière s'élevait dans la vallée : un nouveau groupe de cavaliers approchait.

— Ce sont les derniers hommes de Murdo, murmura-t-elle. Nous sommes perdus…

Incapables de détourner le regard, elles observaient la troupe qui progressait au galop. Il y avait au moins cinquante cavaliers, montés sur des chevaux rapides, leurs armes scintillant au soleil. Ils portaient de solides armures de cuir, équipés chacun d'une épée et d'un bouclier. L'avant-garde portait une longue bannière représentant un oiseau de proie en vol, prêt à frapper.

— Regardez ! reprit Nell, soudain souriante. Ce ne sont pas les hommes de Murdo ! C'est Glengarron qui vient à notre secours ! Merci, mon Dieu…

Isabelle plissa les yeux pour mieux voir. Les renforts arrivaient ? Cela paraissait trop beau pour être vrai…

— Tu en es sûre ?

— Regardez la bannière. Ne porte-t-elle pas un milan rouge ?

— Seigneur, oui ! Je crois bien que oui !

Tremblante, Isabelle attrapa le bras de sa compagne.

— Oh, Nell ! Ewan a dû réussir à passer, finalement !

Le tonnerre de sabots se fit plus puissant. Les mercenaires

encore assemblés au pied de la colline avaient eux aussi reconnu la bannière et compris le danger qui les menaçait, car ils lançaient des ordres paniqués à pleine voix. Soudain, un éclat de lumière scintilla au milieu de la troupe et Murdo, l'air surpris, jeta un coup d'œil en contrebas. Il n'en fallut pas plus à Ban pour contre-attaquer. Sa lame s'enfonça au côté de Murdo, qui lâcha un gémissement de douleur. Ce dernier s'écarta de quelques pas, pressant sa main libre contre sa blessure. Un filet de sang coulait entre ses doigts crispés. Il jeta un regard froid et calculateur alentour et dut comprendre la situation car il battit en retraite, ordonnant à ses hommes de l'imiter.

Il dévala la pente d'un pas mal assuré et deux mercenaires jaillirent de derrière un rocher pour couvrir sa retraite. Isabelle aperçut immédiatement leurs arcs et poussa un hurlement de terreur en même temps que le cri d'avertissement de Ban. Davy se jeta au sol mais Jock fut trop lent et, sous le regard horrifié d'Isabelle, une flèche vint se planter dans sa poitrine. Sans un mot, il s'écroula au sol.

Ban hurla, hors de lui. Il se redressa, et lança de toutes ses forces son épée en direction de l'archer, qui s'écroula à son tour dans un cri de douleur. Le second archer se releva et tira une flèche meurtrière. Avant même de la voir, Ban sentit une violente douleur déchirer son épaule. Son assaillant, sans demander son reste, fit volte-face et dévala la pente à toutes jambes. Pendant quelques secondes, Ban l'observa, le regard flou, puis s'écroula sur le côté et sombra dans l'obscurité.

— Ban ! s'écria Isabelle.

Oubliant toute prudence, elle jaillit de sa cachette et courut s'agenouiller à ses côtés pour lui serrer fiévreusement la main.

— Ban ! Regarde-moi ! Je t'en supplie…

Mais il n'ouvrit pas les yeux. Il demeura immobile, très pâle, allongé sur l'herbe poisseuse de sang. Terrifiée, elle guetta le moindre signe de vie : une respiration, même faible, un mouvement, quoi que ce soit qui pourrait la rassurer. Hélas, elle ne découvrit rien…

— Seigneur, non… Je vous en prie, sauvez-le…

Au-dessous du petit plateau, la bataille faisait rage. Les hommes de Glengarron prenaient le dessus et, déjà, de nombreux mercenaires gisaient au sol. Peu à peu, les survivants battirent en retraite, par petits groupes, poursuivis par les cavaliers de lord Iain. Le reste de ses hommes grimpèrent à la rencontre des fugitifs, avec, à leur tête, un homme monté sur un grand cheval gris pommelé.

Les quelques mercenaires qui étaient montés jusque-là avec Murdo étaient piégés. Ils tentèrent une retraite au milieu des rochers, pour se mettre à l'abri, mais plusieurs cavaliers mirent pied à terre et partirent à leur poursuite. Isabelle, sous le choc, observait la scène sans un mot. Sa délivrance tant espérée se transformait en cauchemar… Ban était mort, ainsi que Jock… Ils avaient donné leurs vies pour elle. Soudain, de tout son cœur, elle souhaita être morte à leur place.

Un pas précipité se rapprocha alors et elle leva les yeux pour découvrir la silhouette d'Ewan. Il atteignit le plateau et embrassa la scène d'un regard horrifié. Finalement, il aperçut les corps de ses compagnons et pâlit.

— Seigneur…

Il croisa le regard épuisé de Davy, qui se redressa.

— Je suis arrivé trop tard, murmura Ewan.

Davy, aussi pâle que lui, lui posa une main fraternelle sur l'épaule.

— Ce n'est pas ta faute…

Ewan poussa un profond soupir et se tourna d'un air misérable vers Isabelle.

— Je suis navré, milady.

Avant même qu'elle ne puisse répondre, ils furent rejoints par un grand homme aux cheveux noirs, une longue épée souillée à la main. Elle examina un instant cette silhouette si imposante, puis le reconnut : Iain le Noir !

Il s'immobilisa à quelques pas d'elle et la dévisagea longuement d'un regard sombre.

— Dame Isabelle ?

Les joues humides de larmes, elle acquiesça. Iain se tourna

alors vers Davy et Ewan qui se tenaient, abattus, aux côtés de Nell. Enfin, ses yeux tombèrent sur la silhouette immobile, allongée auprès d'Isabelle. Il reconnut immédiatement Ban, et ses yeux s'emplirent d'une profonde tristesse.

Puis, soudain, il se précipita auprès de lui.

— Ban ! murmura-t-il.

Il rengaina son arme et s'agenouilla en ôtant ses gantelets, pour placer deux doigts sur le côté du cou de son ami. Son expression, d'abord soucieuse, s'illumina.

— Je sens un pouls, mais il est très faible.

Le cœur d'Isabelle bondit dans sa poitrine : Ban était vivant !

— Dieu merci ! s'écria-t-elle, soulagée.

— Nous devons l'emmener à la Montagne Sombre sans plus tarder, reprit Iain avant de se tourner vers Ewan et Davy. Allez chercher de l'aide pour transporter lord Ban et Jock jusqu'aux chevaux.

Ils obéirent précipitamment et Iain se retourna vers Isabelle.

— Vous n'êtes pas blessée, milady ?

— Non, messire, grâce à vous et à lord Ban.

— J'aurais aimé pouvoir arriver plus tôt, murmura Iain d'un air navré.

Au même instant, l'un des capitaines de Glengarron apparut au sommet du sentier.

— Je vous demande pardon, messire, dit-il, mais les derniers mercenaires — une douzaine d'hommes — se sont enfuis. Doit-on les poursuivre ?

— Oui, et amenez-moi leur chef, mort ou vif.

— Murdo a été blessé, intervint Isabelle, mais hélas je crains que ses plaies ne soient superficielles…

A ces mots, lord Iain se tourna de nouveau vers son capitaine :

— Très bien. S'ils transportent un blessé, cela ralentira leur progression. Fouillez toute la région : nous devons le retrouver.

L'homme acquiesça et tourna les talons. Malgré l'assurance de Iain, Isabelle n'était pas tranquille. Tant que Murdo était dans la nature, il restait dangereux… Lord Iain dut comprendre son angoisse, car il se radoucit.

— N'ayez crainte, milady, la rassura-t-il. Nous finirons par le trouver, ou trouver son corps.

Enfin, ils redescendirent du promontoire. Horrifiée, Isabelle découvrit le champ de bataille, jonché de corps inertes. L'air lui-même était empuanti par le sang. Rapidement, elle fut envahie d'une vague de culpabilité et de remords : tous ces hommes étaient morts pour elle ! Ban lui-même était gravement blessé… Tout cela, à cause d'elle. Un haut-le-cœur la saisit soudain et elle crut un instant qu'elle allait être malade.

Iain la dévisageait gravement.

— Savez-vous monter à cheval, milady ?

Incapable de prononcer le moindre mot, elle se contenta d'acquiescer d'un signe de tête.

— Très bien, conclut Iain. Venez.

Chapitre 11

Isabelle ne garda pratiquement aucun souvenir de la chevauchée jusqu'à la Montagne Sombre. A son arrivée, elle se trouva emportée dans un tourbillon d'hommes, de chevaux, d'ordres fusant de partout tandis que les blessés étaient conduits à l'intérieur. Elle tenta d'apercevoir Ban mais ne le vit qu'un bref instant alors que plusieurs hommes l'éloignaient dans la foule. Finalement, elle fut conduite à la grande salle. Un groupe de domestiques s'affaira, répondant aux ordres fermes de Iain. Perdue et sous le choc, Isabelle se tenait à l'écart, soucieuse de ne gêner personne. Malgré la présence de Nell à ses côtés, elle se sentait plus seule que jamais au milieu de toute cette agitation…

Enfin, une autre femme apparut, très belle avec ses cheveux fauves et ses grands yeux bleus. Elle était enceinte, mais, malgré son ventre rond et sa petite taille, elle dégageait une aura d'autorité naturelle qui surprit Isabelle. En observant la nouvelle venue, elle fut prise d'un tremblement incontrôlable : ce devait être Ashlynn ! Comme elle s'approchait, Isabelle remarqua son extrême pâleur. Ce n'était pas étonnant, vu les circonstances ; Ban avait bien dit qu'ils étaient tous les deux très proches… Comment Ashlynn allait-elle accueillir la femme responsable de la grave blessure de son frère ?

En voyant son épouse approcher, Iain s'avança à sa rencontre.

— Nous avons une invitée, mon amour, dit-il. Dame Isabelle de Castlemora.

Le cœur battant, Isabelle salua, et Ashlynn inclina la tête avec douceur.

— Bienvenue, dame Isabelle, dit-elle. Vous n'avez rien à craindre, ici : vous êtes entourée d'amis.

Sa voix était étonnamment gentille et des larmes de gratitude montèrent aux yeux d'Isabelle. Elle parvint tout de même à murmurer un remerciement brouillon.

— Vous venez de vivre un enfer, reprit Ashlynn. Vous devez être épuisée…

Gênée, Isabelle protesta :

— Ne vous souciez pas de moi, dame Ashlynn.

— Je refuse de vous laisser affronter vos épreuves seule : je sais, mieux que personne, ce que l'on ressent lorsque l'on fuit des gens qui ne vous veulent que du mal.

Ban avait raconté une part de son histoire et de celle de sa sœur à Isabelle, et elle ne pouvait que remercier son hôtesse pour sa bonté. Ashlynn avait fait face à ses propres épreuves sans aide, sans soutien, songea-t-elle. Décidément, cette femme méritait l'admiration…

— Sans lord Ban, reprit Isabelle, je n'aurais jamais pu m'échapper. Est-il… Va-t-il guérir ?

Ashlynn baissa les yeux.

— Les médecins sont à son chevet, en ce moment.

— Je vois…

— Reposez-vous un peu, nous pourrons parler plus tard. Une chambre a été préparée pour vous. Morag vous montrera le chemin.

La chambre en question était spacieuse et joliment meublée. De la fenêtre, on avait une vue imprenable sur la la vallée, en contrebas. Cependant, Isabelle ne se sentait pas d'humeur à admirer le paysage. A ses côtés, Nell la dévisageait d'un air inquiet.

— Vous devriez vous reposer, dit celle-ci. Vous paraissez épuisée.

Elle hésita un instant, puis poursuivit :

— Vous rendre malade ne rendra pas les choses plus faciles.

— Je le sais bien ! Seulement, je ne veux pas m'occuper de moi alors que Ban est en danger…

— Il est entre de bonnes mains, milady. Les médecins de la Montagne Sombre sont réputés pour leur talent.

— J'ai tout de même peur pour lui, avoua Isabelle. Il a perdu tellement de sang…

— C'est un battant, vous savez. Il n'abandonnera pas la lutte, quoi qu'il arrive.

— Prions pour que tu aies raison.

Nell demeura un instant silencieuse, avant de reprendre d'une voix ferme :

— J'ai vu beaucoup de guerriers dans ma vie, milady, et je sais reconnaître un survivant quand j'en vois un.

A ces mots, Isabelle se rappela ce qu'elle savait du passé de Ban et une lueur d'espoir naquit en elle.

— Il a déjà survécu à d'autres blessures, en effet.

— Et de pires, j'en suis certaine !

— Peut-être, admit Isabelle. Espérons seulement qu'il ne contracte pas de fièvre.

— Nous aurons tout le temps de nous en inquiéter si cela se produit, lui répondit Nell. En attendant, je vous en prie, reposez-vous.

Epuisée, en effet, Isabelle se laissa convaincre, retira sa cape et s'allongea sur le lit.

— Nell ? appela-t-elle encore. Viens me réveiller s'il y a la moindre nouvelle…

— Bien sûr, milady.

Rassurée, Isabelle ferma les yeux et fit une courte prière silencieuse avant de sombrer dans le sommeil.

Elle ne se réveilla qu'à la tombée de la nuit. Apaisée par sa sieste, elle se passa un peu d'eau sur le visage et se recoiffa. Peu à peu, elle commençait à retrouver un semblant de tranquillité. Sa robe, hélas, était dans un état lamentable, après les aventures des deux derniers jours, et il n'y avait sans doute rien à faire pour l'arranger. Soucieuse, elle laissa courir ses doigts sur l'étoffe déchirée et poussiéreuse de la jupe. Elle n'allait tout de même pas paraître devant ses hôtes dans une telle tenue... Hélas, elle n'avait pas le choix. Sans doute lord Iain et dame Ashlynn lui pardonneraient-ils son accoutrement, au vu des circonstances. La première chose à faire était d'arranger sa mise tant bien que mal et d'aller prendre des nouvelles de Ban !

Lorsqu'elle atteignit la grande salle, elle aperçut Iain en compagnie de son épouse et de nombreuses autres femmes qu'elle ne connaissait pas. Soudain, elle se sentit déplacée, dans sa robe en lambeaux, et hésita un instant sur le palier. A l'instant où elle s'apprêtait à s'éloigner, cependant, Ashlynn l'aperçut.

— Dame Isabelle ! Je vous en prie, venez vous asseoir.

Intimidée, Isabelle traversa la salle sous les regards curieux des femmes. Qu'allaient-elles penser d'elle ? Depuis son arrivée, les nouvelles avaient dû circuler. Tout le monde devait savoir qui elle était et ce qui l'avait amenée à Glengarron... Et tout le monde devait aussi avoir appris que Ban avait été gravement blessé par sa faute.

Ashlynn dut sentir la nervosité de son invitée, car elle sourit avec gentillesse.

— Vous paraissez un peu plus en forme, dame Isabelle, même si vous êtes encore bien pâle...

— Je me sens mieux, merci, répondit Isabelle. Avez-vous des nouvelles de lord Ban ?

— Meg a retiré la flèche et refermé la plaie. Ses autres blessures sont moins profondes, mais il a tout de même perdu beaucoup de sang. Ce dont il a le plus besoin, à présent, c'est de repos et de temps pour guérir.

— Il va donc guérir ?

— Je l'espère de tout cœur.

Légèrement soulagée, Isabelle sentit une larme perler au coin de son œil.

— Il a été si bon pour moi, reprit-elle, et il a fait tant de choses pour m'aider… S'il meurt maintenant, ce sera par ma faute…

— Non, coupa Ashlynn avec douceur. Ce n'est en aucun cas votre faute, j'en suis certaine.

— Hélas, si je n'avais pas été là, il aurait pu rentrer sain et sauf. Il aurait *dû* rentrer sain et sauf…

— Dites-moi ce qui s'est passé, déclara alors Ashlynn d'un air soucieux.

Elle conduisit Isabelle à l'écart pour qu'elle puisse parler librement et l'installa près de la cheminée, avant de tirer une chaise pour elle-même.

— Vous pouvez tout me dire.

Isabelle lui conta donc la mort de son père et reçut les condoléances de sa compagne. Lorsqu'elle décrivit le meurtre de Hugh et les événements qui avaient suivi, Ashlynn parut choquée et horrifiée.

— Ce Murdo est un homme maléfique ! s'écria-t-elle.

— Hélas, il est capable du pire et ne connaît pas le remords…

Malgré la minutie qu'elle employa à raconter leur fuite, elle préféra passer sous silence la nature de sa relation avec Ban, trop honteuse pour confesser l'accord passé avec son père. Elle ne dit rien de leurs fiançailles secrètes. Ban aurait sans doute souhaité garder le secret et elle ne le trahirait pas — bien qu'il lui devînt de plus en plus difficile de ne rien avouer. Ashlynn devina peut-être que son invitée lui cachait certaines choses, mais elle eut le tact de n'en rien dire et Isabelle lui en fut reconnaissante.

— Mon frère est solide, lança-t-elle enfin pour rassurer Isabelle, et sait faire preuve de beaucoup de volonté. Autrefois, lors de notre première arrivée ici, il était si près de la mort que tous désespéraient, mais il s'est battu et a survécu…

— Oui, il m'a raconté qu'il était arrivé grièvement blessé à Glengarron.

— Que voulez-vous ? Il a un certain goût pour le danger.

A ces mots, le cœur d'Isabelle se serra.

— Je n'ai jamais vu d'homme plus courageux ou de guerrier mieux entraîné, murmura-t-elle.

— Oui, moi-même, je ne connais qu'un homme capable de le vaincre…

— Qui cela ?

— Mon époux.

Isabelle jeta un rapide coup d'œil à lord Iain, de l'autre côté de la pièce. En le voyant, si grand et si autoritaire, on ne pouvait en douter. Malgré sa courtoisie envers elle, Isabelle ne pouvait s'empêcher d'être intimidée par lui. Il était presque impossible de trouver un homme plus charismatique, plus puissant que lui — à part Ban, bien entendu… Elle devait tant de choses à son fiancé, et à sa famille, que la culpabilité la submergea de nouveau. Elle devait à tout prix trouver un moyen de les dédommager des peines qu'ils prenaient pour elle, ou du moins de se rendre utile pendant son séjour…

— Ban va sans doute avoir besoin de beaucoup d'attention pendant plusieurs jours, dit-elle alors, et je serais heureuse de vous aider autant que possible.

Ashlynn répondit par un sourire.

— C'est très gentil à vous, je vous remercie. Meg et ses assistantes doivent s'occuper de nombreux blessés ; je suis sûre qu'une paire de mains supplémentaire ne serait pas de trop.

— Je serais ravie de leur prêter main-forte.

Ashlynn la remercia encore et poussa un profond soupir.

— Comme j'en suis à la fin de ma grossesse, je ne peux me rendre très utile, dit-elle. Je me fatigue beaucoup plus vite qu'avant…

Isabelle parvint à sourire, même si cela lui faisait mal. Le ventre rond de sa compagne lui rappelait son propre échec et sa propre humiliation…

— C'est compréhensible, parvint-elle tout de même à répondre. Dites-moi seulement ce dont vous avez besoin.

— Dieu vous bénisse. Votre aide sera très appréciée…

— C'est bien le moins que je puisse faire après tout ce que Glengarron a fait pour moi…

Ce n'était bien sûr qu'une partie de la vérité. Elle n'avait pas uniquement proposé son aide par pure gratitude, mais surtout parce qu'elle désirait à tout prix rester auprès de Ban — même s'il ne devait en garder aucun souvenir à son réveil.

Après que ses plaies avaient été pansées, Ban était resté longtemps inconscient, affaibli par sa perte de sang. Meg vint chaque jour à son chevet changer ses bandages et surveiller la cicatrisation. Par bonheur, aucune infection ne s'installa et Ban souffrait peu grâce au vin et aux décoctions de pavot qu'on lui administrait.

Un jour, alors qu'Isabelle se tenait à son chevet pendant les soins prodigués par Meg, cette dernière lui confia :

— Le sommeil est le meilleur traitement que nous puissions lui offrir pour le moment. Le repos aide la plaie à cicatriser.

— Combien de temps durera sa convalescence, selon vous ? demanda Isabelle.

— Deux, peut-être trois semaines. Mais il lui faudra beaucoup plus de temps avant de retrouver toute son énergie. Il a eu beaucoup de chance, vous savez : si la flèche s'était enfoncée plus loin, elle aurait sans doute percé son poumon…

A cette idée, Isabelle ne put retenir un frisson.

— Oui, il a eu beaucoup de chance.

Meg se leva enfin et se dirigea vers la porte. Au moment de sortir, elle se retourna vers Isabelle.

— Si vous voyez le moindre changement, appelez-moi.

— Très bien, répondit Isabelle.

Meg quitta la pièce et referma sans bruit la porte derrière elle. Assise au pied du lit, Isabelle se contenta de couver Ban d'un regard bienveillant. Il dormait profondément. Sous sa barbe naissante, il restait très pâle et cerné. Ses pommettes semblaient plus saillantes que d'habitude et des bandages d'un blanc éclatant enveloppaient son épaule et son torse.

Elle se pencha lentement vers lui.

— Ne meurs pas, murmura-t-elle. Je t'en supplie, ne meurs pas…

Depuis son arrivée, elle avait appris à ne plus avoir peur pour elle-même. La seule chose qu'elle craignait encore était de devoir faire face à un avenir sans lui…

Une semaine plus tard, Ban finit par reprendre conscience. Il émergea d'un voile d'ombres et observa un long moment sa chambre, étonné. Il reconnaissait vaguement l'endroit mais comment diable était-il arrivé jusque-là ? Il ne se souvenait que d'images confuses : une colline sous le ciel clair, et des hommes qui combattaient partout… Il s'étira mais une violente douleur lui traversa l'épaule.

— Ne bouge pas, tu vas rouvrir les plaies.

Qui venait de parler ? Avec un grand effort, il parvint à se retourner et découvrit Ashlynn à ses côtés. Il lui adressa un faible sourire, et elle fit de même.

— Dieu merci, tu vas bien, murmura-t-elle. Tu nous as fait très peur, mon frère.

— Depuis combien de temps suis-je ici ?

Elle lui répondit, mais, stupéfait, il ne parvint pas à comprendre la durée immédiatement.

— Tu es resté inconscient la plupart du temps depuis ton arrivée, ajouta-t-elle.

— Et comment ai-je… ?

La douleur dans son épaule l'interrompit. Il baissa les yeux sur ses bandages et quelques souvenirs lui revinrent soudain. Envahi d'une vague d'angoisse, il s'agrippa à l'ourlet de sa couverture.

— Isabelle ! s'écria-t-il. Où est-elle ? Que lui est-il arrivé ?

Ashlynn, sans doute soucieuse à la vue de son agitation, répondit précipitamment :

— Elle est ici, mon frère. Elle est en sécurité dans le château.

— A-t-elle été blessée ?

— Non, rassure-toi.

— Tant mieux… L'espace d'un instant, j'ai cru que…

Il s'interrompit une nouvelle fois, la bouche sèche comme de la paille. Les souvenirs affluaient de plus en plus vite.

— Jock est mort, lâcha-t-il d'une voix blanche.

— Oui. Je suis navrée…

— Et que va-t-il arriver à sa famille ?

— Iain a déjà rendu visite à sa femme. On s'occupera bien d'elle et des enfants.

Ban poussa un soupir de soulagement teinté d'amertume.

— Jock leur manquera cruellement, quoi que nous fassions, dit-il. C'était un ami loyal et un guerrier très courageux…

— Oui, en effet.

— Mais sa mort sera vengée, je le jure ! reprit-il d'un ton ferme, avant d'être envahi par une nouvelle inquiétude. Davy et Ewan ? Ont-ils réussi à… ?

— Ils vont très bien, tous les deux.

— Grâce au ciel, soupira-t-il.

Il demeura muet un instant, avant de poser la question qui lui tenait le plus à cœur :

— Qu'est-il arrivé à ce traître de Murdo ?

— Iain a envoyé ses hommes à sa recherche, mais ils n'ont pas encore trouvé la moindre trace de lui.

— Bon sang ! Il faut poursuivre les recherches : tant que cette brute sera vivante, nous serons en danger !

— Ses hommes ont été décimés et lui-même est blessé, murmura Ashlynn d'une voix douce. Il ne représente plus un grand danger, à présent.

— Tu ne le connais pas, Ash ! Il est obstiné, il poursuivra son but et ne reculera devant rien pour l'atteindre… Il veut Isabelle. Tant qu'il vivra, elle ne sera jamais sauve.

Ashlynn dévisagea un instant son frère. Elle aurait voulu lui poser tant de questions au sujet d'Isabelle, mais il était trop tôt pour cela. Leur courte discussion semblait déjà l'avoir épuisé…

— Isabelle est en sécurité pour le moment, se contenta-t-elle de dire. Rien ne peut lui arriver entre ces murs. Tu ferais mieux de dormir un peu…

Ban dut sentir que son corps en avait profondément besoin, car il ne prit même pas la peine de protester.

— Est-ce que tu reviendras me voir, plus tard ? demanda-t-il.

— Bien sûr ! Personne ne pourra m'empêcher de veiller sur mon frère.

Sa sœur se leva sans un bruit et sortit en refermant doucement la porte derrière elle. Ban ferma les yeux dans l'espoir d'étouffer la douleur qui cisaillait son épaule. Soudain, l'image d'Isabelle lui apparut. Elle était saine et sauve, c'était le principal. *Elle est ici… entre ces murs.* Cette simple idée l'emplit d'émotions contradictoires : soulagement, espoir, tristesse… Il avait tout risqué pour elle, même sa vie, et avait perdu un ami qui lui était cher. Ou plutôt, il avait pris ces risques et avait perdu Jock pour satisfaire sa propre ambition, ses propres désirs. Ashlynn n'avait pas mentionné ses fiançailles, ce qui était étrange car elle n'aurait pas manqué de le faire si elle avait été au courant… Isabelle avait donc gardé le silence sur ce point ? Il aurait pourtant été dans son intérêt de profiter de sa convalescence pour l'annoncer à tout le monde. Pourquoi n'avait-elle rien dit ? De nombreuses autres femmes ne s'en seraient pas privées, à sa place… Ban avait su dès le départ qu'elle ne supportait pas l'idée d'une relation clandestine, mais il avait tout de même suivi ses propres désirs sans vraiment se soucier d'elle. Avec le recul, il se sentit coupable et un peu honteux…

Comment aurait réagi Ashlynn si elle avait appris cet arrangement ? Elle l'aurait sans doute pris entre quatre yeux et aurait exigé qu'il annonce publiquement son union avec Isabelle… Jamais elle n'aurait accepté qu'il entretienne plus longtemps ce secret, même pour s'assurer de la naissance d'un héritier. Depuis la guerre, Ashlynn avait développé un profond instinct de protection envers ceux qu'elle considérait comme vulnérables. Et Isabelle était particulièrement vulnérable, personne ne pouvait le nier. « Rien n'a changé : notre arrangement tient toujours. » Seigneur, que ces mots paraissaient vides de sens, à présent ! Depuis leur retour à Glengarron, tout avait changé, au contraire, et la situation était plus complexe que jamais, songea Ban. Même les sentiments n'étaient plus simples. Des émotions inhabituelles et troublantes l'envahissaient chaque fois qu'il pensait à Isabelle… Il n'avait aucune expérience en matière de couple, rien qui puisse l'aider à comprendre ce qui lui arrivait. Rien qui puisse l'apaiser…

Chapitre 12

A son réveil suivant, Ban se sentit en meilleure forme. Il avait enfin les idées claires. Lorsqu'il tourna la tête, il aperçut une femme, à la fenêtre. Elle lui tournait le dos et sa silhouette se détachait dans la lumière du soir, mais il connaissait bien sa robe.

— Ashlynn ? Pourrais-tu m'apporter un peu d'eau ?

La femme répondit d'une voix douce et Ban sursauta presque : ce n'était pas Ashlynn ! Le cœur battant, il la reconnut enfin.

— Isabelle ! Que fais-tu ici ?

— Dame Ashlynn se repose et je suis venue veiller sur toi.

— Je vois…

L'espace d'un instant, ils se dévisagèrent en silence. Elle portait l'une des robes de sa sœur, celle en lainage vert sapin. Ashlynn devait la lui avoir prêtée. *Tant mieux*, songea Ban, *cette couleur lui va très bien…*

Comme gênée sous son regard, elle baissa les yeux.

— Je vais te chercher de quoi boire, dit-elle.

Sans un mot, il la suivit des yeux tandis qu'elle se rendait à la table et remplissait un verre d'eau qu'elle lui apporta. Elle s'assit avec précaution sur le bord du lit et se pencha vers lui. Un léger parfum de lavande l'enveloppait, aussi inattendu et déconcertant que sa présence à son chevet, songea Ban. Elle leva la coupe à ses lèvres et il but, dans l'espoir de masquer son trouble soudain. Cela lui laissait au moins le temps de mettre un peu d'ordre dans ses pensées.

— Merci, murmura-t-il lorsqu'elle se redressa.

Elle alla replacer la coupe sur la table et commenta par-dessus son épaule :

— Tu as l'air d'aller un peu mieux, aujourd'hui.

Surpris, Ban fronça les sourcils.

— Aujourd'hui ? Tu es déjà venue me veiller ?

— Oui, de nombreuses fois.

Elle s'était donc déjà assise dans cette chambre, pour le regarder dormir ? L'idée avait à la fois quelque chose de dérangeant et d'agréable…

— Je voulais me rendre utile, poursuivit-elle, et cela paraissait le moins que je puisse faire étant donné les circonstances.

— Je te remercie de tout cœur.

— C'est plutôt à moi de te remercier, répondit-elle d'une voix douce.

— Je ne veux pas de ta gratitude, Isabelle.

Il avait parlé d'un ton plus sec qu'il ne l'avait voulu et elle détourna le regard. Quel idiot ! Avait-il besoin de se montrer si dur ?

— Je veux dire, reprit-il, que tu ne me dois rien…

— Ce n'est pas vrai et nous le savons tous les deux ! Si je n'avais pas été là, rien de tout cela ne serait arrivé…

— Tu n'as aucune raison de te sentir coupable, la rassura-t-il. Murdo est le seul responsable de ce que nous avons dû traverser.

Le nom du maître d'armes parut résonner un instant dans la chambre, éveillant de douloureux et amers souvenirs. Isabelle eut une moue de répulsion.

— J'espère de tout cœur qu'il a succombé à sa blessure, reprit-elle finalement. Au moins, mon frère serait vengé.

— C'est certain, bien que j'aurais préféré pouvoir le tuer de mes propres mains.

— Plus vite il mourra, mieux cela vaudra pour nous tous, ajouta Isabelle. Sans cela, nous risquons d'avoir bientôt un bain de sang sur la conscience…

— Que veux-tu dire ? demanda Ban, surpris.

— Il a l'intention d'aller réclamer ma dot aux Neil.

— Ah…

— Hélas, je les connais : ils préféreront mourir plutôt que d'abandonner un seul penny. Cela risque de s'achever en carnage…

— Je comprends.

Isabelle poussa un profond soupir.

— Je ne veux voir personne mourir pour de telles broutilles. Je n'aurais même pas souhaité la mort d'Alistair pour cela !

Alistair, son défunt mari ? Surpris par cette amertume, Ban ne put s'empêcher de l'interrompre.

— Pardonne-moi, je ne suis pas certain de comprendre ce que tu veux dire par là…

— Pour être honnête, il n'y a jamais eu la moindre tendresse entre lui et moi.

Jamais Ban n'aurait pensé entendre une telle douleur dans la voix d'Isabelle. Soudain, il remit en cause tout ce qu'il croyait savoir à son sujet.

— La tendresse aurait pu venir avec le temps, répondit-il.

— Certainement pas : le temps n'aurait fait aucune différence, répliqua-t-elle. Mon ancien époux était une brute. Même si je n'ai jamais réellement souhaité sa mort, je n'ai jamais non plus souhaité qu'il survive à son accident de chasse…

Ban demeura silencieux un instant. Beaucoup de choses prenaient brusquement sens à ses yeux. Il se rappela alors l'une de ses premières conversations avec elle, après leurs fiançailles. « Aucune femme ne peut trouver de plaisir dans le lit conjugal », avait-elle dit. Tout devint clair pour lui. Ce qu'elle avait subi durant son premier mariage était sans doute l'une des causes qui l'avaient fait voir leurs fiançailles d'un mauvais œil… Avait-elle eu peur qu'il la fasse souffrir ? Cette seule idée le révoltait ; il devait à tout prix en savoir plus pour la rassurer !

— Ton père n'était tout de même pas au courant du vrai caractère d'Alistair lorsqu'il a approuvé le mariage ?

— Non. Je pense sincèrement qu'il l'ignorait, répondit-elle dans un soupir. Cette union paraissait bonne à tout point de vue. Je suis d'ailleurs moi-même à blâmer pour n'avoir pas su voir la vérité au-delà des apparences…

— Tu n'es ni la première, ni la dernière à faire cette erreur, hélas.

— Est-ce que tu parles d'expérience ? demanda-t-elle d'un air curieux.

Ban hésita un instant. Il n'avait pas vraiment envie de réveiller de douloureux souvenirs, mais il devait lui répondre.

— Autrefois, je suis tombé amoureux d'une belle femme, mais j'ai rapidement découvert ce que cachait vraiment sa beauté…

Il ne put retenir un petit sourire d'amertume.

— J'étais très jeune, à l'époque, ajouta-t-il en manière d'excuses.

— Comment s'appelait-elle ?

— Béatrice.

Embarrassé, il remua dans son lit mais fut vite rappelé à l'ordre par une douleur à l'épaule. Son erreur au sujet de Béatrice l'avait conduit dans une flaque de boue, entouré par quatre hommes qui lui avaient appris à coups de poing et de pied le prix de son arrogance…

Isabelle le fixait d'un regard grave.

— Elle t'a fait souffrir, n'est-ce pas ? demanda-t-elle.

Ban ne souffrait plus des blessures qu'il avait reçues ce jour. La chair cicatrise. L'humiliation, en revanche, ne faiblit jamais… Tout ce qu'il pouvait faire était de l'enterrer au plus profond de lui pour l'étouffer — temporairement.

— Tout cela s'est passé il y a très longtemps, répondit-il. Cela n'a plus aucune importance aujourd'hui.

— Si tu le dis…

Ban évita son regard et reprit froidement :

— Si cela ne te dérange pas, j'aimerais dormir un peu.

— Bien sûr.

— Tu n'as pas besoin de rester. Je suis certain que tu as mieux à faire que de jouer les gardes-malades.

Ceci dit, il ferma les yeux pour clore la conversation. Isabelle ne protesta pas et il l'entendit s'éloigner. La porte se ferma doucement, plongeant la chambre dans un profond silence. Il était seul. Il aurait sans doute dû se sentir soulagé, mais une profonde détresse l'envahit.

Isabelle ne retourna pas dans sa chambre et préféra monter au sommet de la tour. Au bout d'un étroit couloir, une petite porte ouvrait sur une terrasse d'où l'on voyait toute la vallée ponctuée de collines. Personne ne montait jamais ici et elle-même n'avait découvert cet endroit que par accident, peu de temps après son arrivée au château. Pour le moment, elle avait besoin de solitude, et la terrasse isolée paraissait le meilleur endroit pour cela. Envahie par une tristesse trouble, elle s'adossa contre la pierre chaude du mur et tenta de chasser Ban de ses pensées. Après tout, pourquoi se soucier de lui ? Il lui avait très clairement fait comprendre qu'il ne voulait pas de sa compagnie… Son expérience des relations de couple aurait dû la préparer à un rejet, à un moment ou à un autre.

Elle poussa un profond soupir. Comment se faisait-il que certaines femmes paraissent posséder un savoir inné pour plaire à leur époux, tandis qu'elle en était complètement dépourvue ? Son miroir lui renvoyait une image agréable, mais la beauté physique ne faisait pas tout… D'ailleurs, Alistair Neil l'avait trouvée séduisante et cela ne lui avait pas suffi pour lui donner du plaisir — pas de la manière qu'il souhaitait en tout cas. Ban aussi l'avait trouvée assez belle pour s'unir à elle, pour la coucher dans son lit, même pour la sauver lorsqu'elle avait été en danger, mais il n'était pas amoureux d'elle. Elle n'était pour lui qu'une possession de plus, au même titre que son cheval ou son épée… « Aucun homme ne m'arrachera ce qui m'appartient. » Il avait été blessé et avait perdu un ami pour elle ; ce n'était pas étonnant qu'il lui en veuille, à présent ! Elle avait espéré être capable de le combler et, au contraire, elle lui avait laissé des souvenirs terribles qu'il ne pourrait jamais oublier… La seule consolation qu'elle parvenait encore à trouver au milieu de ce chaos était la certitude qu'il était sur la voie de la guérison et que les efforts qu'elle avait accomplis pour l'aider ne seraient pas vains. A présent qu'il était hors de danger, il n'aurait plus besoin de quelqu'un en permanence à son chevet — elle n'avait pas à y retourner de sitôt et c'était peut-être la meilleure solution pour eux deux.

Durant les trois jours qui suivirent, le cœur de Ban bondit dans sa poitrine chaque fois que la porte de la chambre s'ouvrit, mais Isabelle ne revint pas. Elle avait dû prendre ses paroles à cœur et ne reparaîtrait pas à ses côtés…

Ashlynn, qui rendait souvent visite à Ban, l'observait avec inquiétude. Ses blessures guérissaient, il était même capable de s'asseoir dans son lit et de manger convenablement, mais il paraissait terriblement abattu… Il se montrait de même particulièrement tendu, depuis plusieurs jours. Ashlynn attribua d'abord ce changement à la douleur mais, lorsqu'elle lui demanda si ses blessures le faisaient souffrir, il nia. Que lui arrivait-il donc ?

— Je n'aime pas te voir comme cela, Ban, dit-elle un jour. Dis-moi ce qui ne va pas.

— Tout va bien, je t'assure, protesta-t-il.

— Dans ce cas, pourquoi te comportes-tu comme un ours mal léché, ces temps-ci ?

Il crispa un instant les mâchoires ; elle avait sans doute touché un point sensible. Finalement, il répondit :

— Je suis juste fatigué et je m'ennuie, ici. Je ne supporte plus de rester allongé toute la journée, c'est tout !

— Ne t'inquiète pas : tu pourras bientôt te lever.

— Vivement que cela arrive !

— Nous partageons tous ton impatience, sois-en certain.

Ban poussa un profond soupir plein d'amertume.

— Je suis désolé, Ash, dit-il d'une voix plus douce. Je ne voulais pas me montrer ingrat — ou désagréable. Seulement, je n'ai rien à faire, dans cette chambre…

— Bien essayé, mon frère. Si je te connaissais moins, tu aurais presque pu me convaincre…

— Très bien, admit-il. J'ai quelques soucis en tête, et j'ai du mal à trouver le repos.

— Et ces soucis ont-ils quelque chose à voir avec dame Isabelle, par le plus grand des hasards ?

Ban leva un regard agacé vers elle.

— Qu'est-ce qui te fait dire cela ?

— Voyons voir… Elle ne vient plus à ton chevet depuis quelque temps, tu es perpétuellement de mauvaise humeur, et de son côté, elle paraît très abattue.

Elle se tut un instant, puis, comme il ne répondait pas, reprit :

— Est-ce que j'ai bien compris la situation ?

De nouveau, Ban poussa un soupir.

— C'est ma faute, murmura-t-il. Je lui ai parlé plus durement que je ne le voulais et je pense que je l'ai blessée…

— Dans ce cas, pourquoi ne pas t'excuser ?

— Ce n'est pas aussi simple…

— En tout cas, lui fit-elle remarquer avec douceur, je pense que ce serait déjà un bon début.

— Seigneur, Ash ! Crois-tu vraiment que je n'ai pas pensé à tout cela ?

— Et qu'est-ce qui t'arrête, alors ?

— J'ai peur qu'elle n'accepte pas de m'écouter…

— Accorde-lui au moins le bénéfice du doute.

Ces derniers mots résonnèrent longuement en Ban. Plus il réfléchissait à la situation, et plus son statut d'invalide lui pesait. Il fallait à tout prix qu'il parle avec Isabelle, mais comment le faire tant qu'il restait cloué dans son lit ? Quatre jours plus tard, il décida qu'il était temps de se lever et l'annonça à Ashlynn.

A cette nouvelle, elle poussa un soupir découragé.

— J'imagine que cela ne servirait à rien de te demander de rester dans ta chambre plus longtemps ? demanda-t-elle.

— En effet, ce serait inutile, répondit-il fermement.

De toute manière, son épaule ne le faisait presque plus souffrir, tant qu'il n'essayait pas de se servir de son bras, et sa plaie au côté cicatrisait très bien.

— Dans ce cas, reprit Ashlynn, veux-tu que je t'aide à enfiler une chemise ?

— Oui, et j'aurais aussi besoin de me raser.

— Pourquoi donc refuses-tu de te laisser pousser la barbe, comme les autres hommes ?

— Parce que cela gratte et me rend fou !

— Tu es déjà fou, mon frère, et cela n'a rien à voir avec la barbe !

Surpris, il lui lança un rapide regard en coin auquel elle répondit par un sourire.

S'habiller et se raser lui prirent beaucoup de temps, mais il finit par être prêt à retrouver Isabelle. Il se dirigea vers la porte d'un pas décidé mais, au moment de sortir, une hésitation l'arrêta. Le château était immense : comment la retrouver ? Il n'avait pas encore la force de parcourir tous les couloirs à sa recherche.

Au bout du compte, il se tourna vers sa sœur.

— Où est-elle ?

— Je ne sais pas, mais tu peux toujours essayer la terrasse du toit…

L'escalier n'était pas loin et Ban fut rapidement devant la porte. Il prit une profonde inspiration avant de l'ouvrir. Hélas, la terrasse était vide. Déçu, il profita tout de même un instant de l'extérieur, heureux de pouvoir respirer l'air frais de nouveau et de sentir la caresse du soleil sur sa peau. Accoudé au parapet, il observa l'immensité de la vallée. Nombre de ses compagnons ne seraient plus jamais capables de profiter d'une telle vue… Dès qu'il serait en état de monter à cheval, il rendrait visite à la veuve de Jock, décida-t-il. Il lui devait bien cela.

Soudain, la porte grinça et il se retourna dans un sursaut. Isabelle apparut sur le seuil. De toute évidence, elle n'avait pas remarqué sa présence à l'angle de la terrasse. Après avoir refermé la porte, cependant, elle leva les yeux et l'aperçut.

— Ban, dit-elle avec un sourire spontané.

Mais, bien vite, son visage se rembrunit.

— Je… Je pensais que tu étais toujours alité.

— Je ne supportais plus de rester immobile.

— En tout cas, je suis ravie de te voir sur pied de nouveau.

— J'ai eu la chance d'avoir eu une très bonne garde-malade et je crains de n'avoir pas été un patient très docile…

Isabelle baissa les yeux.

— Nell dit que les guerriers sont souvent insupportables lorsqu'ils sont blessés.

— Elle a raison, soupira Ban. Nous avons souvent du mal à accepter de devoir rester enfermés trop longtemps…

— Dans ce cas, je vais te laisser profiter de ta nouvelle liberté, lui répondit-elle en se tournant de nouveau vers la porte.

— Isabelle, reste.

Ses mots tenaient à la fois de l'ordre et de la supplique. Sans doute surprise, elle fit volte-face, et Ban la rejoignit en quelques pas.

— Je dois te parler, ajouta-t-il.

Elle leva les yeux vers lui, faisant visiblement un grand effort pour résister à l'envie de partir.

— Messire ?

— Je tiens à m'excuser pour mon comportement mesquin de l'autre jour.

Elle parut particulièrement surprise, remarqua-t-il, un peu amusé. Bien sûr, ce n'était pas étonnant, étant donné ses paroles amères de la dernière fois…

— Tu n'étais pas toi-même, répondit-elle enfin d'une voix neutre.

— En effet, mais ce n'est pas une excuse.

Il hésita un instant, puis poursuivit :

— Je voulais m'excuser plus tôt, mais tu n'es pas revenue me voir.

— Je pensais que tu n'apprécierais pas ma compagnie…

— Je comprends. Malgré tout, j'aurais apprécié que tu reviennes.

— Vraiment ?

— Bien sûr !

— Oh… Je pensais que…

Elle s'interrompit, le feu aux joues.

— Que pensais-tu ?

— Que tu m'en voulais encore, avoua-t-elle à mi-voix.

— Je ne t'en ai jamais voulu, la rassura-t-il. Seulement, j'aurais préféré que nous ne parlions pas de… mon passé. J'avoue que j'ai mal réagi.

— Je ne voulais pas rouvrir d'anciennes blessures.

— Je sais.

Désemparé, il soupira.

— Le passé revient toujours nous hanter tôt ou tard…

— Je comprends, admit-elle d'une voix douce. Je crains de ne jamais vraiment me libérer du mien : la trahison de Murdo me hantera toujours.

— Il paiera pour ses actes et pour le mal qu'il t'a fait, je te le promets.

Isabelle leva vers lui des yeux trop brillants.

— Le plus grand mal qu'il m'ait fait a été de te faire souffrir…

Abasourdi, Ban demeura muet. Bien sûr, il savait qu'elle lui était reconnaissante de l'avoir libérée des griffes du maître d'armes, mais ce qu'elle venait de dire allait bien au-delà de la gratitude ! Cet aveu le troublait, tout autant que le regard qu'elle posait sur lui… Peut-être se trompait-il. Peut-être lisait-il plus de tendresse dans ses paroles que ce qu'elle ressentait réellement. Il devait en avoir le cœur net.

— Est-ce que tu aurais souffert que je meure, comme Jock ? demanda-t-il, l'estomac noué.

— Comment peux-tu en douter ?

— Si j'étais tombé au combat, tu aurais été libre…

Elle le dévisagea d'un air stupéfait.

— Jamais je n'aurais pu t'oublier si facilement, avoua-t-elle.

— Je suis flatté…

— Ce n'était pas une simple flatterie : je suis ta fiancée, Ban. Ce qui te fait souffrir m'atteint aussi.

Cette déclaration le troubla plus que tout le reste et l'embarrassa un peu. Il avait espéré qu'elle lui dise une chose pareille un jour, évidemment. S'ils étaient enfin capables d'afficher leur relation aux yeux de tous, il avait souhaité qu'elle en vienne à tenir à lui, mais ce n'était pas supposé arriver aussi vite !

— Je suis très flatté, balbutia-t-il. Sincèrement.

— Je n'avais pas compris à quel point tu étais important pour moi jusqu'à ce que je t'aie vu allongé par terre, presque mort... J'ai vraiment eu peur de te perdre pour de bon...

Elle le couvait d'un regard plus parlant que tous les discours qu'elle aurait pu prononcer, et le cœur de Ban en chavira. Elle se tenait tout près de lui, et il fut soudain empli d'un profond désir de la prendre dans ses bras. Tout son corps voulait la toucher de nouveau, sentir son parfum, l'embrasser et bien plus encore... Mais même un baiser serait dangereux. Un baiser serait un aveu d'affection réciproque et il ne pouvait pas se laisser tenter... Un baiser serait encore pire qu'une fausse promesse : il la laisserait croire à un sentiment qu'il n'était pas certain de pouvoir lui offrir.

— Dans ce cas, reprit-il, je n'en suis que plus honoré, milady.

Cette réponse était courtoise, et sincère, mais Ban savait très bien que ce n'était pas ce qu'elle attendait de lui... Ses grands yeux posés sur lui passèrent par un arc-en-ciel d'émotions, dont une violente douleur. Une douleur qui le perça comme un poignard... Il n'avait pas voulu lui causer de peine, mais il avait dû choisir le moindre des maux : un peu de souffrance aujourd'hui éviterait qu'elle ne soit profondément blessée plus tard.

Par chance, Isabelle retrouva rapidement tout son contrôle. Elle devait accepter la situation, quoi qu'il lui en coûte.

— Ces derniers jours, reprit-elle, j'ai eu beaucoup de temps pour repenser à notre relation.

— Moi aussi.

— Dans ce cas, tu en es peut-être arrivé à la même conclusion que moi.

— Quelle est-elle ? lui demanda-t-il.

— Que notre ancien arrangement ne suffira plus ici, à la Montagne Sombre. Je veux que nous vivions ouvertement en tant qu'époux. J'y ai beaucoup réfléchi et je pense que nous n'avons plus aucune raison de garder le secret.

Elle hésita un instant puis poursuivit :

— Si je ne parviens pas à donner naissance à un héritier, tu pourras toujours me répudier : tu auras la loi de ton côté. Tu ne risques rien…

Elle aurait pu ajouter qu'il n'avait pris aucun risque dans cette histoire, contrairement à elle, mais elle se tut. Elle aurait aussi pu pleurer ou supplier ; par bonheur, elle se contrôlait parfaitement bien, à présent, et parvenait à rester calme, tout à fait consciente que leur union n'était pour lui qu'une alliance.

Ban la dévisagea avec admiration et respect : elle devait beaucoup prendre sur elle pour lui parler de la sorte… Avant de répondre, il pesa longuement ses mots dans sa tête. Elle avait su exposer la situation en quelques mots à peine avec beaucoup de courage — surtout lorsque l'on prenait en compte son extrême vulnérabilité face à lui et la décision qu'il pourrait prendre… De son côté, Ban en était déjà arrivé à la même conclusion. Au moins, il pourrait la satisfaire sur ce point, à défaut de lui offrir les sentiments qu'elle espérait.

Il sourit et acquiesça.

— Très bien. Annonçons publiquement nos fiançailles.

— Merci, soupira-t-elle. C'est un tel soulagement de ne plus être contrainte au secret…

— Je suis bien d'accord.

Il se tut un instant et la dévisagea d'un air grave. Il avait encore une question épineuse à lui poser.

— Tu as dû être très tentée de révéler la vérité à ma famille, durant toutes ces journées où je suis resté inconscient. Pourquoi as-tu décidé de garder le silence ?

— C'était un secret et tu ne m'avais pas autorisée à le révéler, répondit-elle simplement.

— Cependant, ne rien dire risquait de mal servir tes propres intérêts.

Les grands yeux noisette d'Isabelle l'étudièrent longuement, sans ciller.

— Mes intérêts sont liés aux tiens depuis nos fiançailles ; et j'ai promis de te rester fidèle et loyale. Je compte bien respecter ma parole… de toutes les manières possibles.

Cette déclaration émut profondément Ban. Ressentait-il donc autre chose pour elle que ce qu'il croyait ? Eprouvait-il des sentiments qu'il n'aurait pas dû se permettre envers elle ? Chassant ces questions dans un recoin de son esprit, il prit la main d'Isabelle et l'embrassa avec douceur.

— Je vais de ce pas parler avec mon beau-frère, conclut-il.

Il se détourna et se dirigea vers la porte. Cependant, alors qu'il atteignait le seuil, il se tourna une dernière fois vers elle.

— Tu sais, je pense que tu avais tort en disant que je n'avais rien à perdre dans cette histoire. De mon point de vue, les choses ne paraissent pas aussi évidentes…

Chapitre 13

Isabelle vit la porte se refermer sur Ban et s'adossa au parapet, dans l'espoir qu'une bouffée d'air l'aiderait à remettre de l'ordre dans ses pensées. Il avait accepté d'officialiser leur union sans protester et cela la soulageait profondément… Depuis leur arrivée, elle avait été terrifiée à l'idée de devoir poursuivre leur relation clandestine ici, à la Montagne Sombre. Ils auraient pris de grands risques et auraient probablement été découverts rapidement ; les conséquences auraient été trop terribles pour qu'elle osât y réfléchir. A présent, au moins, ce poids ne pesait plus sur ses épaules. Hélas, elle avait encore d'autres soucis en tête…

Elle venait d'avouer ses sentiments à Ban avec autant de franchise qu'elle l'avait osé mais, de toute évidence, il ne les partageait pas… Il la désirait, c'était certain, et voulait qu'elle vive à ses côtés — mais c'était tout. Leur discussion venait bien de le prouver. A bien y réfléchir, c'était tout à fait logique : que pouvait-elle attendre de plus de lui ? Il lui offrait une vie agréable et un compagnon attentionné, cela ne lui coûtait rien. Elle le connaissait assez, à présent, pour savoir qu'il ne la maltraiterait pas et lui ferait profiter de tous ses biens sans la brimer. Cependant, il ne lui donnerait jamais son cœur…

Iain dévisagea Ban longuement, sans cacher sa surprise.

— Fiancé ? Depuis quand ?

— Depuis quelques semaines, répondit Ban.

— Seigneur, tu n'as pas perdu de temps !

— Tu me connais : quand je sais ce que je veux, je fais tout pour l'obtenir.

— En effet. De plus, ta promise est très belle…

— Oui, n'est-ce pas ?

Iain se tut un instant, puis reprit :

— Quoi qu'il en soit, j'aurais aimé que tu nous préviennes plus tôt…

— Disons seulement que les circonstances m'en ont empêché, répondit Ban, évasif.

Iain l'examina en silence d'un air un peu soupçonneux.

— Pourquoi ai-je l'impression que tu ne me racontes pas toute l'histoire ? demanda-t-il.

— Parce que c'est le cas, mais je n'en dirai pas plus pour le moment.

— Très bien, reprit Iain. Ce sont tes fiançailles, après tout.

— En effet.

— En tout cas, quand tu es parti pour Castlemora, je ne m'attendais pas à voir les choses tourner aussi bien… Une belle femme est à souhaiter mais, au vu des circonstances, elle va également t'apporter un domaine riche et prospère. C'est une très bonne nouvelle pour toi.

— Le domaine n'est pas encore à moi…

— Non, admit Iain, mais ne t'en fais pas : il sera très bientôt tien. Les jours de l'usurpateur sont comptés, je te le promets.

Il donna à Ban une tape amicale sur l'épaule pour souligner sa promesse.

— Oui, répondit Ban. J'ai bien l'intention de planter sa tête au bout d'une pique !

— Parfait… Nous en reparlerons, mais pour l'instant je pense que la première chose à faire est d'annoncer la bonne nouvelle à ta sœur, tu ne crois pas ?

*
* *

Ashlynn écouta le récit de Ban, l'air à la fois incrédule et ravi. Lorsqu'il eut fini, elle envoya un valet chercher une bouteille du meilleur vin et demanda à son frère d'aller quérir sa fiancée.

— Nous devons fêter cette nouvelle comme il faut, expliqua-t-elle.

Il ne servait à rien de négocier avec elle et Ban le savait. Il fit donc demi-tour et longea le couloir en direction de la tour. Cependant, il n'était encore qu'à mi-chemin quand il tomba nez à nez avec Isabelle qui venait à sa rencontre.

— Tu es là ? C'est parfait, lança-t-il. Je venais te chercher : on te demande dans la grande salle.

— Tu leur as tout dit ?

Ban acquiesça puis, voyant son expression anxieuse, il lui sourit gentiment.

— Ne t'inquiète pas… Ma famille est enchantée de la nouvelle, dit-il à mi-voix.

— J'en suis très heureuse.

— Dans ce cas, reprit-il en lui offrant son bras, allons-y.

Intimidée, elle lui prit le bras et se laissa conduire jusqu'à la grande salle. Là, Ashlynn l'embrassa chaleureusement.

— Je suis si contente que nous devenions sœurs ! dit-elle.

— Moi aussi, milady, répondit Isabelle.

— Assez de politesses, appelez-moi Ashlynn. Vous faites partie de la famille, à présent.

— Et nous en sommes tous heureux, ajouta Iain.

Il l'embrassa sur les deux joues et lui sourit.

— Les goûts de Ban en matière d'épouse sont bien meilleurs que ce que j'imaginais, ajouta-t-il d'un air malicieux.

— En effet, renchérit Ashlynn. Pour ma part, je craignais qu'il ne trouve jamais la femme qui pourrait lui convenir…

Sous le regard surpris d'Isabelle, Ban prit un air un peu gêné.

— Vous le savez tous : je suis un homme difficile à contenter.

— C'est bien vrai, reprit Ashlynn en riant. J'essaie de lui trouver une fiancée depuis des années…

Le feu monta aux joues d'Isabelle : elle n'avait jamais été le centre de l'attention comme cela, et jamais accueillie aussi chaleureusement ailleurs que chez elle… Soulagée, elle se surprit à sourire aussi. Elle jeta un regard furtif à Ban. Même en connaissant les raisons qui l'avaient poussé à se fiancer, elle avait encore du mal à croire qu'il était prêt à s'engager à ce point-là avec elle, à se déclarer officiellement son époux. Leur union n'était peut-être qu'une alliance stratégique, mais cette petite victoire l'emplit néanmoins de fierté…

— Quand organiserons-nous le mariage ? demanda soudain Iain.

Brutalement tirée de ses pensées, Isabelle se tourna vers lui, le cœur battant. Elle avait pensé que leur annonce officielle suffirait pour un moment, que le mariage serait reconnu d'une manière tacite… Jamais elle n'avait envisagé que sa belle-famille puisse voir les choses autrement. Soudain angoissée, elle observa Ban mais, loin de paraître surpris par la question, il avait l'air remarquablement serein.

— Nous le célébrerons aussi vite que possible, répondit-il. Nous n'avons pas besoin d'un grand festin.

Ashlynn poussa un profond soupir.

— Et moi qui espérais une fête splendide avec des centaines d'invités !

— J'apprécie ton entrain, reprit son frère, mais ce ne sera pas nécessaire.

— Très bien, concéda-t-elle, avant de se tourner vers son époux d'un air interrogateur.

— Nous pouvons prévoir la cérémonie pour dans trois jours, trancha-t-il. Cela nous laissera le temps de préparer la fête.

Ban se tourna vers lui d'un air agacé, mais Iain s'empressa d'ajouter :

— Une *petite* fête, je te le promets.

— Oui, ajouta Ashlynn, et comme cela, nous pourrons aussi trouver une tenue convenable pour Isabelle.

Confuse, celle-ci but une longue gorgée de vin pour dissimuler son trouble. C'était un grand cru, profond, aussi dangereux à sa manière que les événements dans lesquels elle se trouvait à présent entraînée. De plus, elle avait contribué à les faire naître, ce qui n'apaisait en rien son malaise…

Plusieurs heures passèrent avant qu'elle ne puisse parler en privé à Ban pour connaître son avis sincère au sujet de leurs futures noces.

— Est-ce que tu savais que cela arriverait aussi vite ? demanda-t-elle, anxieuse.

— Bien sûr ! Pas toi ?

— Eh bien, pour être honnête, non… Je pensais que nos fiançailles seraient considérées comme une union en elles-mêmes.

Ban la dévisagea un instant, l'air amusé.

— Il y a peu de différence, c'est vrai, admit-il. Le mariage ne sera que le sceau qui marquera une approbation officielle de notre relation. Je dois t'avouer d'ailleurs que cette approbation n'est pas facile à obtenir ici : ma sœur me surveille de près…

— Ce n'est pas surprenant, répondit Isabelle. Tu es son unique frère et j'aurais sans doute réagi de la même façon qu'elle si Hugh avait…

Soudain, une boule se forma au fond de sa gorge et elle fut incapable de finir sa phrase. De nouveau, la réalité de la mort de son frère la frappa de plein fouet.

— Mais il ne se mariera jamais, balbutia-t-elle, les larmes aux yeux.

Le sourire de Ban s'effaça en un instant. Il ne répondit pas, mais son silence était plus parlant que des mots. Incapable de retenir ses larmes plus longtemps, Isabelle se détourna.

— Il ne se mariera jamais, ne ramènera jamais de femme à Castlemora, ne verra jamais ses enfants grandir…

— Isabelle, tu te fais du mal, ma douce, protesta Ban à mi-voix.

Il paraissait inquiet pour elle et cela ne fit qu'alourdir un peu plus le poids qui pesait sur son cœur. Elle voulut prendre une profonde inspiration, se calmer, mais elle ne parvint qu'à lâcher un sanglot plus violent que les autres. Enfin, ses larmes coulèrent librement, sans qu'elle soit capable de les retenir.

— Je suis… désolée, hoqueta-t-elle.

Ban posa doucement une main sur son épaule.

— Tu n'as pas à t'excuser. Je sais très bien ce que l'on ressent lorsque l'on perd sa famille et son foyer…

Son empathie, si entière, brisa les dernières barrières d'Isabelle, et elle se laissa aller à sa douleur.

A travers la grande salle, le murmure des conversations cessa et tous se tournèrent vers elle. Ashlynn se leva de son siège, au bout de la pièce, et interrogea son frère du regard. La voyant sur le point de les rejoindre, il lui fit signe de rester sur place. Enfin, d'une main douce mais ferme, il conduisit Isabelle hors de la salle.

Lorsqu'ils atteignirent sa chambre, elle s'affala sur son lit. Il avait presque l'impression qu'elle ne le voyait plus, éperdue de tristesse, le corps secoué de lourds sanglots. Il ne tenta pas de la calmer : elle avait contenu sa peine pendant trop longtemps, il était temps de laisser ses émotions parler. Il se contenta de la recouvrir d'une couverture, sans un mot, et quitta la pièce en refermant avec précaution la porte derrière lui.

Une fois dans le couloir, il hésita. Il ne se sentait pas d'humeur à retourner dans la grande salle pour répondre à toutes les questions qu'on lui poserait et se dirigea plutôt vers la terrasse de la tour. Dehors, la nuit tombait, chargeant l'air frais d'un parfum humide. Appuyé contre le parapet, il prit une profonde inspiration. La douleur d'Isabelle avait touché en lui une corde sensible. Jamais il n'aurait cru souffrir autant de la voir si désemparée…

Le lendemain, Isabelle n'apparut qu'en fin de matinée dans la grande salle. Ban était en pleine conversation avec sa sœur, mais il se tut dès qu'il la vit entrer et s'avança à sa rencontre. Elle était très pâle et cernée. Ses paupières étaient encore rougies et gonflées par les larmes, mais elle avait regagné un peu de contrôle sur elle-même.

— Viens avec moi et assieds-toi, dit-il, soucieux, en la conduisant à une chaise. Est-ce que tu as faim ? Je vais faire apporter de quoi manger.

Il jeta un rapide coup d'œil à Ashlynn, qui répondit par un hochement de tête entendu.

— Non, merci, murmura Isabelle.

Elle leva les yeux vers lui et poursuivit d'une voix faible :

— Je suis seulement venue m'excuser pour mon comportement d'hier. J'ai dû t'embarrasser…

— Tu n'as pas à t'excuser, lui assura Ban, et tu ne m'as pas embarrassé du tout. J'étais simplement inquiet pour toi.

— Je ne voulais pas me donner en spectacle de cette manière.

— La tristesse ne prévient pas, dit-il d'un air grave, et elle a besoin de s'exprimer.

— Oui, c'est certain…

— Ma tunique est encore humide, glissa-t-il en souriant.

Le visage d'Isabelle s'illumina faiblement en réponse.

— Je vais tenter de ne plus abîmer aucun de tes vêtements.

— Elle n'est pas abîmée, ne t'en fais pas.

Quelques instants plus tard, un valet apparut avec un plateau de nourriture et un bock de bière.

— Allons, ajouta Ban, mange. Tu tomberas malade si tu ne te nourris pas.

Il lui tendit le bock, et trancha le pain et la viande du plateau.

— Tiens, l'encouragea-t-il.

Isabelle mangea, plus pour lui faire plaisir que par appétit, mais la nourriture la réconforta un peu.

— Veux-tu te promener ? proposa-t-il lorsqu'elle eut fini. Un peu d'air frais te fera le plus grand bien…

— D'accord.

Elle n'ajouta pas qu'elle se souciait moins de l'air frais —

aussi bénéfique soit-il — que du fait de pouvoir passer un moment en sa compagnie.

— Nous avons un nouveau poulain aux écuries, dit-il, aurais-tu envie de le voir ?

— Avec plaisir.

A ces mots, les fils de Iain levèrent les yeux de leurs jeux et Robert lança :

— Est-ce que nous pouvons venir aussi, oncle Ban ?

— Oui, pourquoi pas ?

La proposition fut accueillie par des acclamations de la part des deux garçons, qui se précipitèrent vers Ban. Isabelle les regarda faire avec attendrissement. Quelques jours à peine auparavant, elle n'aurait jamais pu deviner son amour pour les enfants... Mais, de toute évidence, il aimait tendrement ses neveux et cet amour était amplement partagé.

Enfin, Ban indiqua la porte d'un geste rapide.

— Y allons-nous, dame Isabelle ?

Peu de temps après, ils se trouvèrent devant l'écurie. La nouvelle jument et son poulain étaient dans un enclos à l'extrémité du bâtiment. En les apercevant, Isabelle ne put retenir un sourire : le bébé était une pouliche dégingandée, recouverte d'un pelage encore ébouriffé et parée d'une queue courte un peu ridicule. Elle était encore timide, cachée entre les pattes de sa mère, mais curieuse. Elle dévisageait les intrus de ses grands yeux marron un peu humides.

— Est-ce qu'elle n'est pas ravissante ? lança Ban.

Isabelle acquiesça.

— Elle est très jolie...

— Elle est née la nuit dernière.

— Quelle robe aura-t-elle, à ton avis, quand elle aura grandi ?

— Je pense qu'elle sera baie, comme sa mère, lui répondit Ban. Elle fera sans doute aussi la même taille ou un peu plus...

Soudain, Robert tira la manche de son oncle.

— Est-ce qu'on pourra bientôt la monter ? demanda-t-il.

— Pas avant un long moment, répondit Ban. Il faut d'abord qu'elle grandisse et devienne assez forte pour porter un cavalier.

En voyant le regard déçu de son neveu, il ajouta dans un sourire :

— Tu sais, d'ici là, tu auras beaucoup grandi, toi aussi.

— Assez pour m'entraîner à l'épée ?

— Bien sûr !

Ravi, Robert se fendit d'un grand sourire avant de retourner auprès de Jamie et de discuter à voix basse avec lui. Isabelle observa un instant les deux enfants, et soupira tristement. Ashlynn avait décidément beaucoup de chance…

— A présent que je suis en bonne voie de guérison, reprit soudain Ban, nous devrions faire une petite promenade à cheval. J'aimerais beaucoup te montrer le reste du domaine.

— Cela me ferait très plaisir, lui répondit Isabelle, mais nous ne ferons rien tant que ton épaule ne sera pas entièrement cicatrisée. Je ne veux pas être responsable d'une rechute !

— Ne t'inquiète pas, je vais de mieux en mieux, et un peu d'exercice ne peut que me faire du bien.

Il se tut un instant, l'examinant d'un air dubitatif, puis poursuivit :

— Bien sûr, il faudra t'adapter à un rythme un peu moins soutenu que ce dont tu as l'habitude, du moins pendant quelques semaines…

Isabelle ne put s'empêcher d'éclater de rire.

— Me voilà bien punie de l'énergie que j'ai montrée la dernière fois !

— Disons simplement que ta prédilection pour la vitesse ne passe pas inaperçue.

— Ne t'en fais pas, je ne compte pas te défier à la course pour le moment ; les médecins m'en voudraient.

Elle passa une main douce sur l'épaule de Ban, ce qui fit brutalement accélérer son pouls. Sa caresse était légère, tendre, et si agréable…

— En effet, répondit-il, il ne serait pas sage de les fâcher :

ils ont une trop grande collection de produits et de poisons à portée de main !

— Je n'oublierai pas cet avertissement, c'est promis…

Ils quittèrent alors l'écurie, précédés par les enfants, et se dirigèrent à pas lents vers le château.

— Est-ce que tu te sens un peu mieux ? demanda-t-il, encore soucieux.

— Oui, bien mieux. Merci beaucoup…

— Tu as vécu un traumatisme et tu as dû quitter ta demeure presque immédiatement après, je comprends à quel point cela a dû être difficile pour toi.

— C'est vrai, mais tout le monde ici m'a traitée avec beaucoup de gentillesse.

Ban eut un petit sourire douloureux.

— Tu sais, reprit-il, lorsque je suis arrivé à Glengarron pour la première fois, je me sentais comme un poisson hors de l'eau… J'avais même décidé de m'engager au service du roi, mais Iain m'a proposé de rester et de chevaucher à ses côtés.

— J'imagine que tu n'as pas dû regretter ta décision.

— Jamais. C'est un homme que j'admire et que j'estime…

— Malgré tout, j'ai l'impression que sa réputation de sévérité ne correspond pas vraiment à l'homme que j'ai côtoyé depuis mon arrivée, ne put-elle s'empêcher de commenter.

— Le mariage l'a un peu adouci, mais ne t'y trompe pas : il a toujours une main de fer dans un gant de velours !

Cette image fit sourire Isabelle.

— Néanmoins, je reste persuadée que, pour tenir son rang aux côtés d'un tel homme, ta sœur doit être une femme remarquable.

— Oui, en effet. Aussi remarquable que toi.

Ils atteignirent le perron et Ban s'immobilisa au pied des marches.

— Vous vous ressemblez beaucoup, à mon avis, avoua-t-il.

A ces mots, le cœur d'Isabelle se réchauffa. De plus, elle sentait sa présence tout près d'elle, de plus en plus près. Ils étaient seuls… Allait-il l'embrasser ? Elle désirait goûter de nouveau ses baisers, cela la torturait presque. La tendresse de Ban lui avait tant manqué, ces dernières semaines…

Durant quelques instants, il demeura immobile, comme perdu dans ses pensées, puis, lentement, il l'attrapa par la taille et l'attira à lui. Leurs lèvres s'effleurèrent, timides. Peu à peu, leur baiser se fit plus passionné, plus pressant. Isabelle se laissa emporter par son étreinte, les yeux fermés, souple et soumise sous ses caresses. Elle avait eu tant besoin de cela. Prise d'un délicieux vertige, elle redécouvrait le goût de ses lèvres, le parfum musqué de sa peau. Presque inconsciemment, elle pressa ses hanches contre lui, entrouvrit les lèvres et chercha sa langue chaude. Peu importait si on les surprenait, si on la jugeait trop audacieuse ! Elle le désirait et s'éveillait sous ses mains…

Soudain, il la serra plus fort et le baiser devint fiévreux. Au fond d'elle, une étincelle s'éveilla, grandit, enflamma tout son corps. Elle lui rendit son baiser en s'abandonnant, avide, pressante. Elle attrapa ses fesses pour l'attirer contre elle, pour se fondre en lui. Le sexe dressé de Ban se pressait contre sa hanche. Il la souleva de terre et la conduisit d'un pas sûr à travers le corridor jusqu'à une petite remise, ferma la porte derrière eux avant de la faire basculer sur une pile de sacs.

Sans un mot, il retroussa ses jupes et glissa une main chaude entre ses cuisses. Le corps d'Isabelle fut traversé par un éclair de désir. L'étincelle en elle se mua en une flamme dévorante et tous ses muscles frémirent sous son emprise. Des sensations contradictoires, impalpables, la traversaient, à la fois troublantes et merveilleuses. Incapable de contrôler ses mouvements, elle entrouvrit les jambes pour l'aider à se glisser au plus profond d'elle. Finalement, les doigts de Ban trouvèrent ce qu'ils cherchaient et commencèrent à la caresser, doucement… Isabelle prit une profonde inspiration, envahie par une vague de chaleur. Son ventre, son sexe n'étaient plus qu'un nœud de tensions délicieuses, sensible et frémissant. Comme les caresses continuaient, la flamme grandit, encore et encore, envahit son corps entier pour finalement exploser en une tempête de délices. Stupéfaite, hors de contrôle, elle ouvrit soudain les yeux et le dévisagea.

— Seigneur ! balbutia-t-elle.

Ban sourit, mais poursuivit son exploration, ignorant les vagues de plaisir qui la traversaient sans s'arrêter, sans faiblir.

— Ban… S'il te plaît…

Elle n'avait presque plus conscience de parler, elle ne savait pas exactement ce qu'elle voulait lui demander. Il avait découvert la clé de quelque chose hors d'atteinte, quelque chose qu'elle n'avait jamais soupçonné…

Il se redressa alors au-dessus d'elle, pressant son corps contre le sien, entre ses cuisses ouvertes, et se glissa en elle. Le désir d'Isabelle s'intensifia plus encore et ses hanches accompagnèrent les mouvements de Ban, d'instinct. Finalement, incapable d'attendre plus longtemps, elle ferma les jambes autour de lui pour l'attirer plus profondément en elle, mais il résista, comme s'il refusait de se précipiter. Il laissa le rythme de leur étreinte s'accélérer peu à peu tandis qu'Isabelle tremblait sous lui, de plus en plus tendue, sur le fil, entraînée par la flamme qui réchauffait son corps tout entier. Vers quoi l'entraînait-il ? Pourquoi désirait-elle tant une chose qu'elle n'avait jamais connue ?

— Je t'en supplie…

Soudain, le rythme de leurs mouvements s'amplifia, emportant Isabelle dans son tourbillon, l'attirant au bord d'un précipice de plaisir. Brusquement, il donna un coup de bassin plus puissant et elle cria, le dos cambré pour mieux se couler en lui. En réponse à son cri, le corps de Ban s'enflamma, brûlant, contre elle. Mais il semblait encore se contrôler, comme s'il voulait l'accompagner jusqu'au bout. Finalement, il se laissa aller à son tour, son corps se détendit, et tous deux furent emportés par un raz-de-marée de plaisir si intense qu'elle crut ne pas s'en relever…

— Mon Dieu !

Enfin, Ban ferma les yeux, la respiration lourde, la peau moite de sueur. Isabelle n'avait jamais eu besoin de faire beaucoup d'efforts pour éveiller son désir, mais cette fois tout était différent. Rien n'aurait pu le préparer aux délices qui l'avaient traversé, qui avaient entraîné son pouls dans leur danse. Lorsqu'il rouvrit les yeux, il observa Isabelle et surprit un sourire. Elle le dévisageait de ses grands yeux rendus presque noirs par la passion. Son regard avait quelque chose d'étouffant et de profondément érotique à la fois, un regard qui promettait des plaisirs inconnus à l'avenir… A cette idée, un nouveau frisson le parcourut. Il ne voulait pas s'écarter d'elle, pas encore. Pendant quelques instants, il demeura en elle, pressé contre elle. Toujours souriante, elle se soumettait à son désir sans un mot…

Il ne put alors réprimer un sourire à son tour.

— C'était… incroyable, murmura-t-il.

— Oui…

Elle ne pouvait qu'acquiescer, mais une petite voix en elle lui répétait qu'« incroyable » restait un mot bien trop faible pour exprimer ce qu'elle ressentait. Tout son être en tremblait encore. Jamais elle n'aurait pu s'attendre à tant de sensations, tant de plaisir… Soudain, elle comprit à quel point son précédent mariage avait été un échec, à quel point il avait été stérile — dans tous les sens du terme. Lentement, ses yeux s'emplirent de larmes de gratitude et de soulagement.

— Merci, murmura-t-elle.

Ban sourit de nouveau et l'embrassa avec tendresse.

— De rien…

Chapitre 14

La nuit ne suffit pas à effacer en Isabelle le souvenir de leur étreinte, dans la remise… Après un long sommeil réparateur, elle s'éveilla dans un univers différent ; un univers inconnu qu'elle était impatiente d'explorer dans ses moindres recoins. Elle ne pouvait détourner ses pensées de Ban, qui lui avait ouvert les portes de ce nouvel univers. Ce n'était qu'à présent qu'elle comprenait enfin l'étendue de ses talents et de sa patience. « Et cela ne peut que s'améliorer de jour en jour », avait-il déclaré. Elle n'avait eu aucune idée, alors, de ce qu'il pouvait vouloir dire par là ; elle n'avait pas su à quel point elle avait été ignorante… Si Alistair n'avait pas succombé à sa blessure de chasse, elle n'aurait peut-être jamais découvert ce jardin des délices, et n'aurait certainement jamais rencontré Ban. Son cœur se mit à battre plus fort : la simple idée d'être un jour séparée de ce dernier lui était insupportable ! Il avait su donner un sens à sa vie et peut-être un jour pourrait-elle lui offrir quelque chose de plus précieux encore. Peut-être que leurs étreintes pourraient un jour naître d'autre chose que d'un simple désir physique…

Une fois habillée et coiffée, elle rejoignit Ashlynn et toutes deux passèrent un long moment ensemble à examiner des vêtements pour le mariage. Finalement, leur choix se porta sur une robe de velours bleu nuit. Un peu courte pour Isabelle

— qui était plus grande qu'Ashlynn — elle ne nécessiterait qu'un petit travail sur l'ourlet pour la rallonger.

— C'est vraiment très gentil de faire tout cela pour moi, déclara-t-elle enfin. Je ne peux pas vous dire à quel point j'apprécie votre bonté.

— Je suis heureuse de pouvoir vous aider, lui répondit Ashlynn. Je sais ce que c'est, de tout perdre…

— J'ai presque l'impression d'être en plein cauchemar, quand je repense à Castlemora. Cela ne paraît pas réel.

Ashlynn acquiesça, l'air grave.

— Vous savez, la guerre a été la période la plus terrifiante de ma vie. Quand je repense à celle que j'étais, seule, isolée du monde, sans maison, sans argent, sans amis pour m'aider… J'en ai encore des cauchemars, parfois.

— Cela ne m'étonne pas, répondit Isabelle, compatissante.

— Certaines fois, je pensais même… Bref, vous savez ce que c'est, je n'ai pas besoin de vous le raconter.

Dans un soupir, elle serra la main d'Isabelle avec douceur.

— Je suis tellement heureuse, reprit-elle, que mon frère ait enfin trouvé l'épouse qui lui convient et que nous devenions sœurs. Après tout, nous ne pourrons que bien nous entendre : nous avons tant de choses en commun…

Isabelle répondit par un sourire. Elle n'eut pas le cœur d'avouer à Ashlynn les réelles raisons qui avaient poussé Ban à la choisir plutôt qu'une autre.

— J'en suis très heureuse aussi, dit-elle finalement.

— J'ai beau avoir un bon époux, tendre et aimant, la compagnie des femmes m'a souvent manqué.

— Je vous comprends, acquiesça Isabelle. Les hommes ne semblent pas voir le monde de la même manière que nous…

Ce fut au tour d'Ashlynn de sourire.

— Vous avez bien raison ! Parfois, j'ai même l'impression que les hommes et les femmes ne sont pas de la même espèce.

— Vraiment ? Je croyais être la seule à penser cela !

— Je fais de mon mieux pour influencer mes fils, mais ils paraissent faits du même bois que leur père.

Ashlynn s'interrompit un instant et, pensive, porta une main à son ventre.

— En toute honnêteté, j'aimerais que cet enfant-là soit une fille, juste pour rééquilibrer les choses…

Isabelle tenta à grand-peine de réprimer sa jalousie.

— J'espère bien pouvoir suivre votre exemple et donner bientôt un fils à mon époux… De nombreux fils.

— C'est évident ! D'ailleurs, pourquoi ne le pourriez-vous pas ? demanda Ashlynn, visiblement surprise.

Isabelle chercha un instant un moyen de répondre, mais elle ne voulait pas avouer ses craintes et sa honte.

— Est-ce que… Etes-vous tombée enceinte de votre premier fils longtemps après le mariage ? demanda-t-elle.

— Non, pas vraiment. Quelques mois après…

A ces mots, Isabelle sentit un timide optimisme poindre en elle.

— J'espère que j'aurai la même chance, murmura-t-elle.

— Je suis certaine que vous n'avez aucun souci à vous faire à ce sujet, répondit Ashlynn d'un ton rassurant.

Isabelle acquiesça, priant de tout son cœur pour qu'elle ait raison.

Deux jours plus tard, le mariage fut célébré comme prévu. Isabelle vit son bonheur se teinter d'un peu d'amertume au fil de la journée : elle était enfin reconnue comme l'épouse légitime de Ban, bien sûr, mais avait conscience que ce n'était pas pour autant un mariage d'amour… Lorsqu'elle se tournait vers lui, son cœur s'emplissait de fierté et de tendresse, cependant, elle savait très bien qu'il ne pourrait pas lui retourner tous ses sentiments. Au moins, cette cérémonie lui prouvait qu'il la respectait, et — peut-être — qu'il l'appréciait. C'était déjà mieux que rien ! En s'avançant vers l'autel, elle fut plus que jamais reconnaissante de pouvoir paraître dans une belle robe face à son époux. *Pourvu qu'il l'apprécie…*

De fait, dès qu'il l'aperçut, Ban ne put détacher ses yeux

d'Isabelle. Elle était vêtue d'une robe bleu nuit brodée aux manches et au col. Ses lourds cheveux auburn étaient retenus par une couronne de fleurs et, ainsi parée, elle tenait plus d'une déesse antique que d'une simple mortelle... Il lui prit la main devant l'autel et lui sourit. Elle répondit de même. Il serra furtivement le bout de ses doigts avant que le prêtre ne leur ordonne de s'agenouiller pour réciter leurs vœux. Quelques instants plus tard, enfin, ils se relevèrent et Ban l'attira dans ses bras pour l'embrasser. Elle lui rendit son baiser, avec passion, et son corps s'éveilla à la promesse de la nuit à venir, il le sentit.

Enfin, ils reçurent les félicitations habituelles des amis et des invités, avant de retourner dans la grande salle aménagée pour le festin.

Isabelle fut fascinée par le monceau de fleurs et de branches qui ornaient la table et recouvraient les dalles. Malgré les promesses répétées d'Ashlynn au sujet d'une « petite célébration confidentielle », tout Glengarron paraissait avoir été invité. Autour d'elle, elle entendait la foule commenter sa tenue, sa beauté, son bonheur si visible. On admirait la santé du marié, apparemment incapable de détacher ses regards de sa nouvelle femme. Durant tout le repas, Ban s'assura qu'elle ne manquât ni de nourriture, ni de vin, et la servait lui-même. A la vérité, Isabelle fut incapable de beaucoup manger, emportée par l'excitation générale et la rapidité avec laquelle tout cela avait été organisé. Sans le courage de Ban, elle aurait très bien pu être l'épouse de Murdo, à l'heure actuelle... Cette seule idée la glaçait.

— Que se passe-t-il, ma douce ? lui demanda soudain Ban.

Isabelle sursauta et se tourna vers lui, un peu gênée. Il la dévisageait d'un air soucieux.

— Rien du tout ! répondit-elle dans un sourire. Un mauvais souvenir...

— Plus rien ne te fera de mal, Isabelle, répondit-il doucement. Tu peux oublier le passé.

— Je le sais.

Il porta alors la main d'Isabelle à ses lèvres et l'embrassa avec tendresse.

— Nous allons construire un avenir nouveau, rien que toi et moi.

Elle leva les yeux vers lui et lut dans son regard un mélange de promesses et de passion qui la fit frissonner de plaisir. Il était son seigneur, à présent, et, à la fin de la soirée, il la porterait à son propre lit. Après cela, elle aurait pour devoir de se donner à lui chaque fois qu'il le souhaiterait… Une vague d'impatience la traversa. Faire l'amour avec Ban l'avait débarrassée de toutes ses craintes et répulsions passées et lui avait fait comprendre à quel point elle avait été naïve… D'une certaine manière, cela lui avait donné du pouvoir : elle était bel et bien capable d'attirer un homme, d'éveiller son désir et de le rendre heureux — au moins au lit.

Soudain, de l'autre côté de la pièce, les musiciens se mirent à jouer. Ban se tourna vers elle avec un sourire :

— Veux-tu danser avec moi, milady ?

— Avec plaisir !

Il lui prit alors la main et la conduisit au centre de la salle sous un tonnerre d'applaudissements. Le premier morceau était lent, au tempo complexe : une danse courtoise que l'on dansait en se tenant proches l'un de l'autre sans pour autant toucher autre chose que les mains de son partenaire. Malgré cela, chaque regard, chaque contact faisait frémir Isabelle. Peu à peu, elle aperçut les regards envieux des hommes et des femmes autour d'eux, mais elle les ignora, tout à son bonheur de virevolter entre les bras de Ban… Jamais elle n'aurait cru qu'il dansât si bien ou qu'il fût capable de se mouvoir avec une grâce aussi souple.

— Où as-tu appris à danser comme cela ? demanda-t-elle au bout de quelques minutes.

— Surtout à Heslingfield, mais Iain m'a beaucoup aidé par la suite.

Surprise, Isabelle le dévisagea un instant en silence.

— Lord Iain ? répéta-t-elle finalement, presque persuadée d'avoir mal entendu.

— Il a été entraîné aux armes en France, répondit Ban. Il paraît que, là-bas, les arts nobles sont enseignés avec beaucoup plus de rigueur qu'ici. Depuis que nous nous connaissons, il a peu à peu comblé les manques de ma propre éducation…

— Dans ce cas, permets-moi de te dire qu'il a fait du très bon travail !

— C'est aussi ce que je pense, admit Ban avec un sourire.

— Lord Iain est décidément plein de surprises.

— Tu ne sais pas à quel point !

Isabelle ne put réprimer un éclat de rire ; elle se sentait étrangement libérée, depuis la cérémonie.

— Voilà encore une chose que tu as en commun avec lui, dit-elle.

— Encore une chose ? En quoi d'autre nous ressemblons-nous ? demanda Ban d'un air curieux.

— Eh bien… Vous êtes tous les deux beaux, vous êtes des guerriers, et vous avez beaucoup de courage.

— Je pourrais t'écouter faire mes louanges toute la nuit, mais cela va finir par me faire perdre la tête !

— Oh ! Je pense qu'il t'en faudrait beaucoup plus pour cela, répondit Isabelle.

— Ne te dénigre pas : tu as le pouvoir de faire perdre la tête aux hommes, crois-moi…

Isabelle ne put s'empêcher de sourire, réchauffée par une étincelle de fierté.

— Qui est le flatteur, à présent ? lui demanda-t-elle avec une fausse sévérité.

— Ce n'est pas de la flatterie, repartit Ban avant de jeter un rapide regard autour d'eux. Tous les hommes ici voudraient se trouver à ma place, ce soir…

A ces mots, le feu monta aux joues d'Isabelle : elle n'avait pas l'habitude d'être admirée !

— Ne t'en fais pas, murmura-t-elle. Tu es le seul homme, ici, qui m'intéresse.

Ban la regarda, les yeux dans les yeux, et répondit d'un air grave :

— Je ferai tout pour que cela ne change jamais.

Les danses s'enchaînèrent jusque tard dans la nuit. Isabelle fut invitée par de nombreux hôtes et les accompagna au centre de la salle, sans réprimer le moindre élan de conversation polie ; cependant, ses sourires demeurèrent réservés à Ban. Plusieurs hommes lui jetèrent des regards engageants mais, si elle s'en aperçut, elle se garda bien de le montrer. Ban la couvait d'un regard attendri, ému par sa prévenance. Bien sûr, il était flatté de voir que les autres hommes n'étaient pas indifférents à sa femme ; cela ne leur donnait pas pour autant le droit de se montrer trop audacieux : qu'ils se contentent de la regarder de loin ! Après tout, Isabelle était maintenant sienne aux yeux de tous.

C'était étrange, d'ailleurs, de sentir de tels élans de jalousie en lui. Avant de la rencontrer, il n'aurait jamais cru être de nature possessive…

Au fil de la soirée, il laissa peu à peu son esprit vagabonder, imaginer l'heure à laquelle il pourrait enfin se retirer avec Isabelle. Il avait l'impression qu'elle n'avait pas partagé son lit depuis des siècles ! Heureusement, cette attente, loin d'avoir étouffé son désir, n'avait fait que le renforcer, et il était impatient de pouvoir enfin reprendre avec elle les choses là où ils les avaient laissées. A cette simple idée, son corps s'éveilla : un profond désir sexuel l'animait, accompagné… d'autre chose. Ses sentiments pour elle s'étaient peu à peu renforcés avec le temps, étaient devenus plus complexes, plus riches. Plus difficiles à identifier. Tout ce dont il pouvait être certain était qu'il voulait bâtir un avenir avec elle et élever des enfants — si le ciel leur en donnait… Bien sûr, le risque de ne pas donner naissance à un héritier assombrissait encore un peu son bonheur, mais il était trop tard pour revenir en arrière, à présent.

*
* *

Plus tard, après le festin et les danses, tandis que l'obscurité faisait peu à peu place à une aube bleutée, Isabelle put enfin se retirer dans la chambre qu'elle partagerait à présent avec son époux. Là, Nell l'aida à se déshabiller et la coiffa consciencieusement. Au milieu de la pièce se dressait un grand lit aux draps propres parsemés de fleurs fraîches et odorantes. Cette fin de nuit était chaude et silencieuse et, à travers la fenêtre, Isabelle aperçut la lune, encore haute dans le ciel au milieu des étoiles. C'était presque magique : comme si cette nuit avait été destinée à la romance et à l'amour… Soudain, le cœur d'Isabelle se serra. Ban n'avait jamais utilisé le mot « amour » et ne l'utiliserait jamais — il l'avait prévenue depuis longtemps. La seule chose qu'elle pouvait encore espérer était d'en avoir assez pour deux… Il avait déjà été patient avec elle à tant de reprises, avait même mis sa vie en jeu pour elle et lui avait offert l'union officielle qu'elle désirait. A présent, c'était à elle de lui faire don de quelque chose, de faire tout ce qui était en son pouvoir pour que ce mariage soit heureux. Sa première union avait été un désastre absolu, mais Alistair lui avait au moins appris une ou deux choses avant de mourir ; pourrait-elle transformer cette mauvaise expérience en force ?

Une fois Nell repartie, elle attendit Ban, emportée par un flot soudain de pensées érotiques. Elle ne put alors réprimer un sourire furtif : comment avait-elle pu changer de manière si radicale, ces dernières semaines, sans même s'en apercevoir ? Elle ne cherchait plus seulement à le satisfaire en général — en prenant soin de sa maison, de son confort, pour demeurer l'épouse consciencieuse qu'il attendait. Non, ce qu'elle désirait construire avec lui était bien plus précis que cela ! Elle voulait atteindre Ban, atteindre son cœur… Bien sûr, ce ne serait pas facile : pour réussir, elle devrait traverser l'armure de tristesse et de deuil derrière laquelle il s'abritait depuis la guerre. Malgré cela, elle devait rester convaincue qu'elle en était capable, qu'elle parviendrait à trouver la faille. Sans cela, elle échouerait…

Elle fut brusquement tirée de ses pensées par des voix d'hommes qui parlaient fort et riaient dans le couloir. Le bruit s'approchait de plus en plus de la porte et le cœur d'Isabelle se mit à battre plus fort : ils accompagnaient son époux jusqu'au lit conjugal ! Soudain, la porte s'ouvrit en grand et Ban apparut, porté par ses compagnons. Ils le déposèrent devant le lit, fanfarons et graveleux, sans se priver de regarder Isabelle par en dessous.

Ban supporta l'humour douteux de ses amis avec bonne volonté, mais n'avait pas l'intention de rester loin de son épouse plus longtemps. Fermement, il raccompagna ses hommes à la porte et dut batailler pendant plusieurs minutes avant que le dernier n'ait été rejeté dans le couloir, que la porte n'ait été fermée et verrouillée. Il se tourna enfin vers Isabelle, soulagé, et contempla longuement chaque détail de sa chemise de nuit et de sa coiffure.

De toute évidence, elle lui plut, apprêtée comme cela, car son regard s'enflamma peu à peu tandis qu'il la dévisageait. Isabelle demeura immobile, flattée par tant d'attention, et attendit, chaque fibre de son corps tendue vers lui… Son cœur battait tellement fort que, même adossé à la porte, il devait l'entendre ! Enfin, il entreprit de se déshabiller, lentement, sans pour autant la quitter des yeux, révélant peu à peu les courbes fermes de son corps finement sculpté par l'entraînement. *Cet homme est mon époux...*, songea Isabelle. Il lui appartenait, et à présent, le monde entier le savait ! Un élan de fierté la traversa soudain. En face d'elle, Ban lui sourit et elle l'imita, les yeux noyés dans son regard bleu profond.

— Tu es si belle, murmura-t-il.

Enfin, il la rejoignit, la prit dans ses bras et l'embrassa doucement, tendrement. Ses mains se glissèrent dans les cheveux longs d'Isabelle, les soulevèrent de ses épaules, juste assez pour laisser leur masse souple glisser entre ses doigts. Il huma longuement leur parfum. Lentement, il laissa alors courir sa langue sur la bouche charnue d'Isabelle, comme une invitation au désir. Instinctivement, elle entrouvrit les lèvres et lui rendit son baiser. Ban la serrait plus fort contre lui. Leurs caresses se faisaient plus intimes. Malgré cela, il ne se pressa pas : il prit le temps d'éveiller le corps d'Isabelle et de l'enflammer de désir…

Soudain, il s'écarta légèrement et sourit.

— J'ai rêvé de cela durant toute la soirée, murmura-t-il.

— Moi aussi…

— Vraiment ?

Il s'interrompit pour mordiller doucement le lobe de son oreille et souffla :

— Et de quoi as-tu rêvé ?

Isabelle ne put s'empêcher de frémir sous ses caresses joueuses.

— C'est un peu gênant d'en parler, messire, répondit-elle.

— Oh ! Tu as donc rêvé de choses profondément choquantes, poursuivit-il avant de glisser la pointe de sa langue dans les replis de son oreille.

Le frisson se mua peu à peu en tremblement.

— Oui, c'était presque un péché d'y penser, avoua-t-elle.

— De mieux en mieux…

Tranquillement, il dénoua les rubans de la chemise d'Isabelle pour la laisser s'ouvrir et tomber sur ses hanches, révélant le haut de son corps. Sans un mot, il déposa une série de baisers rapides le long de son cou pour atteindre la pointe de ses seins. Incapable de parler ou de bouger, elle le laissa faire, le souffle court, transportée par un océan de sensations douces. Finalement, comme il se redressait, elle l'embrassa à son tour, au creux du cou. Sa peau était si chaude… Soudain, elle sentit les mains de Ban sur sa taille, brûlantes et douces. Il fallut à peine un instant à la chemise de nuit pour glisser le long de ses jambes et la laisser nue…

Ban s'écarta pour mieux la voir : qu'elle était belle ! Dans la lumière de la lune, sa peau prenait une teinte satinée, presque brillante comme une perle. Pendant quelques instants, il se contenta d'admirer ses courbes douces qui éveillaient une nouvelle passion en lui. Elle l'embrassa, d'abord dans le cou, puis descendit sur son torse et plus bas encore. Elle laissait derrière elle un sentier de baisers qui enflammaient chaque nerf, chaque fragment de chair. Sans se presser, elle se mit à genoux devant lui et laissa encore courir ses mains sur sa taille et ses hanches. Soudain, Ban comprit ce qu'elle avait en tête. Elle leva les yeux vers lui avec un sourire à la fois séducteur et gourmand qui fit battre son cœur plus fort que jamais. Alors, lentement, les lèvres d'Isabelle se refermèrent autour de son sexe et le bout de sa langue brûlante commença à jouer sur sa peau sensible. Très vite, tout le corps de Ban se tendit, tremblant, et il ferma les yeux, le souffle court. Un nœud tendu, frémissant, pulsait dans son bassin au rythme de son cœur. Mais Isabelle ne s'arrêta pas là. Elle accéléra peu à peu son mouvement de vagues hypnotiques jusqu'à ce que le sang même de Ban parût s'être mué en flammes tentatrices. Presque inconscient de ses propres gestes, il glissa une main derrière la nuque d'Isabelle et l'approcha doucement de lui. Seigneur, qu'il la désirait ! La tension se fit soudain plus forte et il eut besoin de toute sa volonté pour se contrôler, ne pas plonger dans l'abîme au bord duquel il tressaillait. Il trouva par miracle la force de murmurer :

— Arrête, ma douce, sinon je vais perdre tout contrôle…

Isabelle se recula un peu et Ban l'aida à se relever, puis l'allongea sur le lit avant de se pencher au-dessus d'elle de tout son poids. Elle eut un geste pour passer les bras autour de son cou, mais il l'en empêcha. Au contraire, il attrapa ses poignets et les maintint d'une main au-dessus de sa tête tout en l'embrassant encore et encore. L'excitation se faisait presque insoutenable. Finalement, incapable de se retenir plus longtemps, il écarta avec fermeté les cuisses d'Isabelle et plongea en elle d'un rythme effréné.

Chaque fibre du corps d'Isabelle s'enflamma au contact de

Ban, soumise à ses va-et-vient passionnés. La chaleur de ses hanches s'étendit dans son corps tout entier en une vague de plaisir incontrôlable. Comme absente à elle-même, elle s'entendit gémir à mi-voix. En réponse, Ban se mit à bouger plus vite, plus fort en elle, dominant leur désir et entraînant Isabelle au bord de la perte de contrôle. Brusquement, la tempête la noya de plaisir et elle hurla, le corps cambré sous Ban, emportée malgré elle par la fièvre qui les avait saisis. Quelques instants plus tard, Ban frémit violemment, incapable sans doute de se retenir plus longtemps. Malgré ses gémissements, il maintenait toujours Isabelle immobile, à la merci de ses désirs, et elle ferma les yeux, dans une soumission totale. Comment ne pas aimer une si délicieuse tyrannie ?

Il finit par s'écarter d'elle, le souffle lourd, le regard tiraillé entre surprise et plaisir.

— Seigneur… Je n'ai aucun mot pour décrire ce qui vient de se passer…

Isabelle sourit. Oui, il n'y avait pas de mots assez forts pour décrire ce qu'elle ressentait. Dire qu'elle n'aurait jamais imaginé, quelques semaines auparavant à peine, qu'un tel bonheur puisse exister… Comment pouvait-on se trouver à ce point soumise à la volonté d'un homme et tant aimer cette soumission ? Comment pouvait-on désirer un homme à ce point ? Elle jeta un rapide regard en coin à Ban, encore chargé de sensualité et de malice. Le geste ne lui échappa pas et il sourit à son tour :

— Méfie-toi, coquine… Ce genre d'expression n'appelle qu'une réponse…

— Oh ? Et quelle est-elle, messire ?

— Laisse-moi te montrer !

Sans se faire prier, il mit sa promesse à exécution — et ce ne fut pas la dernière étreinte de la nuit…

Lorsque Isabelle finit par se réveiller, le lendemain, le soleil était déjà haut dans le ciel. Elle s'étira longuement et se tourna pour découvrir Ban, appuyé sur un coude, en train de l'observer. En croisant son regard, il lui sourit.

— Bonjour, mon épouse.

— Bonjour, mon époux…

Appuyée sur un bras, elle se laissa aller à la paresse, suivant du bout du doigt les dessins clairs de ses vieilles cicatrices. Sa récente blessure aux côtes était à présent entièrement refermée et Isabelle remonta jusqu'à son épaule, où la plaie laissée par la flèche se dessinait en rose pâle sur la peau tannée. Juste à côté, elle trouva la naissance d'une autre cicatrice qu'elle connaissait bien et qui descendait jusqu'au torse — de toute évidence le souvenir d'un violent coup d'épée vers le bas. Elle s'était refermée proprement, mais Isabelle avait vu suffisamment de blessures dans sa vie pour savoir que celle-ci aurait sans doute pu être mortelle. Elle n'avait jamais encore osé demander à Ban d'où elle venait…

— Dis-moi, qui est-ce qui t'a fait cela ?

— C'est un cadeau d'un guerrier normand, répondit-il.

Isabelle le dévisagea un instant, pensive.

— Est-ce que cela remonte à la guerre ? A Heslingfield ?

— Oui. J'aurais pu y rester si Iain et ses hommes ne m'avaient pas retrouvé…

— Dans ce cas, j'ai une grande dette envers lord Iain.

— Et moi donc !

Isabelle, prise d'un accès de tendresse, se pressa contre lui et embrassa la vieille cicatrice. Il la serra dans ses bras et elle ne put s'empêcher de sourire, les yeux dans les yeux.

— Il est déjà tard, dit-elle finalement d'une voix innocente qui le fit sourire.

— Oui, c'est vrai…

— Ne devrions-nous pas nous lever ?

— Pour ma part, c'est déjà fait !

Surprise, elle baissa les yeux — et ne put que reconnaître sous le drap la preuve irréfutable de ce qu'il avançait !

— Hier soir n'a donc pas suffi à apaiser tes ardeurs ? lui demanda-t-elle.

— Loin de là ! Et tu vas très vite t'en rendre compte…

Sans lui laisser le temps de répondre, il se laissa rouler sur elle et l'embrassa longuement. Son sexe ferme et chaud pressait contre sa cuisse, et son propre bassin s'éveilla sous une flamme de désir… Les souvenirs de la nuit ne faisaient qu'accentuer sa passion. Elle lui rendit son baiser avec fièvre. Ban, le corps tremblant, s'écarta et la dévisagea un instant, un demi-sourire aux lèvres.

— Attention, ma douce, tu joues avec le feu…

— Et est-ce si dangereux que cela ? demanda-t-elle, mutine.

— Oh oui…

— De quelle manière ?

Ban ne répondit pas, mais préféra de toute évidence lui montrer ce à quoi il pensait — en s'étendant longuement sur les détails. Lorsqu'ils finirent par quitter leur chambre, il était déjà presque midi…

Après le repas, ils se promenèrent tous les deux dans la vallée, suivant un sentier escarpé à flanc de colline. Au sommet, le panorama offert sur les sommets herbeux était merveilleux. Le souffle coupé, Isabelle admira le paysage en silence.

— C'est vraiment magnifique, finit-elle par murmurer.

— N'est-ce pas ?

Ils s'assirent alors sur un rocher lisse pour reprendre leur souffle. Même si Isabelle ne quittait pas le décor des yeux, elle sentait contre elle la chaleur du corps de Ban et sa respiration s'accéléra instinctivement.

— J'ai trouvé cet endroit par hasard, poursuivit-il, peu de temps après mon arrivée à Glengarron. Depuis, je viens souvent ici, quand j'ai besoin d'un peu de solitude.

Isabelle acquiesça.

— Je comprends tout à fait ce besoin…

— Au début, je venais beaucoup, pour essayer de supporter la réalité de ce que j'avais vécu, de la destruction de Heslingfield. Iain le savait, et il me laissait seul.

— Il paraît doué pour deviner les émotions des gens, nota-t-elle. C'est ce qui fait de lui un bon chef.

Ban se tourna vers elle d'un air surpris.

— Excellent sens de l'observation, dit-il.

— Oh ! Cela ne vient pas de moi, admit-elle avec un petit sourire, mais de mon père…

— Dans ce cas, ton père était aussi bon juge des caractères que Iain.

— Peut-être, mais il n'a pas su voir la vérité sous le masque d'Alistair Neil, soupira-t-elle. S'il avait compris quel genre d'homme il était, il ne m'aurait jamais laissée l'épouser…

Ban la dévisagea un instant, comme s'il hésitait, puis reprit :

— Il m'a dit que ton premier époux était rarement chez lui. A mes yeux, cela signifie qu'il est partiellement responsable si vous n'avez pas réussi à avoir d'enfant.

— De toute façon, même quand il était là, nos relations conjugales étaient plutôt… difficiles.

— Difficiles ? Comment cela ?

A peine eut-il posé la question qu'il parut se raviser.

— Je te demande pardon : c'était une question très indiscrète.

— Je ne peux pas te cacher cela plus longtemps, répondit-elle.

— Tu n'es pas obligée de m'en parler, je t'assure !

— Au contraire…

Elle se sentit rougir un peu, mais elle était allée trop loin, à présent, et devait tout lui avouer…

— Alistair, commença-t-elle, ne parvenait pas toujours à faire son devoir de mari. Pour y arriver… eh bien… il avait besoin d'être stimulé par la violence…

Ban fronça les sourcils.

— La violence ? Quelle violence ? demanda-t-il.

Isabelle hésita un instant, puis prit une profonde inspiration.

— Il aimait me battre, avoua-t-elle très vite. Quand je criais, cela l'excitait, tu comprends…

Oui, Ban comprenait parfaitement bien ! Soudain, énormément de choses jusqu'à présent restées dans l'ombre s'éclairaient à ses yeux et un haut-le-cœur l'envahit… Faire souffrir une femme n'était pas digne d'un homme !

— Je suis désolé, murmura-t-il.

Mais, en parlant, il songea à quel point ses mots devaient paraître banals à Isabelle.

— Je ne suis pas tombée enceinte malgré un an de mariage, conclut-elle, et c'est pour cela que les Neil m'ont chassée.

— Pourquoi donc t'ont-ils jugée responsable de cela ?

— Parce que, dans ce genre de cas, c'est toujours l'épouse que l'on blâme, répondit-elle.

Ban l'observa, mal à l'aise. Avait-elle vraiment raison ? Il ne s'était jamais posé la question… Après tout, n'avait-il pas lui-même mis en cause sa fécondité sans même lui avoir adressé la parole ? Chaque histoire possède plusieurs versions, et dans ce cas, celle d'Isabelle ouvrait de nouvelles perspectives lourdes de conséquences.

— En tout cas, ce n'est plus qu'un mauvais souvenir, à présent, ma douce, la rassura-t-il.

— Vraiment ?

Elle le regardait à présent d'un air inquiet.

— Et si la faute ne revenait pas qu'à Alistair ? Et si c'était *moi*, qui ne pouvais pas avoir d'enfant ?

— D'après ce que tu viens de me dire, je suis presque sûr que tu n'as rien à craindre de ce côté-là, répondit-il d'une voix douce.

— Tout de même, tu prends toujours le risque d'avoir épousé une femme inféconde.

— Ne t'en fais pas, Isabelle. Je suis certain que nous n'avons aucun souci à nous faire.

— Tu ne sais pas à quel point je prie pour cela… Je veux porter tes enfants, Ban, pas te voir me repousser un jour !

Le cœur de Ban se serra à ces mots : il devait à tout prix apaiser les craintes d'Isabelle.

— Je ne te rejetterai pas, dit-il.

— Tu n'auras peut-être pas le choix : tu as *besoin* d'héritiers directs.

— Je suis certain que nous les aurons.

— C'est aussi ce que Murdo me disait…

A la mention du maître d'armes, Ban ne put s'empêcher de crisper le poing.

— Vraiment ? demanda-t-il entre ses dents.

— C'est curieux mais, lorsque je suis revenue à Castlemora, il a été le seul à prendre mon parti…

— Il devait avoir une bonne raison pour cela.

— Murdo était toujours très bien renseigné, reprit-elle. D'après ce qu'il m'a dit, certaines de ses informations venaient de prostituées qui avaient couché avec Alistair. Apparemment, elles lui ont raconté que mon premier époux était incapable de…

Soudain, le visage en feu, elle s'interrompit. Ban la regarda intensément avant d'éclater de rire, ce qui la fit rougir de plus belle.

— Ce n'est pas drôle ! protesta-t-elle.

— Pardonne-moi, mais j'imagine que tu sais ce que tout cela veut dire…

Non, elle ne comprenait pas. Elle le fixa un instant, attendant qu'il s'explique.

— Ton ancien époux était impuissant, ma douce, dit-il. Impuissant et sans doute stérile.

Le cœur d'Isabelle bondit soudain dans sa poitrine.

— Tu veux dire que… je ne suis pas fautive ?

— Si Murdo avait raison, tu ne l'es pas du tout !

— Oh ! Ban…

Comment exprimer son soulagement soudain ?

— Cela explique aussi pourquoi ce dernier n'avait aucune hésitation à l'idée de t'épouser, reprit Ban.

Perdue, Isabelle ne savait plus si elle voulait rire ou pleurer…

— Je hais Murdo plus que quiconque, murmura-t-elle, mais je souhaite de tout mon cœur qu'il ait eu raison !

A la simple idée de ne pas être la cause de l'échec de son

premier mariage, elle se sentit plus légère qu'elle ne l'avait été depuis longtemps…

De toute évidence, leur discussion de l'après-midi avait aussi soulagé Ban. Le soir, à table, il se montra aussi attentionné et courtois que d'habitude, mais elle le sentit plus détendu qu'auparavant. Il riait plus et participait plus volontiers à la discussion. Isabelle en était d'ailleurs très heureuse : s'il était si content à la simple idée qu'elle puisse porter ses enfants, comment réagirait-il quand elle serait effectivement enceinte ? Elle ne put s'empêcher de sourire par-devers elle : voilà qu'elle employait le mot « quand », et non plus « si » ! Elle but une gorgée de vin et se laissa aller contre le dossier de sa chaise, apaisée par l'atmosphère conviviale de la grande salle.

Plus tard, Ban et Iain se lancèrent dans le récit d'un vieil exploit : un raid contre un château qui s'était achevé en randonnée boueuse en plein milieu d'une tempête imprévue. Conteurs accomplis, ils se succédaient pour ajouter des détails à l'histoire et empiler les rebondissements absurdes jusqu'à ce que tout le public en pleure de rire ! Isabelle, d'ailleurs, ne fut pas en reste : cette histoire lui faisait voir une nouvelle facette des deux hommes. Finalement, ils n'étaient pas infaillibles malgré leurs dons de stratèges, et savaient transformer avec humour une mésaventure en plaisanterie… Cela ne fit que les rendre plus attirants à ses yeux. Décidément, le rire reliait les hommes avec autant d'efficacité que les combats ou la gloire ! Ban et Iain devaient avoir de nombreuses aventures à raconter : des aventures palpitantes, amusantes, hautes en couleur…

Elle se décida donc à suivre la conversation avec plus d'attention et s'appliqua à mémoriser chaque détail du passé de Ban afin d'affiner ce qu'elle savait déjà de lui. Le passé permettait de mieux comprendre quelqu'un. Elle savait déjà qu'il était doté d'un puissant instinct de survie et que cela avait influencé ses choix depuis de nombreuses années, lui avait appris à séparer émotions et actes. Malgré cela, il n'était pas pour autant incapable d'aimer… Lorsqu'elle le voyait auprès d'Ashlynn ou de ses neveux, elle sentait son armure fondre. Est-ce qu'un jour il parviendrait à faire de même en compagnie de sa femme ?

Chapitre 15

A présent que l'épaule de Ban le faisait moins souffrir, il reprit peu à peu l'entraînement et recommença à monter à cheval. Sa première promenade le conduisit à la demeure de Jock, pour rendre visite à sa veuve. Bien entendu, comme il s'y attendait, la rencontre ne fut facile pour aucun des deux, mais elle était nécessaire et il se sentit plus léger après s'être ainsi acquitté de son devoir.

— Jock aurait été heureux, dit Isabelle lorsqu'il la retrouva au château.

— C'était bien le moins que je puisse faire, lui répondit-il. Maggie et les enfants seront pris en charge d'un point de vue financier, mais ils demeurent profondément seuls, et rien ne pourra changer cela…

— Il te manque aussi, n'est-ce pas ?

— C'était un brave guerrier et un très bon ami, soupira Ban.

— Je regrette qu'il nous ait quittés plus que je ne pourrais le dire, confia-t-elle.

— Tu n'as pas à te sentir coupable, Isabelle : il ne l'aurait pas voulu !

— Cela ne change rien. Je crois que je me sentirai toujours coupable, répliqua-t-elle.

— Dans ce cas, il faut te changer les idées. Que dirais-tu de te promener à cheval avec moi, demain ?

Le regard d'Isabelle s'illumina.

— Avec plaisir.

— La vallée est magnifique, en cette saison, dit-il, et je pense que tu apprécierais d'en voir un peu plus…

— Oui, ce serait très agréable !

Le lendemain, ils se promenèrent à pas lents. Au-delà de son souci de la santé de Ban, Isabelle voulait profiter de cette sortie pour admirer le paysage en détail. Son époux n'avait pas menti : Glengarron était magnifique en cette saison ! Les collines se couvraient de bruyères en fleur qui créaient un manteau pourpre sur l'horizon surplombé de hauts nuages qui étendaient leurs ombres sur le paysage.

— Je comprends pourquoi tu aimes cet endroit, commenta Isabelle au bout d'un moment.

Ban acquiesça. Quelques semaines auparavant, il craignait de ne pas vivre assez longtemps pour revenir là… Jamais alors il n'aurait pensé pouvoir arpenter ces chemins en compagnie de sa femme !

— Cet endroit est devenu ma deuxième maison, répondit-il. J'ai été accueilli ici lorsque je pensais mener une vie d'errance pour toujours…

— Pour cela, au moins, tu as eu de la chance.

— Encore plus de chance que tu ne peux le croire !

Isabelle eut un petit sourire.

— La vie nous surprendra toujours, n'est-ce pas ?

— C'est vrai, murmura Ban, pensif. Mais peut-être aussi est-ce parce que nous vivons une époque bien incertaine.

— Autrefois, reprit Isabelle, je pensais que le mariage me placerait à l'abri du mal ; qu'un époux et une maison sauraient me rendre invincible…

— Hélas, personne n'est invincible.

— C'est bien vrai, admit-elle. Seulement, je ne pensais pas que le mal viendrait de mes proches. Pour moi, c'est sans doute la pire des trahisons !

— Oui…

— Tu as l'air de parler d'expérience.

— En effet, admit-il.

— Etait-ce… Béatrice ?

Soudain, elle se tut. Quel manque de tact !

— Pardonne-moi, reprit-elle précipitamment. Je n'aurais pas dû te demander cela…

— Ce n'est pas grave.

— Si ! Je parle trop souvent sans réfléchir, et je ne voulais pas réveiller les fantômes de ton passé.

— Ce n'est plus un fantôme, lui assura-t-il. J'ai compris qui elle était vraiment depuis bien longtemps.

— J'en suis heureuse pour toi.

— Béatrice n'était… qu'une partie d'un rêve que je me suis créé autrefois. Tout ce que je croyais savoir d'elle, je l'avais inventé — et le réveil a été brutal.

Isabelle, curieuse, voulait en savoir plus, mais elle hésita. Après tout, il paraissait plus détendu que la dernière fois. Peut-être pouvait-elle se permettre quelques questions supplémentaires…

— Est-ce qu'elle aimait un autre homme ? demanda-t-elle avec précaution.

— Non. Je pense qu'elle était incapable d'aimer quelqu'un d'autre qu'elle. Disons que j'ai su la distraire, pour un temps.

— J'en suis vraiment navrée…

Ban soupira.

— Durant tout le temps de notre relation, elle a jugé inutile de me prévenir qu'elle était fiancée à un comte…

— *Comment ?*

— Oh ! Je n'y ai pas cru non plus, dans les premiers temps, poursuivit-il avec un haussement d'épaules. Elle ne m'a quitté que lorsque la date du mariage s'est approchée.

— Seigneur… Je ne peux pas imaginer à quel point tu as dû souffrir.

— C'est vrai, mais ce n'était pas aussi douloureux que les événements qui ont suivi.

Isabelle le dévisagea avec intensité mais demeura silencieuse : il valait mieux le laisser prendre son temps. Finalement, Ban prit une profonde inspiration et poursuivit son récit :

— J'aurais dû garder mon calme, mais j'en ai été incapable : nous nous sommes disputés. Béatrice s'est mise à hurler et toute une troupe de domestiques est arrivée en courant. On m'a traîné devant son père. Béatrice m'a alors accusé de l'avoir courtisée contre sa volonté et de l'avoir harcelée de mon amour.

— Comment a-t-elle osé faire une chose pareille ? demanda Isabelle, incrédule.

— Je pense qu'elle aurait été prête à tout, en cet instant, pour se faire passer pour une victime des circonstances...

— Et son père, l'a-t-il crue ?

— Bien entendu ! Après tout, elle était fiancée à un comte, l'un des hommes les plus riches et les plus puissants du pays. Pourquoi aurait-elle daigné baisser les yeux sur un pauvre seigneur saxon sans terres ?

Abasourdie, Isabelle ne pouvait le quitter des yeux.

— Et qu'a-t-il fait ?

— Il a ordonné à quatre de ses hommes de me battre pour me faire payer mon impudence... et laisse-moi te dire qu'ils ont accompli leur devoir avec application !

— Mais... Tu aurais pu être tué !

— Ils se sont arrêtés juste avant. Si je mourais, le père de Béatrice risquait une sérieuse vengeance de la part de Glengarron ! Ses hommes se sont ensuite contentés de me remettre en selle et de me chasser du domaine.

Il s'interrompit un instant avec un sourire amer.

— Quelle belle romance, n'est-ce pas ?

— Jamais je n'aurais cru entendre le récit d'une telle injustice...

— C'est la première fois que je raconte cette histoire, confia Ban à mi-voix, mais je tenais à ce que tu ne t'inquiètes pas : je ne conserve aucune affection pour Béatrice.

A ces mots, Isabelle, émue, sentit sa gorge se nouer.

— Je suis contente que tu m'aies raconté cela et je serai digne de ta confiance.

— Je le sais.

Il paraissait parfaitement sincère et cette preuve de foi éveilla en Isabelle un torrent d'émotions soudaines. Cela n'avait pas dû être facile, pour lui, de parler de tout cela, surtout après avoir gardé le silence pendant des années… Il lui faisait pourtant suffisamment confiance pour lui avouer la vérité : c'était un grand honneur et cela ne pouvait qu'émouvoir Isabelle. A présent, elle voyait d'un autre œil sa condition de seigneur dépossédé de ses terres. Comment avait-elle pu penser que la valeur d'un homme se façonnait d'après sa fortune et l'étendue de son domaine ? Il y avait de quoi être honteuse d'elle-même… Si les terres et la richesse avaient été des indicateurs de bonté et de valeur, alors Alistair Neil aurait dû être l'un des meilleurs hommes que l'Ecosse ait porté ! Elle venait de recevoir une leçon de sagesse — et, après tout, mieux valait tard que jamais…

Le sentier qu'ils suivaient poursuivait sa montée raide jusqu'au sommet de la colline, où il s'aplanissait soudain pour offrir aux promeneurs une vue imprenable sur la vallée. Ils arrêtèrent un moment leurs montures au milieu du chemin pour admirer le paysage. Enfin, lorsque Ban parut vouloir se remettre en marche, Isabelle se prépara à faire demi-tour mais, à sa grande surprise, il tourna le dos à Glengarron et poursuivit sa route.

— Il y a un joli petit lac, au milieu des arbres, à une lieue d'ici, lança-t-il, et j'aimerais te le montrer.

— D'accord.

Ils chevauchèrent un long moment en silence puis débouchèrent sur une petite clairière. Continuant leur chemin, ils passèrent alors devant un cercle de pierres levées, aussi hautes qu'un homme, et recouvertes de mousse. Intriguée, Isabelle les examina avec attention.

— A ton avis, à quoi pouvaient-elles bien servir ? demanda-t-elle.

— Sans doute à adorer les dieux, ou à effectuer une sorte de cérémonie…

— Cet endroit dégage une atmosphère si mystique…

— J'ai déjà vu Iain régler un différend avec un ennemi, ici.

Surprise, Isabelle s'écria :

— Il a tué un homme ici ?

— Oui : un Normand nommé Fitzurse. C'était un homme

mauvais, tu peux me croire. Il a essayé d'assassiner Iain par-derrière.

— Dans ce cas, répondit Isabelle, il a payé pour son crime.

— C'est certain ! Mon seul regret est de n'avoir pas pu le tuer de ma propre main…

— Pourquoi donc ?

Ban soupira d'un air profondément triste.

— Lui et ses mercenaires sont les responsables de la destruction de Heslingfield : ils ont brûlé le château et assassiné ma famille.

— Vraiment ? Alors, tu avais le droit d'exiger un combat !

— Oui, seulement ses méfaits envers Iain étaient plus vieux, répondit Ban. Il avait traqué Fitzurse pendant des années avant même que je ne connaisse son nom. J'ai accepté de respecter son droit, à la condition qu'il venge également les torts qui m'avaient été faits, et c'est ce qui s'est passé.

— Décidément, ce Fitzurse devait être un fieffé criminel, murmura Isabelle.

— En effet. Crois-moi, le monde se porte mieux sans lui.

Sans rien ajouter, Isabelle frémit. Les pierres levées avaient dû voir leur content de bains de sang, et ce n'était probablement pas fini… Sur ces terres, seuls les plus forts survivaient ; les hommes tels que Iain ou Ban.

— Est-ce que le lac a connu une histoire sanglante, lui aussi ? demanda-t-elle au bout de quelques instants.

Ban éclata de rire.

— Non, pas à ma connaissance.

Bientôt, ils arrivèrent sur la berge et Isabelle fut frappée d'émerveillement. Ban n'avait pas menti : le lac était très beau, couché au creux d'une cuvette naturelle. Quelques rochers le bordaient. Des feuillages entremêlés de bouleaux et de sorbiers s'inclinaient au-dessus de sa surface pour créer un peu d'ombre. Ailleurs, son eau claire et immobile reflétait l'éclat du soleil. Isabelle immobilisa sa monture sous un arbre et se tourna vers Ban.

— C'est vraiment ravissant, dit-elle.

— J'espérais bien que l'endroit te plairait… J'ai toujours aimé venir ici, de temps à autre.

— Je comprends pourquoi.

— Aimerais-tu rester ici un moment ?

Isabelle sourit.

— Pourquoi pas ?

Ils mirent pied à terre et attachèrent les chevaux à un jeune tronc avant de s'avancer au bord de l'eau. Isabelle ne put retenir un sourire. La chaleur du soleil et la beauté sereine du lieu l'apaisaient. Elle était heureuse de découvrir cet endroit aux côtés de Ban. Soudain, un souvenir lui revint : ils s'étaient rencontrés dans un endroit semblable… En repensant aux circonstances de cette rencontre, une vague de chaleur la traversa…

Sans un mot, ils marchèrent un peu au bord de l'eau, puis Ban étendit sa cape au sol, dans un petit creux loin des regards, entre deux rochers, et ils s'y assirent côte à côte contre la pierre chaude. Isabelle ne pouvait détacher ses yeux de la surface scintillante du lac.

— Crois-tu que l'eau soit chaude ? demanda-t-elle soudain.

Ban lui lança un regard à la fois intense et amusé.

— Pourquoi ? Est-ce que tu as l'intention de nager ?

Isabelle, consciente de son audace, se sentit soudain rougir.

— Je ne sais pas si ce serait très sage, avoua-t-elle.

— Ce ne serait absolument pas sage, crois-moi : l'eau est glacée, ici.

— Parles-tu d'expérience ?

— Tout à fait.

Il se tut un instant, puis reprit :

— Bien sûr, je ne te demande pas de me croire sur parole. En fait, je serais même très heureux que tu vérifies mes dires. Je vais rester là, tranquillement, et te regarder faire…

— N'y compte même pas !

Ban poussa un profond soupir un peu théâtral et tous deux éclatèrent de rire. Au bout d'un instant, cependant, leurs regards se croisèrent et le rire mourut pour se muer en quelque chose de plus profond, de plus tendu. Ban se pencha vers elle, son visage à quelques centimètres de celui d'Isabelle. Loin de vouloir s'écarter, elle l'embrassa tendrement et il la prit dans ses bras pour la serrer contre lui. Plus son étreinte se resserrait, plus leur baiser se fit passionné. Finalement, leurs langues se rencontrèrent. Isabelle glissa les doigts dans la chevelure de Ban pour le tenir contre elle : ses cheveux étaient aussi flamboyants et épais qu'une crinière, mais, contrairement à la plupart des hommes, il avait à cœur de les garder propres. Les mèches glissèrent avec sensualité entre ses doigts tandis que Ban lui caressait la nuque. De passionné, le baiser se fit enflammé…

Isabelle bascula légèrement sur le côté, juste assez pour glisser une main entre eux et caresser le sexe déjà dressé de Ban à travers son pantalon. Le geste le fit sursauter. Cette réaction si soudaine la surprit et l'encouragea tout à la fois… Contre ses lèvres, Ban gémit.

— Tu joues encore avec le feu, ma douce, murmura-t-il d'une voix rauque.

Sans répondre, Isabelle poursuivit ses caresses. Ban prit une inspiration brusque, le regard éperdu de plaisir. Elle lut dans ses yeux l'abandon de tout contrôle et ne put réprimer un sourire.

— N'as-tu donc aucune pitié, femme ?

Toujours muette, Isabelle dénoua son pantalon et le tira légèrement vers le bas. Libéré du tissu, le sexe de Ban se dressa fièrement devant elle et, bien qu'elle l'ait déjà vu plusieurs fois, il n'avait rien perdu de son pouvoir de surprise — et depuis peu pour elle, d'excitation. Elle fut soudain envahie d'un violent désir de sentir Ban en elle. Cela n'avait plus rien à voir avec le problème de l'héritier, c'était un autre besoin, un autre désir, plus puissant, plus implacable…

Incapable d'attendre plus longtemps, elle se redressa, retroussa sa jupe et s'accroupit au-dessus de lui. Elle se baissa lentement pour le laisser entrer en elle. Que c'était bon ! Il glissa alors les mains sur ses fesses pour la guider au plus près de lui et elle se mit doucement à bouger d'avant en arrière, emportée par son désir. Les yeux fermés, elle entendit Ban gémir à mi-voix et poursuivit son mouvement. Soudain, il entra plus profondément en elle et Isabelle dut se mordre la lèvre pour ne pas crier de plaisir. Lorsqu'elle rouvrit les yeux, elle surprit un regard inquiet de Ban.

— Est-ce que je te fais mal, ma douce ? demanda-t-il. Veux-tu que j'arrête ?

— Non, tu ne me fais pas mal, et ne t'avise surtout pas d'arrêter !

Il lâcha un petit rire et Isabelle sentit une nouvelle poussée, plus forte, puis encore une autre, et une autre, de plus en plus puissantes. D'instinct, elle bougeait au même rythme que lui, portée par son plaisir. Elle ne le quittait plus des yeux, à présent, et guettait ses réactions. Lorsque quelque chose semblait lui plaire, elle recommençait jusqu'à ce que la respiration de Ban se fît plus rauque et qu'il lui attrape les hanches pour l'attirer plus violemment contre lui. Sans le vouloir, elle se crispa et l'entendit gémir de plus belle. Le corps entier de Ban fut parcouru d'un frisson. Elle recommença ; il gémit plus fort et donna une poussée plus brutale. Soudain, son corps fut traversé d'un spasme et elle sentit en elle la vague chaude de sa semence.

Le souffle court et le cœur battant, elle sourit.

— C'était merveilleux…

— *Tu* étais merveilleuse, répondit-il. Je n'en reviens pas…

— Tant mieux !

Heureuse, elle soupira de soulagement : elle avait réussi à lui donner du plaisir. Comment parvenait-elle à éveiller le désir de cet homme si facilement ?

— Allonge-toi auprès de moi, ma douce, murmura-t-il.

Sans un mot, elle obtempéra, l'esprit confus mais tranquille. Le soleil caressait sa peau et le bras chaud de Ban, posé sur elle, semblait devoir la protéger pour toujours. Tout en elle n'était que paix et contentement…

Jamais elle n'aurait pu imaginer que les relations sexuelles puissent être source d'un tel plaisir, ou qu'un homme puisse se montrer si attentionné envers une femme ! Lorsqu'elle faisait l'amour avec Ban, elle comprenait que les choses se passaient enfin comme elles le devraient toujours : elle prenait plaisir à lui appartenir et désirait le combler chaque jour un peu plus. Avec Alistair, elle avait détesté tout contact charnel et s'était contrainte à lui obéir; mais, avec Ban, elle pouvait faire les mêmes choses sans dégoût — peut-être même se montrerait-elle plus audacieuse encore, à l'avenir… Cette simple pensée la fit sourire. Chaque chose en son temps, songea-t-elle.

Elle dut finalement s'endormir car elle reprit conscience plus tard, sous la caresse du pouce de Ban contre ses tétons. La douceur de son geste éveilla en elle une sensation si délicieuse qu'elle en eut un instant le souffle coupé. Elle se décida finalement à ouvrir les yeux pour découvrir Ban penché sur elle. Il souriait et poursuivit ses caresses pour provoquer de nouvelles vagues d'un plaisir subtil. Enfin, il se pencha et l'embrassa.

— Tu t'es montrée très généreuse pour mon plaisir, murmura-t-il. A présent, c'est mon tour…

— Mais tu m'as déjà apporté du plaisir, protesta-t-elle.

— Pas autant que je l'aurais voulu.

A ces mots, le cœur d'Isabelle se mit à battre plus fort mais, avant qu'elle n'ait le temps de lui poser la moindre question, il attrapa doucement l'ourlet de sa robe.

— Enlève-la, Isabelle.

L'espace d'un instant, elle se demanda s'il était vraiment sérieux, mais il la regardait d'un air presque grave, sans la moindre trace de moquerie. Alors, lentement, elle se redressa et, intimidée, obéit. Ban acquiesça d'un air serein.

— Et maintenant, enlève ta chemise.

Le ton calme mais ferme de son époux éveilla une soudaine chaleur en elle.

— Mais, Ban, nous sommes en plein jour !

— Je sais.

— Et nous n'avons aucun moyen de nous cacher…

— Cela ne fera que pimenter le plaisir.

Malgré tout ce qu'ils avaient déjà partagé, la demande de Ban était choquante. Elle aurait dû refuser ! Mais elle n'en avait pas envie… Elle désirait plus que tout découvrir ce qu'il avait l'intention de faire d'elle, dans cette clairière. Les mains un peu tremblantes, elle dénoua le col de sa chemise et la passa par-dessus sa tête.

— Défais tes cheveux.

Sans un mot, elle passa sa tresse épaisse sur son épaule, dénoua le ruban, consciente du regard de Ban qui suivait chacun de ses mouvements. Bientôt, ses cheveux coulèrent sur son dos et ses épaules en flots flamboyants. Ban se redressa alors à son tour, défit sa ceinture et ôta tunique et chemise. Sur son torse, Isabelle aperçut ses cicatrices récentes, plus claires que les autres dans la lumière du soleil. Sans se presser, il ôta son pantalon, les yeux toujours rivés sur elle…

Plus tard, ils se reposèrent ensemble, immobiles et comblés, se laissant aller à une légère somnolence. Les yeux presque clos, Ban observait Isabelle, s'arrêtant sur chaque détail de son visage, du creux de son cou, de la courbe de son épaule et de la rondeur subtile de ses seins jusqu'aux tétons rosés. Sa peau était aussi lisse et pâle que l'albâtre. Il laissa son regard vagabonder sur la saillie de la hanche et le triangle moutonneux qui couvrait son sexe, illuminé des mêmes reflets auburn que les mèches éparses étendues autour de son visage. Enfin, il s'attarda sur son ventre légèrement arrondi. Peut-être que sa semence s'était déjà installée en elle. Peut-être que, sans le savoir, elle portait déjà son enfant…

Soudain, Isabelle ouvrit les yeux et sourit.

— Je paierais cher pour connaître tes pensées, murmura-t-elle.

— Je me disais seulement qu'il serait bon pour moi de créer la vie au lieu de sans cesse la prendre au combat. J'ai vu suffisamment de sang et de guerres…

— Oui, j'imagine que tu as eu ton compte de malheur. Heslingfield…

Ban ne put réprimer un soupir triste.

— Hélas, Heslingfield n'a été que le début. Depuis lors, je n'ai fait que traverser des champs de bataille ensanglantés, et pour quoi faire ? Malgré tous nos efforts, l'Ecosse est aujourd'hui réduite à vivre en vassal de l'Angleterre. Les guerres n'ont servi à rien…

— Tu n'as fait que ton devoir, Ban, dit-elle avec douceur. Tu as suivi ce que te dictait ta conscience.

— Ce n'est pas vrai : j'ai combattu parce que je voulais tuer des Normands et parce que cela me plaisait.

Il tenta de sourire, mais il ne parvint pas à chasser son amertume.

— Dieu sait combien d'hommes sont morts par mon épée, soupira-t-il.

— Peut-être, mais tu as pris autant de risques qu'eux.

— La haine peut maintenir un homme en vie très longtemps… La colère guide le bras plus sûrement que la volonté, tu sais. Au final, on devient froid et sans pitié ; on ne trouve plus de plaisir que dans la mort.

— Tu n'en es pas là. Tu sais encore trouver du plaisir dans la vie, Ban ! J'imagine que c'est ce que tu as ressenti, quand tu as appris qu'Ashlynn était en vie, par exemple…

— Oui, à l'époque, c'était la seule chose qui éclairait mes ténèbres.

— Et maintenant, tu aimes tes neveux. Je t'ai bien vu avec eux, renchérit-elle.

— Il est facile d'aimer l'innocence et de vouloir la protéger.

Isabelle lui prit doucement la main, comme pour l'apaiser.

— Tu seras un bon père, je le sais.

A ces mots, Ban sourit, le cœur plus léger qu'il ne l'avait été depuis longtemps.

— Je l'espère bien…

— Hugh aussi aurait été un bon père, soupira-t-elle. A présent, je suis le dernier espoir de ma famille.

— Nous reprendrons Castlemora, Isabelle, je te le promets ; et nos enfants grandiront entre ses murs. Mais, avant cela, je dois m'occuper de Murdo.

— J'aurais aimé que nous puissions faire autrement. Hélas, nous n'avons plus le choix.

Elle prit une profonde inspiration et poursuivit :

— Si quoi que ce soit devait t'arriver…

— Rien ne m'arrivera, lui assura-t-il. J'ai beaucoup plus de choses à protéger que lui, je saurai me défendre.

— Castlemora représente-t-il tant, à tes yeux ?

— Je ne parlais pas de Castlemora…

Elle leva vers lui un regard surpris.

— Je parlais de l'avenir que je veux construire avec toi, expliqua-t-il. C'est la seule chose pour laquelle je veux me battre aujourd'hui, la seule chose qui le mérite.

A ces mots, le cœur d'Isabelle fit un bond dans sa poitrine. Pour la première fois, il lui parlait d'avenir, et une vague de bonheur l'envahit : cela voulait dire qu'il tenait enfin à elle ! A présent, leurs sentiments ne pourraient que s'amplifier jusqu'à — peut-être — se muer en amour au fil du temps…

Elle sourit, soulagée.

— Oui, notre avenir mérite qu'on se batte pour le construire.

Chapitre 16

Iain s'interrogeait depuis plusieurs jours au sujet de Castlemora et, dès le retour de Ban au château, il décida d'aller lui en parler. Pendant un instant, surpris, il examina son beau-frère avec intérêt : Ban paraissait plus énergique et en meilleure santé que jamais. Son regard scintillait d'un nouvel éclat et Iain ne put réprimer un petit sourire.

— Le mariage te va bien, dit-il.

— Oui, j'en ai l'impression. Cela n'a rien d'étonnant : j'ai désiré Isabelle dès le jour de notre rencontre…

— Et il me semble qu'elle n'a pas été indifférente à ton charme non plus !

Ban se rappela leur récente étreinte au bord du lac et acquiesça d'un air entendu.

— Tu as bien raison. Heureusement pour moi…

Soudain, le sourire de Iain s'effaça et il reprit d'un air grave :

— Hélas, même mariée, Isabelle est toujours vulnérable. Tant que Murdo sera en vie, elle ne sera pas en sécurité.

— C'est aussi ce que je crois.

— Mon frère, nous devons nous occuper de lui. Tu lui as ravi son prix et, d'après les récits que tu m'as faits de lui, il ne paraît pas de nature à pardonner.

— Moi non plus ! répliqua Ban. En tout cas, pas en ce qui le concerne.

— Nous devons le traquer tant qu'il reste faible. Il a perdu de nombreux hommes dans la dernière bataille, mais il ne tardera pas à en recruter d'autres.

Ban eut un petit rire amer.

— Bien dit ! Il attire la vermine comme le fumier attire les mouches.

— Il nous faut agir avant la fin du mois et l'écraser avant qu'il ne décide d'attaquer Glengarron. Ne nous voilons pas la face : dès qu'il aura rassemblé une force suffisante, il n'hésitera pas à marcher sur nous.

— Alors, prenons-le de vitesse.

Iain lui tendit la main.

— Nous sommes donc d'accord ?

— Nous sommes d'accord, répondit fermement Ban.

Avec les préparatifs de la traque, Ban fut occupé durant de nombreux jours, et passa moins de temps en compagnie d'Isabelle. Elle comprenait ses obligations, bien sûr, mais il lui manquait… Parfois, à distance respectable, elle l'observait pendant qu'il entraînait ses hommes. Ils restaient dans la cour, l'épée au poing, pendant plusieurs heures chaque jour, affûtant tous leurs talents au combat. Après tout, ils ne pourraient s'en remettre qu'à leur bras pour rester en vie… Cependant, tous ne rentreraient pas à Glengarron, elle le savait bien. Aucun guerrier n'ignorait qu'il risquait sa vie, et l'acceptait, mais elle ne pouvait s'empêcher de se sentir inquiète pour l'avenir du domaine et de ses hommes. Depuis la mort de Jock, elle craignait le bain de sang à venir.

Comment ses propres gens survivaient-ils, d'ailleurs, depuis la prise de pouvoir de Murdo ? Lorsqu'elle pensait à Castlemora, elle craignait le pire… A présent que son père n'était plus là pour faire régner la justice, plus rien ne pourrait arrêter le maître d'armes ! Le père d'Isabelle avait toujours su diriger son domaine avec un grand sens des responsabilités et de ses obligations en tant que chef de maison, mais Murdo n'avait jamais montré une telle force morale. A ses yeux, le pouvoir était une fin en soi et il s'en était saisi sans aucune considération pour la sécurité de ceux qui se trouvaient à présent sous sa coupe. A Castlemora, sa parole était devenue incontestable, la loi faite homme, et ce dès la mort de Hugh… Et Isabelle demeurait impuissante, seulement capable de prier pour les habitants du domaine et d'attendre avec impatience la chute de l'usurpateur.

Malgré ses occupations, Ban n'oublia pas l'anniversaire d'Isabelle. Bientôt, elle allait avoir dix-neuf ans, et il avait préparé une grande fête pour l'occasion. De plus, il lui réservait une surprise de taille… Le jour même, il la conduisit dans la cour et ordonna aux écuyers d'amener leurs chevaux.

— Acceptes-tu de te promener avec moi, aujourd'hui ? demanda-t-il.

— Avec plaisir !

Isabelle regarda les hommes sortir Crins de Feu de l'écurie. Quelques instants plus tard, cependant, un autre homme amena par la bride une belle jument baie à la queue et à la crinière souples comme une chevelure soyeuse. Isabelle s'avança immédiatement pour flatter la jument à l'encolure.

— Je n'avais jamais vu cette bête auparavant, dit-elle. Elle est magnifique…

— Est-ce que tu l'aimes ?

— Bien sûr !

— Dans ce cas, elle est à toi.

A ces mots, Isabelle se tourna vers Ban, les yeux scintillant de plaisir.

— Ban, elle est vraiment merveilleuse. Merci mille fois !

Emportée par son bonheur, elle se hissa sur la pointe des pieds pour embrasser son époux. Jamais elle n'aurait osé imaginer pareil présent…

— Puisque tu ne peux plus monter ta jument de Castlemora,

il m'a semblé nécessaire de t'en offrir une autre, expliqua-t-il avec un sourire. Allons, tu ne vas quand même pas pleurer ?

Les yeux humides, Isabelle éclata de rire.

— Bien sûr que si, et tu le sais très bien.

Ils partirent côte à côte et Isabelle testa les réponses de sa monture en la menant au pas, puis au galop. Elle avait le pied léger et était souple de la bouche, réagissant au moindre signe. Un tel animal avait dû coûter une vraie fortune ! Mais, au-delà du prix de ce présent, ce qui la remplissait réellement de joie était le fait que Ban ait voulu la surprendre. Si elle avait encore eu besoin d'une preuve de son affection, elle venait de l'obtenir… Sa tendresse pour elle devenait plus évidente chaque jour, à la manière dont il la regardait, l'embrassait, ou lui tenait simplement la main ; et elle ne pouvait s'empêcher d'y répondre avec bonheur, comme une fleur se tourne vers le soleil… Elle avait été désespérée si longtemps, en manque de la moindre marque d'affection, qu'elle saisissait tout ce qu'il lui offrait et le chérissait. Pourvu qu'un jour cette tendresse se change en amour… Pourvu qu'elle tombe enceinte pour que Ban baisse enfin le bouclier qui protégeait ses sentiments…

Au bout d'un moment, ils s'arrêtèrent pour laisser les chevaux se reposer, et Ban en profita pour prendre Isabelle dans ses bras. Il l'observa longuement d'un air à la fois grave et doux.

— Est-ce que tu es heureuse, Isabelle ? demanda-t-il enfin.

Sa question la prit au dépourvu.

— Bien sûr ! T'ai-je donné la moindre raison d'en douter ?

Il sourit gentiment, les yeux toujours plongés dans ceux d'Isabelle.

— Je veux te voir heureuse. Je veux que tu oublies le passé comme si ce n'était qu'un mauvais rêve…

— Vu d'aujourd'hui, mon passé est aussi flou et lointain qu'un cauchemar au réveil, le rassura-t-elle.

— Alors, je suis satisfait.

— J'aurais aimé que tu sois mon époux dès le début.

J'aurais aimé ne jamais connaître Alistair Neil ou sa famille au cœur de pierre.

— J'aurais aimé cela aussi, répondit-il.

Ban n'ajouta pas que, sans le premier mariage malheureux d'Isabelle, Archibald Graham n'aurait jamais accepté qu'il épouse sa fille : il ne s'était tourné vers lui qu'en dernier recours… Cette pensée l'attristait encore, mais au moins elle ne le mettait plus en colère, ne le rendait plus amer. Au final, il avait gagné : il avait l'épouse dont il rêvait.

Soudain, Isabelle poussa un profond soupir.

— Mon seul regret, murmura-t-elle, est que Hugh ne saura jamais rien de mon bonheur…

Ban l'embrassa sur le front avec douceur.

— Peut-être bien qu'il peut nous voir, de là où il est.

— Crois-tu vraiment que les prêtres ont raison ? Que les morts veillent sur les vivants ?

— J'aime penser que c'est vrai.

— Il est vrai que c'est une pensée réconfortante, dit-elle d'un air un peu absent.

— Nous avons tous besoin de réconfort, de temps à autre…

Quelques semaines après la célébration de l'anniversaire d'Isabelle, Ashlynn donna naissance à une petite fille aux yeux bleus comme ceux de sa mère. Iain parut enchanté de la nouvelle, et Ban sembla soulagé de voir que sa sœur et l'enfant se portaient bien. Pour sa part, quand Isabelle se pencha sur le petit être encore si fragile, une boule se forma dans sa gorge. Elle n'avait pourtant pas à être jalouse, mais elle ne parvint pas à étouffer ses sentiments. Comme cela devait être merveilleux de mettre au monde une nouvelle vie, de la regarder grandir, mûrir, de recevoir l'amour sans faille que tout enfant offre à sa mère… Sa poitrine se tendit, douloureuse, sous le poids de sa tristesse. Du coin de l'œil, elle jeta un rapide regard à son époux. Peut-être qu'un jour ils auraient eux aussi un enfant, aussi fort et beau que son père. Ce jour-là, enfin, elle pourrait laisser son passé derrière elle…

Ban n'eut aucune difficulté à décrypter le regard d'Isabelle : elle désirait un enfant à son tour et il se ferait une joie de l'aider de toutes les manières possibles. Cependant, il ne pouvait chasser l'ombre du conflit de ses pensées. Avant de pouvoir vivre en sécurité avec elle, il devait éliminer Murdo… Ce n'était pas le moment d'assombrir l'humeur générale, et mieux valait ne rien dire de ses soucis pour le moment. L'heure de l'attaque viendrait bien assez tôt ; maintenant qu'Ashlynn avait donné naissance à sa fille et qu'elle était hors de danger, Iain se tournerait sans tarder vers l'organisation du raid.

Très vite, Ban comprit qu'il avait eu raison. Laissant les femmes en pleine admiration de l'enfant, Iain le prit à part.

— Nous préparerons l'assaut de Castlemora dès demain, lui confia-t-il.

— Quand partirons-nous ?

— Dès la fin des moissons. Je ne peux pas me permettre de détourner les hommes de leurs travaux pour le moment.

Ban acquiesça. Les champs étaient presque prêts, aidés par la chaleur d'un été particulièrement sec.

— Ainsi soit-il, murmura Ban.

— Nous ne pouvons pas nous permettre de reculer le départ plus que cela. Plus tôt nous en aurons fini avec Murdo, mieux cela sera pour nous tous.

Il s'interrompit un instant, affichant un sourire triomphant.

— Castlemora aura bientôt un nouveau seigneur…

— Oui…

Iain dévisagea Ban d'un air interrogateur. Sans doute avait-il senti son inquiétude.

— Quelque chose ne va pas ? demanda-t-il.

— C'est seulement difficile à accepter : après avoir été dépossédé de mes biens pendant tant d'années, j'ai peine à croire que je vais de nouveau devenir un seigneur terrien.

— Je peux te comprendre. A ta place, je pense que je me sentirais tout aussi perdu que toi. Mais le moment est venu et nous devons agir. Ce n'est qu'en détruisant Murdo que tu pourras retrouver ton rang.

— Et je l'assumerai sans problème, ne t'inquiète pas, lui assura Ban.

Iain se tut un instant, puis reprit :

— Comment va ton épaule ?

— Je n'ai pas encore retrouvé toute ma force, mais je m'entraîne un peu plus chaque jour. Le moment venu, je serai prêt.

— Bien. J'ai besoin de toi à mes côtés, mon frère, crois-moi…

— Et je serai là pour te soutenir.

Ban s'interrompit, songeur, les yeux fixés sur son compagnon.

— Une dernière chose, dit-il enfin, quand nous aurons retrouvé Murdo, je veux que tu me laisses m'en charger.

Iain acquiesça.

— C'est d'accord.

Pénétrant dans la chambre, les deux fils d'Ashlynn observèrent le berceau d'un air dubitatif. Puis, Robert se tourna vers elle.

— Une fille ?

Il paraissait à la fois curieux et stupéfait, ouvrant de grands yeux ronds. De toute évidence, l'idée même d'une petite fille dans la famille le dépassait.

Ashlynn ne put s'empêcher de sourire.

— C'est cela : vous avez une petite sœur.

Robert observa le bébé de nouveau, avec une certaine hésitation.

— C'est bien… En tout cas, je suppose. Mais, maman, elle est toute petite !

— Tous les bébés sont petits, expliqua Ashlynn. Ne t'inquiète pas, elle va grandir.

— Elle ne sera pas très utile pour jouer à chat, pour l'instant, non ?

— Non, en effet…

Isabelle croisa le regard d'Ashlynn et sourit. Finalement, elle quitta la pièce, laissant les garçons avec leur mère, et retourna dans la chambre qu'elle partageait à présent avec Ban. Il n'était pas là. Seule Nell était présente, occupée à plier des vêtements pour les ranger. Dès l'arrivée d'Isabelle, elle leva les yeux et demanda :

— Vous avez vu le bébé, milady ?

— Oui. Elle est vraiment très jolie, on pourrait même dire parfaite sous tous rapports…

— C'est une bonne nouvelle. J'espère que dame Ashlynn se porte bien.

— Oui, très bien, répondit Isabelle.

— Tant mieux. L'accouchement est épuisant pour une femme…

Isabelle ne dit mot. Elle était prête à endurer toutes les douleurs du monde pour avoir un enfant, pour offrir à son époux le fils qu'il attendait tant — *les* fils, si elle avait de la chance… Et des filles également. Elle ne put s'empêcher de sourire. Ban était suffisamment gourmand en matière de sexe pour engendrer une dynastie, et il ne négligeait jamais ses devoirs conjugaux ! Depuis leur mariage, il ne s'était passé presque aucune nuit sans qu'il ne vienne réclamer son droit et elle avait toujours été ravie de le lui accorder. De toute manière, le simple fait de penser à lui suffisait à éveiller la flamme du désir en elle. Ban était inventif, parfois pressant, mais il ne lui avait jamais fait de mal… Dans ses bras, elle ne connaissait que bonheur et plaisirs.

Soudain, elle se rendit compte que leurs délicieuses étreintes n'avaient subi aucune interruption. *Elle n'avait pas saigné depuis des semaines.* Lentement, elle compta dans sa tête, le souffle court et, instinctivement, porta la main à son ventre. Luttant pour contrôler une excitation grimpante, elle ferma les yeux et s'obligea à recompter une seconde fois. Elle en arriva au même résultat : elle aurait dû saigner *trois semaines* auparavant ! Si sa poitrine la faisait souffrir, depuis le matin, ce n'était peut-être pas à cause de sa tristesse et de sa jalousie, finalement… Son cœur se mit à battre plus fort. Seigneur, était-ce possible ?

— Est-ce que tout va bien, milady ? demanda soudain Nell en la tirant de ses pensées.

— Comment ? Oh ! Oui. Tout va très bien.

— Vous êtes sûre ? Vous avez l'air pâle, tout d'un coup…

— Ne t'inquiète pas, ce n'est rien, lui répondit Isabelle.

— Vous devriez peut-être vous installer à la fenêtre pour respirer un peu d'air frais.

Isabelle réprima un sourire. Elle était bien trop excitée pour s'asseoir !

— Je pense que je vais me promener un peu.

Sans laisser à Nell le temps de poser plus de questions, elle quitta la chambre et s'immobilisa un instant dans le couloir. Elle préférait éviter de croiser qui que ce soit pour le moment, et décida d'aller sur la terrasse du toit. Elle la trouva vide, comme elle s'y attendait, et savoura un instant le silence. Elle fit les cent pas un long moment, incapable de contenir son bonheur, et tenta de se recentrer. Devait-elle rire, ou pleurer ? Ou bien faire les deux à la fois ? Au final, elle se laissa emporter par ses émotions, sans plus chercher à se contenir.

Lorsqu'elle se calma un peu, quelques minutes plus tard, elle put enfin réfléchir posément à la situation. Elle ne pouvait être enceinte depuis longtemps, et il valait mieux garder la nouvelle pour elle tant qu'elle n'était pas sûre. Dans une semaine, elle devrait saigner de nouveau. Si cela n'arrivait pas, alors… L'espoir qui l'envahissait menaçait de l'étouffer. Elle baissa les yeux vers son ventre encore plat. Portait-elle réellement l'enfant de Ban ? Si c'était bien le cas, cela voulait dire qu'elle était tombée enceinte très rapidement. Son cœur s'emplit de joie à tel point qu'elle eut peur qu'il explose. Comment allait-il réagir lorsqu'elle lui annoncerait la nouvelle ? Il serait sans doute ravi : l'avenir dont ils avaient tant rêvé était enfin à portée de main… Tremblante, elle joignit les mains et leva les yeux au ciel.

— Je vous en prie, mon Dieu, faites que ce soit vrai…

Elle demeura encore un long moment sur la terrasse avant de contrôler suffisamment ses émotions pour se présenter face aux autres — et surtout face à Ban. Il était hors de question de lui laisser espérer un enfant tant qu'elle n'était pas absolument certaine…

En dépit de toutes ses bonnes intentions, elle fut cependant incapable d'agir comme si de rien n'était et se surprit plusieurs fois à sourire. Son excitation l'emplissait tant qu'elle menaçait de déborder à tout instant. La semaine qui suivit se déroula avec une lenteur presque insupportable mais, à la fin, elle n'avait toujours pas saigné, de plus, sa poitrine semblait avoir grossi un peu et la faisait parfois souffrir… Puis enfin, un matin, elle s'éveilla avec des nausées inexplicables. Malgré son malaise, elle se sentit alors le cœur léger.

Ban quitta la chambre un peu plus tôt que d'habitude, ce jour-là, et elle resta seule au lit. L'imminence du raid contre Murdo occupait énormément son époux et il tenait à accomplir ses tâches au mieux : les moissons approchaient, presque tous les hommes étaient employés aux champs, ce qui redoublait sa charge de travail. Il passait aussi de nombreuses heures, chaque jour, à entraîner son épaule affaiblie pour retrouver sa puissance d'autrefois. Isabelle savait, ce matin-là, qu'elle ne le verrait pas avant le repas, et elle avait hâte de pouvoir se trouver en tête à tête avec lui pour lui annoncer la nouvelle ! Soudain, une nouvelle vague de nausées l'obligea à se lever pour se précipiter au-dessus de la cuvette.

Au même instant, Nell entra dans la pièce et dévisagea sa maîtresse d'un air surpris et soucieux.

— Seigneur, êtes-vous malade, milady ?

Isabelle se redressa lentement et s'essuya la bouche.

— Non, je n'ai jamais été mieux !

L'air stupéfait, Nell fronça les sourcils.

— Je ne comprends pas…

— Je suis enceinte, Nell !

La vieille femme la fixa un instant avec de grands yeux abasourdis, puis son visage s'illumina d'un sourire incrédule.

— Dieu et tous les saints nous bénissent ! s'écria-t-elle. Quelle merveilleuse nouvelle !

— Oui, n'est-ce pas ?

— Depuis combien de temps ? demanda-t-elle après un court silence.

— Depuis deux mois, je pense…

— Et… est-ce que lord Ban le sait ?

— Non, pas encore.

— Il sera ravi, j'en suis certaine ! Quel époux ne le serait pas en apprenant une telle nouvelle ?

Isabelle sourit à son tour, les jambes encore un peu tremblantes.

— Mon rêve se réalise, murmura-t-elle. Je suis si impatiente de le lui annoncer…

Elle s'assit sur le bord du lit avec précaution, pour laisser le temps à son estomac de se calmer.

— Nous avons attendu ce moment depuis le premier jour, poursuivit-elle. Jamais je n'aurais cru que cela puisse arriver aussi vite…

Nell s'installa auprès d'elle et lui prit la main.

— Je suis vraiment heureuse pour vous, milady.

— Oh, Nell ! J'avais tellement peur de ne pas être capable de lui donner un enfant… Je craignais que ce qui est arrivé avant, avec Alistair, ne soit ma faute ! C'est un tel soulagement !

— Oubliez tout ce que vous avez vécu auparavant, lui répondit Nell avec douceur. Ne pensez qu'au présent.

— J'en ai bien l'intention. Je désire tant laisser le passé derrière moi. Si je pouvais extraire de mon esprit chaque souvenir d'Alistair Neil, je le ferais sans hésiter !

— Il est mort, milady — que Dieu ait son âme — et lord Ban vous a offert tout ce que votre premier époux n'a jamais su vous donner…

Nell sourit de nouveau, visiblement transportée de joie.

— Il vous a donné un enfant ! reprit-elle d'un ton plus léger. Et celui-ci n'est sans doute que le début d'une longue lignée !

— Je l'espère de tout cœur ! répondit Isabelle avec un rire nerveux. Je veux au moins une douzaine d'enfants !

— Et il n'y a aucune raison que vous ne les ayez pas, n'est-ce pas ?

— Non, plus maintenant !

Plus tard, après s'être lavée, habillée, et rendue présentable, Isabelle quitta sa chambre et se mit à la recherche de Ban. Hélas, elle ne le trouva ni dans la grande salle, ni dans la cour. A court d'idées, elle demanda à un domestique s'il l'avait vu et appris qu'il était dans le bureau de lord Iain, en grande conversation avec lui. Déçue, elle se résigna à prendre son mal en patience. Elle n'avait qu'à s'occuper en raccommodant la pile de vêtements qui l'attendaient. Tout en travaillant, elle songea alors qu'elle allait devoir confectionner des habits pour le bébé et remonta jusqu'à la tour, le sourire aux lèvres.

Finalement, elle ne revit pas Ban avant le soir. Le temps qu'il avait passé dehors, ces derniers jours, lui avait fait du bien : sa pâleur maladive avait disparu, remplacée par un bronzage fauve qui soulignait ses traits énergiques et volontaires. Personne n'aurait cru qu'il venait de sortir de convalescence… Avec sa chevelure lumineuse et son corps athlétique, il avait retrouvé toute son aura de puissance ! A l'heure du repas, il s'installa aux côtés d'Isabelle. Le cœur de celle-ci se mit à battre plus fort, gonflé d'amour et de désir pour son époux, impatiente de pouvoir être seule avec lui.

La conversation tourna principalement autour de la moisson, et elle laissa les hommes parler, rire et fanfaronner. Pour sa part, elle ne put s'empêcher de songer à Castlemora. Là-bas, on devait aussi s'affairer dans les prés, mais le grain ne servirait qu'à nourrir Murdo et ses hommes. Décidément, son père et son frère devaient se retourner dans leurs tombes ! Grâce au ciel, cette déchéance touchait bientôt à sa fin…

Dans un grand effort de volonté, elle parvint finalement à se concentrer sur le repas : ce n'était pas le moment de se laisser sombrer dans la mélancolie !

— Est-ce que tout va bien, ma douce ? demanda soudain Ban d'un air inquiet.

Elle leva les yeux de son assiette et lui sourit.

— Oui, bien sûr !

— Tu paraissais bien pensive…

— Je songeais à Castlemora et aux moissons qui doivent commencer là-bas aussi. J'ai toujours adoré cette période de l'année : j'aimais regarder les charrettes rentrer le grain et sentir les mois d'hiver s'achever.

— Tu reverras les moissons chez toi bientôt, lui répondit-il, je te le promets. Et nous fêterons l'été avec un festin tel que tu n'en as jamais connu !

— Attention, je te ferai tenir parole.

Ban eut un petit rire.

— La saison devrait être bonne, cette année, reprit-il. Nous n'avons plus qu'à espérer que le beau temps tienne encore un peu…

— Oui, espérons-le.

Ban surprit une tristesse furtive au fond des yeux d'Isabelle et préféra changer de sujet.

— Tu m'as manqué, aujourd'hui.

Elle le dévisagea, surprise, puis haussa les épaules.

— J'imagine que tu étais bien trop affairé pour penser à moi.

— Tu te trompes : tu occupes très souvent mes pensées, quoi que je fasse…

— Vraiment ? demanda-t-elle d'un air un peu malicieux. Et à quoi pensais-tu ?

Ban se pencha vers elle et lui murmura quelques mots à l'oreille. Les joues d'Isabelle en rosirent et il ne put réprimer un sourire attendri.

— Tu es vraiment très belle, quand tu souris…

Gênée, Isabelle jeta un regard alentour, mais personne ne semblait s'intéresser à leur conversation privée. Elle préféra malgré tout baisser la voix pour répondre avec une feinte sévérité :

— Tu es vraiment incorrigible !

— En ce qui nous concerne, c'est certain…

Il se tut un instant, puis reprit à mi-voix :

— Et toi ? As-tu pensé à moi, aujourd'hui ?

— Peut-être bien. Une fois ou deux…

— Pas plus ? demanda-t-il d'une façon un peu théâtrale. Dans ce cas, je dois faire en sorte que tu ne puisses m'oublier !

— Et comment comptes-tu t'y prendre ?

— Je te montrerai plus tard, quand nous serons seuls…

Cette simple promesse suffit à éveiller un frisson d'impatience en elle. Lorsqu'ils seraient seuls, elle lui annoncerait la nouvelle, songea-t-elle avec un petit sourire ; mais, pour le moment, elle se contenterait de savourer son secret un peu plus longtemps. Ban, pour sa part, la dévisageait toujours d'un air curieux. Sans doute sentait-il quelque chose de changé en elle sans pour autant être capable de deviner ce qui se passait…

Elle lui cachait quelque chose, c'était certain ! Quoi qu'il en soit, son petit sourire mystérieux avait un côté si séduisant que Ban se sentit particulièrement impatient de l'avoir de nouveau pour lui seul…

A la fin du repas, il ne perdit pas de temps pour se lever et lui tendre la main.

— Allons-y, proposa-t-il.

Elle acquiesça et tous deux souhaitèrent une bonne nuit à leurs compagnons de tablée avant de quitter la grande salle. De nombreux sourires les accompagnèrent jusqu'à la porte, mais Ban les ignora. Quelques instants plus tard, ils arrivèrent à leur chambre et Ban prit soin de verrouiller la porte derrière eux. Enfin, il prit Isabelle dans ses bras pour l'embrasser longuement.

— J'ai attendu ce moment toute la soirée, soupira-t-il.

— C'est tout ce que tu avais l'intention de faire ? demanda-t-elle avec un sourire mutin.

— Oh non, ma chérie, ce n'est que le début !

Il s'écarta le temps de la déshabiller, sans un mot, puis entreprit de faire de même avant de l'allonger sur le lit. Là, ils firent l'amour passionnément. Emportée par des flots de plaisir, elle ne pensa plus à rien, comme si le monde s'effaçait autour d'eux, autour de cette chambre et de ce lit... Lorsque la tempête s'apaisa, ils demeurèrent allongés, côte à côte. Isabelle se pelotonna dans le creux de l'épaule de son époux, n'écoutant rien d'autre que les battements de leurs deux cœurs, enivrée du parfum musqué de sa peau qu'elle avait appris à si bien connaître. Tout son corps se détendait, fatigué et excité à la fois par la présence protectrice de Ban. Enfin, au bout d'un long moment, elle rouvrit les yeux et lui sourit. Non, le feu qui les animait ne s'éteindrait pas ; la nuit ne faisait que commencer... N'était-ce pas indécent de ressentir tant de bonheur en faisant l'amour ? L'Eglise condamnerait sans doute de tels excès ! Mais être allongée, nue, auprès de Ban n'avait rien d'un péché ; cela ressemblait plutôt au paradis. Surprise par son propre blasphème, elle sourit paisiblement. Hélas, l'Eglise ne voyait dans le mariage qu'un moyen de procréer — on ne devait pas y prendre plaisir. Soudain, elle se rappela qu'elle n'avait pas encore annoncé la bonne nouvelle à Ban et se redressa sur un coude.

— Qu'y a-t-il ? demanda-t-il.

— Je pensais simplement au plaisir...

A ces mots, il sourit.

— Tout vient à point, ma chérie.

— Non, je ne parlais pas de cela.

— Ah bon ?

Son sourire se mua en curiosité.

— De quoi parlais-tu ?

— Je me disais que certains pourraient considérer ce que nous vivons comme un péché.

— Dans ce cas, ils sont idiots ! répliqua-t-il. Si Dieu n'avait pas voulu que nous trouvions du plaisir au lit, il ne nous aurait pas donné les moyens d'en ressentir…

Tendrement, il lui caressa l'épaule, éveillant un frisson délicieux sur la peau d'Isabelle.

— Le plaisir n'est qu'une célébration des dons de Dieu, poursuivit-il.

— En parlant de dons…

— A mes yeux, Il t'en a offert beaucoup, glissa-t-il d'un air malicieux.

— Il m'en a confié un nouveau à présent… Pour toi…

— Et quel est ce don ?

— Le plus grand que nous puissions recevoir : un enfant.

A ces mots, Ban s'immobilisa et la dévisagea un long moment sans rien pouvoir dire. Avait-il bien entendu ?

— Un enfant ? répéta-t-il, hébété. Est-ce que tu veux dire que tu es… ?

Elle acquiesça doucement.

— Oui, je vais avoir un bébé.

Durant plusieurs minutes, il demeura incrédule, mais le regard d'Isabelle ne mentait pas. Soudain, son cœur se mit à battre la chamade et Ban se sentit pris d'un vertige délicieux. Son plus grand souhait lui était enfin accordé ! Elle allait avoir un enfant ; *leur* enfant. Ainsi, il pourrait perpétuer sa lignée et honorer ses ancêtres. Les larmes aux yeux, il finit par murmurer :

— Mon amour, c'est merveilleux ! Est-ce que tu es bien certaine de ce que tu dis ?

L'espace d'un instant, Isabelle se figea. Comment venait-il de l'appeler ? « Mon amour » ?

— Isabelle ? reprit Ban.

S'obligeant à écouter, elle esquissa un sourire nerveux.

— Oui, j'en suis certaine. Cela fait plusieurs semaines que je m'en doute, mais je voulais être sûre avant de t'en parler.

— Quand… Quand est-ce que l'enfant naîtra ?

— Au printemps.

Ban éclata de rire, visiblement soulagé.

— Je vais être père !

— Oui…

— C'est vraiment la chose la plus merveilleuse qui me soit arrivée !

Soudain, il parut s'apaiser et posa avec tendresse la main sur le ventre d'Isabelle.

— Je ne pensais pas que cela viendrait si vite…

— Eh bien, disons que tu as bien rempli ton rôle, répondit-elle en riant à son tour.

Mais le sourire de Ban s'effaça brutalement, remplacé par un regard inquiet.

— Tu aurais dû me le dire avant que nous ne fassions l'amour. Je n'aurais pas été si…

— Ban, tout va bien, le rassura-t-elle. Je ne suis pas si fragile.

— Tout de même ! Je n'aurais pas dû me montrer si brutal. Est-ce que je t'ai fait mal ?

— Bien sûr que non !

Elle l'embrassa avec douceur.

— Tu n'as pas à t'en faire, ajouta-t-elle.

Ban se rallongea lentement, emporté par un tourbillon d'émotions violentes. Il devait se calmer ! Jamais il n'aurait cru apprendre une telle nouvelle si vite… L'aveu d'Isabelle s'insinuait peu à peu en lui, prenait corps. *Il allait être père !* Cette nouvelle responsabilité le remplissait de bonheur et d'angoisse à la fois. Débordant de gratitude, il embrassa la main de sa femme.

— Merci, chuchota-t-il à son oreille, la gorge nouée. J'ai rêvé de cet instant pendant si longtemps…

— Je le sais.

Elle eut un instant d'hésitation, puis reprit d'un air mal assuré :

— Je prie pour que ce soit un fils, mais…

— Ce sera ce que Dieu voudra. Le plus important est que nous allons avoir un enfant.

— Pas qu'un seul, je l'espère !

— Dans ce cas, nous n'avons pas à nous inquiéter du sexe du premier-né !

Il l'attira vers lui et la serra dans ses bras.

— Depuis toutes ces années, reprit-il, je croyais ne jamais connaître un tel bonheur.

— Et moi donc…

— Tu n'as rien à te reprocher, ma douce.

— Peut-être, mais c'est tellement important pour moi de savoir que ce n'était pas ma faute !

Soudain, il comprit à quel point elle avait dû souffrir. Il avait lui-même participé à cette torture, du moins au début, en se laissant guider par ses doutes. Comment avait-il pu manquer de confiance à ce point-là ? Une honte cuisante l'envahit. *C'est toujours l'épouse que l'on blâme quand un couple n'a pas d'enfant.* Quelle bêtise !

— Ma chérie, murmura-t-il, je suis vraiment désolé…

L'air surpris, elle leva les yeux vers lui.

— Désolé de quoi ?

— D'avoir douté de toi, de ne pas t'avoir fait confiance. Ma conduite me dégoûte, à présent…

— Mais, tu ne t'es pas mal comporté envers moi, protesta Isabelle.

— Peut-être pas de la manière à laquelle tu penses, mais de bien d'autres façons, oui.

— Ce n'est pas vrai !

— Si, soupira-t-il. Lorsque nous nous sommes rencontrés, j'ai failli t'agresser au bord de ce lac ; et je t'ai contrainte à une série de rendez-vous clandestins dans la grange… N'importe qui dirait que ce n'est pas digne d'un chevalier !

— Tu as pris des risques face à une femme que tous croyaient stérile quand la plupart des hommes se seraient contentés de fuir, c'est tout.

— J'ai profité des rumeurs pour me servir de toi…

— Peu importe : cela a fini par marcher ! Nous avons enfin réalisé notre rêve, dit-elle avec ferveur.

Ban haussa les épaules, peu convaincu.

— Cela ne m'aide pas à accepter mes erreurs…

— Ne perdons pas de temps à ressasser le passé, Ban ! lui

répliqua-t-elle. Nous avons beaucoup de choses à construire ensemble.

Rassuré de savoir qu'elle ne lui en voulait pas, il l'embrassa tendrement sur la joue. Avant de pouvoir se tourner vers l'avenir, il devait détruire la menace qui pesait encore sur eux. La nouvelle qu'Isabelle lui avait annoncée ce soir rendait le raid encore plus urgent : leur enfant rentrerait dans son héritage, quoi qu'il en coûte ! Après cela, Ban aurait tout son temps pour se racheter, devenir enfin un bon époux…

Chapitre 17

Les moissons commencèrent enfin, et tous les habitants de Glengarron — à l'exception des plus jeunes et des plus vieux — travaillèrent aux champs. Les hommes coupaient le blé, et les femmes rassemblaient les bottes pour les entreposer. Champ après champ, les glaneurs suivaient les moissonneurs pour ramasser tout le grain oublié. On ne pouvait pas se permettre d'en perdre une once… Les enfants eux-mêmes aidèrent de bonne grâce et les greniers se remplirent peu à peu. Tout le monde travaillait en souriant malgré la fatigue. Les récoltes étaient bonnes et l'année serait faste !

Isabelle proposa son aide, mais Ban ne voulut rien entendre.

— Tu es enceinte, et je refuse que tu fasses un travail aussi fatigant, dit-il, catégorique.

— Les autres femmes travaillent bien aux champs, elles !

— Tu n'es pas les autres femmes, tu es mon épouse. De plus, la moisson n'est pas un travail pour une dame.

— Je l'ai déjà fait, protesta-t-elle.

— Peut-être, mais tu ne le feras plus.

— Très bien. Puisque tu le prends ainsi, je n'irai pas aux champs.

Ban la fixait d'un regard sans réplique.

— Je sais ce qui est bon pour toi, lui répondit-il.

— Tu n'as pas encore perdu toute ton arrogance, à ce que je vois…

A ces mots, il dut réprimer un sourire. Elle savait toujours le rendre heureux, sans même le faire exprès… Il n'aurait pas dû insister dans son simulacre d'autorité, mais la tentation fut trop forte.

— Je suis ton époux et je compte bien être obéi.

Isabelle croisa les bras d'un air agacé.

— J'obéirai cette fois, uniquement parce que je comprends tes arguments.

Un frisson d'excitation traversa Ban.

— Tu m'obéiras en toutes circonstances, que tu comprennes mes arguments ou pas, reprit-il.

— Sinon ?

— Sinon, tu en subiras les conséquences !

— Comment ? Espèce de manipulateur arrogant et…

— Manipulateur ? Arrogant ? Est-ce vraiment comme cela que tu me vois ? Je ferais mieux de correspondre à cette étiquette, dans ce cas !

Sans lui laisser le temps de protester, il la prit dans ses bras, la serra contre lui et l'embrassa avec fougue.

Isabelle sentit la chaleur pressante, avide, des lèvres de Ban contre les siennes. Contrainte à pencher la tête en arrière sous la pression de celui-ci, elle tenta de lutter, mais en vain. Face à lui, elle semblait aussi faible qu'un nouveau-né… Le souffle coupé, toujours en colère contre lui, elle ne put cependant réprimer une vague de désir. Il se montrait délibérément provocateur, mais elle était incapable de lui résister, quelles que soient les circonstances. Elle n'abandonna pas pour autant la lutte et se débattit de plus belle, malgré la flamme qui échauffait son corps tout entier. Lentement, comme ses forces s'épuisaient, elle finit par capituler. Le souffle court, elle leva les yeux vers lui tandis qu'il s'écartait légèrement — sans pour autant la relâcher.

— Laisse-moi, Ban, lança-t-elle.

— Non.

— Laisse-moi, voyou !

— Est-ce que je sens une pointe d'insoumission conjugale ? Il faut y remédier sans plus attendre !

Sans prévenir, il la souleva de terre et rebroussa chemin le long du couloir, Isabelle dans ses bras. Elle tenta de reposer le pied au sol, mais tous ses efforts ne servirent à rien. Avec une facilité déconcertante, Ban la porta jusqu'à leur chambre. Il referma la porte d'un coup de pied derrière eux et la conduisit jusqu'au lit, où il l'allongea. S'installant au-dessus d'elle pour l'empêcher de fuir, il supporta sans la moindre peine les coups de poing qu'elle donnait contre son buste, à la fois exaspérée et poussée par le désir. Enfin, sans doute lassé de ce combat, il lui attrapa les poignets et les maintint d'une main contre le matelas, au-dessus de sa tête. Alors, toujours sans un mot, il l'embrassa, avec tendresse cette fois. La flamme du désir se répandit en Isabelle, éveillant chaque recoin de son corps et relaxant peu à peu tous ses muscles tendus. Elle lui rendit son baiser. Ban s'écarta pour mieux la voir et murmura d'un air satisfait :

— Voilà qui est mieux…

Isabelle faillit répliquer vertement lorsqu'elle aperçut son sourire satisfait. Elle comprit enfin son stratagème.

— Tu as fait exprès de me mettre en colère ? demanda-t-elle, incrédule.

— Eh oui !

— Et moi, j'ai mordu à l'hameçon !

Comment avait-elle pu ne pas déchiffrer ses intentions plus tôt ? Elle commençait pourtant à bien le connaître…

— Oui, tu es rentrée dans mon jeu sans même t'en apercevoir, répondit-il d'un air victorieux.

Elle ne put s'empêcher de rire, malgré son agacement.

— J'aurais pourtant dû m'en douter.

— En effet…

Ils se dévisagèrent un instant en silence, puis Isabelle tenta de se libérer une nouvelle fois, mais Ban ne bougea pas d'un pouce.

— Ban ?

— Isabelle ?

— Vas-tu, oui ou non, me laisser partir, maintenant ?

— Non, répondit-il posément.

Puisque Ban refusait de la voir aider aux moissons, Isabelle s'occupa à confectionner une garde-robe pour son bébé et aida Ashlynn à s'occuper des corvées ménagères. Elle appréciait la compagnie des autres femmes et se lia de plus en plus à elles. Après avoir passé tant de temps privée d'attentions féminines, ces nouvelles amitiés lui étaient d'autant plus précieuses. Malgré toutes ses occupations, elle ne pouvait s'empêcher de sentir une certaine anxiété l'envahir à l'arrivée de la fin des moissons. Dès que les travaux aux champs seraient achevés, les hommes partiraient à l'assaut de Castlemora…

Elle n'était visiblement pas la seule à s'inquiéter : Ashlynn aussi était d'humeur inhabituellement sombre.

— J'ai beau avoir déjà vu Iain partir au combat de nombreuses fois, lui avoua-t-elle, je me sens toujours aussi nerveuse…

— Maudit soit Murdo, répondit Isabelle entre ses dents. J'aimerais que ce meurtrier meure d'une attaque ou se brise le cou en tombant de cheval, ou même s'étouffe à table ! Le problème serait enfin réglé.

— Oui, ce serait une solution idéale pour tout le monde.

— Et pourtant, cela n'arrivera pas, n'est-ce pas ? demanda-t-elle avec une pointe d'espoir absurde.

— J'en doute fort.

Isabelle soupira.

— Je veux que nous reprenions Castlemora et je veux voir mon frère vengé, mais j'aimerais que nous puissions faire cela sans la moindre perte pour Glengarron…

— Le raid causera le moins de pertes possible pour nous, lui assura Ashlynn. Iain y veillera, comme il le fait toujours.

Plus tard, Isabelle repensa aux paroles de sa belle-sœur. Pourvu qu'elle ait raison ! Ban avait beau se faire un devoir de la tenir au courant des grandes lignes de leurs plans, il n'entrait jamais dans les détails et n'avait pas pris la peine de lui exposer leur stratégie. Sans doute n'y avait-il même pas pensé : aucun homme ne discuterait de telles choses avec une femme… Elle ne put s'empêcher de sourire en imaginant sa réaction si elle lui posait des questions précises au sujet du raid. Bien sûr, elle n'en avait pas l'intention : dans ce monde d'hommes, sa curiosité aurait été reçue avec désapprobation, ou amusement.

Comme l'après-midi touchait à sa fin, fatiguée de ses travaux d'aiguille, Isabelle décida de se promener avant le soir. Un peu d'air frais lui ferait le plus grand bien et, avec un peu de chance, elle pourrait croiser Ban pour discuter quelques instants. Hélas, ce fut peine perdue : après l'avoir cherché en vain, elle apprit qu'il était parti au village avec quelques hommes, et personne ne put lui dire quand il rentrerait. Elle hésita un instant : si elle voulait vraiment le voir, elle pouvait toujours marcher à sa rencontre, en direction du village, qui n'était qu'à une lieue du château. Après tout, pourquoi se priver ? Il faisait beau, le fond de l'air était doux… Elle le rejoindrait là-bas ou bien en chemin. Oui, elle allait partir à sa rencontre. Personne ne pourrait la blâmer de sortir du parc si elle était accompagnée. Elle fit donc appeler Nell et toutes deux partirent sur la route de terre battue.

La promenade était agréable et Isabelle sentit ses soucis s'envoler sous la brise qui faisait bruisser les arbres. La route contournait le château puis longeait la vallée, au bord d'une petite rivière. Au loin, les collines dessinaient leurs silhouettes bleutées sur l'horizon. Çà et là, les champs dorés étalaient leurs reflets sous le soleil. Bientôt, toute la paille abandonnée sur la terre serait brûlée et de nouveaux sillons seraient creusés pour accueillir les prochaines plantations. A la droite de la route, un sous-bois plongeait dans un creux naturel jusqu'au bord de l'eau. C'était l'un des endroits les plus agréables du domaine, toujours pourvu d'un peu d'ombre pour se protéger de la chaleur estivale. Tout en marchant, Isabelle observait les méandres de la route, à la recherche de son époux et de ses hommes, mais le paysage semblait désert. Qu'allait-il dire en la voyant arriver au-devant de lui ? Sans doute serait-il surpris de la voir. Il allait certainement mettre pied à terre pour la raccompagner et envoyer ses hommes au château sans lui. Ensuite, ils profiteraient du beau temps pour se promener ensemble, elle lui raconterait sa journée, le questionnerait sur sa course au village…

Perdue dans ses pensées, elle n'aperçut pas immédiatement les silhouettes d'une troupe de cavaliers dissimulés dans l'ombre des arbres. Soudain, l'un d'entre eux s'avança sur la route devant elle. Stupéfaite, elle ralentit le pas. Etait-ce Ban ? Hélas, un regard plus attentif lui apprit que non. Un frisson glacé courut le long de son dos. L'homme était vêtu de noir, chauve, le visage traversé par une fine cicatrice et à demi couvert par une barbe méticuleusement taillée… Il tenait un arc bandé et la mit en joue sans un mot. Murdo ! Nell dut le reconnaître aussi rapidement qu'elle car elle étouffa un cri et s'immobilisa au milieu de la route. Le regard glacial du maître d'armes passa de l'une à l'autre avant de s'arrêter de nouveau sur Isabelle. Rassemblant tout son courage, elle lança :

— Que voulez-vous, Murdo ?

— Seulement vous, Isabelle.

— Vous savez très bien que je n'accepterai jamais de vous suivre.

L'usurpateur eut un sourire cruel qui la figea sur place.

— Peu importe, répondit-il. Ici, il n'y a personne pour vous protéger, pour m'empêcher de vous emmener avec moi et de faire ce que je veux de vous.

— Peut-être bien, admit-elle, refusant de céder à la panique, mais cela ne vous servirait à rien. Si vous m'enlevez, sachez que je préférerais m'ôter la vie que de vous appartenir ! Si je meurs, combien de temps croyez-vous qu'il faudra à Glengarron pour vous traquer et vous tuer ?

— Les hommes de Glengarron ne me font pas peur.

— Pourtant, ils vous ont déjà prouvé leur valeur. Vous avez payé cher votre arrogance.

— Je suis prêt à tout pour vous récupérer, Isabelle.

— Je n'ai jamais été vôtre ! protesta-t-elle. Vous ne me ferez pas céder sous vos menaces ou vos promesses ! Vous avez assassiné mon frère ; jamais je ne vous pardonnerai.

Murdo eut un petit rire mauvais.

— Hugh n'était qu'un idiot, répondit-il d'un ton léger. Il n'a eu que ce qu'il méritait.

— Qui êtes-vous pour décider du sort d'un homme ?

— Il était devenu un obstacle, je l'ai écarté. C'est tout.

Ses lèvres se fendirent d'un sourire cynique.

— Vous me connaissez depuis longtemps, Isabelle : je n'attends la permission de personne pour prendre ce que je désire.

Il pointa de nouveau son arc sur elle, mais elle ne bougea pas malgré sa terreur.

— A présent que tout est clair, je vous le demande une dernière fois : m'accompagnerez-vous à Castlemora ?

— Jamais ! s'écria-t-elle.

— Dans ce cas, si je ne peux vous posséder, alors personne ne le pourra.

A ces mots, le cœur d'Isabelle s'emballa. Cependant, il était hors de question de montrer sa peur à Murdo. Le front perlé de sueur, elle releva la tête d'un air de défi.

— Vous êtes décidément bien courageux pour menacer ainsi deux femmes désarmées…

Murdo ignora sa réplique.

— Je vais vous tuer, puis je me chargerai de ce moins-que-rien qui a osé vous épouser.

L'espace d'un instant, elle crut perdre connaissance. Un froid glacial l'envahit : il était au courant ! Bien sûr, son mariage n'avait pas été un secret et de nombreuses rumeurs avaient dû colporter la nouvelle… Devait-elle lui dire qu'elle était enceinte ? Non : s'il apprenait qu'elle attendait un enfant, cela ne ferait sans doute qu'exciter sa colère.

— Vous ne gagneriez rien en me tuant, Murdo, lança-t-elle, de moins en moins certaine de ce qu'elle devait faire.

— Si : je gagnerai la satisfaction de m'être enfin vengé !

— Laissez-nous partir.

— Certainement pas.

Il n'avait pas élevé la voix, mais son calme était presque plus terrifiant que sa rage… Isabelle le dévisagca en silence, à la recherche du moindre signe de compassion en lui. En vain. Il avait l'intention de la tuer et n'hésiterait pas un seul instant. Alors, peu à peu gagnée par la panique, elle jeta des regards furtifs alentour. Personne ne viendrait donc à son secours ? Hélas, la vallée demeurait désespérément silencieuse et déserte.

Murdo s'aperçut de son manège.

— Vous n'avez plus aucun moyen de fuir, cette fois. Ni vous, ni votre traîtresse de suivante ne m'échapperez.

En un instant, il banda son arc et la flèche partit, arrachant un hurlement à Nell. Incrédule, Isabelle vit la vieille femme vaciller sur ses pieds avant de s'écrouler dans la poussière, une flèche plantée en pleine poitrine. Alors, comprenant enfin ce qui venait de se passer, Isabelle tomba à genoux dans un cri inarticulé.

— Nell !

Mais il était déjà trop tard. Une paire d'yeux vitreux la dévisageait d'un regard vide. Soudain, un flot d'une colère meurtrière l'envahit et elle se retourna vers Murdo, les poings serrés.

— Assassin ! Lâche !

Eperdue de douleur et de peur, elle se remit péniblement sur pied tandis que Murdo tirait une seconde flèche de son carquois avant de l'appuyer contre la corde de son arc.

— Adieu, Isabelle.

L'arc grinça. Instinctivement, elle plongea sur le côté et la flèche siffla près de son oreille pour finir sa course dans un tronc d'arbre. Sans attendre la suite, elle rassembla ses jupes et partit à toutes jambes entre les arbres pour se mettre à couvert, évitant troncs et branches basses, le cœur battant à tout rompre. La terreur lui donnait des ailes, mais Murdo la talonnait. Une troisième flèche se planta dans un arbre devant elle. Dans un sursaut d'énergie, elle accéléra le pas et se faufila dans l'ombre des feuillages. Soudain, elle atteignit le haut d'une pente abrupte. Trébuchant sur l'ourlet de sa robe, elle tomba. Derrière elle, le battement sauvage des sabots approchait. Murdo allait la tuer, aussi sûrement qu'il avait tué Nell ! Terrorisée, elle faillit renoncer. Non ! La panique était son alliée ! Elle se releva maladroitement et repartit à toute vitesse, évitant de justesse les racines à fleur de terre, les rochers, sans souci des branches qui la griffaient au passage. Une centaine de pas plus loin, elle ralentit, le souffle court, et tenta de calmer les battements accélérés de son cœur.

Au même instant, une nouvelle flèche se planta avec un bruit sourd dans la terre meuble à ses pieds. Murdo jouait avec elle… Il avait toujours été un excellent archer ; s'il la manquait, cela ne pouvait qu'être fait exprès. Il voulait sans doute profiter de ces instants de terreur pour la punir et devait savourer la peur qu'il savait instiller en elle. Croyait-il qu'elle allait se jeter à ses pieds, pleurer, le supplier de lui laisser la vie sauve ? Jamais de la vie ! Elle ne lui donnerait pas une telle satisfaction ! Elle s'immobilisa de nouveau, le temps de jeter un coup d'œil par-dessus son épaule : les cavaliers la suivaient au milieu des arbres. Devant elle, hélas, le sous-bois s'ouvrait sur un champ. Si elle tentait de fuir par là, ils la rattraperaient en quelques instants… Elle devait rester sous le couvert des arbres, c'était son seul espoir. Soudain, le visage de Ban apparut devant ses yeux, presque aussi réel que s'il se tenait là, dans la forêt. Mais il n'était pas là. Il était au village, sans savoir que sa femme courait un danger mortel… Cette fois, il ne pourrait pas venir à son secours. Elle ne le reverrait sans doute jamais. Elle n'aurait sans doute jamais l'occasion de lui dire à quel point elle l'aimait. Il ne verrait jamais le sourire de son enfant. Les larmes lui montèrent aux yeux et elle fut sur le point de s'arrêter, de se laisser tomber au pied d'un arbre lorsqu'elle entendit un cri derrière elle : les hommes de Murdo l'avaient vue. Il fallait courir, courir encore, si elle voulait garder la moindre chance de survivre…

Le battement des sabots s'approcha de plus en plus. Désespérée, Isabelle courait sans se soucier de la direction qu'elle prenait, lorsque soudain elle déboucha dans une petite clairière à découvert. Le souffle court, elle vit alors trois cavaliers apparaître à une cinquantaine de pas d'elle, lui coupant la route. Sans perdre un instant, elle fit volte-face, mais deux autres hommes l'empêchaient de battre en retraite. Ce fut alors qu'un grand cheval bai s'avança entre eux et s'immobilisa à quelques pas d'elle. Murdo, du haut de sa monture, la dévisagea avec un sourire carnassier. Horrifiée, impuissante, elle le regarda tirer une nouvelle flèche de son carquois et l'ajuster sur son arc.

— Je t'avais prévenue, Isabelle : tu ne pourras pas m'échapper.

— Vous ne vous en tirerez pas comme cela ! répliqua-t-elle violemment.

— Vraiment ? Et qui va m'empêcher de tirer ? Ton noble époux ?

— Il vous pourchassera jusqu'aux confins de la terre ! Vous n'aurez nulle part où vous cacher !

— Mais je n'ai pas l'intention de me cacher, répondit-il posément. De plus, il sait très bien où me trouver. Tout ce dont j'ai besoin, aujourd'hui, c'est de lui donner une bonne raison de venir à ma rencontre…

Lentement, il banda son arc.

Isabelle frémit. Murdo ne la quittait pas des yeux — ces petits yeux cruels, sans pitié, sans remords, uniquement animés par une profonde soif de sang. Incapable de se détourner, de bouger, elle le vit lever son arc qui grinçait sous la tension de la corde. Enfin, au moment où il relâcha sa flèche, son instinct la fit plonger au sol, mais une violente douleur lui traversa le côté. Prise d'un vertige, elle atterrit sur les genoux, une main pressée contre la blessure d'où dépassait la tige empennée de la flèche. Autour d'elle, la forêt se fit plus silencieuse que jamais, seul un cheval souffla. Une ombre vint alors masquer le soleil aveuglant et un cheval bai se dessina devant elle. A bout de forces, elle s'effondra dans l'herbe, devant ses sabots. Le cavalier l'examina un instant, une seconde flèche pointée vers son cœur. Isabelle ferma les yeux, luttant contre la douleur atroce qui pulsait depuis sa blessure. Quoi qu'il advienne, elle ne supplierait pas ! De toute manière, son calvaire serait bientôt fini…

Murdo observa longuement Isabelle, au sol, mais, après son premier cri de douleur, elle ne fit plus un bruit. Il ne put s'empêcher de ressentir alors une pointe d'admiration pour elle. Elle ne le supplierait pas de l'achever. Jamais il n'aurait cru voir un tel courage chez une femme… Lentement, il abaissa son arc. Puisqu'elle voulait se montrer brave, il allait lui en donner l'occasion.

— La mort ne viendra pas vite pour toi, Isabelle. Tant que la flèche restera en place, tu souffriras. Cela te laissera peut-être le temps de te souvenir de moi jusqu'au bout.

Soudain, au milieu des arbres, l'un de ses hommes cria :

— Des cavaliers approchent, messire !

Murdo jeta un dernier regard à sa victime.

— Adieu, milady. Je me réjouis à l'idée que vos dernières pensées seront tournées vers moi.

Sur ce, il fit volte-face et s'éloigna, accompagné par ses hommes. Quelques instants plus tard, en se retournant, il n'aperçut même plus la clairière au milieu des branchages.

Isabelle entendit vaguement le tonnerre des sabots s'effacer au loin pour laisser place à un silence pesant. Rien ne bougeait autour d'elle que le vent. Même les oiseaux s'étaient tus, comme s'ils avaient senti la présence de la mort… Elle tenta de se redresser, mais la douleur la cloua au sol. Faible, elle sentait le sang couler entre ses doigts crispés. Au-dessus d'elle, les herbes hautes et le ciel sans nuages se brouillèrent. Elle referma les yeux pour chasser le vertige qui l'envahissait. Elle allait mourir ici, dans cette clairière. A présent que sa vie touchait à sa fin, elle ne craignait plus l'obscurité. La seule chose qui la tourmentait était de savoir qu'elle ne sentirait plus jamais les bras de Ban se refermer sur elle, ou ses lèvres sur les siennes. Il ne saurait jamais à quel point elle l'aimait… Elle aurait dû le lui dire tant qu'elle le pouvait encore, lorsqu'elle avait cru le perdre. A présent, c'était elle qui partait sans un adieu. Elle ne voulait pas mourir, ni perdre connaissance, mais la douleur était trop cuisante, insoutenable. Murdo l'avait condamnée à une mort lente, sans cela il aurait tiré une seconde flèche, pour abréger ses souffrances. Jusqu'à présent, elle n'avait pas su à quel point la haine pouvait être cruelle.

Mais l'amour était plus fort, susurra une voix en elle. D'une manière ou d'une autre, elle devait revoir Ban ! Dans un ultime effort, elle se redressa sur un coude et tenta une nouvelle fois de se lever. La douleur, plus vive, la tétanisa. Un voile de sueur glacé perla sur son front. A son côté, la tache de sang sur sa robe s'élargissait lentement et elle ne put retenir un cri. La gorge sèche comme de la paille, presque incapable de respirer, elle s'écroula de nouveau dans l'herbe. Le ciel se mit à tourner au-dessus d'elle puis disparut lentement, noyé d'ombres mouvantes, jusqu'à ne devenir qu'un infime point de lumière au loin. Puis ce fut l'obscurité.

Chapitre 18

Ban chevauchait au petit galop le long de la route déserte. Il avait pu conclure ses affaires au village sans la moindre difficulté et n'avait plus qu'à espérer que tous ses propres projets se déroulent aussi bien, mais il restait tout de même à régler le problème de Castlemora… S'il voulait vivre libre de toute menace, il allait devoir vaincre Murdo. L'usurpateur n'était rien de plus qu'une épine douloureuse sous sa peau : la plaie s'infecterait de plus en plus jusqu'à ce que l'épine soit retirée.

Soudain, loin devant lui, un mouvement furtif attira son regard. Plusieurs cavaliers fuyaient à travers les arbres ! Qui étaient-ils ? Même à cette distance, il était presque certain de ne reconnaître aucun homme de Glengarron parmi eux ; et puis, pourquoi ses hommes prendraient-ils la fuite en l'apercevant ? Intrigué, il immobilisa son cheval, imité par Ewan et Davy ainsi que le reste de son escorte.

— Qui est-ce ? demanda-t-il.

— Je ne sais pas, messire, répondit Davy. Je ne les ai pas reconnus.

— Moi non plus, ajouta Ewan. Les arbres sont trop denses pour y voir clair…

— Gardez l'œil ouvert et restez sur vos gardes.

La troupe se remit en route, plus lentement. Ban avançait avec prudence. Quelque chose n'allait pas… Autour d'eux, la campagne était trop calme, comme s'ils marchaient droit vers une embuscade. D'instinct, il porta la main à son épée et la tira du fourreau. Derrière lui, ses hommes firent de même.

Ils n'aperçurent pas immédiatement le corps allongé dans une tache d'ombre sous les arbres — ils guettaient au loin en quête de mouvements suspects. Soudain, Ewan alerta les autres.

— Messire ! Par ici !

Quelque chose, dans sa voix, fit frémir Ban. Il accéléra le pas et vit enfin ce qui avait arrêté Ewan. En quelques secondes, celui-ci mit pied à terre et se précipita vers les premiers arbres. S'agenouillant près du corps, il l'examina un instant puis se retourna vers Ban, l'air stupéfait.

— C'est Nell, messire. Elle est morte…

— Morte ?

Ban descendit précipitamment de cheval et le rejoignit en quelques enjambées. La pauvre femme avait été transpercée d'une flèche en plein cœur et ouvrait de grands yeux vides vers le ciel…

— Qu'est-ce que Nell faisait ici, toute seule ? demanda Ewan d'une voix grave. Elle accompagne toujours dame Isabelle, d'habitude. Cela n'a aucun sens !

— A moins qu'elle n'ait été *avec* dame Isabelle, suggéra Davy.

Aussitôt, les deux jeunes guerriers échangèrent un regard inquiet. Un soupçon terrible frappa Ban et son sang reflua de ses joues.

Ewan le dévisagea longuement.

— Il y a peut-être une autre explication, messire…

Mais Ban savait que ce n'était pas le cas.

— Déployez-vous, ordonna-t-il. Fouillez toute la zone ! Si ma femme est ici, nous *devons* la trouver.

Il n'osa pas exprimer sa crainte, mais une petite voix ne cessait de lui répéter que si Nell était morte, alors Isabelle pourrait très bien… Non ! se rabroua-t-il tandis que ses hommes formaient une longue ligne pour explorer le sous-bois sur presque toute sa largeur. Bientôt, ils découvrirent la trace de nombreux sabots : d'après la largeur de la piste, il devait y avoir eu au moins une douzaine de cavaliers. Ban se remit en selle et suivit la piste, les mains crispées sur ses rênes. Il aperçut alors une seconde flèche fichée dans un tronc d'arbre et un frisson glacé lui parcourut l'échine. Davy arriva à sa hauteur.

— Vous croyez que c'était Murdo, messire ?

— J'en suis presque certain. Cette flèche vaut toutes les signatures.

Il jeta un rapide coup d'œil alentour. Le bois, si calme et silencieux, prenait des allures plus sinistres à chaque pas.

— Suivons la piste, lança-t-il. Mais prenez garde : cela peut être un piège !

Il accéléra légèrement le pas le long de l'épaulement couvert par la forêt, suivi par ses hommes. Quelques instants plus tard, ils découvrirent deux nouvelles flèches. Que s'était-il donc passé, ici ?

Derrière lui, il entendit Davy demander à Ewan :

— Sur quoi tiraient-ils ?

— Ou sur *qui* ? répondit l'autre.

Ban serra les mâchoires. Non, il ne se laisserait pas dominer par la peur. Finalement, ils atteignirent le sommet de la petite côte et s'immobilisèrent à l'orée d'une clairière.

— Les traces de sabots font demi-tour sous les arbres, messire, murmura Davy. Il n'y a pas de doute : ils ont laissé une piste qu'un enfant de cinq ans pourrait suivre, presque comme s'ils voulaient que nous retracions leurs pas.

— Oui, c'est exactement ce qu'ils voulaient, à mon avis, répondit Ban, lugubre.

— Mais pourquoi ? Ils devaient pourtant savoir qu'ils couraient un grand danger en pénétrant sur les terres de Glengarron.

— Murdo savait exactement ce qu'il faisait, comme toujours…

— Il cherchait à nous provoquer ?

— Non : à se venger.

Soudain, Ban eut une certitude : il savait de quelle manière Murdo avait voulu prendre sa revanche ! Pour la première fois depuis cinq ans, il sentit le goût âcre de la peur s'insinuer dans sa bouche.

*
* *

Il leur fallut encore cinq bonnes minutes avant de trouver Isabelle. Dès qu'il l'aperçut, Ban se jeta au sol à ses côtés. Une flèche était plantée sous ses côtes et son visage était plus pâle que la mort... Incapable de retenir un hurlement de désespoir, il la redressa contre son torse et la serra dans ses bras soudain glacés. Autour de lui, ses hommes s'étaient rapprochés et observaient la scène en silence, témoins impuissants de l'horreur qui venait de se dérouler ici. Malgré sa terreur de la vérité, Ban pressa un doigt tremblant contre le côté du cou d'Isabelle à la recherche d'un pouls : il *devait* savoir. Plusieurs secondes s'écoulèrent, terribles, avant qu'il ne sentît une pulsation faible, presque imperceptible. Elle était en vie ! La peur et la colère combinées lui redonnèrent un accès de force. Il la souleva dans ses bras et se tourna vers ses hommes.

— Davy, amène-moi mon cheval ! Nous devons la reconduire au château le plus vite possible. Ewan, prends Callum avec toi et allez récupérer le corps de Nell.

Le voyage de retour à Glengarron ne fut pas long, mais il parut durer des siècles aux yeux de Ban. Dès qu'il pénétra dans la cour, un attroupement de curieux se forma et des exclamations révoltées s'élevèrent çà et là lorsque les domestiques aperçurent la robe ensanglantée d'Isabelle et le corps sans vie de sa suivante. Après le premier choc, un silence tendu s'éleva. La foule s'écartait devant Ban, sans un mot. Il porta avec précaution Isabelle jusqu'à leur chambre et l'allongea sur le lit. Elle était si pâle et sa main était si froide...

— Ban ? s'écria soudain la voix d'Ashlynn derrière lui. Qu'y a-t-il ? Que s'est-il passé ?

— Il a essayé de la tuer, répondit-il.

Ashlynn étouffa une exclamation choquée et examina rapidement la blessure, avant de donner une série d'ordres aux domestiques assemblés dans le couloir.

— Qui a pu faire une chose pareille ? demanda-t-elle ensuite à son frère.

— A ton avis ? Murdo !

Il devait paraître hors de lui, car elle trembla en voyant son expression. Finalement, il se releva, décidé.

— Prends soin d'elle, Ash. Je pars à la poursuite de l'usurpateur.

— Sois prudent… Tu réagis exactement comme il l'espère.

— Dans ce cas, il ne sera pas déçu. Cet assassin passe ses dernières heures sur cette terre !

Après un dernier regard à sa femme, il quitta la pièce. A peine eut-il atteint la cour qu'il entendit la voix de son beau-frère lancer des ordres. Tous les guerriers du château étaient là, armés et prêts à partir. Iain, quant à lui, se tenait auprès du corps de Nell, à présent recouvert d'un drap. Dès qu'il aperçut Ban, il le rejoignit pour lui donner une accolade réconfortante.

— Je suis vraiment désolé, mon frère. J'ai repoussé notre raid contre Murdo parce que je croyais que nous avions encore du temps devant nous, mais j'avais tort. Pardonne-moi…

Ban le dévisagea, les dents serrées. Il n'en voulait pas à Iain, bien sûr. Personne d'autre que Murdo n'était responsable de ce qui venait de se passer.

— Allons débusquer ce lâche, répondit-il. Aujourd'hui, l'un de nous ou tous deux devrons mourir.

— Je te promets que nous planterons sa tête sur une pique.

— Ainsi soit-il.

En quelques instants, ils se mirent en route, accompagnés par une trentaine de leurs meilleurs guerriers, et reprirent la piste laissée par Murdo depuis la scène du crime. Les traces étaient encore fraîches et Ban fut sur le point de s'élancer à la poursuite des mercenaires quand Ewan l'arrêta.

— Messire, pensez-vous qu'il essaie de rejoindre Castlemora ?

— Oui. Pourquoi donc ?

— Dans ce cas, nous pouvons prendre un raccourci : un ancien chemin de bergers qui coupe à travers champs. Cela nous permettrait de lui barrer la route.

Iain acquiesça.

— Il a raison.

— Très bien, répondit Ban en sondant le regard d'Ewan. Guide-nous.

Le jeune homme fit volte-face et s'engagea sur un sentier à demi effacé qui contournait l'épaulement de colline. Poussant les chevaux, ils atteignirent rapidement une surface plane qui s'étendait à perte de vue et partirent au grand galop. Toutes les pensées de Ban étaient tournées vers Murdo. Il ne pouvait plus attendre de le tenir à la pointe de son épée ! Devant ses yeux flottait encore le visage exsangue d'Isabelle. Sa joue gardait l'empreinte de sa peau glacée. Sa blessure était très grave : lorsque la flèche serait retirée, elle saignerait abondamment et le peu de forces qui lui restaient s'échapperaient en quelques instants… Même si l'on arrêtait rapidement l'hémorragie, il y avait encore le risque que la flèche ait percé un organe vital et elle saignerait encore de l'intérieur. Comment pourrait-elle survivre ? Comment l'enfant qu'elle portait pourrait-il survivre ? Il était trop tard : il avait perdu sa famille une seconde fois. A cette pensée, son cœur se brisa, mais il devait rester fort et la venger. Isabelle était tout pour lui ; il l'aimait plus que sa vie. Si elle mourait aujourd'hui, alors sa propre survie n'avait plus aucune importance ! Il mourrait peut-être avant la nuit, mais une chose était certaine : il entraînerait Murdo dans l'au-delà avec lui.

La colère le guidait. Son cheval traversait la plaine à la vitesse du vent, répondant au moindre geste, souple et puissant. Derrière lui, Iain suivait, le visage figé en un masque cruel, comme un messager de la mort ; et derrière encore, en troupe compacte, leurs hommes fermaient la marche, mûs par une même soif de vengeance. Glengarron venait d'essuyer une insulte incomparable et ne pourrait la laver que dans le sang.

Après plusieurs lieues, ils s'arrêtèrent un instant pour laisser les chevaux se reposer.

— Depuis tout à l'heure, Murdo doit penser qu'il est en sécurité, dit Iain. Il ne se doute certainement pas que nous avons gagné du terrain et que nous l'attendons.

— Ce sera sa dernière surprise, murmura Ban entre ses dents.

Au bout de quelques minutes, ils se remirent en route jusqu'au sommet de la colline suivante, où Iain leva la main pour arrêter de nouveau la troupe.

— Là-bas, lança-t-il en montrant du doigt la vallée, en contrebas.

Ban se protégea les yeux du soleil et examina le paysage. Soudain, son cœur fit un bond de satisfaction sauvage : un nuage de poussière s'élevait sur la route et une demi-douzaine de cavaliers se dessinèrent au loin.

— Les voilà.

— Oui, nous n'avons plus qu'à redescendre et à leur couper la route au milieu de ce bouquet d'arbres, en bas, indiqua Iain.

Sans un mot de plus, la troupe plongea dans l'ombre des branches, le long du sentier, et ils attendirent. Ils n'eurent pas à se montrer bien patients : rapidement, le vent leur porta l'écho de sabots sur la terre battue. Ban tira son arme, imité par les autres. A côté de lui, Iain donnait ses derniers ordres à voix basse :

— Ne faites pas de quartier. Nous ne prenons pas de prisonniers, aujourd'hui.

Des sourires meurtriers lui répondirent.

Soudain, un mouvement furtif attira leurs regards, au milieu des arbres : les mercenaires arrivaient. Tous les guerriers, en alerte, levèrent leurs armes.

— Attendez, murmura Iain. Laissons-les s'approcher.

L'homme de tête n'était plus qu'à une dizaine de mètres d'eux lorsqu'ils jaillirent de leur cachette et se campèrent en travers de la route. Les autres, surpris, jurèrent et lancèrent l'alerte. Ils s'immobilisèrent et tirèrent leurs armes tandis que les hommes de queue faisaient demi-tour dans la précipitation. Se voyant écrasés par le nombre, quelques mercenaires jetèrent leurs armes au sol, mais cela ne suffit pas à leur sauver la vie :

Iain et ses hommes chargèrent, tuant tout ce qui se dressait en travers de leur chemin. Le combat s'engagea de part et d'autre, féroce, dans un fracas de métal.

Sans se soucier des mercenaires, Ban se précipita sur Murdo, l'empêchant de fuir en plaçant Crins de Feu en travers de son chemin. La monture de Murdo, effrayée, se cabra, jetant son cavalier au sol. Mais l'usurpateur se remit immédiatement sur pied, l'arme levée. Soudain, il reconnut son ennemi et son visage se fendit d'un sourire sauvage.

— J'espérais bien que tu me pourchasses, mais je ne pensais pas que tu serais là aussi vite, lança-t-il.

— Pourtant je suis là, considère ton vœu accompli.

— Bien sûr. A présent, je peux enfin te tuer !

— Je ne suis pas si facile à abattre, lui répliqua Ban en mettant pied à terre.

Il marcha sur son ennemi, animé d'une rage glaciale et contenue.

— Tu verras qu'il est bien plus facile d'abattre une femme sans défense, poursuivit-il froidement.

— Je pensais bien que cela suffirait à éveiller ton attention...

— Scélérat... Assassin !

— Croyais-tu vraiment que j'allais te laisser Isabelle ?

— Je n'avais pas besoin de ta magnanimité : elle m'a choisi.

— Et tu vois tout le bien que ça lui a fait, répondit Murdo, goguenard. Heureusement pour elle, elle ne vivra pas assez longtemps pour regretter son choix.

Ban crispa les doigts sur la garde de son épée.

— Toi non plus. Prépare-toi à mourir, espèce de lâche !

— Crois-moi, coupa Murdo, j'aurai grand plaisir à te découper en morceaux.

— Détrompe-toi, cette fois, tu fais face à un adversaire à ta mesure !

— Ah, vraiment ?

Murdo se déplaça alors lentement en cercle autour de Ban, à la recherche d'une ouverture, puis, sans prévenir, il se jeta sur lui. Ban para l'attaque sans peine et répliqua, mais son adversaire bloqua sa lame et tous deux se lancèrent dans un combat sans merci. Aucune attaque de Murdo ne perçait la défense de Ban : il oublia tout ce qui se passait autour de lui, comme si le monde se limitait à leurs deux épées et à cet homme, l'homme qu'il haïssait le plus au monde…

Il ne vit pas tomber les complices du traître, ni ses propres compagnons, rassemblés un peu plus loin, pour observer le duel. Non, toute sa concentration était guidée par sa soif de vengeance. Chacun de ses mouvements, mortels et précis, trahissait son long apprentissage aux côtés de Iain le Noir. Sans la moindre fatigue, il levait et abaissait son épée, obligeant son adversaire à se défendre plus qu'à attaquer. Cependant, un homme qui n'a rien à perdre est le plus dangereux des ennemis, et Ban le savait. Murdo était seul à présent. Il n'avait plus aucune chance d'en réchapper et vendrait chèrement sa peau. Ban sentait son regard sombre et moqueur peser sur lui en permanence : le traître savourait la colère de son ennemi, exultait à l'idée d'en être la cause. Sans doute pensait-il que son plan avait marché, qu'Isabelle était morte… Tout ce qui lui restait à faire était de se venger de l'homme dont l'arrivée à Castlemora avait contrecarré tous ses projets, mais Ban ne l'entendait pas de cette oreille !

Murdo croisa le regard de son adversaire et ne put réprimer un sourire. Un nouvel accès d'énergie le poussa en avant et, l'espace d'un instant, Ban fut contraint de reculer sous les assauts répétés qu'il subissait. Hélas, Murdo savait bien qu'il ne tenait plus sa force que de son désespoir : les observateurs autour ne s'en apercevaient sans doute pas, mais il commençait à sentir une vive douleur au côté, là où l'épée de Ban l'avait touché lors de leur dernier combat… La plaie s'était infectée durant un moment et, encore maintenant, n'était pas entièrement guérie.

Quant à Ban, il ne montrait aucun signe de faiblesse. Son épaule ne paraissait pas le faire souffrir et sa rage le rendait plus fort. Il luttait de toutes ses forces quand soudain, apercevant sans doute une faille dans sa défense, Ban attaqua, laissant une traînée de sang derrière lui. Sans même avoir eu le temps de comprendre pleinement ce qui se passait, Murdo sentit une nouvelle blessure sous ses côtes. Un flot noir et brûlant jaillit, empoissant sa tunique. Le souffle court, il remarqua soudain le silence mortel du sous-bois. Seules leurs respirations rauques s'élevaient sur le sentier.

Malgré la blessure de son adversaire, Ban ne ralentit pas la cadence. Il éleva son épée dans un tourbillon au-dessus de sa tête et rencontra la lame de Murdo dans une pluie d'étincelles. Le traître tentait encore de se défendre, mais il n'avait plus la force d'attaquer, c'était certain. Il fatiguait, ses mouvements étaient moins précis, mais toujours aussi sauvages. Il était temps d'en finir.

Ban fit une feinte, recula d'un pas pour laisser son adversaire gagner un peu de terrain. Murdo, croyant sans doute y voir un signe de faiblesse, s'engouffra dans la brèche, un sourire conquérant aux lèvres. Mais Ban esquiva l'attaque et fit mine de trébucher pour mettre un genou en terre. Murdo plongea de nouveau au moment où Ban, roulant sur le côté, dressa son arme entre eux deux. Il était trop tard pour esquiver : le traître, emporté par son élan, vint s'empaler sur l'épée de Ban. Pendant quelques secondes, il demeura immobile, puis il s'écroula sans un cri et lâcha son épée dans la poussière. Ban retira la sienne et, dans un ultime mouvement, coupa la tête de Murdo. Durant un court instant, appuyé sur son épée, il observa, satisfait, le corps de son adversaire gisant à ses pieds. Il n'y avait pas plus violente excitation que celle de la victoire.

Iain le dévisagea un instant, observa froidement la tête du traître, puis se tourna vers ses hommes.

— Que quelqu'un m'apporte une lance !

Lorsque enfin ils pénétrèrent dans la cour de Glengarron, la nuit tombait. Leurs chevaux, épuisés, suaient et soufflaient fort. Ban, épuisé, terrifié à l'idée d'avoir perdu Isabelle, mit pied à terre et se précipita dans la grande salle, suivi de près par Iain. Seuls quelques domestiques s'y trouvaient, qui leur apportèrent précipitamment du vin et de la bière ainsi que des plateaux de nourriture. Malgré la défaite cuisante de leur ennemi, les hommes demeuraient sombres et silencieux. Ils n'avaient décroché qu'une demi-victoire…

Soudain, Ban entendit un pas léger approcher, accompagné d'un froissement de jupes, et il leva les yeux pour découvrir la silhouette de sa sœur dans l'encadrement de la porte. Avec une exclamation de soulagement, elle se précipita dans les bras de son époux puis de son frère. Ban l'embrassa, malgré la tristesse qui l'accablait, et l'attrapa par les épaules, sondant son regard à la recherche d'une confirmation de ses craintes.

— Isabelle ? murmura-t-il, la gorge nouée.

— Elle vit, répondit doucement Ashlynn.

L'espace d'un instant, il demeura muet, persuadé d'avoir mal compris, puis son cœur se mit à battre furieusement, douloureusement. Au fond de lui, une étincelle d'espoir se ralluma.

— Elle vit ?

— Oui, elle est très faible, mais elle s'accroche.

Les larmes aux yeux, Ban serra sa sœur dans ses bras.

— Emmène-moi auprès d'elle.

Il la suivit le long du couloir, les jambes tremblantes, et passa la porte de la chambre de sa femme. Meg, qui veillait la blessée, se retourna brusquement.

— Comment va-t-elle ? demanda Ban en s'agenouillant au chevet d'Isabelle.

— Elle est faible. La flèche n'a touché aucun organe vital, mais elle a perdu beaucoup de sang, messire.

A ces mots, son cœur se serra de nouveau.

— Va-t-elle s'en sortir ?

— Je ne sais pas encore, murmura Meg. Seul le temps nous le dira.

Ban ne quittait pas Isabelle des yeux, terrifié par sa pâleur et les cernes qui creusaient ses yeux. La main qu'il serrait entre les siennes était toujours si froide... S'il l'avait pu, il lui aurait donné de son sang, de sa force. Il lui aurait tout donné. Hélas, il ne pouvait que rester là et attendre, impuissant...

— Ne meurs pas, mon amour, supplia-t-il entre deux larmes. Je t'en supplie, ne meurs pas.

Pendant plusieurs journées, la vie d'Isabelle ne tint qu'à un fil. Meg lui prodiguait de nouveaux soins chaque jour, aidée par Ashlynn et l'une des servantes, Morag. Ban ne quittait pas son chevet, rongé d'inquiétude. Par moments, il s'assoupissait puis s'éveillait en sursaut, de peur qu'elle ne soit morte pendant son sommeil, puis il entendait sa respiration faible et savait qu'elle vivait encore. Il se maudissait : s'il était rentré du village plus tôt, en ce jour fatal, il aurait pu arriver à temps pour empêcher Murdo de lui faire du mal... Pourquoi donc était-elle partie sur la route avec Nell ? A présent, la vieille femme n'était plus là pour le lui expliquer, et Isabelle ne pourrait peut-être jamais plus lui parler. Eperdu d'angoisse, il ne pouvait s'empêcher d'imaginer une vie où elle ne serait plus là, à ses côtés. Une telle idée lui donnait des vertiges. Isabelle avait cru qu'il s'était marié par pur égoïsme, plus soucieux de sa fortune et de ses terres que de sa personne ; et, pendant un temps, elle avait eu raison. Quand est-ce que cela avait changé ? Il n'en savait rien. Ses sentiments avaient évolué si progressivement qu'il ne s'en était presque pas aperçu. Tout ce qu'il savait, c'était qu'aujourd'hui il ressentait quelque chose de *nouveau* pour elle... Elle avait su trouver une place dans son cœur, et elle seule pourrait jamais l'occuper. S'il la perdait maintenant, cette portion de lui mourrait aussi, comme si on la lui arrachait. Il fallait à tout prix qu'elle vive ! Au moins pour qu'il ait une chance de le lui dire.

Tout son être frémissait de peur à l'idée d'avoir à poursuivre son chemin sans elle. La vie n'aurait plus aucun sens s'il devait la traverser seul. Il avait déjà perdu tout ce qu'il aimait une fois ; et le destin lui jouait à présent un horrible tour en le menaçant de nouveau d'un tel malheur. Même les blessures qu'il avait subies dans ses efforts désespérés pour protéger Heslingfield ne l'avaient pas fait souffrir à ce point…

— Ne me quitte pas, Isabelle, murmura-t-il pour la centième fois à son oreille. Mon amour, je t'en supplie : ne me quitte pas.

Isabelle était perdue au cœur d'une mer déchaînée et luttait à chaque instant pour garder la tête hors de l'eau, pour ne pas se laisser emporter au fond. Hélas, chacun de ses mouvements était plus lent, plus douloureux que le précédent ; chaque respiration lui demandait plus d'efforts… Une part d'elle lui murmurait que ce combat inégal ne servait à rien, qu'elle ferait mieux d'abandonner. Dangereux chant des sirènes… Si elle cessait de se battre et laissait les flots la prendre, elle ne souffrirait plus. Elle trouverait enfin le repos dans les abysses…

Cependant, derrière la voix de cette sirène fatale, elle entendait quelqu'un l'appeler, une voix rassurante ; et elle sut qu'elle devait rejoindre cette seconde voix. C'était un homme, tendre, aimant, qui la suppliait de revenir. Oui, elle devait poursuivre son combat, nager encore et encore, mais ses forces s'épuisaient. Sa volonté finissait par fléchir. Si seulement elle pouvait rejoindre cet homme qui l'appelait, elle serait sauvée…

Chapitre 19

Un après-midi, enfin, une semaine après le retour de Ban à Glengarron, Isabelle se réveilla. Lorsqu'elle ouvrit les yeux, elle ne reconnut tout d'abord pas la pièce où elle se trouvait puis, graduellement, quelques détails familiers la rassurèrent. Elle n'était pas en terrain inconnu, elle avait déjà été dans cette chambre : les murs, les tapisseries, le lit lui rappelaient des souvenirs flous. Comment était-elle arrivée ici ? Elle était presque certaine d'avoir perdu connaissance ailleurs… Peu à peu, elle se rappela vaguement une forêt, une troupe d'hommes et les cris d'une femme. Qui étaient tous ces gens, qui peuplaient son souvenir ? Soudain, elle sentit une autre présence dans la chambre et ne put réprimer un frisson d'angoisse : c'était un homme et, d'une certaine manière, lui aussi lui était familier. Elle tourna la tête avec précaution et l'aperçut clairement, assis à son chevet, les yeux dans le vague. Il dut finir par sentir le poids de son regard sur lui, car il se tourna à son tour. Ses yeux bleus la dévisagèrent un instant en silence puis l'expression sombre et anxieuse se mua en une joie presque incrédule.

— Isabelle ?

Soudain, il lui attrapa la main, les larmes aux yeux, et l'embrassa avec fièvre.

— Oh ! Mon amour… Dieu merci…

— Ban ? murmura-t-elle, l'esprit toujours flou et engourdi.

Il demeura silencieux un instant, puis parut reprendre contrôle.

— J'ai cru te perdre, reprit-il dans un souffle.

Isabelle tenta de s'étirer mais une douleur fulgurante traversa son corps et elle ne put réprimer un gémissement. Aussitôt, Ban se pencha sur elle, l'air inquiet.

— Ne bouge pas, mon amour ! Tu as été blessée.

— Comment cela ?

Au bout de quelques instants, la douleur s'atténua de nouveau et elle put respirer plus librement.

— On t'a tiré dessus, expliqua Ban. Tu ne te souviens de rien ?

— Non…

Soudain, un flot d'images l'assaillirent : le reflet du soleil sur les arbres, une route vide, puis un groupe d'hommes à cheval qui lui coupait la route. Une vague d'effroi l'envahit brutalement.

— Ce n'est pas grave, si tu ne te rappelles plus, dit Ban d'une voix douce. Repose-toi.

Légèrement apaisée, elle ferma les yeux, mais les images s'enchaînèrent de nouveau avec rapidité, plus denses, plus présentes. La calme route ensoleillée devint menaçante. Devant elle, un homme vêtu de noir se tenait sur son cheval, un arc bandé à la main. Il le leva en direction de Nell et d'elle. Comme dans un cauchemar, elle vit la flèche prendre son envol, au ralenti. Nell hurla et Isabelle aperçut l'empennage dépasser de sa poitrine. Elle cria à son tour, mais il était déjà trop tard : sa compagne était morte… Elle se mit alors à courir, hélas, ses jambes semblaient de plomb et les chevaux se rapprochaient derrière elle, l'encerclaient. Elle ne pouvait plus fuir. L'homme en noir banda de nouveau son arc, puis relâcha la corde dans un sifflement sec. Isabelle bougea, mais pas assez vite. Elle se souvint encore de la douleur, insoutenable, et puis plus rien.

Terrifiée, elle rouvrit les yeux, à présent gonflés de larmes.

— Nell est morte, n'est-ce pas ? demanda-t-elle d'une voix blanche.

— Oui… Isabelle, je suis vraiment désolé, répondit Ban.

— Il l'a tuée, c'est cela ? Murdo l'a tuée ?

— Oui, en effet.

— Il a essayé de me tuer aussi !

— Mais il a échoué, coupa Ban avec tendresse, comme

pour la rassurer. Je ne te laisserai pas mourir, pas comme cela. Murdo ne pourra jamais t'arracher à moi, maintenant.

Une larme coula sur la joue d'Isabelle, et elle ne tenta pas de la retenir.

— Je ne veux pas te quitter, Ban…

— Je ne te laisserai jamais partir, murmura-t-il avec un petit sourire. Je t'aime, Isabelle. Je t'aime plus que ma vie… J'aurais dû te le dire il y a longtemps. J'aurais dû te le dire chaque jour depuis notre rencontre.

Stupéfaite, elle demeura silencieuse un instant, puis balbutia :

— Est-ce que c'est vrai ?

— Oui. Si je n'avais pas été aussi borné, je m'en serais rendu compte bien plus tôt. Seras-tu capable de me pardonner mes erreurs ?

A ces mots, le cœur d'Isabelle se gonfla d'une joie nouvelle, presque douloureuse.

— Oh ! Ban, il n'y a rien à pardonner… Si j'ai ton amour, alors rien d'autre n'a d'importance !

— Bien sûr que tu as mon amour, et tu l'auras toujours.

Soudain, un nouveau souvenir la frappa de plein fouet et elle crut que son cœur allait s'arrêter.

— Mon Dieu ! s'écria-t-elle. Le bébé…

— Tout va bien, s'empressa de murmurer Ban. J'ai parlé à Meg.

— Tu en es sûr ?

— Oui. Elle dit qu'il n'y a aucun signe de problème avec l'enfant. A mon avis, tu portes un futur guerrier en ton sein !

Une vague de soulagement envahit Isabelle et la rendit presque ivre de joie.

— J'irai allumer un cierge à l'église, en remerciement, dit-elle.

— Nous irons ensemble, dès que tu te sentiras assez bien pour te lever.

— Et Murdo ? Où est-il ?

— Il est mort de ma main.

Isabelle le dévisagea un instant sans mot dire, puis parut se détendre un peu.

— J'en suis heureuse. Cet homme était un démon…

— Oui, c'est certain, mais il ne persécutera plus aucun innocent, à présent.

Elle ferma de nouveau les yeux et Ban entendit sa respiration ralentir, s'apaiser : elle s'était endormie. Malgré tout, il lui fallut encore du temps pour calmer le flot d'émotions qui le traversaient et s'autoriser enfin à espérer…

Finalement, lorsque Morag vint le relayer au chevet d'Isabelle, il quitta la chambre et grimpa jusqu'à la terrasse du toit. Il avait besoin d'air frais et d'un peu de calme pour remettre de l'ordre dans ses idées. Ce fut là qu'Ashlynn le trouva, bien plus tard.

— Elle vivra, Ban, annonça-t-elle. Nous en sommes certains à présent. Le pire est passé.

Il acquiesça, incapable de prononcer un mot pour le moment.

— C'est son amour pour toi qui lui a donné la force de lutter, poursuivit Ashlynn.

— Je ne peux pas vivre sans elle, Ash… Elle est tout pour moi.

Sa sœur posa doucement une main sur son épaule.

— Je le sais bien, et je suis certaine que vous partagerez un merveilleux avenir ensemble. Ne crains rien.

Les larmes aux yeux, il lâcha un soupir quelque peu saccadé pour s'empêcher de pleurer.

— Ces derniers jours, je n'osais plus espérer qu'elle se réveille…

— Elle a beaucoup de volonté, tu sais.

— Oui, c'est certain !

Les mains encore un peu tremblantes sous le coup de l'émotion, il parvint à esquisser un faible sourire.

— Elle a traversé tant d'horreurs, poursuivit-il, et pourtant cela n'a pas altéré son humeur ou sa joie de vivre. Hélas, je crains que la mort de Nell ne la blesse plus que n'importe quelle flèche de Murdo.

— Le meurtre de Nell était cruel et lâche, mais Murdo en a payé le prix.

— Jamais encore je n'avais cru pouvoir haïr quelqu'un à ce point…

— La haine peut être utile, répondit Ashlynn, mais méfie-toi de ne pas la laisser prendre trop de pouvoir sur toi.

— Tu crois que je devrais tourner la page ?

Ashlynn soupira avec un léger sourire.

— Murdo est mort. Ceux de ses hommes que vous n'avez pas tués sont en fuite. Abandonne-les à leur sort, Ban.

— Tu as raison, je le sais bien. Cependant, une partie de moi voudrait que le traître soit toujours en vie pour avoir le plaisir de le tuer une seconde fois !

— Oublie-le, coupa Ashlynn. Pense plutôt à Isabelle. Aide-la à reprendre des forces : elle a besoin de toi.

— Elle va vraiment vivre, Ash ? Tu me le promets ?

— Oui, je le crois. Après tout, elle a de très bonnes raisons pour survivre.

Ashlynn avait raison : au fil des jours, Isabelle alla de mieux en mieux et ses douleurs s'apaisèrent peu à peu. Ban passa le plus clair de son temps à ses côtés, terrifié à l'idée de la laisser seule et de prendre le risque qu'elle subisse une soudaine rechute. Finalement, elle recommença à manger et reprit des couleurs. Ce ne fut qu'à partir de là que Ban s'autorisa à espérer une guérison complète. Hélas, cela ne suffit pas à apaiser sa culpabilité : la manière dont il l'avait traitée durant les premières semaines de leurs fiançailles le remplissait de dégoût. Comment avait-il pu se montrer si cruel, si injuste ? Il avait refusé de s'engager réellement, attendant tout d'elle et ne lui donnant rien…

Pour sa part, Isabelle, quoique rassurée par la présence de Ban et ses attentions, ne pouvait s'empêcher de sentir un malaise s'installer entre eux. Il fut un temps où elle aurait pu en parler avec Nell, mais c'était impossible, à présent…

Celle-ci lui manquait terriblement. Elle ne pouvait se résoudre à ne plus profiter de son intelligence, de ses conseils et de son bon sens. C'était comme si tout ce qui la rattachait encore à son passé lui avait été arraché. Qu'est-ce que Nell aurait pu lui dire pour l'apaiser, si elle avait encore été là ? Dans le silence de la chambre, elle crut alors entendre sa voix tant aimée : « Parle-lui, mon enfant. Ouvre-lui ton cœur. »

Finalement, dès qu'elle se trouva seule avec Ban, elle prit son courage à deux mains et dit :

— Quelque chose ne va pas, Ban, je le sens. Dis-moi ce qui se passe…

Il se tourna vers elle d'un air troublé mais ne répondit pas.

— Est-ce que j'ai fait quelque chose qui te déplaît ? reprit-elle, plus inquiète.

— Quelque chose que tu as fait ? Certainement pas ! Comment peux-tu imaginer une chose pareille ?

— Dans ce cas, dis-moi ce qui te dérange, je t'en supplie. J'ai horreur de te voir si sombre.

— Je voudrais seulement… discuter de notre relation, de la manière dont nous avons débuté nos fiançailles.

Il prit une profonde inspiration, l'air embarrassé.

— J'ai beaucoup pensé à cela pendant que tu restais inconsciente, alors que je craignais de te perdre… J'ai eu tellement peur de ne pas avoir la chance de m'excuser auprès de toi.

Isabelle l'écoutait, surprise et inquiète pour lui. Finalement, elle le coupa avec douceur :

— Je comprends pourquoi tu as agi comme tu l'as fait envers moi. Tu avais tellement de pression…

— Et je t'ai fait subir une pression injuste pour pallier mes craintes.

— Ban, reprit-elle posément malgré les battements plus rapides de son cœur, tu es le dernier descendant mâle de ta maison. Il est évident qu'il était crucial pour toi de t'assurer de pouvoir avoir un héritier. C'est une chose importante aux yeux de tous les hommes, mais pour toi c'était presque une histoire de vie ou de mort.

Elle parvint à lui sourire, malgré la tristesse qui l'envahit soudain.

— Je suis aussi la dernière descendante de ma maison, à présent, et je comprends parfaitement ce que tu as ressenti.

A ces mots, Ban lui saisit la main.

— Tu as traversé tant de difficultés à cause de moi, murmura-t-il. Beaucoup trop de difficultés…

— La seule chose qui m'importe est d'avoir ton amour.

— Tu l'as, je te le promets. Jamais je ne te donnerai la moindre occasion d'en douter : je compte bien passer le reste de ma vie à me rattraper, à être un bon époux.

— Dans ce cas, il ne nous reste plus qu'à fonder une dynastie.

— Si nous y parvenons, répondit-il d'un air soulagé, j'espère que nos enfants tiendront de leur mère, qu'ils posséderont toute ta bonté et ta générosité.

— Et moi, j'espère qu'ils hériteront du courage et de l'intégrité de leur père…

— Intégrité ? Je ne suis pas certain de mériter un tel compliment.

— Tu te trompes. Depuis que nous nous connaissons, jamais tu ne m'as menti ou ne m'as laissée nourrir de faux espoirs.

— Peut-être pas, soupira-t-il. Mais je ne peux m'empêcher de regretter un certain nombre de choses que je t'ai dites.

Isabelle sourit, avec plus de légèreté cette fois.

— « Nous pourrons peut-être même développer une certaine affection l'un pour l'autre, avec le temps. »

— Par exemple, et pourtant je crois que c'était de loin l'une des meilleures choses que j'ai pu te dire… Si seulement je pouvais oublier ma conduite passée envers toi !

— Tu devrais, répondit-elle. Concentre-toi sur ton nouveau rôle de seigneur de Castlemora, plutôt.

Ban eut un petit rire nerveux.

— Je n'arrive pas encore à m'habituer à ce titre, avoua-t-il d'un air timide.

— Pourtant, personne n'est mieux placé que toi pour le porter, à mes yeux.

Il lui embrassa doucement le bout des doigts avant de répondre :

— Je ferai tout pour le mériter.

— Bien sûr, tu auras beaucoup de choses à réparer et à remettre en ordre, à notre arrivée; mais si quelqu'un peut le faire, ce sera bien toi…

— Ta foi en moi me rend fier, Isabelle. Ce ne sera pas chose facile que de marcher dans les pas de ton père.

— Ta vie entière t'a mené à ce moment, lui répondit-elle. Tu es né pour être seigneur.

— Peut-être, mais quoi qu'il en soit, ce titre aurait été un poids si tu n'avais pas été là pour le porter avec moi.

— Ne t'en fais pas : je suis là et j'ai bien l'intention de rester.

— Tant mieux, mon amour, car je n'ai pas l'intention de te laisser partir !

Puisque Ban et Isabelle ne pouvaient retourner à Castlemora avant qu'elle ne guérisse complètement, lord Iain dépêcha quelques hommes pour tenir le château en attendant. D'après les nouvelles qu'ils envoyèrent, tous les habitants semblaient ravis d'apprendre le retour prochain d'Isabelle. Murdo avait su se faire haïr de tous et tout un chacun attendait l'héritière légitime avec impatience. Ainsi, les hommes de Iain furent accueillis avec joie et soulagement.

De son côté, Isabelle n'en pouvait plus d'attendre ! Bien sûr, elle était très reconnaissante à lord Iain et dame Ashlynn pour leur hospitalité, mais elle souhaitait désormais savourer pleinement sa vie avec Ban, *chez eux*… Dès qu'elle fut capable de se lever du lit, elle lui annonça sa décision de partir le plus tôt possible, mais il refusa de quitter Glengarron avant plusieurs jours.

— Tu n'as pas encore recouvré assez de forces, dit-il.

— Ce ne sera plus long avant que je ne sois en pleine forme ! Je vais déjà bien mieux, tu sais : j'ai quitté le lit il y a plusieurs jours !

— Tu dois retrouver toute ton énergie et laisser à la blessure le temps de cicatriser entièrement avant d'entreprendre le moindre voyage, lui répliqua-t-il d'un ton ferme.

— C'est presque le cas.

— Oui, mais « presque » n'est pas suffisant.

Très déçue, elle lui prit le bras dans l'espoir de le faire fléchir par ses caresses.

— Ban… Je t'en prie…

Malgré toutes ses cajoleries, il demeura de marbre.

— Non, ma chérie. Tu n'iras nulle part dans cet état.

Il demeurait doux, mais sa voix trahissait une intransigeance qu'elle avait appris à reconnaître…

— Quand tu parles comme cela, dit-elle, on croirait entendre lord Iain.

— Vraiment ? demanda-t-il avec un petit sourire amusé. C'est-à-dire ?

— Tu as la voix d'un homme qui veut parvenir à ses fins.

Ban lui attrapa alors doucement les épaules pour la tourner vers lui.

— Mais j'ai bien l'intention de parvenir à mes fins, répondit-il. Je suis ton époux et je compte être obéi.

Isabelle le dévisagea avec surprise.

— N'y a-t-il donc rien que je puisse dire pour te faire changer d'avis ?

— Non, rien.

— Dans ce cas, peut-être pourrais-je *faire* des choses…

Tout en parlant, elle passa les bras autour du cou de Ban pour l'embrasser.

— N'était-ce pas convaincant, messire ? demanda-t-elle d'un air malicieux.

— Si.

— Parfait…

Elle l'embrassa de nouveau, plus longuement, plus sensuellement, et les bras de Ban se refermèrent dans son dos. Il lui rendit son baiser avec plus de passion encore puis se recula un peu pour la regarder dans les yeux.

— Voilà qui était encore mieux, murmura-t-il, mais cela

n'a pas suffi à me faire changer d'avis : nous restons ici tant que tu n'es pas guérie.

— Ce que tu peux être têtu !

— Quand il s'agit de ta sécurité, répondit-il, je suis intransigeant.

Malgré sa déception, elle ne put réprimer un sourire.

— Très bien, tu as gagné — du moins, pour le moment.

Le regard de Ban s'illumina à cette légère provocation.

— J'aimerais bien croire que je gagnerai lors de tous nos désaccords, mais j'en doute.

— A raison ! lui répliqua-t-elle.

Tous deux éclatèrent de rire, puis Isabelle retrouva son sérieux : il y avait une autre raison qui la poussait à vouloir rentrer.

— Ban, sincèrement, dit-elle à mi-voix, j'espère que nous n'attendrons pas trop longtemps avant de rentrer. J'aimerais que notre enfant naisse à Castlemora…

— Je ne vois aucune raison qui l'en empêcherait.

— Merci ! s'écria-t-elle en le serrant dans ses bras.

Quelques semaines plus tard, ils partirent enfin. Bien qu'elle fût impatiente de rentrer chez elle, Isabelle regrettait de devoir dire adieu à Ashlynn, même si ce n'était que pour quelque temps.

— Heureusement, le voyage n'est pas long, dit-elle pour se rassurer, et je suis certaine que nous nous retrouverons bien rapidement.

Ashlynn sourit avec douceur et jeta un coup d'œil à son époux.

— Ne vous en faites pas, j'ai bien l'intention de venir vite : dès que mon époux aura l'occasion de vous rendre visite, je me ferai un devoir de l'accompagner.

— Tu es prévenu, mon frère, lança Iain à l'intention de Ban.

— Oui, en effet, répondit celui-ci. J'imagine que je n'ai aucune chance de faire renoncer nos femmes ?

— J'en doute fort.

— C'est ce que je pensais…

Les deux hommes échangèrent un sourire tandis qu'Ashlynn les dévisageait d'un air d'indignation amusée.

— Vous avez bien raison d'en douter, répliqua-t-elle. Je vais devenir tante, et rien ne me tiendra à l'écart du bébé !

— Très bien, concéda Iain, je me rends.

Finalement, Ban étreignit sa sœur.

— J'espère de tout cœur que tu viendras rapidement nous voir, Ash. Nous aurons tant de choses à te montrer !

— J'ai hâte de découvrir Castlemora.

Elle sourit ensuite à Isabelle.

— Vous me manquerez, lui dit-elle, mais je sais que notre amitié ne faiblira jamais…

— En effet, répondit Isabelle, émue. Je n'oublierai pas votre gentillesse…

Elles s'embrassèrent chaleureusement, puis Ban saisit la main de sa femme avec douceur.

— Viens, mon amour. Nous devons partir.

Puisqu'elle ne pouvait pas monter à cheval, Isabelle dut voyager dans une voiture spécialement apprêtée pour elle, accompagnée par deux suivantes. Lorsqu'il se fut assuré de sa sécurité et de son confort, Ban se mit en selle, fit un dernier signe de la main en direction de sa famille rassemblée dans la cour, et se mit en route, suivi par une escorte armée.

La troupe avançait à faible allure, à cause de l'attelage, mais Isabelle ne s'en soucia pas : elle ne ferait plus rien qui puisse mettre son bébé en danger. Son ventre commençait clairement à s'arrondir, à présent, et elle en était secrètement enchantée. De plus, Ban se montrait plus prévenant que jamais : soucieux de son confort, il insista pour faire le voyage sans se hâter, par courtes étapes, et s'arrêta fréquemment pour qu'elle puisse se reposer.

— Je n'ai jamais voyagé dans des circonstances aussi luxueuses, lui dit-elle tandis qu'il chevauchait à côté d'elle. Je vais finir par devenir pourrie gâtée !

Ban lui sourit et jeta un rapide coup d'œil à son ventre.

— Tu ne seras pas la seule que je gâterai, dans ce cas !

Elle lui rendit son sourire, d'un air paisible.

— Peut-être, mais, en attendant, je dois être l'une des femmes les plus dorlotées d'Ecosse…

— Et tu le mérites amplement. Puis, pour être honnête, cela me fait plaisir.

— Dans ce cas, je serais injuste de te priver de ton plaisir.

Finalement, ils se turent, bercés par un silence serein, et ils observèrent le paysage défiler lentement. Isabelle était incapable de ne pas se remémorer leur dernier voyage dans cette région : la fuite de six fugitifs, traqués, à l'affût du moindre frémissement dans les fourrés… A présent, par bonheur, leur ennemi n'était plus : ils avaient remporté la victoire, même si le prix en avait été douloureux. A présent, le voyage se déroulait sans heurts et tout le monde riait. A présent, il n'y avait plus de danger.

Elle se tourna de nouveau vers Ban. L'air songeur, son regard se noyait dans l'horizon. Sans doute pensait-il à leur fuite, quelques mois plus tôt, lui aussi.

— Iain et moi nous assurerons que cette région, entre Glengarron et Castlemora, soit de nouveau sûre pour les voyageurs, dit-il soudain.

— Les terres qui bordent la frontière ont toujours été des zones sauvages et sans loi, remarqua Isabelle.

— Peut-être, mais nous instaurerons une loi, ici. Je te le promets.

— Tu auras besoin de beaucoup de soutien pour y parvenir… et de beaucoup d'hommes.

— Je formerai les hommes qu'il faut. Il est hors de question de se compromettre avec des mercenaires de nouveau !

— J'en suis soulagée, Ban.

Quelques lieues plus loin, Ban fit halte.

— Je ne voudrais pas que tu te fatigues trop, mon amour, dit-il à Isabelle.

A la fois émue et amusée par tant de considération, elle répondit :

— Je vais très bien, je te l'assure.

— Et je veux que cela dure…

— Ban, ne sois pas si protecteur, soupira-t-elle doucement.

— Je suis ton époux, Isabelle. Qui te protégera, si je ne le fais pas ?

— Tes hommes ne vont-ils pas penser que tu te laisses mener par le bout du nez ?

— Qu'ils pensent ce qu'ils veulent, répliqua-t-il avec un sourire. J'ai décidé de m'assurer de ta sécurité et je ne compte pas manquer à ma parole : tu m'es trop précieuse.

— Tu m'es précieux aussi…

Il lui embrassa le bout des doigts avec tendresse et ajouta à mi-voix :

— Rien ne me sera jamais aussi précieux que toi…

A ces mots, le cœur d'Isabelle s'emplit de bonheur. Dire que, quelques semaines auparavant à peine, elle désespérait de jamais entendre ces paroles ! A présent, il les répétait encore et encore. Le triomphe et l'amour avaient bel et bien émergé de la tristesse et de la douleur… Emue, elle passa la main sur son ventre rond : dans quelques mois, leur enfant viendrait au monde, suivi par beaucoup d'autres. Castlemora se remplirait d'enfants joyeux, destinés à en protéger les murs sur plusieurs générations.

Le voyage dura plusieurs jours, mais la bonne humeur générale de la petite troupe empêcha qui que ce soit de s'ennuyer. Néanmoins, Isabelle fut heureuse d'arriver à destination : elle avait tant attendu ce moment ! Les larmes aux yeux, elle découvrit, au détour de la route, la silhouette bien connue du vieux manoir, entouré de granges, de champs et de vergers. Lorsqu'ils pénétrèrent dans la cour, tous les domestiques étaient déjà rassemblés pour accueillir chaleureusement leur maîtresse et son époux. De toute évidence, ils étaient heureux de les voir s'installer au château, après le règne de terreur de Murdo.

Tous portèrent un très grand intérêt au mariage d'Isabelle et à la naissance prochaine d'un héritier. Bien que Ban soit saxon, sa relation avec Glengarron et le fait qu'il ait tué Murdo de ses mains jouèrent en sa faveur dans l'opinion publique. On considérait cela comme un nouveau départ pour Castlemora, une source d'espoir et d'optimisme prudent pour ses habitants.

Les femmes, surtout, accueillirent leur nouveau seigneur avec volubilité, sans doute sensibles à sa beauté, à son port noble, et à sa jeunesse ; mais Isabelle fut soulagée de voir qu'il n'avait d'yeux que pour elle. Elle sourit à son époux et descendit de la voiture pour l'accompagner dans la grande salle. Toute trace de Murdo et de sa horde de mercenaires avaient disparu et la seule chose qui attristât encore Isabelle était l'absence de Nell parmi la foule des domestiques…

— Si seulement elle avait été là pour voir tout cela, soupira-t-elle à l'oreille de Ban.

— Comment peux-tu être certaine qu'elle n'est pas là ?

Elle lui répondit par un sourire un peu amer. Oui, après tout, peut-être Nell était-elle parmi eux… A chaque instant, elle s'attendait presque à entendre un bruit de pas, à apercevoir sa silhouette familière en train de descendre l'escalier…

— Elle aurait été si heureuse, reprit Isabelle.

— Vraiment ?

— Oui, elle t'aimait beaucoup.

— J'en suis honoré, répondit Ban avec douceur.

— Mon père aussi aurait été heureux de te voir ici. Après tout, c'est lui qui t'a choisi pour devenir mon époux.

— J'en suis alors doublement honoré.

Il parut hésiter un instant, puis reprit :

— Si tu veux, nous pourrons aller nous recueillir sur sa tombe, un peu plus tard. Sur la sienne, et celle de Hugh…

— J'aimerais bien, oui ; mais je sens que les fantômes du passé me hanteront longtemps entre ces murs.

— Je le sais, ma douce.

— Murdo était vraiment prêt à tout…

Ban lui prit la main et l'obligea à le regarder. Ses yeux bleus étaient tendres, apaisants.

— Murdo est mort, ma chérie. Il ne pourra plus jamais nous faire de mal.

— Je le sais bien, répondit-elle, mais il est difficile d'oublier ses crimes.

Ban l'attira alors dans ses bras et l'embrassa.

— Nous n'oublierons peut-être jamais, mais nous pouvons abandonner son souvenir au passé auquel il appartient. Pour notre part, nous avons un avenir à construire ensemble.

Le soir même, le nouveau seigneur et son épouse dînèrent dans la grande salle, entourés par les capitaines de Glengarron qui les avaient accompagnés chez eux. Le repas fut animé : chacun semblait joyeux et les hommes un peu ivres échangèrent plaisanteries et fanfaronnades au fil de la soirée. Ban observait la compagnie, empli d'une paisible fierté, et ne pouvait s'empêcher de se tourner à chaque instant vers Isabelle, cette femme qu'il aimait tant et qu'il avait failli perdre… Lorsqu'il avait dû fuir Castlemora avec elle, il était bien loin de se douter qu'il y serait accueilli en triomphe si peu de temps après ; mais après tout, défaire Murdo était la partie la plus facile. La vraie tâche venait à peine de commencer pour lui et il se sentit empli d'une certaine excitation. Ses gens allaient finir par le juger selon ses actes et il avait bien l'intention de les satisfaire, de se faire respecter et aimer d'eux… Isabelle avait eu raison : il était *né* pour cette vie, et ferait tout ce qu'il pourrait pour justifier la confiance que son épouse avait en lui. Castlemora serait de nouveau fort et respecté. Ses liens avec Glengarron ne feraient que se renforcer. Au plus profond de lui-même, au milieu de la grande salle, Ban fit vœu de poursuivre l'œuvre d'Archibald Graham.

Soudain, il sentit le poids d'un regard posé sur lui et se tourna pour croiser les yeux brillants d'Isabelle. Ils échangèrent un sourire et il lui saisit la main pour l'embrasser délicatement. Le cœur battant, il lut un profond amour et une confiance absolue dans ses grands yeux noisette, comme une promesse secrète qui n'appartiendrait qu'à eux… Elle remplit leurs coupes et lança par-dessus le brouhaha des conversations :

— J'aimerais porter un toast.

— Et à quoi ? demanda Ban, surpris.

— A toi, messire, dit-elle avec un sourire en levant sa coupe. Au nouveau maître de Castlemora !

Retrouvez ce mois-ci,
dans votre collection

LES HISTORIQUES

Browyn Scott
Le défi d'une lady

Carol Townend
Sous la protection de l'ennemi

Amanda McCabe
Une comtesse en fuite

Michelle Wilingham
L'amant des mers du nord

Joanna Fulford
La fiancée de Castlemora

Helen Dickson
La captive des Highlands

Elizabeth Beacon
L'héritière rebelle

Réveillez la lady qui est en vous !

LES HISTORIQUES
HARLEQUIN
www.harlequin.fr

OFFRE DE BIENVENUE

Vous êtes fan de la collection Les Historiques ?
Pour prolonger le plaisir, recevez gratuitement

◆ 2 romans Les Historiques gratuits ◆
et 2 cadeaux surprise !

Une fois votre colis de bienvenue reçu, si vous souhaitez continuer à recevoir nos romans Les Historiques, cela se fera automatiquement. Vous recevrez alors chaque mois 2 romans inédits de cette collection au tarif unitaire de 6,95€ (Frais de port France : 2,35€ - Frais de port Belgique : 4,35€).

➡ LES BONNES RAISONS DE S'ABONNER :

Aucun engagement de durée ni de minimum d'achat.
◆
Aucune adhésion à un club.
◆
Vos romans en avant-première.
◆
La livraison à domicile.

➡ ET AUSSI DES AVANTAGES EXCLUSIFS :

Des cadeaux tout au long de l'année.
◆
Des réductions sur vos romans par le biais de nombreuses promotions.
◆
Des romans exclusivement réédités notamment des sagas à succès.
◆
L'abonnement systématique et gratuit à notre magazine d'actu ROMANCE.
◆
Des points fidélité échangeables contre des livres ou des cadeaux.

➡ REJOIGNEZ-NOUS VITE EN COMPLÉTANT ET EN NOUS RENVOYANT LE BULLETIN !

HZ5F09
HZ5FB1

N° d'abonnée (si vous en avez un) |_|_|_|_|_|_|_|_|

Mme ❒ Mlle ❒ Nom : .... Prénom : ....

Adresse : ....

CP : |_|_|_|_|_| Ville : ....

Pays : .... Téléphone : |_|_|_|_|_|_|_|_|_|_|

E-mail : ....

Date de naissance : |_|_| |_|_| |_|_|_|_|

☐ Oui, je souhaite être tenue informée par e-mail de l'actualité d'Harlequin.

☐ Oui, je souhaite bénéficier par e-mail des offres promotionnelles des partenaires d'Harlequin.

Renvoyez cette page à : **Service Lectrices Harlequin – BP 20008 – 59718 Lille Cedex 9 - France**

Date limite : **31 décembre 2015**. Vous recevrez votre colis environ 20 jours après réception de ce bon. Offre soumise à acceptation et réservée aux personnes majeures, résidant en France métropolitaine et Belgique. Prix susceptibles de modification en cours d'année. Conformément à la loi Informatique et libertés du 6 janvier 1978, vous disposez d'un droit d'accès et de rectification aux données personnelles vous concernant. Il vous suffit de nous écrire en nous indiquant vos nom, prénom et adresse à : Service Lectrices Harlequin - BP 20008 - 59718 LILLE Cedex 9. Harlequin® est une marque déposée du groupe Harlequin. Harlequin SA – 83/85, Bd Vincent Auriol – 75646 Paris cedex 13. Tél : 01 45 82 47 47. SA au capital de 1 120 000€ - R.C. Paris. Siret 31867159100069/APE5811Z.

SÉLECTION DU MOIS

HARLEQUIN

SÉLECTION DU MOIS

Découvrez tous les mois,
le meilleur de

HARLEQUIN

Sexy

SAGAS

Azur

Passions

Auteurs star, histoires remarquables, séries
à ne pas manquer… Nous avons sélectionné
les meilleurs romans pour vous

HARLEQUIN
www.harlequin.fr

HARLEQUIN

La romance sur tous les tons

Toutes nos actualités et exclusivités
sont sur notre site internet.

E-books, promotions, avis des lectrices,
lecture en ligne gratuite, infos sur
les auteurs, jeux-concours… et bien
d'autres surprises !

Rendez-vous sur

www.harlequin.fr

facebook.com/LesEditionsHarlequin

twitter.com/harlequinfrance

pinterest.com/harlequinfrance

HARLEQUIN
www.harlequin.fr

OFFRE DÉCOUVERTE !

2 ROMANS GRATUITS et 2 CADEAUX surprise !

Vous souhaitez découvrir nos collections ? Recevez **2 romans gratuits et 2 cadeaux surprise !**

Une fois votre colis de bienvenue reçu, si vous souhaitez continuer à recevoir nos romans, cela se fera automatiquement. Vous recevrez alors chaque mois vos romans inédits en avant première.

Vous n'avez aucune obligation d'achat et cette offre est sans engagement de durée !

☛ COCHEZ la collection choisie et renvoyez cette page au
Service Lectrices Harlequin – BP 20008 – 59718 Lille Cedex 9 – France

Collections	Références	Prix colis France* / Belgique*
❑ **AZUR**	ZZ5F56/ZZ5FB2	6 romans par mois 27,25€ / 29,25€
❑ **BLANCHE**	BZ5F53/BZ5FB2	3 volumes doubles par mois 22,84€ / 24,84€
❑ **LES HISTORIQUES**	HZ5F52/HZ5FB2	2 romans par mois 16,25€ / 18,25€
❑ **BEST SELLERS**	EZ5F54/EZ5FB2	4 romans tous les deux mois 31,59€ / 33,59€
❑ **BEST SUSPENSE**	XZ5F53/XZ5FB2	3 romans tous les deux mois 24,45€ / 26,45€
❑ **MAXI****	CZ5F54/CZ5FB2	4 volumes triples tous les deux mois 30,49€ / 32,49€
❑ **PASSIONS**	RZ5F53/RZ5FB2	3 volumes doubles par mois 24,04€ / 26,04€
❑ **NOCTURNE**	TZ5F52/TZ5FB2	2 romans tous les deux mois 16,25€ / 18,25€
❑ **BLACK ROSE**	IZ5F53/IZ5FB2	3 volumes doubles par mois 24,15€ / 26,15€

*Frais d'envoi inclus

**L'abonnement Maxi est composé de 2 volumes Edition spéciale et de 2 voulmes thématiques

N° d'abonnée Harlequin (si vous en avez un) ____________

Mme ❒ Mlle ❒ Nom : ____________

Prénom : ____________ Adresse : ____________

____

Code Postal : ______ Ville : ____________

Pays : ____________ Tél. : ____________

E-mail : ____________

Date de naissance : ____________

❒ Oui, je souhaite recevoir par e-mail les offres promotionnelles des éditions Harlequin.
❒ Oui, je souhaite recevoir par e-mail les offres promotionnelles des partenaires des éditions Harlequin.

Date limite : 31 décembre 2015. Vous recevrez votre colis environ 20 jours après réception de ce bon. Offre soumise à acceptation et réservée aux personnes majeures, résidant en France métropolitaine et Belgique, dans la limite des stocks disponibles. Prix susceptibles de modification en cours d'année.Conformément à la loi Informatique et libertés du 6 janvier 1978, vous disposez d'un droit d'accès et de rectification aux données personnelles vous concernant. Par notre intermédiaire, vous pouvez être amenée à recevoir des propositions d'autres entreprises. Si vous ne le souhaitez pas, il vous suffit de nous écrire en nous indiquant vos nom, prénom et adresse à : Service Lectrices Harlequin BP 20008 59718 LILLE Cedex 9. Service Lectrices disponible du lundi au vendredi de 8h à 17h : 01 45 82 47 47 ou 33 1 45 82 47 47 pour la Belgique.

Harlequin® est une marque déposée du groupe Harlequin. Harlequin SA – 83/85, Bd Vincent Auriol – 75646 Paris cedex 13. SA au capital de 1 120 000€ – R.C. Paris. Siret 31867159100069/APE5811Z.